W0293015

SEUL UN MONSTRE...

· Livre 1 ·

L'autrice

Vanessa Len est une autrice australienne d'origine chinoise, malaisienne et maltaise. Éditrice dans le domaine de l'éducation, elle a travaillé principalement sur l'apprentissage des langues et les manuels scientifiques. Elle a participé à l'atelier d'écriture Clarion à San Diego et vit à Melbourne. Ses domaines de prédilection, ce sont la fantasy young adult, les anti-héroïnes et les amoureux obligés de s'affronter à mort. Elle a lu tous les livres de Diana Wynne Jones au moins cent fois chacun.

Vanessa Len

SEUL UN MONSTRE...

· Livre 1 ·

Traduit de l'anglais (Australie)
par Mathilde Tamae-Bouhon

LUMEN

Titre original : *Only a Monster*
Copyright © 2022 by The Trustee for Vanessa Len Trust
Copyright de la traduction © 2022 by Lumen
Édition originale : HarperCollins, New York

Pour ma famille, avec tout mon amour

Prologue

À l'âge de six ans, Joan décida que, lorsqu'elle serait grande, elle deviendrait Superman. Elle annonça à son père qu'il lui faudrait un costume pour s'entraîner. Peu enclin à la dépense, l'homme peignit un *S* sur le T-shirt bleu de sa fille, avant de lui dénicher une serviette rouge pour lui servir de cape – précieuse tenue que l'enfant portait tous les soirs pour dormir.

La grand-mère maternelle de Joan se gaussa de cette nouvelle passion quand la fillette alla passer les vacances chez elle, à Londres, l'été venu.

— Superman ? Tu n'es pas une héroïne, Joan. (Avec un regard de conspiratrice, l'ancienne pencha sa tête couronnée de gris vers sa petite-fille.) Tu es un monstre.

Elle prononça ce dernier mot d'un air entendu, comme si être un monstre était aussi spécial qu'être un elfe. Elle mettait la dernière touche au lit qu'elle préparait dans la chambre d'ami pour sa jeune visiteuse, qui l'aidait en glissant les oreillers dans les taies. Le soleil matinal baignait de ses rayons la pièce embaumée d'une odeur de linge propre.

— Les monstres, ça ressemble à des araignées géantes, fit valoir Joan. Ou à des robots.

Elle avait vu assez de dessins animés pour le savoir. Sa grand-mère, elle, était du genre pince-sans-rire. Pouvait-il s'agir d'une de ces plaisanteries dont elle avait le secret ? Aucun éclair d'espièglerie ne brillait toutefois dans les yeux de son aïeule à cet instant précis : elle était sérieuse comme un pape.

— Ces monstres-là se contentent de faire semblant, rétorqua la vieille femme. Les véritables monstres nous ressemblent : ils ne sont pas différents de toi ou de moi.

Étrange remarque, puisque Joan et elle n'avaient pas grand-chose en commun sur le plan physique.

La fillette était à n'en point douter une Chang – sa famille paternelle. Son père, qui avait quitté la Malaisie pour l'Angleterre à l'âge de dix-huit ans, avait des joues rondes constellées de taches de rousseur, des yeux bridés et des cheveux aussi noirs que soyeux, dont Joan avait hérité.

Sa grand-mère, de son côté, ressemblait aux photos de sa propre fille. Sa chevelure bouclée flottait tel un nuage autour de son visage aux iris verts étrangement perçants. Parfois, Joan surprenait cette même expression empreinte de méfiance dans le reflet que lui renvoyaient les miroirs. « *La signature des Hunt* », comme l'appelait la doyenne de la famille.

L'aïeule finit de lisser les plis sur la couette et s'assit au bord du lit. Elle se trouva ainsi à hauteur de sa petite-fille.

— Mais les monstres, ce sont les méchants, protesta l'enfant, circonspecte.

Dans les dessins animés, ils se cachaient sous votre lit et leurs rires effrayants retentissaient sans fin dans la nuit. Sans compter qu'ils avaient une fâcheuse tendance à dévorer les êtres humains ! À l'école, Mme Ellery lui avait raconté que les Chinois mangeaient des chats. Est-ce que ça faisait de Joan un de ces êtres cruels ? Non, s'était-elle dit, mue par la même résistance qu'elle éprouvait à présent. Elle n'avait rien d'un croque-mitaine. Rien de rien.

La remarque fit sourire sa grand-mère, pour une raison mystérieuse.

— Tu me rappelles ta mère, par moments.

Quel rapport avec les monstres ? La fillette retenait son souffle, suspendue aux lèvres de son aïeule. Elle n'était encore qu'un bébé à la mort de sa mère, et la vieille femme ne parlait que rarement d'elle. Chez son père, des clichés de la défunte trônaient sur le meuble de la télévision et ornaient le mur du salon. Chez sa grand-mère, en revanche, point de portraits : la doyenne des Hunt leur préférait des peintures de paysages ruraux ou de vieilles ruines.

— Elle était intelligente, d'après papa, tenta Joan.

— Et pas qu'un peu, confirma l'ancienne en écartant une mèche rebelle du visage de sa petite-fille. Futée et têtue ! Comme toi, elle aussi avait besoin de preuves pour se laisser convaincre.

Sans laisser à la fillette le temps de lui demander de préciser sa pensée, la vieille femme tendit la main au-dessus de leurs têtes, comme pour cueillir une pomme sur un arbre invisible. Les cheveux de Joan se dressèrent sur sa nuque, sans qu'elle comprenne pourquoi.

Sa grand-mère écarta les doigts pour révéler un objet qui scintillait, tel le soleil matinal. Une pièce d'or, comme l'enfant n'en avait encore jamais vu, ornée d'un lion ailé gravé sur une des faces et d'une couronne sur l'autre.

— Je sais comment tu as fait, déclara la petite.

Il s'agissait d'un tour de passe-passe. Ruth, sa cousine, lui avait montré comment s'y prendre avec un bouton : il suffisait de cacher l'objet entre ses doigts pour le faire disparaître avant de l'exhiber, comme par magie, au creux de sa paume.

La doyenne des Hunt fit tomber la pièce dans la main de sa petite-fille, qui la trouva bien plus lourde qu'elle ne l'aurait cru.

— À toi, lui intima l'ancienne. Fais-la disparaître.

La technique de Ruth n'avait rien d'aisé. Si, à deux reprises, Joan était parvenue à escamoter le bouton, c'était au prix d'une bonne centaine d'échecs. Malgré tout, son aïeule l'observait, pleine d'espoir, aussi la fillette plaça-t-elle la pièce en équilibre sur l'arche reliant son pouce et son index.

— Non, dit la vieille femme. Comme je l'ai fait, moi.

Elle replaça la pièce sur la paume de Joan, puis lui fit replier les doigts dessus.

— Comme le font les monstres, ajouta l'ancienne.

Mais puisque je n'en suis pas un ! songea la petite. *Je ne suis pas une méchante, moi...* Sa grand-mère non plus, d'ailleurs. Aussi loin qu'elle s'en souvienne, Joan avait passé tous les étés auprès de son aïeule, qui veillait à son chevet quand venaient les cauchemars. Et lorsque la jeune Sino-Britannique avait trouvé un oiseau blessé dans le parc, la doyenne des Hunt avait enveloppé la créature dans son foulard avant de la soigner jusqu'à ce qu'elle retrouve assez de forces pour reprendre son envol. Une femme capable d'être aussi attentionnée envers un pauvre volatile ne pouvait assurément pas être un monstre.

Joan se concentra sur le poids de la pièce, jusqu'à ne plus le sentir. Elle écarta ensuite les doigts afin de montrer sa paume nue. Un sourire chaleureux illumina le visage de sa grand-mère.

— Comme le font les monstres, répéta-t-elle d'un ton approbateur. Mais n'oublie pas : ce pouvoir est indissociable d'une règle d'or.

— Ah bon ?

Des règles, son père en avait établi tout un tas sur ce qui était autorisé ou pas à la maison. Voler, c'était mal. Aider les gens, c'était bien. Mentir ? Mal. Écouter ses professeurs en classe ? Bien.

Les Hunt, eux, avaient établi leur propre règlement, même s'il semblait obéir à une tout autre logique. Chez eux, voler ou mentir n'était pas aussi grave – tant qu'on ne s'en prenait pas à des proches. Régler ses dettes était bien vu. Tout comme se montrer loyal envers son clan.

— Nous nous cachons à la vue de tous, expliqua sa grand-mère. Est-ce que tu sais ce que ça veut dire ?

Un lourd silence enveloppait la maison. À l'extérieur, même les oiseaux avaient cessé de chanter. Joan secoua la tête.

L'expression de son aïeule se fit plus grave, sans pour autant que le sourire qui étirait ses lèvres perde de sa chaleur.

— Ça veut dire que personne ne doit savoir ce que sont les Hunt. Ce que tu es, toi, déclara-t-elle avant de baisser la voix. Jamais tu ne devras parler des monstres à qui que ce soit.

Chapitre 1

À l'étage de la maison de sa grand-mère, Joan se brossa les cheveux, puis s'examina une dernière fois dans le miroir. Ce jour-là, elle avait un rendez-vous – avec Nick, qui plus est. Son reflet lui renvoya un regard à la fois tendre et heureux. Les deux jeunes gens faisaient du bénévolat dans un musée le temps des vacances. Elle avait passé son été à craquer pour son collègue… Rien de bien original : au travail, tout le monde en pinçait pour lui.

La veille, il l'avait invitée à sortir, en se mordillant la lèvre de nervosité, à croire qu'il craignait qu'elle lui dise non. Ne voyait-il donc pas que sa seule présence suffisait à affoler les battements du cœur de la jeune fille ?

Quoi qu'il en soit, ils s'apprêtaient à passer la journée entière ensemble, en commençant par un petit-déjeuner dans un café de Kensington High Street. Joan consulta son téléphone : encore une heure à attendre.

Autant l'admettre, niveau stress, elle n'avait rien à envier à son ami. Elle se sentait un peu comme avant un départ de tour de grand huit. Ils avaient beau s'être rapprochés au fil des semaines, tous les deux, ce jour n'en annonçait pas moins l'ouverture d'un nouveau chapitre dans leur relation.

Un éclat de rire s'éleva du rez-de-chaussée. Joan prit une profonde inspiration dans l'espoir de se calmer. Ses cousins étaient déjà debout. Leurs chamailleries familières retentirent à ses oreilles pendant qu'elle descendait l'escalier.

— Le meilleur faux exposé à la National Gallery ? voulait savoir Bertie.

— Fastoche : *Le Bassin aux nymphéas* de Claude Monet, répliqua Ruth.

— Ce n'est pas un faux ! protesta leur cousin.

— Qu'est-ce que je disais…

— Tu ne peux pas citer un tableau au hasard !

Sourire aux lèvres, Joan atteignit le bas des marches. Le reste de l'année, elle vivait avec son père, à Milton Keynes, où son quotidien était d'une tranquillité plaisante. Mais elle aimait le vacarme et le bazar qui caractérisaient les pénates de sa grand-mère, où elle passait chaque été – une période qu'elle attendait toujours avec impatience.

Dans la cuisine, Ruth s'était installée sur le radiateur en panne, sous la fenêtre. Du haut de ses dix-sept ans, elle pouvait se targuer du titre d'aînée des cousins – Joan et Bertie n'avaient que seize ans. Ce matin-là, pourtant, elle avait tout d'une gamine, avec son visage encadré de boucles noires et son pyjama – un pantalon de flanelle gris assorti d'un T-shirt « TRANSFORMERS » orné du logo des Decepticons représentant une grosse tête de robot à la mâchoire pointue, tel un bec d'oiseau.

— Il reste du thé dans ce placard ? demanda Ruth à Bertie.

Son cadet tendit le cou pour s'en assurer, tout en tenant à l'œil la poêle où il faisait sauter champignons et tomates.

— Seulement le préféré d'oncle Gus.

Un canotier posé sur sa chevelure noire, le jeune homme donnait l'impression de s'être vêtu pour une balade d'agrément sur la Tamise, version Années folles. Il faut dire que les Hunt affectionnaient les tenues excentriques.

— Ce fichu thé fumé ? Il a un goût de…

Ruth s'interrompit en voyant arriver Joan. Après avoir inspecté la robe neuve et le brushing impeccable de sa cousine, un éclair de joie illumina son visage quand elle en vint à la conclusion qui s'imposait.

— Ne commence pas, l'avertit la nouvelle venue.

Trop tard.

— Regarde-toi ! croassa son interlocutrice.

— Tu as un entretien d'embauche ? s'enquit Bertie. Je croyais que tu bossais au musée…

— Je vais prendre le petit-déjeuner avec quelqu'un, répondit Joan.

Ses joues s'empourpraient déjà, elle le sentait.

— Elle s'est faite toute belle pour un rencard ! roucoula Ruth, une main sur le cœur. Une vraie romance d'intellos. À tous les coups, ils vont aller au Victoria and Albert Museum, histoire de s'extasier ensemble devant des étoffes médiévales !

— N'importe quoi ! protesta Joan, sans pouvoir se retenir de sourire. Et puis, il n'y a pas que ça au V&A, je te signale. Il y a aussi des papiers peints historiques… des céramiques…

— Un véritable conte de fées, poursuivit sa cousine en se pâmant, dos contre la fenêtre, la main toujours posée sur la poitrine. Il était une fois deux geeks mordus d'histoire qui faisaient du bénévolat dans un musée le temps d'un été. Un jour qu'ils s'échinaient à astiquer le parquet côte à côte, leurs regards se sont croisés au-dessus de leurs serpillières…

Avec un ricanement, Joan alla chiper un bout de toast dans l'assiette de sa cousine.

— Vous devriez venir nous donner un coup de main, un de ces quatre. On s'amuse bien. La dernière fois, on a même appris à réparer la porcelaine.

— Il faut vraiment que je t'enregistre pour que tu t'entendes, railla Ruth avant de faire le robot. Mon nom est… Joan. Je kiffe le… service civique. Je suis à… cheval… sur les règles… Je traverse… la rue quand… le petit bonhomme… est… vert.

— Pff, même pas vrai… répliqua l'intéressée.

L'aînée des cousins sourit de toutes ses dents. La dynamique entre les deux jeunes filles avait toujours contredit leurs âges respectifs. Les règlements, Ruth les laissait aux autres. Le rôle de la grande sœur était plutôt tenu par Joan, qui rapportait les objets que sa cousine dérobait dans les magasins ou traînait la rebelle au bout de la rue pour qu'elles traversent dans les clous.

« Espèce de sainte nitouche », la taquinait Ruth, non sans affection. Elles se connaissaient depuis trop longtemps pour se croire encore capables d'influencer le comportement de l'autre.

— Allez, l'encouragea Bertie d'une voix cajoleuse en déposant sa poêle sur la table. Raconte.

— Qu'on puisse vivre cette amourette d'intellos par procuration, renchérit la jeune rebelle.

Joan lui tapota le pied.

— Il me plaît, finit-elle par confesser.

— Tu m'en diras tant, répondit sa cousine.

Elle s'était exprimée avec l'indulgence de la confidente à qui l'amoureuse transie n'avait eu de cesse de parler de l'élu de son cœur. Elle piocha un champignon dans la poêle.

— Le reste, vous êtes déjà au courant, reprit Joan. On va prendre le petit-déjeuner ensemble, puis on ira au V&A à pied.

— Hmm… Et après ça, commenta son interlocutrice, les deux fanas d'histoire médiévale que vous êtes iront se glisser dans un coin sombre pour…

Elle porta le champignon à ses lèvres pour le taquiner de la langue d'un air salace tout en agrémentant son geste de bruits de bouche on ne peut plus explicites.

— Ruth ! geignit Bertie. On ne joue pas avec la nourriture.

Elle fit la sourde oreille et redoubla d'ardeur.

— Ai-je seulement envie de savoir de quoi il retourne ? s'enquit une voix sèche depuis l'escalier : grand-mère.

— Bon, je dois y aller ! s'empressa d'annoncer Joan avant que toute la famille ne s'y mette. À plus tard !

Oncle Gus – Augustus de son nom complet – et tante Ada firent à leur tour leur apparition.

— Aller où ? s'enquit l'amateur de thé fumé.

— À un rencard ! l'informa Ruth.

— Minute, je veux en savoir plus ! lança tante Ada.

Joan bondit hors de la cuisine.

— Plus tard ! hurla-t-elle, déjà dans le hall d'entrée.

— Un rencard avec qui ? entendit-elle Ada demander aux autres.

— Un de ses collègues, pour qui elle en pince sévère ! répondit Ruth.

— J'en connais une qui va bécoter son amour d'été devant les étoffes médiévales ! chantonna Bertie.

Une prophétie qui fit rire aux éclats l'intéressée.

— Allez, salut ! s'écria-t-elle avant de refermer la porte derrière elle.

Joan avait encore le sourire aux lèvres tandis qu'elle remontait Lexham Mews. Elle emprunta ensuite Earl's Court Road avant de gagner Kensington High Street. Il faisait chaud, cet été-là. L'air lourd annonçait une nouvelle journée brûlante.

Un message de Nick lui parvint au moment même où elle arrivait au café : Je suis dans le métro ! La jeune fille prit une inspiration, le cœur léger. Il était en avance, lui aussi – dans moins d'un quart d'heure, il serait là. Elle se mordit la lèvre, peinant encore à croire qu'elle allait passer toute une journée en compagnie du garçon le plus craquant de la terre.

Elle commanda une tasse de thé au comptoir, avant de choisir une table près de la fenêtre. Les rayons du soleil qui affluaient par la vitre lui réchauffèrent le visage. Elle s'apprêtait à répondre au texto de Nick lorsqu'un courant d'air s'engouffra soudain dans la pièce : quelqu'un venait d'ouvrir la porte derrière elle.

Soudain, un fracas assourdissant retentit dans le café, du genre qui aurait provoqué une explosion de cris dans le réfectoire du lycée. Joan se retourna, à l'instar de tous les clients attablés dans l'établissement.

Un homme se tenait devant une table renversée, les yeux écarquillés, presque ahuris. Des fragments d'assiette et de verre jonchaient le parquet. L'intrus contemplait les dégâts comme s'il n'en était pas responsable.

— Je voudrais acheter des fleurs, marmonna-t-il.

Un serveur se mit à maugréer près de Joan.

— C'est reparti… (Il éleva ensuite la voix pour s'adresser à ses collègues.) Ray, va chercher l'aspirateur ! L'autre ivrogne est de retour ! (Prudemment, il se retourna vers le fautif.) On ne vend pas de fleurs, ici. Je me tue à vous le répéter. Ça fait des années que le fleuriste a fermé.

Joan se leva. Elle trouvait à l'inconnu un air familier.

— Ce n'est pas un ivrogne, dit-elle au serveur.

M. Solt habitait dans la même rue que sa grand-mère. Une semaine auparavant, il avait fait irruption chez les Hunt dans le même état de confusion. Ellie, sa fille, était arrivée un peu plus tard, en larmes.

— *Il souffre de démence*, avait-elle expliqué à l'aïeule de Joan. *Son état s'est terriblement aggravé depuis la mort de ma mère, l'an dernier. La plupart du temps, il ne sait même plus à quelle époque on est.*

— Monsieur Solt ?

Joan s'approcha du nouveau venu, non sans faire crisser à chaque pas les éclats de verre. Le sol en était couvert. Le vieil homme ne portait que de simples pantoufles, sans chaussettes. Sans doute avait-il fait tout le chemin depuis chez lui dans cette tenue.

— Où est passé le fleuriste ? demanda-t-il, troublé.

D'une taille imposante, le septuagénaire avait le crâne chauve et les épaules massives. En cet instant, pourtant, il se tenait recroquevillé, tel un petit garçon, comme s'il était sur le point de se mettre à pleurer.

Joan tenta de l'éloigner des dégâts.

— Et si on appelait Ellie ? lui suggéra-t-elle. Elle s'occupera des fleurs. Comme ça, vous pourrez rentrer chez vous.

Elle consulta son téléphone. Il faudrait à Nick une dizaine de minutes avant d'arriver.

— Tout va bien, lança-t-elle au serveur derrière elle. Je vais prévenir sa fille.

Elle effleura le bras de M. Solt. À son grand soulagement, elle sentit le vieil homme prêt à se laisser guider hors du café, loin du verre brisé.

À l'extérieur, il faisait grand soleil et le ciel bleu n'était traversé que par de rares nuages. À cette heure encore matinale, la plupart des commerces de Kensington High Street n'avaient pas encore ouvert.

— Allons donc nous asseoir, dit Joan à M. Solt.

Seul problème, aucun banc n'était en vue. Il lui fallait se contenter du petit pan de mur qui séparait le café de la banque adjacente.

— Commençons par nous reposer un peu.

Le septuagénaire la dévisagea, sans comprendre.

— Installons-nous ici, expliqua-t-elle. Je vais appeler Ellie et on va l'attendre ensemble.

Le voisin de sa grand-mère ne lui rendit qu'un regard vide. Une gêne étrange s'empara de la jeune fille. Un événement épouvantable était sur le point de se produire, elle en avait l'intime conviction. Mais d'où lui venait pareille idée ?

— Monsieur Solt ? insista-t-elle.

L'homme tituba, mains tendues pour se retenir aux épaules de Joan qui eut un mouvement de recul instinctif. La prise du vieillard se resserra.

De l'extérieur, on aurait facilement pris leur étrange ballet pour une bagarre, mais le malheureux cherchait seulement à se stabiliser.

Joan jeta un coup d'œil derrière elle, vers la vitrine du café, sauf que sa position plus proche de la banque l'empêchait de voir à l'intérieur de l'établissement. Un petit bruit de moteur s'en échappait : l'aspirateur. L'adolescente finit par se tourner dans la direction opposée – celle par où arriverait Nick. Jamais Kensington High Street ne lui avait semblé aussi déserte.

Le septuagénaire continuait de peser sur les épaules de la jeune Sino-Britannique, dont les jambes tremblaient sous l'effort. Elle se rappela cet épisode ridicule où elle avait voulu ôter le matelas de son lit… avant de s'effondrer sous son poids. Elle en avait été quitte pour appeler son père à grands cris afin qu'il la débarrasse de son fardeau, ce qui avait provoqué chez lui un tel fou rire qu'il avait dû s'appuyer à l'encadrement de la porte.

Elle s'efforça de rire de la situation dans laquelle elle se trouvait, sans parvenir à pousser autre chose qu'un son aigu empreint de nervosité. Elle, effrayée ? Pas du tout. Enfin, pas tout à fait. M. Solt ne cherchait qu'à retrouver sa stabilité, tout confus qu'il était. Ils retrouveraient d'ailleurs tous les deux leur aplomb d'un instant à l'autre.

Comment allait-elle raconter l'incident à Nick ? *Il s'est passé un truc plutôt insolite avant ton arrivée. Le voisin de ma grand-mère a perdu l'équilibre, moi aussi, et en moins de temps qu'il n'en faut pour le dire, on s'est retrouvés à tituber tous les deux au milieu de Kensington High Street.*

C'est à ce moment précis que Joan sentit ses genoux flancher.

— Monsieur Solt ! s'écria-t-elle.

L'intéressé l'observa d'un œil incertain, puis un éclair de lucidité traversa brièvement son regard. Enfin, il repoussa sa bienfaitrice, visiblement déconcerté. La jeune fille vacilla en arrière, agitant la main pour se rattraper à l'épaule du vieil homme, à sa chemise, à n'importe quoi.

Finalement, ce fut le mur qui la rattrapa, de façon douloureuse. L'espace d'un instant, l'adolescente ne vit plus que l'azur sans nuages. Puis une espèce de claquement retentit. Tout devint noir, comme si une main invisible venait d'éteindre la lumière.

Joan s'entendait encore respirer, lourdement, mais tous ses autres repères lui faisaient défaut. À tâtons, elle tenta de se faire une idée de son environnement. Des lueurs aveuglantes passèrent soudain en trombe devant elle et la firent sursauter.

Elle recula en reconnaissant les phares d'une voiture. Ses yeux avaient beau s'être habitués à l'obscurité, elle n'en était que plus désorientée, incapable de comprendre ce qu'elle voyait.

De l'autre côté de la rue se dressait un restaurant de burgers. Joan le connaissait bien pour être passée devant des dizaines de fois.

Elle pivota lentement sur elle-même. Le café se trouvait toujours derrière elle, mais il était désormais désert et plongé dans le noir. « FERMÉ », annonçait une pancarte accrochée à la vitre. La jeune fille n'avait donc pas bougé. Elle se tenait toujours au même endroit, là où M. Solt l'avait bousculée.

À ceci près que le fautif avait disparu.

Joan fixa l'horizon. Un instant plus tôt, elle s'attendait à y voir apparaître Nick, le visage baigné de soleil. C'était le matin. À présent, de bleu, le ciel avait viré au noir. Au firmament brillaient les étoiles… et la lune.

On était en pleine nuit.

Chapitre 2

Incrédule, Joan contempla le ciel d'encre. La nuit était tombée – brutalement, sans la transition d'un crépuscule, comme si une couverture avait été jetée sur le monde.

Voilà qui n'avait aucun sens. À peine quelques minutes plus tôt, elle guettait l'arrivée de Nick et à présent… Quelle heure était-il ? Une nouvelle bouffée d'angoisse l'envahit : son téléphone avait disparu. Elle se souvenait vaguement de l'avoir senti lui échapper dans la bousculade.

Une voiture passa en trombe, illuminant la rue. Aucune trace de son portable. L'adolescente esquissa un pas mal assuré.

La panique formait comme un nœud au creux de son estomac. Joan avait rendez-vous avec Nick pour le petit-déjeuner. Sauf que, désormais, la porte du café était verrouillée, les chaises empilées à l'intérieur… L'écriteau « FERMÉ » attira de nouveau son attention.

Que venait-il de se passer, au juste ?

M. Solt l'avait repoussée, puis… Joan tenta de se rafraîchir la mémoire, mais rien ne vint. Elle passait directement à la nuit noire.

Elle sursauta en entendant des éclats de voix. Un groupe de jeunes filles passa en titubant dans Kensington High Street, dans un mélange de bavardages et de rires.

Sur leur trente-et-un, les fêtardes, en pleine virée nocturne, se soutenaient mutuellement.

— Oups, pardon ! bredouilla l'une d'elles en effleurant Joan, qui les regarda s'éloigner, le cœur battant à tout rompre.

Oui, de toute évidence, elles ne faisaient que profiter de leur soirée et rien d'étrange ne leur était arrivé, à elles.

L'adolescente ferma les yeux, dans l'espoir que tout reviendrait à la normale. Que ce matin radieux resplendirait à nouveau. Que Nick apparaîtrait un peu plus bas dans la rue. En vain. Au moment où elle rouvrit les paupières, les cieux étaient toujours aussi sombres. Les boutiques de Kensington High Street restaient fermées, leurs vitrines plongées dans le noir. Incontestablement, on était en pleine nuit : la température avait chuté dès l'instant où les ténèbres s'étaient abattues sur le monde.

Joan se pinça le bras. *Aïe !* L'air était froid. Le sol sous ses pieds, bien ferme. Elle ne rêvait pas.

Malgré tout, si tout ça était bien réel… Elle se retourna vers la devanture du café. Une pancarte indiquait les horaires d'ouverture, de 7 heures à 21 heures. Si tout était bien réel, donc, elle n'avait gardé aucun souvenir des treize dernières heures, au bas mot. Sacré trou de mémoire !

Repoussant un accès de panique, l'adolescente plongea par réflexe la main dans sa poche. Il fallait qu'elle appelle Nick, pour lui dire où elle se trouvait… Puis elle se rappela la disparition de son téléphone.

L'angoisse l'assaillit de nouveau et il lui devint difficile de la contrôler. C'en était trop. Elle était seule, dans le noir, sans le moindre souvenir de la journée écoulée. L'envie de rentrer chez les Hunt l'étreignit soudain. Elle avait l'impression d'être toute petite, une gamine qui aurait fait une chute et se serait blessée. Si elle pouvait retrouver le chemin de la maison, au moins, sa grand-mère lui ferait un câlin et tout irait mieux.

Elle redescendit Kensington High Street d'un pas chancelant avant d'emprunter Earl's Court Road. Dans les ténèbres, ces rues familières prenaient une allure inédite. Les magasins n'étaient plus que des coquilles vides. Quelle heure était-il ? Tard, très tard, aucun doute là-dessus.

Qu'avait-il bien pu se passer ? L'avait-on assommée ? Droguée ? Avait-elle tout imaginé ? Chacune de ces possibilités l'effrayait davantage que la précédente.

Effarée, elle s'arrêta pour palper ses vêtements. À son grand soulagement, elle portait toujours les habits qu'elle avait choisis pour son rendez-vous avec Nick – une robe d'été et des sandales.

Un accès de somnambulisme ? Ce serait bien la première fois.

Derrière toutes ces spéculations, une tout autre question se profilait. Une interrogation qu'elle avait trop peur de formuler : que lui avait fait M. Solt ?

La maison du vieil homme se dessinait, menaçante, au coin de Lexham Mews. Joan l'évita en grimaçant, craignant de voir son propriétaire apparaître sur le seuil. Elle se mit à courir, jusqu'à trébucher sur le sentier inégal qui passait devant la bâtisse. Hors de question pourtant de ralentir avant d'avoir rejoint la demeure de sa grand-mère, où elle déboula dans l'entrée plongée dans la pénombre.

Une fois à l'intérieur, elle verrouilla la porte derrière elle sans perdre une seule seconde, avant de vérifier plusieurs fois que le verrou était bien mis. En se retournant, elle s'attendait à trouver les lieux sombres et déserts. Quelle ne fut pas sa surprise de voir un rayon de lumière filtrer depuis la cuisine ! Quelqu'un était encore debout.

Installée à table, la doyenne des Hunt buvait un chocolat chaud. Sur la cuisinière bouillonnait une casserole du délicieux breuvage. Joan hésita un instant sur le seuil. Allait-elle être réprimandée ? L'horloge indiquait une heure du matin tout juste passée. Son père, lui, aurait paniqué si la jeune fille était rentrée si tard sans l'en avertir.

— Bonjour, ma chérie, dit l'ancienne sans lever le nez. Viens t'asseoir.

Sur la table, une deuxième tasse attendait la noctambule. Une volute de vapeur s'en échappait.

— Je…

Que dire ? *Je crois que j'ai été droguée. À moins que j'aie perdu connaissance après m'être cogné la tête.* Malgré tout, aucune de ces propositions ne sonnait juste.

— Il s'est passé quelque chose, parvint-elle enfin à articuler. Je veux dire, il m'est arrivé quelque chose, à moi.

— Assieds-toi, ma chérie, insista l'aïeule avec tendresse.

Comme pour finir de la convaincre, la vieille femme fit glisser la tasse vers sa petite-fille. Joan s'assit prudemment, puis enroula ses mains autour du récipient. Il était brûlant.

La lumière tamisée et la robe de chambre en flanelle que portait sa grand-mère donnaient à cette dernière un air plus doux qu'à l'accoutumée. Sa chevelure bouclée lui dessinait un halo gris autour de la tête. Elle laissa à Joan le temps de boire une gorgée avant de lui demander :

— Que s'est-il passé ? Raconte-moi tout en détail.

Une nouvelle vague de panique submergea la jeune Sino-Britannique au moment où elle tentait de se remémorer les événements. Une journée entière avait disparu de sa mémoire, sans laisser de trace.

— C'est M. Solt. Il m'a fait quelque chose. Il… il m'a poussée, je me suis cognée contre un mur et après ça… (Le vide s'insinua de nouveau dans son esprit.) Après ça, je ne me souviens de rien, conclut-elle d'une traite. Je ne me rappelle plus rien de ce qui a pu arriver depuis ce matin.

— Il t'a poussée, reprit sa grand-mère avec un calme rassurant. Et toi, lui as-tu rendu la pareille ?

— Pardon ?

C'était quoi, cette question ? Joan, qui ne s'y attendait pas, ne sut y répondre d'emblée.

— Non.

— Mais tu l'as touché. (La vieille femme se posa l'index sur la nuque.) Ici.

Joan s'apprêtait à protester de plus belle lorsqu'un souvenir lui revint : elle avait tendu le bras pour se rattraper. Elle se rappelait très nettement avoir heurté le cou de M. Solt du tranchant de la main.

— Il faisait encore jour, ajouta son aïeule. Puis la nuit est tombée, sans la moindre transition.

Joan la dévisagea, abasourdie. C'était exactement ce qu'elle avait vécu.

— Il m'a bien fait quelque chose, alors ? murmura-t-elle.

— Non, il ne t'a rien fait, rectifia la doyenne des Hunt. C'est toi qui lui as fait quelque chose.

— Moi ?

— Ma chérie, quand tu avais six ans, je t'ai expliqué ce que tu étais.

L'adolescente secoua la tête, sans pouvoir détacher ses yeux du visage de sa grand-mère… qui se pencha vers elle et ajouta, sur le ton de la confidence :

— Tu es un monstre, Joan.

Sur la cuisinière, de gros bouillons continuaient d'agiter le chocolat. L'implacable tic-tac de l'horloge retentissait dans la pièce. Le monde entier semblait contenu dans les deux iris verts fixés sur la jeune fille.

— Tu veux dire que je peux faire disparaître des objets ? demanda-t-elle. Et les faire réapparaître ?

Elle n'avait jamais été très douée pour réaliser ce tour. Cette aptitude, si tant est qu'elle l'ait jamais eue, avait même diminué au fil des ans. Si son aïeule et son oncle Gus avaient la faculté de faire disparaître des tableaux entiers, Joan, elle, n'avait jamais fait mieux qu'escamoter des pièces de monnaie.

Dans la lumière jaunâtre de la cuisine, les prunelles de sa grand-mère se firent aussi brillantes que celles d'un chat.

— Ça, c'est le pouvoir des Hunt… expliqua-t-elle. Chaque famille de monstres possède une spécialité propre. Au demeurant, tous partagent un pouvoir commun : la faculté de voyager dans le temps. C'est ce que tu as fait.

— J'ai… quoi ?

— Les humains sont captifs du présent. Pas les monstres. Tu as volé quelques instants à cet homme, avant de t'en servir pour te déplacer du matin à la nuit. Bref, tu as voyagé dans le temps.

La blague du siècle… si seulement sa grand-mère avait eu le bon goût de s'esclaffer. Ce qu'elle ne fit pas. Non, à la place, elle se contenta de dévisager sa petite-fille d'un air on ne peut plus sérieux.

— Enfin, de quoi est-ce que tu parles ? finit par lui demander Joan.

— Tu as dérobé à M. Solt quelques heures de sa vie, clarifia son aïeule.

— Mais non, protesta la jeune fille.

C'était à n'y rien comprendre.

— Oh, pas beaucoup. Moins d'une journée. Il mourra une douzaine d'heures plus tôt que prévu, voilà tout.

— Non !

Dérober des heures et des jours ? Les membres de la famille maternelle de Joan s'étaient toujours décrits comme des monstres, mais à entendre leur doyenne, ils étaient en fait d'authentiques créatures diaboliques qui s'attaquaient aux êtres humains. Bon, d'accord, il leur arrivait de voler à l'étalage. Ruth savait crocheter l'antivol d'un vélo. Quant à Bertie, il se glissait dans les cinémas par la sortie de secours pour voir des films à la sauvette. Mais, enfin, ça n'en faisait pas pour autant des monstres !

— Je n'ai rien fait, se défendit la jeune fille. Moi, écourter sa vie ? Jamais je ne ferais une chose pareille ! Qui oserait, même ? Quant à cette histoire de voyage dans le temps… Alors là, c'est…

À cet instant précis, elle remarqua le chapeau d'oncle Gus posé sur la banquette de la cuisine. Un modèle châtain, orné d'un ruban d'un brun chaud. L'accessoire était entretenu à la perfection, comme le reste de sa collection. Mince et élancé, l'homme cultivait un style inspiré des années 1950, avec un goût prononcé pour les couvre-chefs et les costumes élégants. Même sa coiffure avait un petit quelque chose de suranné, avec ses cheveux gominés et sa raie sur le côté.

Joan songea ensuite à la tenue que tante Ada portait ce matin-là. L'intéressée possédait une garde-robe éclectique, qui fascinait sa nièce. Levée de bonne heure ce jour-là, elle était vêtue d'une combinaison de mécanicienne, sa chevelure enroulée dans une écharpe nouée au sommet de sa tête. La veille, elle arborait une robe blanche, apprêtée comme pour une garden-party des Années folles. Pour tout dire, on aurait juré qu'elle s'apprêtait à remonter le temps pour s'y rendre.

La jeune Sino-Britannique recula brusquement son siège, qui racla bruyamment le sol.

— Joan… tenta de l'apaiser sa grand-mère.

Les mains serrées sur le bord de la table, l'adolescente secoua de nouveau la tête, sans même savoir ce qu'elle cherchait à nier par ce geste.

Son aïeule lui tendit un petit appareil : son téléphone, perdu lors de sa bagarre avec M. Solt. L'écran était tout craquelé.

— N'oublie pas la règle d'or, lui rappela l'ancienne. Personne ne doit savoir ce que nous sommes. Ce que tu es, toi. Jamais tu ne dois parler des monstres à qui que ce soit.

À l'étage, Joan trouva sa chambre telle qu'elle l'avait quittée ce matin-là : le lit défait, son pyjama jeté sur l'oreiller. Elle examina son portable et la longue fissure qui fendait l'écran. On l'avait éteint. Cette nuit-là, son aïeule avait eu l'intuition d'attendre sa petite-fille, mais aussi de récupérer son portable, manifestement.

Le souffle court, la jeune fille mit l'appareil sous tension. Lorsque l'écran s'illumina, les messages de Nick qui s'affichaient lui firent l'effet d'un seau d'eau glacé.

Une soudaine envie de pleurer lui secoua les épaules. Dire qu'elle n'avait eu qu'une envie : passer la journée avec le garçon qui la faisait craquer… Et voilà qu'elle avait manqué leur rencard. Pire, elle l'avait sans doute blessé en lui posant un lapin.

La gorge nouée, elle parcourut les messages. En tête de liste venait celui qu'elle avait pu voir ce matin-là. Elle s'apprêtait d'ailleurs à y répondre quand M. Solt avait débarqué dans le café.

Je suis dans le métro !

Je suis arrivé !

Tout va bien ? On se voit toujours pour le petit-déjeuner ?

Joan, tu vas bien ?

Elle encaissa le coup tant bien que mal. Le premier SMS avait été envoyé à 7 h 39. Le dernier, à 18 h 23. Elle fixa l'écran. Que dire ? Pour finir, elle opta pour :

Je suis vraiment désolée. Je vais bien. J'ai eu une urgence familiale.

« *Tu as volé quelques instants à cet homme,* lui avait dit sa grand-mère, *avant de t'en servir pour te déplacer du matin à la nuit. Bref, tu as voyagé dans le temps.* »

Joan s'assit pesamment sur son lit. Dans une vaine tentative pour se couper du monde, elle s'enfouit sa tête entre ses bras. Toute cette histoire ne pouvait pas être vraie. Non, elle refusait d'y croire.

Selon son aïeule, elle avait écourté la vie de M. Solt. Par sa faute, il allait mourir avant son heure. Impossible ! D'autant qu'elle était bien incapable de faire du mal à une mouche. Alors au voisin septuagénaire de sa grand-mère ? Jamais de la vie !

Quant au reste… c'était tout simplement inimaginable.

Le réveil indiquait pourtant 1 h 15 du matin. Voilà la réalité. Or il y avait moins d'une heure que Joan s'était mise en route pour le café. Ça aussi, c'était la réalité.

Des monstres. Les Hunt utilisaient toujours ce terme pour se décrire. Pourquoi ne leur avait-elle jamais demandé ce qu'ils voulaient dire par là, exactement ?

Elle regarda les chiffres clignoter sur l'horloge. Les minutes s'écoulaient à leur rythme habituel : 1 h 45, puis 2 h 30. Se sentir aussi éveillée si tard dans la nuit n'avait rien de naturel, sauf en cas de décalage horaire.

Cette pensée fit remonter quelques souvenirs. La manière dont Ruth, intenable à un moment donné, s'écroulait parfois sur son lit une heure plus tard, épuisée, avant de dormir jusqu'au lendemain. Bertie, qui changeait cinq fois de tenue dans la même journée.

Ruth et Bertie… Si tout ce que lui avait raconté sa grand-mère était vrai, ils devaient être au courant, depuis le début. Ils avaient même dû voler l'énergie vitale d'inconnus par le passé. « *Il mourra une douzaine d'heures plus tôt que prévu, voilà tout* », avait dit l'ancienne au sujet de M. Solt. Elle n'avait pas l'air de s'en inquiéter le moins du monde, un comportement digne d'un monstre. L'idée était insupportable à Joan.

La jeune fille vit passer 6 h 30, puis 7 h 30. Elle dut s'endormir quelque temps plus tard.

Dans son rêve, elle était de retour devant le café en compagnie du voisin de son aïeule. Mais, cette fois, lorsqu'il la repoussait, elle se retournait pour poser les mains autour de son cou et serrer, de toutes ses forces. Suffoqué, le malheureux se débattait. Malgré la taille immense du septuagénaire, Joan s'avérait plus puissante que lui.

Tout à coup, comme si on avait actionné un interrupteur, le jour laissa place à la nuit et la voix de M. Solt retentit dans les ténèbres.

« Tu es un monstre. »

Joan se réveilla en sursaut. Par les rideaux ouverts, elle vit le ciel, d'un blanc surnaturel. Portant la main à son cou, elle sentit le délicat mouvement de sa gorge lorsqu'elle déglutit. Quel affreux cauchemar ! Qui pouvait avoir des visions aussi horribles ?

Au rez-de-chaussée, dans la cuisine, Ruth se délectait de tartines agrémentées de pâte à tartiner Marmite. L'horloge indiquait 3 h 30. Voilà qui n'avait aucun sens : la jeune fille savourait un goûter. À l'extérieur, il faisait jour. Pourtant, l'horloge indiquait bien 3 h 30. Ces informations ne collaient pas ensemble. Joan mit un moment avant de retrouver ses repères temporels : il était 15 h 30 !

Sa cousine leva le nez.

— Coucou ! Tu aurais pu me réveiller en rentrant, dis donc ! Je veux tout savoir de ton rencard avec ton petit intello canon, moi ! Allez, crache le morceau !

Son comportement était incroyablement normal. Joan se sentit de nouveau complètement désorientée.

— Alors, c'était aussi génial qu'espéré ? Est-ce que vous…

Ruth tendit les lèvres pour mimer un baiser caricatural.

— Je l'ai raté, s'entendit répondre la poseuse de lapin.

— Tu as quoi ? (Sa cousine se rembrunit.) Tu as raté ton rencard ? Comment ça ? Tu ne tenais pas en place, hier !

Joan contempla son interlocutrice. Avec ses cheveux bouffants, sa veste à épaulettes et son maquillage qui avait un peu coulé, on l'aurait crue tout droit sortie d'une soirée costumée *eighties*… si ce n'était des années 1980 elles-mêmes !

— C'est la vérité, n'est-ce pas ? articula Joan.

— Quoi donc ? répliqua son aînée, perplexe.

— Nous sommes des monstres. Au sens propre du terme. Notre famille dérobe aux êtres humains des heures et des jours de leur vie.

Elle ne pouvait détacher ses yeux de sa parente, de son visage si familier. Elle l'avait côtoyée toute sa vie – elle la connaissait avant même de savoir parler. Parfois, l'été, elles avaient partagé une chambre. Elles s'étaient chamaillées pour des broutilles, avant de se réconcilier. Elles avaient passé des nuits blanches à bavarder de tout et de rien. La gorge de Joan se serra.

Éclate de rire, intima-t-elle mentalement à Ruth. *S'il te plaît. Sois surprise, au moins, ou nie tout en bloc. Dis-moi que j'ai perdu la tête. Je t'en supplie, dis-moi que ce n'est pas vrai.*

L'intéressée ouvrit la bouche… avant de la refermer aussitôt, ne sachant visiblement pas trop quoi dire. La voir aussi indécise, elle qui d'ordinaire affichait une belle assurance, ajoutait au mystère.

— Quelqu'un t'en a parlé ? finit-elle par demander.

Horrifiée, Joan fut prise d'un vertige. Voilà qui confirmait ses pires craintes. Tout ce que lui avait dit sa grand-mère cette nuit-là était donc vrai.

— Pourquoi ne m'as-tu rien dit, toi ? rétorqua-t-elle.

Ruth blêmit.

— Joan…

— Tu voles la vie des gens ? Grand-mère aussi ? Et Bertie ?

Tout le clan Hunt s'adonnait-il donc à ce crime odieux ? Elle était au bord de la nausée.

— Mais enfin, c'est complètement immoral ! Tu te rends compte à quel point c'est mal, à quel point c'est… c'est… tout simplement démoniaque ! (Une pensée affreuse se fit jour dans son esprit.) Et mon père, vous lui avez volé de la vie, à lui aussi ? Ou même… à moi ?

Ruth eut l'air choquée.

— Bien sûr que non ! Comment peux-tu penser une chose pareille ?

Joan regagna le couloir, l'estomac retourné. Elle allait vraiment vomir.

— Attends ! lança sa cousine en se levant brusquement de son siège. Où vas-tu ? Tu dois parler à grand-mère, d'accord ?

— Et puis quoi, encore ? explosa-t-elle, incrédule. Je ne veux plus parler à aucun d'entre vous !

Il fallait qu'elle sorte de cette maison, qu'elle s'éloigne au plus vite de cette famille.

— Joan…

— Non ! éructa l'intéressée d'une voix brisée en reculant de plus belle. Je ne veux plus jamais vous voir, tous autant que vous êtes !

Chapitre 3

La nuit précédente, Joan, effrayée, avait pris ses jambes à son cou à la vue du domicile de M. Solt. Désormais, en repassant devant la bâtisse en plein jour, elle baissait la tête, honteuse. « *Il ne t'a rien fait*, lui avait expliqué sa grand-mère. *C'est toi qui lui as fait quelque chose.* »

Une envie désespérée l'envahit tout à coup : rentrer chez elle – dans sa vraie maison. Pas celle de son aïeule, mais celle de son père, à Milton Keynes. Hélas, il était en vacances en Malaisie, en visite dans la famille Chang. L'un de ses amis gardait leur domicile en son absence.

Joan avait l'impression de s'être aventurée hors du monde réel. Dans la vraie vie, son père était en Asie du Sud-Est et ses camarades de classe profitaient de leurs vacances d'été. À Londres, en revanche, la famille de la jeune fille passait son temps à voler l'énergie vitale d'innocents, sans qu'elle ait jamais rien deviné. Là, elle-même s'était livrée à ce méfait, pas plus tard que la veille.

Elle tourna au coin de la rue sans la moindre idée de sa destination. Si elle appelait son père, qu'elle tentait de rentrer à Milton Keynes ou qu'elle contactait une amie pour lui demander de l'héberger, on lui poserait des questions. Or, que pourrait-elle répondre ?

Sans nulle part où aller, elle se surprit à rejoindre Holland House, le musée où elle faisait du bénévolat… et où se trouvait Nick.

Holland House était un hôtel particulier de Kensington restauré et transformé en musée vivant. Chaque salle proposait une reconstitution à l'identique de la vie que l'on pouvait y mener à l'époque georgienne. Des historiens en costume y guidaient les touristes en leur décrivant le quotidien des anciens habitants du lieu. À l'extérieur s'étendaient des jardins où pique-niquer, ainsi qu'un labyrinthe végétal qui faisait la joie des enfants.

Joan s'y rendait trois jours par semaine depuis le début de l'été. Ses tâches consistaient surtout à faire du ménage et du jardinage, mais elle y trouvait son bonheur : au lycée, l'histoire était sa matière préférée. Quand ses amis parlaient de devenir acteurs ou chanteurs, elle rêvait d'être embauchée dans un musée.

La jeune fille s'engagea sur le chemin familier qui menait au manoir. Autour d'elle, le monde lui semblait d'une normalité surréaliste. Les coquilles vides d'Earl's Court Road étaient redevenues des commerces. Même le ciel avait délaissé le bleu de la veille pour retrouver une grisaille typiquement londonienne. À croire que la journée précédente n'avait jamais eu lieu.

Elle atteignit Kensington High Street. Sur le trottoir d'en face s'ouvrait le portail en fer forgé de Holland House. En cette fin d'après-midi, les touristes étaient nombreux à quitter la propriété pour se déverser dans Kensington.

Quelle étrange sensation de marcher à contre-courant… Un peu comme si elle se trompait de direction. Peut-être était-ce le cas, d'ailleurs. Qu'allait-elle dire à Nick lorsqu'elle le verrait ? Aux yeux du jeune homme, elle lui avait posé un lapin, non sans ignorer au passage ses SMS. Pour couronner le tout, elle avait manqué son service du jour, sans même un message d'explication. Et s'il refusait de lui adresser la parole ? À cette idée, la gorge de Joan se serra.

En remontant le sentier bordé d'ormes qui menait au bâtiment principal, elle croisa des touristes chargés de paniers de pique-nique vides et de souvenirs achetés à la boutique. Des enfants la dépassèrent en courant et en agitant des épées en mousse. Leurs parents les couvaient d'un regard serein.

Comme toujours, Holland House apparut par fragments à travers la végétation : d'abord quelques éclats de façade rouge perçant le voile des arbres, bientôt suivis de liserés blancs et de fenêtres luisantes, avant que le sentier ne cède la place à une pelouse soyeuse et que le manoir ne se révèle dans toute sa splendeur.

Le musée vivant était niché dans une propriété en brique et en pierre drapée de lierre, à la toiture ornée de pignons et de tourelles harmonieuses. Devant l'entrée, un parterre accueillait une fontaine autour de laquelle se pavanaient des paons.

Joan se trouvait à présent au bord de la pelouse. Elle s'était attendue à trouver Holland House changée, mais la demeure semblait telle qu'elle l'avait vue deux jours plus tôt. Le monde entier était resté le même, de la cuisine de sa grand-mère à Earl's Court Road. La jeune fille était la seule à avoir vraiment changé.

À présent, elle savait que sous la surface du Londres ordinaire étaient tapis des monstres.

***

La passionnée d'histoire grimpa l'escalier de service réservé au personnel. La lumière de l'après-midi filtrait par les fenêtres. Dans l'atmosphère flottait un parfum de bois vernis chauffé par le soleil.

Nick travaillait dans la bibliothèque – une longue galerie qui s'étirait sur toute la largeur du bâtiment et dont les murs étaient couverts d'étagères et de peintures à l'huile. À l'une de ses extrémités, des fenêtres ouvraient sur un jardin à la française, à l'autre, sur la cour principale du manoir.

Arrivée sur le seuil, Joan hésita. Le dos tourné, son collègue s'affairait, seul, époussetant un cadre à l'aide d'un chiffon doux. Il régnait dans la pièce une certaine touffeur, si bien que le jeune homme avait retroussé ses manches jusqu'aux coudes. Joan eut le plus grand mal à détacher son regard du petit morceau de peau nue visible entre son col et sa chevelure. « *Tu l'as touché ici* », avait dit sa grand-mère en parlant de M. Solt.

Cette sensation de normalité surréaliste l'envahit à nouveau, encore plus forte qu'auparavant. Joan se remémora leur première rencontre, à Nick et elle, le premier jour de son bénévolat au musée. Ce matin-là, la foule des visiteurs avait enflé jusqu'à donner l'impression que la moitié de la capitale anglaise s'était donné rendez-vous dans le parc pour pique-niquer et se presser dans le labyrinthe végétal, épaule contre épaule. Lors de sa pause-déjeuner, la jeune bénévole s'était retirée dans le manoir où elle avait gravi l'escalier de service avant de se retrouver seule dans la bibliothèque. Les yeux clos, elle avait respiré le parfum du papier et du cuir des reliures. Un petit moment de répit qui avait provoqué chez elle un profond soulagement.

Puis un craquement de parquet l'avait poussée à rouvrir les paupières. Un jeune homme était entré dans la pièce. Il semblait un peu plus âgé qu'elle – dix-sept ans, peut-être. La première réaction de l'adolescente avait été de le trouver d'une beauté classique avec sa tenue impeccable, ses cheveux brun foncé et sa mâchoire carrée. Lorsque leurs regards s'étaient croisés, elle avait senti une vague de chaleur l'envelopper, comme si elle avait été transpercée d'un rayon de soleil. Plus tard, elle découvrirait qu'il était gentil, qu'il ne mentait jamais et qu'il manifestait le même respect, le même intérêt envers chacun de ses interlocuteurs.

Le parquet grinça sous les pas de Joan. Souvenir et réalité se confondirent brièvement au moment où Nick se retourna. Le cœur de la jeune fille se mit à battre la chamade lorsque les yeux marron foncé du bénévole plongèrent dans les siens.

— Je suis vraiment désolée pour hier, dit-elle d'emblée.

Il se passa une main dans les cheveux, qu'il avait parfois presque noirs, selon la lumière – « noir Darcy », comme aimait à les décrire leur amie Astrid. À contre-jour devant la fenêtre, ils lui parurent plus clairs.

— Ce n'est pas grave, répondit-il.

Sous cette formule nonchalante pointait une note de vulnérabilité. Peut-être se préparait-il à être rejeté.

— J'ai eu un souci avec ma famille, expliqua Joan.

Ce n'était pas un mensonge, au fond, même si ça sonnait faux.

— Et je… je regrette de ne pas avoir répondu à tes messages, poursuivit-elle. Sincèrement. J'avais perdu mon téléphone…

Mais je l'ai retrouvé, omit-elle d'ajouter.

« *Jamais tu ne dois parler des monstres à qui que ce soit* », l'avait mise en garde sa grand-mère. Pour la première fois, elle se demanda si ce secret viendrait systématiquement se dresser entre elle et les êtres qui comptaient pour elle, comme Nick en cet instant – ou son père, quand elle serait rentrée chez elle.

Elle imagina le jeune homme en train de l'attendre au café. Elle n'avait répondu à aucun de ses SMS. Tel qu'elle le connaissait, il avait dû patienter, inlassablement, juste au cas où. Combien de temps était-il resté là avant de comprendre qu'elle ne viendrait pas ?

« *Tu vas bien ?* » lui avait-il demandé dans son dernier texto.

Elle pouvait presque l'imaginer quand il reçut enfin, bien des heures plus tard, cette maigre excuse : « *J'ai eu une urgence familiale.* »

— Joan…

Nick se tenait toujours là, impatient de savoir la suite. La jeune fille le vit prendre peu à peu conscience de la douloureuse réalité : elle ne lui fournirait pas d'explication plus satisfaisante.

Au rez-de-chaussée, on fermait les portes. Des bruits de pas retentirent dans l'entrée principale. Les derniers visiteurs quittaient les lieux.

Joan se frotta le visage, dépassée par les événements. Il lui fallait du concret.

— Je pourrais…

D'un geste maladroit, elle désigna le chiffon que tenait son collègue, qui contempla le morceau de tissu d'un air absent, comme s'il avait oublié jusqu'à son existence.

— Je peux finir le ménage dans cette pièce si tu veux. Bon, ça ne rattrapera pas le service que j'ai manqué, mais...

Il la dévisagea.

— Rien ne t'y oblige.

— Je n'en ai pas pour longtemps, insista-t-elle.

Elle s'avança vers le chariot de matériel pour prendre ce dont elle avait besoin. Tout en cherchant un chiffon, elle sentait le poids du regard du jeune homme sur elle. Elle affichait un comportement plus qu'étrange, elle en avait conscience. Pire, elle ne faisait que retarder l'inévitable.

Elle s'attaqua au cadre – un modèle en bois sculptée de roses – pour le nettoyer comme on le leur avait appris, en ôtant la poussière incrustée dans les reliefs tout en prenant soin de ne pas toucher la toile. Le silence était pesant. Crispée, Joan s'attendait à entendre son ami lui dire : « *Tu m'as vraiment fait de la peine. Je ne m'attendais pas à ce genre de comportement de ta part.* » Ou à ce qu'il la plante là, tout simplement.

Le parquet craqua sous le poids de pas aussi lents que les siens lorsqu'elle s'était avancée vers M. Solt. Nick ne s'éloignait pas, il se rapprochait. Soudain, elle perçut sa présence, ses larges épaules et sa mâchoire carrée.

— Joan ? murmura-t-il d'une voix rauque. Que s'est-il passé, hier ?

La gorge de la jeune fille se noua. Combien de fois les Hunt s'étaient-ils adonnés à ces méfaits ? Quelle quantité de vie avaient-ils prélevée – et à qui ? Ruth avait-elle volé du temps à leurs voisins ? Ou à des connaissances communes ? L'espace d'une folle seconde, Joan regretta de ne pouvoir tout révéler à Nick. Elle se sentait toujours mieux après lui avoir parlé… Encore sous le coup des effroyables révélations que lui avait faites son aïeule, elle éprouvait le besoin de se confier. Mais pas à Nick – c'était impossible : c'était un être humain. Or la doyenne des Hunt lui avait rappelé la règle d'or : *« Jamais tu ne dois parler des monstres à qui que ce soit. »*

En bas, les employés échangeaient des au revoir. Des portes claquaient. Chacun repartait chez soi.

— Je suis seulement venue te présenter mes excuses.

Il fallait à Joan lutter pour faire sortir les mots de sa gorge sèche.

Elle n'aurait jamais dû venir, elle s'en rendait compte, à présent. Même sans savoir vers qui se tourner, choisir Nick était une erreur. La veille, elle avait mis les pieds dans un monde étrange, aussi dangereux qu'inconnu. Un monde où le jeune homme n'avait pas sa place.

Il garda le silence un long moment. Diverses émotions passèrent sur son visage. Sentait-il qu'une fois partie, elle ne reviendrait plus ?

Joan n'en menait pas large. *« Il me plaît »*, avait-elle confié à Ruth. Mais ces mots n'exprimaient pas ce qu'elle éprouvait. Lorsqu'elle avait rencontré ce féru d'histoire, sa présence lui avait semblé familière, comme si elle l'avait côtoyé toute sa vie. Et quand il l'avait invitée à sortir, elle avait cru découvrir une toute nouvelle facette d'elle-même. Elle ne se savait même pas capable de sentiments pareils.

Désormais, la seule idée de le quitter – pour ne plus jamais le revoir – lui brisait le cœur. Il le fallait, pourtant. Elle se connaissait trop bien : mentir lui serait impossible.

L'envie irrépressible de se confier à lui l'avait déjà titillée. Une envie qui était toujours présente.

— Joan…

Il se tenait si près.

— S'il te plaît. (Dans ses yeux marron foncé luisait un éclat douloureux.) Ne pars pas.

Il l'avait donc percée à jour.

Il le faut, songea la jeune fille. *Je ne peux pas rester près de toi. J'ai trop peur de ce que je pourrais dire, de ce que je suis.*

— Je t'en supplie, ajouta-t-il.

Et Joan se surprit à acquiescer.

Le personnel n'était pas censé s'attarder après la fermeture. Enfreindre cette consigne n'avait rien de naturel pour Joan, habituée à respecter les règles. Il en allait de même pour Nick. Les deux amis se retirèrent au fond de la bibliothèque pour s'asseoir sur le parquet, côte à côte, sous la fenêtre – à un endroit où ils ne risquaient pas d'abîmer quoi que ce soit.

Le jeune homme dénicha une barre chocolatée dans son sac, puis étala sa veste par terre en guise de nappe.

— Je m'en voudrais de mettre des miettes partout, déclara-t-il d'un air solennel.

Son col glissa vers l'avant quand il se pencha pour étendre le vêtement. Joan s'efforça de ne pas trop regarder le pâle cou de son ami.

Elle manqua de sursauter en sentant les doigts de Nick contre les siens lorsqu'il lui tendit la friandise. Une simple pression sur la nuque avait suffi à voler du temps à M. Solt. Jamais elle ne se pardonnerait de faire du mal au jeune bénévole aussi.

D'un accord tacite, ils éludèrent leur rendez-vous manqué de la veille, préférant s'en tenir à des banalités.

— Tu t'es occupé du jardin aujourd'hui ? demanda Joan.

La question, maladroite, traduisait parfaitement sa gêne. Une myriade d'interrogations se lisaient dans le regard de Nick, qui finit malgré tout par répondre :

— Je travaille toujours sur l'inventaire pour la compagnie d'assurances.

Né dans le Yorkshire, il parlait avec un léger accent du Nord qui se faisait plus marqué lorsqu'il était fatigué – comme en cet instant, où il était distinctement audible.

— J'ai dressé le catalogue de ta pièce préférée, celle avec tous les petits tableaux.

— Le cabinet des Miniatures, approuva la jeune fille.

L'inventaire de tous ces bibelots avait dû lui prendre un temps fou. Un travail censé être effectué à deux, qu'il avait dû accomplir seul en une journée… Voilà qui expliquait sa fatigue. Joan fut rongée par le remords. La veille, elle avait porté préjudice à M. Solt. Elle avait aussi heurté les sentiments de Nick. Sans le vouloir, certes, mais ça ne changeait rien à l'affaire. Faire du mal, n'était-ce pas le propre des monstres ?

L'atmosphère se chargeait de non-dit à mesure qu'ils continuaient d'échanger des banalités. La conversation qu'ils évitaient semblait résonner plus fort que celle qu'ils tenaient à voix haute.

Joan ramena ses genoux contre sa poitrine. Autour d'eux, le silence envahissait progressivement le manoir. Bientôt, même les craquements du parquet appartinrent au passé. À part les deux jeunes bénévoles, le musée était vide. À l'autre extrémité de la pièce, le soleil vespéral éclaboussait le tableau à moitié épousseté.

— Je n'ai pas fini de nettoyer le cadre, remarqua Joan.

Il lui faudrait passer encore une demi-heure dessus.

— Je vais le faire avant de partir.

— Je m'en occuperai demain, répondit Nick d'une voix douce.

Demain. L'adolescente ne savait qu'en penser. C'est à peine si elle se sentait capable d'imaginer la soirée à venir. Elle appuya sa tête contre le mur derrière elle. Malgré son format grandeur nature – ou presque –, de là où ils se trouvaient, la toile aurait pu passer pour une miniature. Il s'agissait d'un portrait : un homme en tenue de chasse de style Régence qui se tenait debout sous un chêne. Il levait le menton d'un air hautain.

Nick suivit le regard de son amie.

— Lord Super Canon, comme le surnomme Astrid.

Joan s'esclaffa, surprise. Pour être honnête, l'homme portraituré lui avait toujours paru plus cruel qu'autre chose. La dépouille d'un renard gisait aux pieds du chasseur, qui appuyait le bout de sa chaussure sur le cou de la pauvre bête. Sous le trait de l'artiste, ses yeux projetaient un regard froid de prédateur.

— Il paraît qu'il fut un temps le propriétaire des lieux, lui apprit son collègue.

Joan songea à toutes les salles vides qui les entouraient.

— Tu imagines comment c'était, avec une seule famille pour habiter ce manoir ? Tout cet espace…

Nick se mit à contempler le plafond que perçait une suite de lucarnes, petits carrés bleu nuit parsemés d'étoiles argentées.

— Difficile de se faire une idée de ce que ça devait être de grandir ici, dit-il. Quand j'étais petit, ma famille et moi, on vivait dans un appartement minuscule. On s'entassait à huit dans un trois-pièces.

Sa voix semblait plus détendue, à présent – elle avait le ton qui était le sien d'ordinaire lors de leurs innombrables conversations.

— Huit ? s'étonna Joan.

Il avait déjà évoqué sa fratrie, mais elle n'avait pas pris conscience qu'autant de membres la composaient.

— J'ai trois frères et deux sœurs, précisa-t-il. Jusqu'à sept ans, j'ai dormi dans le salon avec mes frères. On s'en accommodait plutôt bien. C'était sympa, en un sens… Convivial, même.

— Je vois…

Joan songea à ses séjours chez sa grand-mère. Bien que le calme de la maison paternelle lui convienne parfaitement, passer ses étés chez les Hunt était tout aussi appréciable. Jusqu'à la veille, en tout cas… À présent, elle ne savait plus trop quoi penser. Elle ferma les yeux un moment, ravalant les larmes qu'elle sentait venir.

Nick hésita. Se doutant de ce qu'il s'apprêtait à lui demander, elle tenta de se préparer à la question, tout en la redoutant. Il se contenta pourtant de changer de position pour se rapprocher d'elle. Leurs bras s'effleuraient.

Ils restèrent ainsi le temps que Joan retrouve ses esprits.

— Décris-moi ta famille, finit-elle par articuler.

De nouveau, l'hésitation gagna son compagnon, dont le regard se posa sur elle.

— J'ai grandi avec pas grand-chose, raconta-t-il. Mes parents nous ont appris à veiller les uns sur les autres, à faire preuve de gentillesse, à aider ceux qui sont dans le besoin. Ces valeurs-là sont ancrées en moi... Je pense qu'il est de notre devoir d'aider notre prochain, dans la mesure du possible.

N'importe qui d'autre aurait pris un ton un peu moqueur, histoire de souligner qu'il n'était pas dupe du côté candide d'une telle déclaration. Nick, lui, s'exprimait avec sincérité, visiblement convaincu de ce qu'on lui avait inculqué.

Joan examina ses mains. Pas plus tard que la veille, elles avaient dérobé quelques heures de vie à un innocent. Malgré tout, la jeune fille avait elle aussi toujours partagé ces valeurs. Elle y croyait dur comme fer, comme Nick. C'était même l'idéal auquel elle aspirait, du moins le pensait-elle avant l'incident qui avait chamboulé sa réalité.

Depuis sa fameuse conversation avec sa grand-mère, elle avait l'impression de se transformer en quelque chose qu'elle ne comprenait plus. En discutant avec Nick, pourtant, elle en venait à se demander s'il n'existait pas pour elle un moyen de se retrouver. Une manière de n'être plus que Joan, tout simplement. Mais quand bien même elle trouverait une solution, serait-elle capable de l'appliquer ?

— C'est ce que mon père m'a toujours enseigné, à moi aussi, dit-elle.

Elle parla ensuite à Nick de sa famille chinoise, son géniteur inclus, ainsi que de son expérience d'enfant unique. Et même – quoique prudemment – de sa position de cousine de deux adolescents du même âge lors de ses étés avec les Hunt.

Les duo de bénévoles s'entretint un long moment. La conversation passa de la famille à leurs collègues du musée, puis à tous ceux qui leur passèrent par la tête. Quand les mots commencèrent à se faire à nouveau plus rares, Joan éprouva un immense soulagement en constatant que toute gêne avait disparu entre eux. Le silence lui parut naturel, presque agréable.

— Je n'ai pas l'habitude de parler autant de moi.

Nick marqua une pause, comme pour s'excuser de l'avoir ennuyée avec ses histoires. Joan fit glisser sa tête contre le mur derrière eux, juste à côté de celle de son compagnon.

— J'aime bien discuter avec toi, dit-elle.

Elle repensa à la prudence dont il avait fait preuve quand il l'avait invitée à sortir. Il était si beau… une vraie star de cinéma. Nul doute qu'il devait faire chavirer les cœurs, là d'où il venait. Malgré tout, il avait l'air aussi peu expérimenté qu'elle dans ce domaine.

— J'aime ta compagnie. Je… je tenais tellement à aller à ce rendez-vous. Je voulais vraiment venir. J'avais pris le temps de me préparer et tout et tout…

Contrairement à aujourd'hui, nota-t-elle avec ironie. C'est tout juste si elle avait réfléchi à sa tenue en se levant, se contentant d'enfiler une robe par-dessus son débardeur et son cycliste.

— Ah oui ? laissa échapper Nick en esquissant un sourire timide. Moi aussi, je m'étais mis sur mon trente-et-un. Sans aller jusqu'au costume, hein… Mais j'avais choisi une jolie veste.

Joan se redressa pour le regarder bien en face.

— Pour de vrai ?

Un jour où un des acteurs était tombé malade, les conservateurs du musée avaient fait enfiler à Nick un costume Régence. Le pantalon lui moulait les cuisses, tandis que la redingote peinait à contenir ses épaules musclées.

La respiration de Joan s'accéléra, puis lui échappa totalement lorsque Nick lui effleura la joue. Elle n'avait encore jamais embrassé personne. D'un geste délicat, il lui fit pencher la tête. Elle sentit le souffle du jeune homme, frémissant et tiède, lui caresser les lèvres. Lui aussi était nerveux.

Elle laissa échapper un halètement quand il déposa un baiser sur sa bouche. Il se dégagea, juste assez pour lui adresser un nouveau sourire, qu'elle lui rendit. Soudain libérée de toute tension, elle glissa ses doigts dans les cheveux de Nick pour l'embrasser, le corps parcouru d'un délicieux frisson. Elle ajusta ensuite sa position, puis fit glisser ses mains vers…

Elle s'écarta d'un bond : pas question de lui toucher la nuque !

Nick, lui, semblait encore enivré par leur baiser.

— Joan ? (Il se redressa, les sourcils froncés.) Tu as entendu ?

Le bruit n'avait pas échappé à la jeune fille : des pneus crissant sur le gravier. Un son plutôt inhabituel vu que les voitures n'étaient pas autorisées à s'approcher du manoir. Un faisceau lumineux se déversa par les fenêtres.

Les deux bénévoles se dépêchèrent de se relever. Le soleil était en train de se coucher. Combien de temps avaient-ils passé là, à bavarder ?

Une berline noire avait fait irruption dans la cour.

— J'ignorais qu'ils organisaient des réceptions ici, fit remarquer Joan.

Trois nouveaux véhicules arrivèrent. Quelque part dans son esprit, un signal d'alerte se déclencha. Où avait-elle déjà vu ce genre d'automobiles ?

Avec une profonde inspiration, Nick, visiblement encore envoûté par cet instant d'intimité, rassembla ses esprits, à défaut de son épaisse chevelure tout ébouriffée.

— On ferait mieux de ne pas traîner.

Joan ne tenait pas vraiment à jouer les intruses, elle non plus. Après une seconde d'hésitation, elle accepta la main que lui tendait son ami. Ce genre de contact ne comportait aucun risque, se souvint-elle. Le toucher était si agréable – une espèce d'écho du frisson que lui avait procuré leur baiser.

— On peut sortir par-derrière, dit-elle en le guidant à travers la bibliothèque. Ni vu, ni connu. Ils vont probablement entrer par…

Elle s'arrêta sur le seuil de la porte ouverte, abasourdie par le spectacle qui s'offrait à elle dans le passage adjacent. Un homme venait de sortir de nulle part – littéralement –, avec la démarche nonchalante d'un promeneur du dimanche. Ses cheveux noirs, qui lui tombaient jusqu'aux épaules, encadraient un visage allongé dont les traits évoquaient ceux d'un vautour. De trois quarts dos, il épousseta son costume d'un geste maniaque tandis que son deuxième pied se matérialisait à son tour.

S'il se retournait, il risquait de les voir. Joan pressa la main de Nick, en priant pour qu'il reste silencieux et pour qu'il n'ait pas remarqué ce qu'elle venait de voir. Trop tard : il fixait le nouvel arrivant, les yeux écarquillés. L'homme était apparu comme par enchantement. Le jeune homme serra fort la main de sa camarade, lui aussi.

Ces berlines noires… La mémoire revenait à Joan, à présent. Deux ans plus tôt, en arrivant chez les Hunt pour y passer les vacances, elle y avait décelé une atmosphère électrique. Il planait dans la maison une énergie bien différente de la bonne humeur qui caractérisait sa famille londonienne – le bâtiment lui avait semblé presque vivant, sous tension.

— *Les Oliver sont en ville, cette année*, lui avait expliqué Ruth. *Tout le monde est sur les dents.*

— *Ah bon ? Pourquoi ?* l'avait interrogée sa cadette.

— *Parce que ce sont les Oliver, enfin !* avait répété sa cousine sur le ton de l'évidence.

Remarque qui n'avait fait qu'amplifier la perplexité dans le regard de Joan.

— *Une autre famille de monstres*, avait fini par préciser son interlocutrice. *Une bande de snobinards qui se pavanent en Jaguar noire. Ils nous haïssent et on le leur rend bien.*

— *Des monstres... comme nous ?*

— *Oh, que non ! Les Oliver sont mauvais, eux, cruels...*

Un peu plus tard, cet été-là, Joan avait croisé leur route. Lors d'une de ses promenades, trois berlines aussi noires qu'élégantes l'avaient dépassée. Dans la dernière, elle avait pu apercevoir le chauffeur, vêtu d'un uniforme gris et coiffé d'une casquette propre à la fonction. Sur la banquette arrière était assis un jeune homme, solitaire. D'une beauté diaphane sous ses cheveux d'or, il devait avoir à peu près l'âge de la jeune fille. Au moment où il la dépassait, elle l'avait vu faire une moue dédaigneuse, comme s'il n'avait que mépris pour le monde entier.

Cruels, pensa-t-elle en se remémorant les propos de Ruth. Quelle serait la réaction des Oliver s'ils la surprenaient là, avec Nick ?

Une femme se matérialisa à côté de l'homme aux traits de vautour. Bientôt, les apparitions se multiplièrent

– dans le passage, mais aussi dans les pièces adjacentes : le Salon jaune, le Cabinet doré.

Impossible de fermer la porte sans faire de bruit. Le battant, une vieillerie capricieuse, geignait quand on le poussait. Tout juste restait-il possible de se réfugier au fond de la bibliothèque, en prenant soin de ne pas fouler les lattes grinçantes du parquet. Joan se résolut donc à entraîner son ami à sa suite, en espérant que les arrivées multiples suffiraient à dissimuler leur fuite.

À peine avait-elle commencé à reculer qu'un craquement retentit dans son dos. Des pas qui foulaient le parquet et qui n'appartenaient ni à Nick ni à elle.

Joan pivota lentement sur elle-même. Là, dans la bibliothèque auparavant déserte, le long de la galerie, se tenait un petit groupe d'Oliver. Elle entendit le souffle de Nick se coincer dans sa gorge.

Une lourde main s'abattit sur l'épaule de la jeune fille.

— Comment se fait-il qu'à chaque fois que nous visitons cette époque, nous trouvons les lieux infestés de rats ? dit le propriétaire de cette main.

Chapitre 4

Des monstres.

Le doute, si tant est qu'il en subsistait un dans l'esprit de Joan, n'était plus possible. Les nouveaux arrivants avaient surgi de nulle part. Sans doute en avait-il été exactement de même pour elle la veille, lorsqu'elle avait voyagé du matin à la tombée de la nuit.

Sept d'entre eux se tenaient dans la longue galerie, élégamment vêtus à la mode du début du XXe siècle. La jeune fille se surprit à s'arrêter sur des détails : une écharpe en soie blanche drapée sur une veste noire, une broderie perlée sur une robe bleue, l'éclat miroitant d'une paire de chaussures vernies en cuir noir.

— Tu as vu ça ? chuchota Nick. Ils sont sortis de nulle part !

— J'ai vu, répondit Joan, au bord de la nausée.

Si seulement elle pouvait lui expliquer ce qui se passait… Il faudrait pour ça qu'elle en sache elle-même un peu plus ! Les paroles de Ruth tournaient en boucle dans sa tête : « *Les Oliver sont mauvais, eux, cruels…* »

Des pas s'élevèrent dans le silence. Une démarche lente, mais non moins déterminée. L'homme aux traits de vautour pénétra dans la salle, son visage encadré par une chevelure aussi noire que les ailes d'un corbeau.

La main de l'Oliver placé derrière Joan serra un peu plus fort l'épaule de la jeune fille.

— Bonsoir, Lucien. Ces deux-là étaient déjà dans le manoir. Ils nous ont vus arriver.

La jeune fille frémit en l'entendant parler, soudain prise d'un terrible pressentiment. *« Jamais tu ne dois parler des monstres à qui que ce soit »*, l'avait mise en garde sa grand-mère. Et voilà que Nick les avait vus. Quel sens donner à l'événement ?

— On… on n'est que des bénévoles, on travaille ici, expliqua d'ailleurs son collègue. On fait le ménage, on dresse le catalogue des collections. On n'a rien d'inté…

L'homme qui avait parlé le gifla violemment.

— Arrêtez ! s'écria Joan.

Choquée, elle avait levé le bras, dans l'espoir naïf de protéger son ami de l'impact. Quelqu'un lui saisit l'épaule pour l'attirer en arrière. Elle s'accrocha de toutes ses forces à la main de Nick, qui finit pourtant par lui échapper. Une affreuse trace rouge fit irruption au coin de la bouche de son camarade : du sang.

Le cri de la jeune Sino-Britannique avait attiré l'attention de l'homme au profil de rapace – le fameux Lucien. Il se rapprocha, aussi vif que l'éclair, avant de lui empoigner le menton. Derrière, Nick se battait contre deux assaillants. Ignorant la rixe, le haut placé dans le clan Oliver contraignit Joan à lever le nez pour croiser son regard.

— Cette jeune fille est des nôtres, annonça-t-il.

— Un monstre ? demanda un de ses compagnons.

Nick se figea, les yeux écarquillés.

— Un monstre ? répéta-t-il, hébété. Qu'est-ce que…

— Je ne suis pas… commença Joan.

Lucien lui écrasa les joues, lui arrachant un halètement au passage.

— Inutile de le nier, dit-il. Je vois parfaitement ce que tu es, grâce au pouvoir des Oliver. Tu es un monstre, et ton petit ami, un humain.

Il la scruta d'un œil soupçonneux, comme s'il venait de remarquer un détail supplémentaire. Elle suivit son regard : il contemplait son bracelet. Il s'agissait d'une chaîne en or toute simple, ornée d'une breloque – un renard fait du même métal, avec une langue en argent. Cadeau de sa grand-mère, des années auparavant. « *L'emblème des Hunt* », lui avait-elle précisé.

Les lèvres de Lucien se retroussèrent.

— Fouillez-les, éructa-t-il.

Deux de ses sbires s'exécutèrent avec efficacité. L'un d'entre eux trouva le téléphone de Joan. La jeune fille parvint à s'en saisir pour taper un message à destination de Ruth : Oliver à HH. Hélas, l'homme lui arracha le portable des mains au moment où elle s'apprêtait à appuyer sur « ENVOI ». Puis il traversa la pièce d'un pas rapide pour ouvrir la fenêtre et jeter l'appareil. Le craquement caractéristique du verre brisé retentit dans la cour. Nick, lui, réussit à atteindre le téléphone fixe posé sur le bureau, mais on le lui retira également.

Les deux bénévoles eurent beau se débattre, ils furent ensuite escortés *manu militari* hors de la bibliothèque. Les semelles des sneakers de Joan couinèrent bruyamment sur le parquet.

— Lâchez-nous ! s'écria-t-elle d'une voix paniquée. On n'a rien fait ! Laissez-nous partir !

***

On les traîna deux pièces plus loin, dans le Cabinet doré – la salle la plus décorée de tout le bâtiment, un véritable écrin de velours rouge et de murs lambrissés, dorés à la feuille, ornés de toiles aux cadres luxueux.

Plus d'une trentaine d'hommes et de femmes s'y étaient réunis, comme pour un cocktail. Quand on les poussa à l'intérieur, tous les regards se tournèrent vers Joan et Nick. La jeune fille avait une conscience aiguë de son visage rougi et ruisselant de sueur, de ses cheveux échappés de leur ruban. Son ami n'était pas plus présentable avec sa bouche ensanglantée et sa tignasse ébouriffée par la bagarre.

À l'inverse, l'ambiance chic et feutrée du Cabinet doré allait comme un gant aux Oliver. Certains se prélassaient nonchalamment sur des fauteuils de velours tandis que les autres s'adossaient aux lambris bleu et or, à croire que les lieux leur appartenaient.

La plus intimidante de toutes ces silhouettes – celle d'un homme aux cheveux blonds – se dressait, seule, devant la grande cheminée en marbre dont le foyer n'accueillait aucune flambée par ce temps chaud. Joan fut comme pétrifiée en reconnaissant le chasseur aux yeux froids et à la tenue Régence dont le portrait trônait dans la bibliothèque. D'une taille imposante, il possédait le même visage allongé que Lucien – à la différence notable que, si les traits de ce dernier évoquaient un charognard, ceux de son parent étaient raffinés.

Joan observa Nick. Il n'avait pas reconnu l'homme du portrait – comment l'aurait-il pu, puisqu'il ne savait pas que ces monstres venaient d'un autre temps ? Si seulement elle avait pu encore lui tenir la main… Elle aurait voulu lui faire signe de fuir. Mais pour aller où ? Les Oliver étaient partout.

— Bonsoir, Edmund, dit Lucien à l'homme aux yeux froids.

Sans un mot, le chasseur lui fit signe de s'approcher. Pour ce qui était de l'arrogance, sa posture n'avait rien à envier à celle d'un monarque.

— Nous les avons trouvés dans la bibliothèque, annonça son subalterne en poussant les deux adolescents. Ils prétendent faire du bénévolat. Mais regarde… (Il tira sur le poignet de Joan afin de montrer à Edmund le bracelet avec le petit renard à la langue d'argent.) Une Hunt.

Le nom honni fit le tour de la pièce, non sans être accompagné d'une vague de dégoût. En suivant la rumeur, Joan aperçut un Oliver du même âge qu'elle à la chevelure d'or et au regard hautain qui se tenait près d'une fenêtre cintrée. Elle lut son matronyme sur les lèvres du jeune homme, dont le dédain était palpable.

— Une Hunt, répéta Edmund.

Une certaine fièvre s'était peut-être emparée des membres de sa famille, mais lui-même s'exprimait d'un ton on ne peut plus glacial. Il toisa Joan de toute sa hauteur, à la manière d'un entomologiste examinant un insecte.

— Mi-humaine, mi-monstre, constata-t-il, songeur. Si ta mère avait été une Oliver, on t'aurait arrachée de ses entrailles. Mais les Hunt, eux, tolèrent volontiers les abominations.

Joan le dévisagea, ébranlée. Toute sa vie, elle avait eu droit à des commentaires désagréables sur ses origines sino-britanniques. Malgré tout, la voix dénuée d'émotion et l'expression froide du patriarche des Oliver s'avéraient, d'une certaine manière, plus inquiétantes encore qu'une menace franche. Son instinct lui suggéra qu'il pourrait la tuer sans ciller.

— Qu'est-ce qu'on en fait ? s'enquit Lucien. L'humain nous a vus arriver.

Il avait fait la même remarque dans la bibliothèque. À croire que Nick représentait un problème dont il fallait se débarrasser. Joan chercha une issue, en s'efforçant de ne pas éveiller les soupçons.

Elle sursauta lorsque la main pesante d'Edmund s'abattit sur son épaule. Il se pencha pour l'examiner.

— Tu as fait ton premier voyage dans le temps, constata-t-il. Récemment, dirais-je.

Il s'approcha encore – si près qu'elle distingua la couleur gris pâle de ses iris, tels les nuages d'un ciel maussade. Elle resta captive de ses pupilles un long moment, à la manière d'une proie face à son prédateur.

Dans la faible lueur des chandeliers, elle était sans doute la seule à être assez proche pour voir l'étonnement poindre dans ses yeux.

— C'est donc vrai, murmura-t-il. Les Hunt sont de sacrés petits cachottiers.

— Que voulez-vous dire ? chuchota Joan.

— Edmund ? l'interpella Lucien. L'humain !

Le chasseur, qui ne quittait pas Joan du regard, se redressa lentement pour s'intéresser à Nick, au grand désespoir de son amie.

— As-tu vu notre arrivée, mon garçon ? demanda-t-il.

— Non ! bredouilla Joan à sa place.

L'expression d'Edmund faisait écho à son portrait : la cruauté du prédateur s'y lisait. La jeune fille se rappela la scène du tableau et l'animal mort aux pieds du chasseur.

— Il n'a rien vu ! insista-t-elle.

Hélas, le bénévole de Holland House avait déjà commencé à répondre, lui aussi.

— Je… je vous ai tous vus apparaître de… de nulle part.

Joan était à deux doigts de vomir. *« Jamais tu ne dois parler des monstres à qui que ce soit »*, lui avait dit sa grand-mère. Qu'arrivait-il aux êtres humains qui découvraient le pot aux roses ?

Les sorties. Le Cabinet doré en comptait cinq : deux portes ouvrant à l'est, deux à l'ouest, ainsi qu'une dernière, juste en face d'eux. Problème : les Oliver les bloquaient toutes.

Edmund se rapprocha imperceptiblement de Nick pour lui souffler :

— Mazette… Tout le monde est donc sorti de nulle part ? Quelle vision effrayante ce devait être ! (Si les mots étaient chaleureux, le regard, lui, demeurait celui du prédateur.) Tu dois te demander qui nous sommes. (Il baissa la voix, comme pour divulguer un secret.) Eh bien, nous sommes des monstres. Nous dérobons la vie d'humains tels que toi.

— Des monstres ? chuchota à son tour Nick.

Il était en bien mauvaise posture… et n'en avait même pas conscience. Une proie perdue dans une pièce peuplée d'êtres capables d'absorber son énergie vitale d'un simple toucher. Joan ne supportait pas cette idée.

— Je sais ce que tu penses, souffla Edmund au jeune bénévole. Tu te dis que les monstres, ça n'existe pas.

Comment pourrais-tu y croire ? Tous ceux qui ont vent de notre existence passent de vie à trépas.

Un effroi glacial s'abattit sur la jeune Sino-Britannique. Elle se précipita vers son ami, mais Lucien la retint.

— Non ! (Elle se débattit de toutes ses forces.) Lâchez-le ! Ne lui faites pas de mal !

Quel cauchemar ! Jamais Nick n'aurait dû se trouver là – si seulement elle n'était pas venue le voir si tard ! Et voilà que… Elle inspira, submergée par la panique. Allaient-ils le tuer ? Non, impossible.

Le prisonnier se démenait, lui aussi, cabrant l'échine tel un cheval apeuré à mesure que les Oliver resserraient le cercle autour de lui.

— Joan ! Joan ! s'écria-t-il de plus en plus fort.

Il parvint à repousser un de ses assaillants, mais un autre lui assena un crochet à la mâchoire. Les genoux chancelants, Nick s'affaissa, assommé par le coup. Les Oliver le rattrapèrent par les bras avant qu'il ne s'écroule à terre. L'un d'eux lui poussa la tête vers le bas afin de révéler sa nuque pâle.

« Tu l'as touché ici », avait dit la doyenne des Hunt.

— Non ! haleta la jeune fille.

Non, non, non… Lucien portait un poignard à la ceinture. Un modèle d'apparat, semblait-il, au manche en forme de sirène – en argent, avec des yeux en émail bleu. Sans se laisser le temps d'hésiter, Joan se jeta de tout son poids contre son garde, qui la repoussa d'un geste instinctif.

Edmund poussa un soupir d'irritation.

— Contrôle-la un peu, tu veux, ordonna-t-il à son parent.

Les joues empourprées, Lucien tenta de se saisir de Joan. Trop tard : elle tenait déjà le couteau, dont elle pointa la lame vers lui. Elle fut soulagée de voir les deux hommes reculer, les mains levées. Visiblement, les monstres partageaient la crainte des êtres humains face aux armes blanches.

— Lâchez-le ! intima-t-elle aux Oliver qui retenaient Nick.

Elle n'allait cependant pas pouvoir les affronter tous, aussi fit-elle un pas vers Edmund.

— Libérez-le tout de suite, réitéra-t-elle.

La menace qui grondait dans sa voix la surprit elle-même. Elle ne plaisantait pas : qu'ils tuent Nick et elle n'hésiterait pas à leur faire du mal – à tous autant qu'ils étaient, jusqu'à ce qu'on la désarme.

Edmund haussa les sourcils, incrédule.

— Mazette… répéta-t-il d'un ton sec. Tu m'as l'air bien attachée à cet humain. Une perversion atavique, j'imagine.

Elle serra les doigts sur le manche du poignard. Son interlocuteur réprimanda son parent.

— Quelle négligence, cher frère, de laisser une jeune fille s'emparer de ton couteau.

Le visage de l'intéressé semblait davantage sortir d'un tableau qu'appartenir à un être vivant. Il prit son temps pour répondre. Lorsqu'il s'exprima enfin, sa voix trahissait son irritation.

— Une lame contre quarante Oliver ? Tu parles d'une menace !

Joan évalua la distance qui la séparait du chef de meute. Le chasseur s'était écarté de la cheminée, trop en retrait pour qu'elle puisse lui bondir dessus. Tous s'étaient éloignés d'elle. Que faire, dans ces conditions ? Nick était inconscient. Elle s'efforça de contenir sa panique, mais son cœur cognait tel un marteau dans sa poitrine. Vite, réfléchir.

— Une lame contre quarante Oliver ? fit en écho Edmund. Eh bien, voilà qui semble assez déloyal.

— Pardon ? demanda son frère, perplexe.

— Une lame face à une autre, ne trouves-tu pas cela plus équitable ?

Pour préciser son propos, le patriarche des Oliver désigna l'épée accrochée au-dessus de la cheminée. Un vertige s'empara de Joan. Elle avait épousseté l'arme en question une bonne dizaine de fois. Selon les guides, il s'agissait d'une réplique dont le modèle original avait appartenu au premier comte de Holland – celui-là même qui avait donné son nom au domaine, avant de mourir exécuté pour avoir prêté serment d'allégeance à Charles Ier.

— Et que suis-je censé faire avec cette antiquité ? s'enquit Lucien, pas plus avancé.

— Eh bien, j'imagine qu'un simple contact ne suffira pas à la tuer, fit remarquer son frère. La part de monstre en elle est sans doute trop importante.

Ses yeux luisants contredisaient sa diction monocorde. Joan avait la nausée.

— Tout ça est d'un ennui… lança soudain une voix.

La jeune Sino-Britannique reconnut avec surprise l'adolescent blond – celui sur les lèvres dédaigneuses de qui elle avait lu son matronyme un peu plus tôt. À l'écart dans une alcôve, il se tenait devant une grande fenêtre qui en emplissait toute la hauteur. L'espace était assez profond pour accueillir un fauteuil confortable, bien que le jeune homme se soit gardé de s'y asseoir.

— Pourquoi ne pas simplement les laisser partir ? suggéra-t-il à Edmund. Demi-humaine ou pas, cette fille porte l'emblème des Hunt. Ils l'ont marquée comme une des leurs. Inutile d'empirer la situation.

Un avis qui ne semblait pas être isolé. Les autres Oliver remuèrent discrètement, mal à l'aise – de toute évidence, ils ne partageaient pas le goût de leur chef pour le sang.

— Aaron, quelle surprise… dit le patriarche d'un ton aimable. Serais-tu en train d'exprimer une opinion ?

La pique fut suivie d'un long silence. Assez long pour que germe dans l'esprit de Joan l'espoir que cet Oliver – Aaron – leur viendrait en aide, à Nick et à elle, histoire de mettre fin à leur calvaire. C'est l'aîné des Oliver, pourtant, qui reprit la parole le premier.

— Sors d'ici.

— Père…

— Nous en reparlerons demain matin, décréta le chef de famille.

Les joues de son fils s'empourprèrent. Il hésita malgré tout à en rester là.

— Aide-nous ! l'implora Joan.

L'intéressé évita le regard de la jeune fille.

— Je t'en supplie… Tu ne peux pas le laisser faire. Il va nous tuer !

— Aaron, insista Edmund d'une voix douce qui évoqua à l'adolescente un serpent ondulant dans l'herbe.

Le jeune Oliver, tête basse, quitta la pièce, au désespoir de la captive, qui fit face au père du garçon.

— Pourquoi est-ce que vous faites ça, au juste ?

Parce que Nick les avait vus arriver ? Parce qu'elle-même était une Hunt et que leurs familles se haïssaient ?

— Pourquoi ? (Les yeux du chasseur se firent aussi gris et froids que la pierre.) Mais pour égayer ma soirée, ma chère…

Pour une raison qui lui échappait, Joan se rappela la réaction du patriarche lorsqu'il l'avait inspectée de plus près. « *Les Hunt sont de sacrés petits cachottiers* », avait-il dit.

— Et parce que tu n'aurais jamais dû voir le jour, ajouta-t-il avec une haine non dissimulée.

Un grincement de ferraille attira l'attention de la jeune fille vers la cheminée. Lucien avait décroché l'épée de son support. Un éclair d'argent scintilla quand il sortit l'arme de son fourreau avant de fendre l'air de son tranchant d'un mouvement si rapide que le métal sembla un instant disparaître. À l'évidence, elle allait faire face à un bretteur expérimenté.

Elle raffermit sa prise sur le poignard. Le cauchemar empirait. Un peu plus loin, Nick était toujours inconscient, retenu par deux Oliver. Sa silhouette avachie laissait penser qu'il était déjà mort. Quelques instants plus tôt, ils s'étaient embrassés. La tournure qu'avaient prise les événements dépassait l'entendement.

— À toi de jouer, intima Edmund à son frère.

L'impatience contenue dans sa voix fit frémir la jeune fille. Qu'éprouverait-elle lorsque Lucien la transpercerait de sa lame ? Serait-elle anesthésiée l'espace de quelques secondes, comme lorsqu'on se coupe ? La mort la prendrait-elle avant la douleur ? Peut-être Nick ne ressentirait-il rien, lui non plus. Peut-être resterait-il inconscient tout du long.

Elle en doutait, malgré tout. Edmund semblait homme à goûter le spectacle de la souffrance.

— Vous n'êtes pas obligé de lui obéir, dit-elle à Lucien.

Dans sa tête, l'argument portait, mais quand elle prononça les mots, sa voix se brisa, comme portée par un haut-parleur défaillant.

— C'est mal, et vous le savez. (Comme son adversaire se gardait de répondre, elle se tourna vers le reste du clan Oliver.) Vous n'allez quand même pas nous regarder mourir sans rien faire !

Malgré cet appel désespéré, tous évitaient son regard.

— Assez tergiversé, tonna Edmund. Il est temps d'en finir. Sauf si tu as besoin qu'on l'assomme, elle aussi ?

Piqué au vif, Lucien se tourna vers la condamnée. Il brandit son épée, puis se dirigea vers Joan, dont les mains s'engourdirent, glacées de stupeur.

La jeune fille recula en titubant. Des fauteuils grincèrent derrière elle à mesure que les spectateurs s'écartaient de son passage.

— C'est un meurtre ! s'écria-t-elle.

— Silence ! aboya l'homme au profil de rapace.

Il plongea, l'épée pointée en avant. Joan bondit en arrière, évitant le coup, à sa grande surprise. Malheureusement, elle ne fut pas assez vive pour esquiver l'assaut suivant. La lame lui entailla le flanc. La douleur se fit sentir un instant plus tard. La blessée poussa un petit cri de stupeur, impuissante devant la plaie d'où s'échappait un liquide épais : du sang.

Elle tenta de frapper Lucien, qui abattit le poing sur son poignet. L'impact, insoutenable, fut encore aggravé par le poids de l'arme. Joan lâcha son couteau en grognant.

L'acier fendit l'air une nouvelle fois. Par chance, la duelliste novice échappa de justesse à la morsure du métal. L'attaque suivante fut en revanche trop rapide. Une pensée solitaire s'éveilla dans son esprit tandis que son assaillant fondait sur elle : la mort s'en venait pour la cueillir. Elle tressaillit.

Mais le coup de grâce ne vint pas.

Elle se résolut à lever les yeux. Quelqu'un s'était interposé entre elle et son agresseur : Nick. Il avait les doigts serrés sur le poignet du bourreau de Joan, comme s'il avait surgi pour intercepter l'attaque. La jeune fille le contempla, ébahie.

D'une secousse brutale, son ami désarma Lucien, rattrapant le pommeau de l'épée avant qu'il ne heurte le sol. Puis, d'un geste souple, il embrocha son adversaire en plein cœur, sans effort apparent.

Le frère d'Edmund écarquilla les yeux, incrédule. Sa chemise rougit à vue d'œil. Nick retira l'épée avant de la plonger de nouveau dans le torse de sa victime, qui s'effondra sur le plancher, inerte. Puis le jeune bénévole fit glisser son arme hors des chairs à vif.

Dans les oreilles de Joan ne retentissait plus que son souffle assourdissant qui entrait puis sortait, encore et encore, telle la lame dans la poitrine de Lucien. Le silence s'était abattu sur l'assistance. Tout s'était produit en l'espace de quelques secondes – à une vitesse telle que l'homme au visage de vautour n'avait même pas eu le temps de crier.

Nick se tourna vers sa collègue.

— Tu tiens le coup ? lui demanda-t-il.

Il ne la quittait pas des yeux, ignorant la menace alentour, à croire qu'ils étaient seuls dans la pièce.

— Est-ce qu'il t'a fait du mal ?

— Quoi ?

Joan le dévisagea. *J'ai attrapé un poignard. C'est toi que je cherchais à sauver*, manqua-t-elle de bredouiller, sous le choc. Elle rassembla ses esprits, non sans cesser de l'examiner. Il n'avait pas changé – mâchoire carrée, épaules larges, la sincérité incarnée. « Aussi transparent qu'un bocal propre », aurait dit la doyenne des Hunt.

— Je suis vraiment désolé, dit-il. Ça n'aurait jamais dû arriver. Je ne m'attendais pas à ce qu'ils m'assomment.

La jeune fille jeta un regard derrière lui. Les deux cerbères qui le retenaient un instant plus tôt gisaient au sol, tout aussi inertes que Lucien.

— Comment as-tu…

Mais comment faire pour terminer cette phrase ? Ces hommes gisaient comme morts ! Nick venait-il vraiment de tuer à l'instant trois Oliver ?

— Il t'a blessée, constata-t-il en s'approchant pour inspecter la blessure de son amie.

Joan eut un mouvement de recul instinctif. Le geste réveilla dans son flanc meurtri une douleur cuisante qui lui coupa le souffle. Son compagnon fit mine d'esquisser un pas en avant, épée toujours en main – il la laissait pendre mollement le long de son corps, les manches de sa chemise encore retroussées. Elle le revit dans cette même pose, un peu plus tôt, un chiffon en lieu et place de la lame. Il lui était impossible de ne pas le scruter. Des semaines qu'elle le côtoyait, un jour sur deux. Elle le connaissait bien. Du moins, c'est ce qu'elle avait cru…

— Je crois que Lucien était un authentique bretteur, souffla-t-elle, incrédule.

Un combattant expérimenté.

Le jeune homme qui l'avait vaincu considéra Joan d'un œil inquiet.

— Il était très adroit, approuva-t-il.

— Tu l'as tué ! bredouilla-t-elle, sa voix trahissant sa confusion. Tu lui as arraché cette épée des mains pour la lui plonger dans le cœur.

— Il était très doué, c'est vrai, renchérit son ami. Mais j'ai été bien entraîné, moi aussi, depuis que je suis tout petit.

— Entraîné à quoi ?

— À tuer des monstres.

Elle esquissa un nouveau pas en arrière. Les êtres humains n'avaient pas connaissance des monstres. Personne n'était « entraîné » à les tuer. Tous les regards étaient braqués sur eux, elle le sentait.

« Ton petit intello canon », avait roucoulé Ruth lorsque sa cousine lui avait parlé de Nick. *« Ton fana d'histoire. »* *« Ton béguin du boulot. »*

— Qui es-tu ? demanda-t-elle.

— Évite de bouger, lui intima-t-il.

Il changea de position, sur le qui-vive, comme s'il craignait de la voir prendre la fuite s'il tentait de s'approcher.

— Tu saignes, Joan.

Elle ne pouvait s'empêcher de le détailler de la tête aux pieds.

— Qui es-tu réellement ?

Pas de réponse. Lorsqu'elle plongea son regard dans les prunelles déterminées du jeune homme, lui revint le souvenir de cette nuit étouffante où sa cousine et elle avaient cherché en vain le sommeil.

« *Raconte-nous une histoire*, avait demandé Ruth à leur grand-mère. *Parle-nous de ce héros humain.* »

Joan recula de plus belle. Son talon heurta un obstacle : la chaussure de Lucien. On voyait rarement les gens sous cet angle, toute semelle dehors, pensa-t-elle de manière incongrue.

Elle imagina le frère d'Edmund se relevant puis époussetant son pantalon, juste avant de reprendre l'épée des mains de Nick. Mais il resta immobile, aussi inerte et inexpressif qu'une poupée. Une minute plus tôt, il avait tenté de la tuer. Et voilà que dans son regard ne se distinguait plus la moindre étincelle de vie. Sa poitrine était maculée de sang. Une image surgit dans l'esprit de la jeune fille : le clan Oliver au grand complet, avachi par terre comme autant de pantins désarticulés.

— Dehors ! s'écria-t-elle soudain.

Le mot lui avait échappé sans qu'elle en ait conscience. Sa voix retentit, assourdissante, dans le silence de la salle. À peine si elle savait à qui elle s'adressait.

— Fuyez, tous ! Vite !

Froissements et grincements se mêlèrent tandis que les Oliver présents se mettaient en mouvement, incertains. Personne n'eut le cran de faire le premier pas. Il le fallait bien, pourtant. C'était une question de vie ou de mort ! Joan, elle, en avait tout à coup l'intime conviction.

— Qu'est-ce que vous attendez, à la fin ? Sortez d'ici ! Vite !

— Il suffit !

Edmund passa devant la cheminée. La jeune Sino-Britannique se retourna pour le défier du regard. Elle en avait presque oublié sa présence. Il parlait sur le ton d'un parent qui aurait surpris une dispute entre gamins. Son intervention avait fait cesser toute agitation, aussi sûrement que s'il avait actionné un interrupteur.

Le patriarche tendit le bras. Il tenait un pistolet, constata Joan avec horreur, qu'il pointait sur Nick.

— Non ! hurla-t-elle.

L'arme fut aussitôt braquée sur elle.

— N'y songez même pas ! gronda le tueur de monstres à son tour.

Edmund haussa les sourcils d'un air incrédule.

— Plaît-il ?

— Je vous ai vu voler du temps à une touriste, un jour, lui annonça le bénévole de Holland House, sa voix douce empreinte d'une colère contenue. Vous lui avez touché la nuque. Juste ici.

D'un doigt, il désigna l'endroit exact sur son propre cou, sous le regard effaré de Joan.

— Combien d'années lui avez-vous prises ? Vingt ? Trente ? De combien de temps avez-vous écourté sa vie ?

— De bien moins que je ne m'apprête à le faire avec la tienne, répliqua Edmund, menaçant.

— Vous n'en volerez plus jamais, ni à moi ni à personne, décréta Nick. C'est terminé.

Le chasseur en eut l'air presque amusé.

— Ah oui ? Parce que c'est toi qui vas m'en empêcher, peut-être ?

— Exactement.

— J'ignore pour qui tu te prends mais, pour ta gouverne, celui qui tient le pistolet, c'est moi.

L'arme était d'ailleurs toujours pointée sur Joan. Edmund fit mine de presser la détente.

— Pan ! souffla-t-il.

La jeune fille eut un mouvement de recul, le souffle coupé. Poing serré, Nick se retint de voler à son secours.

— Tu veux que je te dise ? reprit le chasseur en s'adressant au tueur de monstres d'un ton cordial. Je ne vais pas te tuer, j'ai changé d'avis.

Joan expira bruyamment. Le chef de clan lui jeta un coup d'œil en ricanant.

— Oh, toi, en revanche, tu n'y couperas pas, dit-il. Mais lui…

Il reporta son attention sur Nick, à qui il s'adressa d'une voix feutrée :

— Tu as tué trois Oliver ce soir. Je ne manquerai pas de te le faire payer. (Il abaissa légèrement le pistolet, soudain pensif.) Peut-être commencerai-je par ôter une décennie de ce qu'il te reste à vivre. Je pourrais visiter ton époque et y massacrer ta famille alors que tu n'es encore qu'un bambin chouineur. Je t'obligerais à contempler le spectacle. Ah… les enfants sont de véritables mines de temps. Après avoir tué tes proches, je t'emmènerais avec moi. Je te séquestrerais dans ma demeure, afin de t'avoir en permanence sous la main, pour les fois où il prendrait l'envie à un Oliver de voyager. Nous pourrions te saigner minute par minute.

Joan eut un haut-le-cœur.

— C'est vous qu'il faudrait enfermer, murmura-t-elle.

Edmund releva aussitôt son arme pour viser la tête de la jeune effrontée, mais Nick, plus rapide, jeta en avant son épée.

Le pistolet heurta le sol avec fracas. Le corps du patriarche s'affaissa lentement à sa suite, la lame profondément plantée dans la poitrine. Il cligna une fois des yeux, sous le choc, avant d'ouvrir la bouche comme pour parler… mais son regard s'éteignit.

La scène se figea. Puis, comme si un doigt imaginaire avait appuyé sur « LECTURE », ce fut la cohue. Chacun chercha à sortir le premier.

— Ils ne s'échapperont pas, déclara Nick. J'ai prévenu les miens au moment de notre capture. Tout monstre trouvé sur la propriété sera mis à mort.

— Les tiens ? chuchota Joan.

Il avait prévenu les siens ? Une image surgit dans l'esprit de la jeune fille : son camarade pianotant sur le téléphone filaire avant de se le voir confisquer. Des renforts étaient en route ? Combien ? Suivant son instinct, elle se dirigea vers la fenêtre.

La nuit était tombée. Sur la vitre, le reflet du Cabinet doré dessinait une constellation de points lumineux. Au centre se dressait la silhouette du tueur de monstres… Il ne fallut pas plus d'une seconde à Joan pour reconnaître son propre visage à côté du sien. Jamais elle ne s'était vue aussi terrifiée.

Elle s'efforça de prendre une expression moins paniquée. Ce n'était pas le moment de perdre son sang-froid, il fallait réfléchir.

— Écoute… commença-t-elle d'une voix tremblante.

Il lui suffirait de trouver les bons mots – les mots justes – pour mettre fin au carnage. Oui, elle ferait entendre raison à Nick.

— Edmund était un sale type, poursuivit-elle, je te l'accorde. Une vraie pourriture. Mais… pour ce qui est du reste des Oliver… Enfin, tu les as bien vus. Ils avaient peur de lui. Ils ne tenaient pas à ce qu'on meure. Ce sont juste... des hommes et des femmes. Des êtres humains. Comme moi. Je ne suis qu'une fille banale, au fond. Bon d'accord, nous sommes des monstres, mais pas du genre...

Mimant des pattes d'ours, elle se mit à grogner pour parfaire le tableau. Elle se détendit un peu sous le regard attentif de Nick.

— Et puis, je suis bien placée pour le savoir, pas vrai ? reprit-elle. Ma famille paternelle est humaine. Du côté de ma mère, ce sont des monstres. Mais, l'un dans l'autre, ils sont tous un peu pareils. Si on se concentre sur l'essentiel, ils se ressemblent... Ils s'aiment les uns les autres. Ils racontent des blagues. Ils se disputent aussi, parfois. Mais ce sont avant tout des gens normaux. Il te suffirait de leur parler, de leur expliquer...

— Je regrette, la coupa-t-il.

Il fallut un moment à Joan pour comprendre ce qu'il voulait dire. Dès lors, son calme de façade vola en éclats.

— Tu comptes tous les tuer ?

Jamais il ne ferait une chose pareille... pas vrai ? Non, pas ce bon samaritain qu'elle avait vu un jour secourir une guêpe piégée derrière un rideau – la protégeant des touristes qui voulaient tous écraser le pauvre insecte. Lui l'avait libérée. Oui, mais quatre corps gisaient à présent sur le sol. L'œuvre de Nick. Au départ désarmé, il avait tué quatre Oliver en une poignée de minutes. L'air de rien, comme s'il avait fait ça toute sa vie.

— Tu vas vraiment tous les assassiner ? insista-t-elle.

Un instant plus tard, elle eut une révélation. Elle se mit à murmurer :

— Moi aussi, tu vas m'éliminer ?

Question qu'elle ponctua d'un nouveau pas en arrière.

— Non ! s'empressa de lui assurer le tueur de monstres. Bien sûr que non, Joan. Tu as tenté de me protéger. Je… je peux veiller à ce que tu quittes la propriété saine et sauve, ce soir.

Des paroles plus qu'intrigantes aux oreilles de la jeune fille – avait-il des sentiments pour elle, au bout du compte ?

— Tu n'avais pas besoin de protection, rétorqua-t-elle.

— Mais toi, tu pensais le contraire.

— Nick…

— Selon Edmund, tu as effectué ton premier voyage dans le temps tout récemment. (Il posait sur elle un regard empreint de gravité.) Est-ce que c'était un accident ? C'est pour ça que tu n'es pas venue hier et que tu semblais bouleversée en arrivant aujourd'hui ?

Elle ne pouvait pas répondre à cette question.

— C'était bien un accident, pas vrai ?

L'espace d'un instant, Joan crut voir de la peine dans les yeux de son interlocuteur.

— Je peux faire en sorte que tu quittes Holland House saine et sauve ce soir, reprit-il. Mais que les choses soient claires : si tu t'avises encore de voler du temps à un être humain, je n'aurai pas d'autre choix que de te tuer de mes propres mains. Et je n'hésiterai pas.

La gorge de l'adolescente se noua.

« Tu es un monstre, Joan », lui avait dit sa grand-mère.

— Et donc, c'est tout ? finit-elle par demander d'une voix rauque.

Elle se souvint de leur première rencontre, dans la bibliothèque. Quand elle avait posé les yeux sur lui, il lui avait semblé l'avoir toujours connu. À présent…

— Tu vas vraiment exterminer le clan Oliver ? Sans même essayer de leur parler ? Sans raison ?

— Pas qu'eux, précisa Nick.

Joan se figea.

— Pardon ?

Il eut un mouvement infime, comme pour se retenir de s'interposer entre la jeune fille et la porte.

— Je t'en prie… Reste dans cette pièce, s'il te plaît. Il n'y a que de cette façon que je pourrai te protéger.

— Si tu t'en prends à ma famille…

Impossible d'aller au bout de sa phrase.

— J'ai alerté les miens, lui rappela Nick. L'opération a déjà commencé. Ce soir, on va traquer tous les monstres présents dans cette ville, jusqu'au dernier.

Un froid glacial enveloppa Joan, qui resta sans voix pendant un long moment. Lorsqu'elle retrouva enfin la parole, elle ne put émettre qu'un murmure paniqué.

— Tu ne peux pas faire ça, Nick… C'est impossible !

Elle imagina des inconnus frapper à la porte de sa grand-mère, l'empoigner, lui faire du mal, ainsi qu'à Ruth et Bertie.

— Tu ne peux pas !

Le jeune homme ne répondit pas.

— Tu nous hais donc à ce point ? demanda-t-elle, le souffle court.

— La haine n'a rien à voir là-dedans, plaida-t-il, les lèvres pincées – mimique laissant à penser qu'il n'était pas tout à fait sincère. Je tue uniquement les monstres qui pillent des vies humaines.

Une porte claqua au rez-de-chaussée. Un cri se fit entendre. La jeune Sino-Britannique frémit. Nick jeta un regard vers l'endroit d'où était venu le hurlement.

— Écoute-moi, Joan… (Imaginait-elle l'émotion qu'elle croyait entendre dans sa voix ?) Reste dans cette pièce. Mes hommes se sont déployés partout sur la propriété. Dans tout le quartier. Tu ne peux plus rien pour ta famille. Si tu sors d'ici, tu vas mourir, toi aussi. Il n'y a que dans cette pièce que tu seras en sécurité ce soir.

— Ne fais pas ça, je t'en supplie, l'implora-t-elle. Ne fais pas de mal à ma famille. Toi et moi, on est… on est amis, non ?

— Des monstres ont décimé ma famille.

Elle le dévisagea. Un peu plus tôt dans la soirée, il lui avait parlé de ses frères et sœurs, de ses parents. *« On s'entassait à huit dans un trois-pièces. »*

— Il m'est impossible de laisser les monstres s'en prendre aux êtres humains, déclara-t-il. Je tuerai tous les lâches qui le feront, jusqu'au dernier.

Joan atteignit la porte avant même d'avoir pris conscience qu'elle s'était mise à courir.

Chapitre 5

En pénétrant dans le Salon jaune, Joan sursauta. Sur le parquet de bois, sa course folle était ponctuée de claquements assourdissants qui venaient contraster avec le bruit feutré de sa fuite étouffée par l'épais tapis du Cabinet doré. Quel vacarme ! À la hâte, elle ôta ses chaussures.

De manière étrange, la pièce semblait avoir été épargnée par les terribles événements de la soirée, réduite à un simple espace que l'on traverse pour en rejoindre un autre. Comme son nom le suggérait, le moindre meuble, la plus petite décoration étaient déclinés en jaune – murs, fauteuils, et jusqu'au moelleux divan de velours disposé dans un coin.

Une ribambelle de détails se rappela au souvenir de la fuyarde. L'épée dans la main de Nick. « *Des monstres ont décimé ma famille.* » La bouche du jeune homme contre la sienne. Elle secoua la tête afin de faire le vide. Non, non. Pas maintenant. Ce n'était pas le moment de penser à tout ça. Avertir sa famille du danger imminent, ça, en revanche, c'était une urgence absolue.

Quelque chose brillait sous le divan. Joan se pencha. Dans la panique, quelqu'un avait égaré son téléphone.

Sur l'écran verrouillé, elle trouva l'option « appel d'urgence » et composa le numéro avant de porter l'appareil à son oreille. Puis elle attendit. Le souffle du vent dans la pièce était perceptible. Par contraste, l'immobilité de la jeune Sino-Britannique faisait ressortir les bruits discrets du manoir, le tic-tac d'une horloge sur le manteau de la cheminée, le craquement des lattes du parquet, le vrombissement lointain d'un engin électrique. Le portable, quant à lui, n'émettait aucun son.

Joan inspecta l'écran. Pas de réseau. Un brouillage ? Elle serrait l'appareil si fort que ses doigts lui faisaient mal.

Soudain, des bruits étouffés s'élevèrent du rez-de-chaussée. Quelqu'un qui courait… non, ils étaient deux. L'adolescente s'empressa de se saisir d'un chandelier sur la cheminée – un de ces lourds modèles en bronze qu'il fallait astiquer pendant une heure. Une fois munie de cette arme de fortune, elle poussa le battant.

Un mince filet de lumière vint éclairer le passage entre la bibliothèque et l'ancien escalier de service. À l'étage inférieur, un hurlement retentit, avant de s'arrêter aussi brusquement qu'il avait jailli. La cavalcade reprit de plus belle. Joan n'aurait su dire à quelle distance.

Retenant son souffle, elle emprunta l'escalier en colimaçon. Le grincement du bois ancien sous ses chaussettes ne fit qu'assécher sa gorge plus encore.

Un nouveau hurlement se fit entendre au loin. Les genoux de la fugitive se mirent à trembler. Comment allait-elle sortir de Holland House ? Nick était tout aussi familier des lieux qu'elle. Nul doute qu'il avait posté des hommes à toutes les portes. Il connaissait même les passages autrefois réservés aux domestiques.

Les mains toujours serrées sur le chandelier, elle rallia le bas de l'escalier. Personne en vue. Elle s'aventura plus avant pour se retrouver devant la buanderie. La pièce était arrangée pour les touristes, avec un de ses placards ouvert pour exhiber des étagères remplies de nappes et de draps soigneusement pliés.

Joan, l'oreille tendue, n'osait pas respirer. Rien. Où étaient-ils donc tous passés ? Dans quel genre de cauchemar avait-elle plongé ? N'étaient la douleur à son poignet et le sang qui s'écoulait de son flanc, elle aurait pu croire que rien de cette soirée n'avait réellement eu lieu.

Quelque part à proximité, un grincement la fit tressaillir. Elle se glissa prestement dans la buanderie déserte, avant de passer dans la chambre des valets, vide elle aussi. Quant à la grande suite adjacente, baptisée « chambre de Sabine » ? Personne non plus.

Enfin, pas tout à fait.

Au comble de l'horreur, la jeune fille en fuite découvrit Ruth, figée près du sofa, au fond de la pièce. À l'extérieur, les nuages voilaient la lune, mais la lumière était assez forte pour laisser voir la pâleur affreuse de sa cousine.

— Non, souffla Joan.

Pas ça. Pas Ruth !

— Qu'est-ce que tu fais là ? Tu ne peux pas rester ici !

Elle avança en trébuchant jusqu'à sa parente.

— Tu as appelé à l'aide, répondit cette dernière, sans bouger d'un pouce.

Joan se souvint d'avoir désespérément pianoté sur son téléphone avant qu'on ne le lui arrache des mains. Manifestement, le message qu'elle avait composé était bel et bien parti. Elle eut un hoquet. Et dire qu'elle avait crié sur son aînée l'après-midi même… Elle les avait traités, elle et les Hunt, de démons, proclamant ne plus jamais vouloir les revoir. Pourtant, en apprenant qu'elle avait besoin d'aide, Ruth avait répondu à l'appel.

— J'ai rameuté tout le monde, dit sa cousine.

— Comment ça ? demanda Joan. De qui…

Les mots restèrent coincés dans sa gorge. Ses yeux s'étaient suffisamment habitués à l'obscurité pour qu'elle remarque les taches sombres qui maculaient le tapis près du sofa. Elle s'avança, chancelante.

— Joan, non ! la dissuada la rebelle de la famille. N'approche pas. Reste où tu es.

L'intéressée ne l'écouta pas, mais laissa échapper un son guttural quand elle contourna le meuble. Sa grand-mère était avachie sur le divan, les jambes étrangement positionnées, le col de sa chemise trempé de sang. Une de ses chaussures avait glissé et gisait, à l'envers, près de son pied serré dans son collant.

— Non… Non, non, non !

La fuyarde était en route pour mettre sa famille en garde contre Nick. Ils ne pouvaient pas déjà être là. Non, c'était impossible.

Une couverture était repliée sur la poitrine de la doyenne des Hunt. Sa cousine se tenait dans une étrange position lorsque Joan l'avait trouvée – légèrement penchée. Elle comprenait désormais pourquoi : pour presser la couverture des deux mains.

— Ils sont tous morts.

Ruth avait sans doute l'intention d'atténuer le choc de l'annonce, mais elle parlait avec une intonation qui manquait étrangement de naturel, proche de celle du robot qu'elle aimait singer. Elle était tellement douée pour imiter les voix synthétiques…

— Oncle Augustus. Bertie. Tante Ada. Tous morts.

— Ce n'est pas possible. (Joan secoua la tête.) Pas possible !

Au bord des larmes, il lui était impossible de faire la mise au point. Autour d'elle, tout paraissait flou et irréel. Elle venait de se mettre en route pour prévenir sa famille. Ils ne pouvaient pas avoir déjà péri. Le sang trempait la couverture. Les mains de Ruth en étaient maculées.

— Joan… (La voix de sa cousine la ramena au présent.) Je crois que grand-mère ne va pas s'en sortir.

Elle parlait toujours sur ce même ton monocorde, le regard dans le vide.

— Elle a perdu tellement de sang, ajouta-t-elle.

— On n'a qu'à… (Le timbre de Joan n'avait rien à envier à celui de sa cousine en matière de bizarrerie.) Je sais, on va appeler une ambulance ! Plein d'ambulances. Et puis… O.K., voilà ce qu'on va faire. Il faut qu'on appelle une ambulance.

— Les téléphones sont hors service, fit remarquer Ruth.

Son interlocutrice la dévisagea en clignant des yeux, ahurie.

— Mais on doit…

— Non !

Les deux adolescentes sursautèrent en entendant la voix de leur grand-mère.

Joan se pencha, les jambes en coton. Même si elle refusait de l'admettre, elle avait presque accepté l'idée que leur aïeule n'était déjà plus de ce monde. Elle semblait tellement inerte…

Ruth poussa un soupir qui ressemblait fort à un sanglot.

— Tu es vivante !

— Ne mêlez pas les humains à cette histoire, murmura la vieille femme en ouvrant péniblement les paupières. Il faut vous enfuir d'ici.

— Qui t'a fait ça ? voulut savoir Ruth. Les Oliver ? Si c'est le cas… (Elle s'interrompit avant de reprendre.) Je crois avoir aperçu Victor Oliver dans le jardin. Et Mattea, aussi.

— Ils n'y sont pour rien, l'informa Joan.

— Qui, alors ?

— Il était une fois un jeune homme dont le destin était de tuer des monstres… psalmodia leur grand-mère. Un héros.

— Quoi ? (Elle essuya ses yeux sur son bras.) Le héros humain ? Mais ce ne sont que des contes pour les enfants, ça ! Oh, mon Dieu… Tu as perdu tellement de sang.

« Un héros. » Joan se repassa la scène dans son esprit : Nick plongeant l'épée dans la poitrine de Lucien, puis jetant la même arme sur Edmund.

— Je l'ai vu en pleine action, avoua-t-elle, la gorge serrée.

— Vraiment ? s'étonna son aïeule, le souffle court. Et lui, est-ce qu'il t'a vue ?

L'adolescente hésita. *Il m'a épargnée parce que j'ai cherché à le sauver. À moins qu'il n'ait eu des sentiments pour moi, tout comme j'en avais pour lui.* Malgré tout, elle ne put se résoudre à le dire à voix haute.

— Je me suis enfuie.

La doyenne des Hunt lui jeta un regard entendu, à croire qu'elle savait de quoi il retournait.

— Et les Oliver ? demanda-t-elle.

— Morts ou en fuite.

— Morts, répondit platement la moribonde avant de prendre une inspiration douloureuse. Mes chéries… Quittez ce manoir de toute urgence. Ruth, verrouille les portes et ouvre cette fenêtre. Elle est assez large pour vous deux.

— Mais la fenêtre... (La voix de la cousine de Joan se brisa.) Elle est loin. Et si tu meurs avant que je revienne ?

L'ancienne esquissa un embryon de sourire.

— Eh bien, tu auras la vie entière pour regretter d'avoir été aussi lente, répondit-elle. Sans compter que tu compenseras en ne fermant plus jamais la moindre fenêtre. Tu passeras tes hivers à grelotter, jusqu'à la fin de tes jours.

D'ordinaire, les moqueries de sa grand-mère déclenchaient une moue boudeuse chez Ruth mais, en cet instant, sa lèvre tremblait. Joan fut tentée de détourner les yeux. La jeune rebelle détestait qu'on la voie pleurer.

Les traits de leur aïeule s'adoucirent.

— Oh, Ruth...

Les doigts de la vieille femme tressaillirent, comme si elle avait voulu toucher le bras de sa petite-fille, sans en avoir la force.

— Je t'en supplie, murmura l'aînée des deux cousines. Tu n'as plus beaucoup de temps.

— Ça ira, répondit tendrement la doyenne des Hunt. Je t'attendrai.

Le reste de leur conversation se fit en silence. Les lèvres de la mourante finirent par se recourber. Ruth leva les yeux au ciel.

— Espèce de vieille despote, s'exclama-t-elle avant de se tourner vers Joan, la mâchoire serrée. Viens me remplacer.

L'intéressée s'approcha à petits pas pour poser ses mains sur celles de sa cousine, recouvertes du sang de leur aïeule. Chaudes et poisseuses, elles en devenaient glissantes. Joan ne parvenait toujours pas à y croire.

— Appuie, lui intima Ruth en se retirant sous ses paumes. Appuie très fort.

La jeune Sino-Britannique obéit. Malgré la pression qui devait la faire souffrir, l'ancienne n'émit pas le moindre son.

— Grand-mère… commença Ruth.

— Va, lui intima la mourante. Je serai là à ton retour.

Joan contempla la couverture tachée sous ses mains. Le sang était partout. Il s'écoulait par terre, recouvrait la blessée et désormais les mains de la bénévole de Holland House.

— Est-ce que Ruth nous entend ? chuchota la vieille femme à l'agonie.

La pièce était assez vaste pour former une chambre à coucher et un salon combinés. L'aînée des cousines se trouvait à l'autre extrémité, en train de caler une lourde chaise sous une poignée de porte. Joan fit non de la tête. D'un geste, elle écarta avec impatience sa chevelure qui lui tombait sur le visage.

— Évite de parler, conseilla-t-elle à son aïeule. Reposetoi. On ne va pas tarder à ouvrir la fenêtre. Tu seras bientôt tirée d'affaire.

— Ne sois pas naïve, murmura la moribonde, d'une voix si fluette que c'est à peine si sa petite-fille l'entendait, en dépit de la faible distance qui les séparait. Ce n'est pas pour me reposer que j'ai éloigné Ruth.

Les mouvements de sa cage thoracique se faisaient irréguliers sous les mains de Joan. Elle peinait à respirer.

— J'étais censée disposer de bien plus de temps pour te préparer. Je pensais pouvoir me battre à tes côtés…

Ses paroles n'avaient aucun sens.

— Je t'en supplie, plaida la jeune fille. Économise tes forces.

— Chut ! Laisse-moi parler… et écoute-moi. (Malgré la douleur, ses yeux verts n'avaient rien perdu de leur lucidité.) Toi seule peux arrêter le héros, Joan.

Cette dernière la dévisagea, interdite. C'était sans doute le délire qui parlait.

— Je regrette, ma chérie, mais…

L'ancienne tenta d'inspirer, mais ne réussit qu'à tousser. Encore et encore.

— Grand-mère ! s'alarma l'adolescente.

Il lui semblait la retenir à la seule force de ses paumes. Mais l'énergie commençait à lui manquer.

La vieille femme finit par retrouver son souffle.

— Est-ce que ta cousine nous entend ? demanda-t-elle une nouvelle fois d'une voix éraillée.

Le seul fait de parler l'épuisait.

Ruth se tenait à présent devant une des fenêtres à guillotine. Joan s'apprêtait à l'appeler quand une main se posa sur la sienne.

— Non, articula l'aïeule. Seulement… (Elle grimaça sous l'effet d'un spasme.) Est-ce qu'elle nous entend ?

Sa petite-fille répondit par la négative.

— Tu cours un grave danger, Joan.

La voix de l'aïeule se faisait de plus en plus ténue, au point que son interlocutrice dut tendre l'oreille.

— Un danger bien plus grave que tu ne le crois. Un jour, bientôt, tu découvriras le pouvoir qui est le tien.

— Celui des Hunt…

— Non, pas celui des Hunt, chuchota la mourante. Un autre… Et tu ne peux révéler cette information à personne.

Joan jeta un coup d'œil vers sa parente, qui se débattait toujours avec la fenêtre.

— Non, murmura sa grand-mère. Pas même à Ruth. Ni à qui que ce soit d'autre… Promets-moi que tu garderas le secret.

La jeune Sino-Britannique avait pourtant une confiance aveugle en sa cousine.

— Mais Ruth…

L'ancienne lui agrippa le poignet. Le rubis de son alliance brillait d'un éclat terne, de la même couleur que tout ce sang répandu.

— Promets-le-moi, insista-t-elle. Dis-le.

— Je te le promets, chuchota l'adolescente d'une voix rauque.

Sa grand-mère poussa un soupir de soulagement. Sa main glissa du poignet de sa petite-fille.

Elle y avait laissé quelque chose. Joan, engourdie, vit un collier – une fine chaîne en or, assortie d'un pendentif, négligemment drapée sur son bracelet portant l'emblème des Hunt. Plus elle les observait, plus les deux bijoux semblaient se fondre l'un dans l'autre.

Au bout d'un moment, des bruits de pas se rapprochèrent. Ruth se jeta par terre, ses boucles noires collées à son front.

— Ça y est, j'ai ouvert la fenêtre.

L'aïeule ne répondit pas. Ses yeux restaient obstinément clos. Ruth lui secoua doucement l'épaule.

— On va te tirer de là. Joan et moi, on peut te porter.

La doyenne des Hunt ne bougea pas d'un cil. L'aînée des cousines jeta un regard à sa cadette, mal à l'aise, puis elle effleura la joue de son aïeule, avant de placer sa paume devant la bouche et le nez de la vieille femme pour tenter d'y déceler un souffle de vie.

Morte, songea platement Joan. Leur grand-mère était morte.

— Mais elle… murmura Ruth, déroutée. Elle avait promis de m'attendre.

Elle a tout fait pour, voulut lui dire sa jeune parente, mais une phrase l'obsédait : « *Toi seule peux arrêter le héros.* » La mourante avait eu un accès de délire. Il ne pouvait en être autrement.

Petit à petit, elle perçut un martèlement étouffé. Il y avait un moment qu'elle l'entendait, se dit-elle subitement. Depuis quand ? Impossible de le savoir tant elle avait l'impression d'être désynchronisée du monde.

— Il faut qu'on y aille, s'entendit-elle dire.

— Quoi ?

Hébétée, sa cousine reporta mollement son regard sur sa cadette.

— Joan, lui dit-elle en lui pressant le bras. Arrête.

L'intéressée baissa les yeux. Elle continuait de comprimer la poitrine de leur grand-mère, dans le vain espoir de contenir l'hémorragie. Elle relâcha la tension dans ses épaules. La douleur était partout, comme si elle avait été malade une semaine entière. Ses mains et ses bras n'auraient pas détonné dans une boucherie.

Le collier doré était toujours négligemment drapé sur son poignet, incongru dans sa délicatesse. Elle effleura l'ornement, laissant de sombres empreintes sanguinolentes sur le métal.

Le martèlement se faisait de plus en plus puissant. Rassemblant ses esprits, elle glissa la chaîne dans sa poche, avant de se contraindre à se relever. La porte menant au passage trembla sous les coups, mais ne céda pas.

— On doit y aller, Ruth.

Visiblement aussi engourdie que l'était intérieurement Joan, sa cousine contemplait le visage de leur aïeule.

— On ne peut pas laisser grand-mère ici, plaida-t-elle.

La jeune bénévole de Holland House n'en avait pas plus envie. L'idée d'abandonner le corps de la défunte aux mains de mercenaires qui n'avaient que haine pour les monstres lui était insupportable. Pour autant, la vieille femme avait toujours été pragmatique.

— Elle aurait voulu qu'on parte.

À chaque coup qui ébranlait la porte, le filet de lumière s'élargissait. Joan prit la main de sa cousine pour la mettre debout.

— Il faut y aller.

Elle entraîna son aînée vers la fenêtre, repoussa le rideau, puis eut un mouvement de recul. Un corps gisait à l'extérieur, étendu sous la colonnade, le cadavre d'une femme aux longs cheveux noirs, vêtue d'une robe bleue brodée de perles d'argent.

— Je sais, dit Ruth d'une voix tremblante. (Elle avait visiblement déjà aperçu la dépouille.) C'est Marie Oliver.

Joan s'essuya le visage du dos de la main. L'ouverture de la fenêtre à guillotine n'était pas assez large. Elle tenta de lever le panneau de toutes ses forces, mais c'est à peine s'il bougea. L'avait-on seulement relevé au cours du dernier siècle ?

— On devrait réussir à passer en se faisant toutes petites, glissa l'aînée des Hunt. Tu ne crois pas ?

Sa parente la dévisagea. Même un enfant n'arriverait pas à passer par l'interstice. Elle imagina sa cousine coincée là, à la merci des mêmes poignards qui avaient frappé leur grand-mère. Elle eut un haut-le-cœur. Si quelqu'un devait être pris au piège, hors de question que ce soit Ruth.

Joan se hissa sur le rebord. Le plateau de bois lui mordait le ventre à mesure qu'elle s'échinait à se faufiler dans l'intervalle. Elle n'eut pas besoin de s'acharner longtemps : elle ne passerait pas. Son flanc rencontra un objet pointu, ce qui lui arracha un grognement, suivi d'un afflux de chaleur. Sa plaie venait de s'élargir. Toute progression devenue impossible, elle se retrouva coincée sous la fenêtre, exactement comme elle l'avait imaginé. Elle se débattit avec l'énergie du désespoir, tel un poisson accroché à un hameçon.

— C'est pas vrai ! (Sa cousine tenta de la pousser, non sans aggraver la douleur.) Impossible de te faire bouger. (Joan s'agita de plus belle.) Oh, mon Dieu…

Ruth chuchotait, paniquée. Elle poussa une nouvelle fois sa cadette, puis une autre. Et une troisième, en y mettant de la force. La robe de Joan se déchira. La jeune fille tomba du côté de la colonnade dans un mouvement dénué de toute élégance que vint ponctuer un bruit mat.

Elle resta étendue là un moment, tentant de reprendre son souffle malgré la souffrance. Par terre, à côté d'elle, la femme morte gisait, yeux grands ouverts sur le vide. Un sanglot monta dans la gorge de Joan. Ou peut-être était-ce de la bile. Elle serra fort les paupières, puis s'obligea à se relever.

— Donne-moi tes mains, intima-t-elle à Ruth, pantelante. Je vais t'aider.

— Tiens.

Sa cousine lui passa un objet par l'ouverture : le lourd chandelier en bronze qu'elle avait trouvé sur le manteau de la cheminée. Joan le cala sous son bras.

— Donne-moi tes mains, vite ! (L'assassin de Marie Oliver traînait peut-être encore dans le coin.) Et fais attention, il y a un clou qui dépasse.

— Merde, ce n'est vraiment pas large, constata Ruth. Je ne passerai jamais.

— Tu vas y arriver, lui promit Joan. Je vais te tirer de là.

Il y eut un bruit lourd. La chambre s'illumina.

— Ruth !

La jeune Sino-Britannique tenta de s'emparer des mains de son aînée, mais cette dernière reculait déjà pour faire face aux intrus.

Tant pis si on l'entendait, elle s'époumona de plus belle :

— Ruth ! Grimpe tout de suite sur le rebord ! Je t'aiderai à passer !

— Va-t'en, Joan, lui ordonna l'intéressée d'une voix farouche et dure qu'elle ne lui connaissait pas.

On aurait presque dit celle de leur grand-mère.

— Hors de question ! s'écria la plus jeune des cousines.

Une nuée d'hommes en noir envahit la pièce.

— Ruth !

L'un d'entre eux saisit la jeune fille par les épaules. Un éclat métallique brilla dans la lumière.

— Non ! hurla Joan.

Sa parente se débattit, agitant un bras pour se dégager. Une des silhouettes glissa au sol, puis quelqu'un enfonça le couteau dans les entrailles de la rebelle, qui laissa échapper un affreux gémissement. Son regard choqué trouva celui de Joan de l'autre côté de la vitre.

Le cri d'horreur que ne put s'empêcher de pousser la jeune Sino-Britannique retentit dans la nuit.

L'espace où Ruth se tenait un instant plus tôt se remplit de vide. Son corps avait disparu.

Un visage apparut à la fenêtre.

— Il y en a un autre dehors !

La vitre explosa. Joan prit ses jambes à son cou, quittant la colonnade pour se réfugier dans le jardin sud. L'endroit donnait une impression de joie incongrue, avec ses arbres ornés de guirlandes lumineuses et ses hortensias en fleur, dont les tons blancs et roses rappelaient des crèmes glacées.

Elle s'était trompée de direction, se rendit-elle compte, terrifiée. Elle aurait dû filer vers le nord. Le sud n'offrait qu'une vaste pelouse et le labyrinthe végétal.

Le plus rapide serait de traverser la pelouse pour prendre le sentier menant au portail sud-ouest. Le problème était que cette option ne lui offrirait aucune cachette. Même en courant à toute vitesse, elle se trouverait à découvert pendant cinq bonnes minutes, au bas mot.

Restait donc le labyrinthe végétal.

Un cri retentit derrière Joan, qui se précipita à travers le jardin, écrasant les hortensias dans sa course. Leur parfum s'éleva, à la fois frais et doux. Des corps gisaient parmi les fleurs. Un homme, une sirène délicatement tatouée autour du poignet. Une femme aux longs cheveux roux.

Joan se risqua à jeter un coup d'œil dans son dos. Une silhouette tout de noir vêtue apparut au coin du manoir. La fuyarde se jeta dans la gueule du dédale. L'avait-on vue s'y engouffrer ? Mieux valait partir du principe que c'était bien le cas.

Elle se heurta aux haies en prenant des virages trop serrés. Puis elle courut et courut encore, jusqu'à devoir s'arrêter, les mains sur les genoux, pour avaler de grandes goulées d'air tout en cherchant à se calmer. Ses inspirations sifflantes lui rappelèrent les derniers souffles de sa grand-mère, le gémissement de douleur de Ruth. Elle était toujours pieds nus, constata-t-elle soudain, et serrait encore son lourd chandelier comme un bâton de relais. Sa robe était déchirée, à cause du clou sur le rebord de la fenêtre.

Joan aurait voulu s'allonger pour pleurer sa famille, son clan tout entier… Quel soulagement ce serait de pouvoir ignorer la réalité ! Elle tenta d'imaginer ce que lui aurait dit son aïeule en cet instant, l'air incrédule que la vieille femme aurait pris : *« Joan, ma chérie, tu étais en train de fuir une mort certaine… Alors, qu'est-ce que tu fabriques à bayer aux corneilles ? Cours ! »*

Elle s'élança tant bien que mal.

Quand avait-elle commencé à entendre ces bruissements ? Ils auraient tout d'abord pu passer pour le murmure des feuilles agitées par le vent. Sauf qu'elle reconnut bientôt le tumulte d'une course-poursuite. Elle n'était pas la seule à se mouvoir dans ce labyrinthe.

Des pas en talonnaient d'autres, à peine un tournant derrière, pas plus. De temps à autre, quand les méandres du labyrinthe le rapprochaient d'elle, le souffle saccadé d'un fugitif qui courait trop vite et depuis trop longtemps se distinguait plus nettement. Il en était de même pour celui, régulier, de son poursuivant formé à la traque.

Joan tenta de percer du regard l'épaisseur de la haie, mais il faisait trop sombre. Impossible de savoir à quelle distance se tenaient le chasseur et sa proie. L'extrémité du mur végétal pouvait se trouver à des kilomètres de sentiers tortueux aussi bien qu'au détour du prochain virage.

Puis la cavalcade cessa brusquement.

— Par pitié, je vous en supplie... Ne faites pas ça !

Une voix masculine. Joan retint de justesse un cri de stupeur. Le malheureux semblait tout près.

La jeune Sino-Britannique s'avança à petites enjambées, à la fois prudente et incertaine. Où se trouvait-elle dans le labyrinthe ? Aucune idée. Partout où se posaient ses yeux, le paysage était identique, n'offrant à la vue que haies denses et sentier poussiéreux.

— Pitié... répéta la voix masculine, rauque.

Joan pointa le nez au coin de la haie. Elle put les voir, tous les deux : Aaron Oliver, pris dans un cul-de-sac, faisait face à un des hommes de main de Nick.

Les boucles d'or du jeune homme prenaient une teinte blanchâtre dans la clarté lunaire. Son assaillant arborait un tatouage sur la nuque – un loup aux babines retroussées. Il se rapprocha de sa victime d'une démarche assurée, détendue, tira un long couteau de sa ceinture...

Aaron se figea en apercevant Joan. Elle devina le fond de sa pensée – il l'avait laissée pour morte dans le manoir.

Deux pas, songea-t-elle. Il lui suffirait de reculer de deux pas pour se remettre à l'abri. Deux pas pour se retrouver une nouvelle fois hors de vue. Deux petits pas.

Le fils d'Edmund Oliver écarquilla les yeux. Joan brandit son chandelier et l'abattit avec violence.

L'homme chancela – visiblement choqué, sans pour autant être blessé. Il saisit la jeune fille par les cheveux, puis lui tira la tête en arrière avant de lever son couteau.

Sa victime lui assena un violent coup de chandelier au visage. Un affreux craquement se fit entendre, comme lorsqu'une branche se rompt sous le poids d'une semelle. Le mercenaire tituba, Joan frappa de nouveau, de toutes ses forces, et atteignit la joue du mercenaire de plein fouet. Il tomba, emportant l'adolescente dans sa chute, leurs jambes entremêlées. Le chandelier glissa des mains de sa propriétaire, qui tenta désespérément de le rattraper.

— Je crois qu'il a eu son compte, fit remarquer Aaron. Tu n'y es pas allée de main morte.

Joan se rendit compte de son geste.

— Oh, mon Dieu ! s'entendit-elle dire.

L'homme au tatouage gisait sur le flanc, inconscient, le visage en sang. Les mains sur les genoux, elle tenta de reprendre son souffle.

Les pieds d'Aaron apparurent dans son champ de vision.

— Je crois que je vais vomir, l'informa-t-elle, avant de s'écarter avec un haut-le-cœur, accroupie au pied de la haie.

Lorsqu'elle eut fini, le jeune Oliver lui tendit une main maladroite, à croire qu'il hésitait à la toucher.

— Va te faire foutre, maugréa-t-elle, l'estomac encore retourné.

— Pourquoi m'avoir aidé ?

Elle se redressa, ignorant sa question comme sa main tendue. L'impression d'avoir servi de punching-ball ne la quittait pas. Elle s'efforça de ne pas regarder le corps étendu dans le cul-de-sac.

— Je ne sais pas comment sortir d'ici, dit-elle.

— Moi, si, fit Aaron.

Joan scruta son visage. Il avait retrouvé son expression dédaigneuse.

— J'ai grandi à Holland House.

Pardon ? Comment était-ce possible ? Qu'importe. Elle n'était pas assez intriguée pour chercher à avoir le fin mot de cette histoire.

— Dans ce cas, sors-nous de ce labyrinthe.

Elle fit volte-face. Aaron lui saisit la manche.

— Ne me touche pas ! s'écria-t-elle par réflexe.

Il tira ostensiblement sur la portion de tissu qu'il pinçait pour lui montrer que ses doigts n'étaient pas en contact avec sa peau.

— Pas par là.

Il fallut une seconde à Joan pour comprendre.

— On ne peut pas retourner dans le manoir, protesta-t-elle, confuse.

— Je dois retrouver mon père, expliqua-t-il. Il va s'occuper de… (D'un coup de menton, il désigna l'homme inconscient sur le sol.) Ça.

Elle ne lui offrit en retour qu'un regard vide.

— Personne ne te fera de mal, bien sûr ! ajouta-t-il gauchement. Tu m'as sauvé la vie. Ma famille paiera sa dette.

Il ne savait pas. La nuit, autour d'eux, semblait terriblement silencieuse.

— On ne peut pas y retourner, répéta Joan, avant de prendre son courage à deux mains. Ton père est mort.

Aaron se figea, puis lui lâcha la manche.

— Pardon ?

L'image de sa grand-mère surgit une nouvelle fois dans l'esprit de la jeune fille. Son corps gisait encore dans la chambre de Sabine. Elle l'avait laissée là-bas. Quant à Ruth… Joan battit des paupières pour ravaler ses larmes.

— Ton père est mort.

— Tu racontes n'importe quoi.

Elle ouvrit la bouche, sans trouver les mots. *Je suis désolée.* Voilà ce qu'elle aurait dit en temps normal à quelqu'un qui venait de perdre son père. Sauf que, dans le cas présent, elle n'éprouvait aucune compassion. Edmund avait voulu la tuer – lui faire subir une mort affreuse rien que pour s'amuser. Quant à Aaron, il s'était contenté de quitter les lieux en la laissant à la merci de son bourreau.

— C'est allé vite, précisa-t-elle pourtant en guise de consolation.

Le jeune Oliver ajusta les manches de sa veste, même si c'était inutile : il était impeccable, avec sa chemise repassée et ses cheveux parfaitement coiffés. Jamais on n'aurait pu deviner, en le voyant si propret, qu'il était en cavale.

— Tu te trompes, insista-t-il.

Joan repensa aux circonstances du trépas du chasseur : une épée plongée dans la poitrine. Elle prit une profonde inspiration, non sans lutter contre un nouveau haut-le-cœur.

— Je t'assure que non.

— Crois-tu vraiment que je ne sais pas… (Aaron s'interrompit au moment où il commençait à hausser le ton.) Crois-tu que je ne sais pas quand est censé avoir lieu le décès de mon propre père ? (Il paraissait lutter sans cesse pour maintenir l'apparence d'un calme olympien.) Je connais l'histoire familiale. Ce n'est pas aujourd'hui qu'il est censé mourir.

Le moment était plutôt mal choisi pour chipoter, songea Joan, frustrée. Rester plantée là, à la merci des hommes de Nick, lui était insupportable.

— Le garçon qui était avec moi, l'humain… Il a tué Lucien, puis ton père. Juste avant que ses troupes n'envahissent la propriété. Ils sont en train de tous nous massacrer.

— Nous massacrer ?

— Oui, nous, les monstres !

Le terme employé par Edmund pour la décrire lui revint soudain en mémoire – une « abomination », parce qu'elle était à moitié humaine. La jeune fille sentit monter l'envie de hurler, d'attraper Aaron par le col pour le traîner hors du labyrinthe. Mais elle ne connaissait pas le chemin.

— Écoute-moi bien, commença-t-elle. Ma grand-mère est morte. Toute ma famille a été assassinée, et la tienne aussi. Ils sont tous… (Sa voix se brisa.) Ils sont tous morts. Et si on ne se tire pas très vite de là, on connaîtra le même sort qu'eux. Ils sont en train de nous exterminer, tu comprends ?

Son interlocuteur jeta un coup d'œil au corps étendu à terre. Le loup tatoué sur la nuque de l'assassin contrastait avec sa peau blanche.

— Aaron…

Sans voir le visage du jeune homme, il était impossible à Joan de savoir ce qu'il pensait. Après un long moment, il finit par prendre la parole.

— J'ai vu des corps dans le jardin sud. (Les mots semblaient sortir à contrecœur.) Ivette, Victor… J'en ai vu d'autres dans la coulée verte, étendus par terre. (Il leva la tête, fixa Joan, et fronça les sourcils en l'inspectant de la tête aux pieds.) Tu as l'air rescapée d'un accident de voiture.

L'intéressée examina sa tenue. Elle aurait mieux fait de s'abstenir. Sa grand-mère avait perdu tellement de sang que sa robe en était toute poissée.

— Est-ce que tu es blessée ? s'enquit le jeune homme.

— Non…

Joan songea à Lucien et à son épée. L'entaille n'était pas trop grave, du moins l'espérait-elle. Elle plongea la main dans sa poche en quête du téléphone qu'elle avait ramassé et du collier que lui avait donné sa grand-mère, puis elle commença à ôter sa robe.

— Qu'est-ce que tu fais ? s'alarma Aaron, horrifié.

— Je ne peux pas me balader couverte de sang.

Une fois son vêtement passé par-dessus sa tête, elle aperçut l'expression scandalisée de son compagnon de cavale.

— Je ne suis pas nue en dessous, précisa-t-elle en désignant son débardeur et son cycliste.

— Oh, fit-il, l'air guindé.

Elle fit une boule de sa robe ensanglantée pour la fourrer sous la haie, à proximité du mercenaire inconscient. Une espèce de message : « *Cher Nick, c'est moi qui ai assommé ton homme. Je t'embrasse, Joan.* »

— Bon, où est la sortie ? demanda-t-elle.

Aaron désigna l'embranchement qui leur faisait face. Elle attendit qu'il ait le dos tourné pour s'attacher le collier autour du cou et le dissimuler sous son débardeur.

Une Hunt et un Oliver qui coopéraient. La veille, la famille londonienne de Joan aurait décrété que c'était impossible. « *Ils nous haïssent et on le leur rend bien.* » Quelques minutes plus tôt encore, au moment où elle affrontait Lucien, elle aurait été du même avis.

À présent, Joan avait su tenir tête au clan honni et survivre. À présent, Nick lui avait sauvé la vie… avant de tomber le masque et de se révéler être une menace inimaginable. Dans ces conditions, repousser encore un peu les frontières de l'impossible ne lui semblait pas si choquant.

Chapitre 6

Lorsque Joan franchit l'arche feuillue, une pancarte annonçait joyeusement : « FÉLICITATIONS, VOUS AVEZ TROUVÉ LA SORTIE DU LABYRINTHE ! ». Elle surgit dans les ténèbres d'une prairie située à la lisière de la propriété. Des pissenlits lui caressaient les chevilles dans l'herbe haute. Aucun signe de Nick ni de ses hommes de main.

Depuis son poste d'observation, il lui semblait que Holland House aurait pu tenir dans la paume de sa main, avec ses fenêtres qui luisaient comme des chandelles. Vue ainsi, la demeure paraissait accueillante, presque douillette.

Aaron arriva à sa hauteur, simple silhouette dans le noir. Il contempla lui aussi le manoir – la bâtisse dans laquelle il disait avoir grandi.

Il faisait trop noir pour distinguer ses traits. Joan lui effleura le coude, mais il n'eut aucune réaction. Quand elle prit la direction de la rue, malgré tout, il lui emboîta le pas.

Kensington High Street n'était que lumières, voitures et passants. L'artère semblait plongée dans une liesse surréaliste après la grisaille feutrée du labyrinthe. Joan s'arrêta sur le trottoir pour contempler la scène, si ordinaire, où se mêlaient kebabs, burgers et taxis noirs.

Le rugissement d'un moteur à proximité fit sursauter la jeune fille. Une voiture roulait au pas, comme si ses occupants cherchaient leur chemin… ou quelqu'un. Les deux fuyards échangèrent un regard entendu avant de se glisser d'un commun accord dans l'ombre d'un porche.

Ils empruntèrent ensuite une série de ruelles en zigzag pour gagner Kensington Gardens, évitant tout véhicule qui roulait trop lentement. Le parc était fermé pour la nuit. Aaron fit la courte échelle à sa compagne d'infortune, qui passa par-dessus la clôture pour atterrir de l'autre côté dans un bruit sourd. Une douleur aiguë lui traversa le flanc au moment où elle toucha le sol, la laissant à bout de souffle, pliée en deux.

Un instant plus tard, le jeune homme se réceptionna à côté de Joan, qui dut lutter pour se redresser.

— Est-ce que tu crois qu'on nous a suivis ? murmura-t-il.

— Aucune idée.

Il faisait très sombre dans le parc. La lumière des réverbères filtrait un peu à l'intérieur mais, passé un certain périmètre, c'était à peine si Joan parvenait à distinguer les arbres.

— Ouvre l'œil, lui enjoignit Aaron. La nuit, la police patrouille avec des chiens.

— Comment le sais-tu ?

Le visage du fugitif se durcit.

— Tu crois vraiment que c'est le moment d'échanger des anecdotes ? Ou bien on peut continuer à fuir pour sauver notre peau ?

Fuir avec toi, c'est bien la dernière chose dont j'ai envie, aurait volontiers répliqué Joan. *Tu m'as laissée pour morte, je te rappelle.* N'empêche qu'il avait raison sur un point : rester plantés là à discuter, à la merci de tous, était une très mauvaise idée.

— Allons du côté de la Serpentine, suggéra-t-elle.

La lune, en se reflétant sur le lac, leur offrirait assez de clarté pour naviguer en terrain inégal sans qu'ils soient obligés de se servir de leur téléphone pour s'éclairer.

— Les chiens peuvent traquer une piste par-delà les plans d'eau, fit remarquer Aaron.

— Ce n'est pas ce que…

Joan ne termina pas sa phrase. Le jeune homme avait le chic pour la pousser dans ses retranchements.

— Allons-y, conclut-elle sèchement.

Ils marchaient en silence. Bientôt, les chaussettes de Joan furent trempées de rosée. Cet inconfort lui convenait, car il lui imposait de maintenir son attention là, dans le parc, dans le présent. Se soucier de ses pieds humides et glacés valait toujours mieux que de penser au dernier soupir de sa grand-mère. À ces corps gisant, abandonnés par la vie, parmi les fleurs. Au gémissement qui s'était échappé des lèvres de Ruth lorsque la lame lui avait perforé l'abdomen. Ou encore au visage de Nick lorsqu'il avait prononcé ces mots : *« Si tu t'avises encore de voler du temps à un être humain, je n'aurai pas d'autre choix que de te tuer de mes propres mains. »*

Ils suivirent l'éclat terne de la rivière qui sinuait à travers le parc, jusqu'à ce qu'Aaron effleure le bras de sa compagne de cavale pour lui faire signe de s'arrêter.

— Quoi ? chuchota-t-elle.

Les broussailles se faisaient plus épaisses, presque sauvages. L'eau clapotait dans la nuit noire. Progresser devenait plus difficile. Tous ces efforts n'empêchaient pourtant pas Joan de grelotter de froid. Aaron avait-il perçu quelque chose ? En croisant les bras, elle sentit une zone poisseuse et tiède sur son flanc : sa blessure, toujours ouverte. Le moment était plutôt mal choisi pour faire trempette, au risque d'attraper la mort…

— Tu es blessée, murmura le jeune Oliver.

— Pardon ?

Si seulement elle pouvait le voir, mais il faisait trop sombre.

— Il suffit de te regarder marcher… Ce sont les mercenaires qui t'ont fait ça ?

Quel culot !

— Non, c'est l'œuvre de ton oncle.

L'hésitation d'Aaron fut à peine perceptible.

— C'est grave ?

— Bon, est-ce qu'on peut continuer à avancer, s'il te plaît ?

— Ne sois pas ridicule. L'entaille est profonde ?

Joan contempla le ciel d'encre. Si seulement elle avait pu être avec quelqu'un d'autre, n'importe qui ! *Par exemple Bertie ou Ruth…* Elle se mordit l'intérieur de la joue pour s'empêcher d'aller au bout de cette pensée, avant de soulever le tissu de son débardeur.

Aaron alluma son téléphone, tout en se positionnant de manière à bloquer la lumière. La plaie, bien visible, avait saigné abondamment – à tel point qu'il était difficile d'évaluer sa gravité.

Le jeune homme étouffa un juron.

— Il va falloir trouver un abri où passer la nuit.

— Quoi, ensemble ? s'étonna Joan, jusque-là persuadée qu'ils se feraient leurs adieux dès qu'ils auraient quitté le parc.

À la lumière crue du portable, le fuyard semblait aussi surpris qu'elle. Il eut cependant vite fait de retrouver son masque méprisant.

— On peut se séparer, si tu préfères.

— Ce n'est pas ce que j'ai dit.

— Je ne tiens pas spécialement à traîner avec toi non plus.

— Non mais, sérieusement ! répliqua Joan, plus sèchement qu'elle n'en avait l'intention. Tu t'es beaucoup entraîné pour être un crétin aussi insupportable ?

— Non, c'est naturel, rétorqua l'impertinent avec un sourire éteint.

Joan serra les dents pour éviter de hausser le ton.

— On n'a qu'à dormir ici, dans le parc, suggéra-t-elle. Ça fera très bien l'affaire.

Kensington Gardens était assez vaste pour dissimuler deux fugitifs s'ils savaient se faire discrets.

— On pourrait se relayer pour monter la garde.

— Hors de question que je dorme par terre.

Joan ne put retenir un rire.

— Comme il vous plaira, Votre Altesse. Prenons donc une chambre au *Savoy*.

Aaron ôta sa veste pour l'offrir à la blessée, qui était loin de s'attendre à une attention pareille. Elle déclina la proposition. Ce n'était pas parce qu'elle avait froid qu'elle était prête à accepter d'enfiler le vêtement de l'ennemi du clan Hunt.

— Tu es couverte de sang, fit-il observer.

Elle examina sa tenue. Son débardeur était bon à jeter. Quant à ses bras, ses mains… Ils étaient surtout maculés du sang de la doyenne des Hunt.

— Tiens.

Il lui mit le blazer sur les épaules. La veste, en laine gris clair, beaucoup trop grande pour elle, lui apporta malgré tout chaleur et réconfort. Une bouffée de gratitude envahit la jeune fille, avant qu'elle ne s'agace de sa propre réaction.

Aaron éteignit l'écran de son téléphone. Par contraste, la nuit parut terriblement opaque.

— On ne peut pas aller à l'hôtel, dit-il comme si Joan avait parlé sérieusement. On risque trop d'attirer l'attention. Ils n'auraient aucun mal à nous retrouver.

La jeune Sino-Britannique tenta de se repérer. Un vague souvenir lui revint en mémoire : au nord de leur position actuelle se trouvait un lieu où sa grand-mère donnait parfois rendez-vous à des connaissances – lorsqu'elle avait besoin de se faire discrète.

— Je connais peut-être un endroit, dit-elle.

— Un endroit sûr ?

— Je ne sais pas, concéda-t-elle. Plus sûr qu'ici, en tout cas.

Le trajet s'avéra plus long que dans son souvenir. Lorsqu'elle trouva enfin la bonne rue, elle claquait des dents. Aaron, de son côté, regardait plus souvent en arrière que devant lui.

Les réverbères avaient récemment été brisés. Du verre jonchait le sol un peu partout. Le jeune homme évitait soigneusement les fragments.

— N'est-ce pas charmant ? ironisa-t-il. Tu as réussi à nous dégotter le quartier le plus mal famé de la capitale. Tu es bien une Hunt.

Joan s'en voulut de n'avoir pas été plus attentive quand elle avait accompagné sa grand-mère à son rendez-vous.

Toutes les maisons se ressemblaient. Arborant une assurance feinte, elle se dirigea vers l'une d'entre elles.

Le soulagement l'envahit lorsqu'elle constata que la porte n'était pas verrouillée. Le hall qu'elle dissimulait lui sembla familier – un minuscule accueil, grand comme la salle de bain de son aïeule. L'odeur vint elle aussi titiller ses souvenirs, un mélange de cigarette et d'humidité. La moquette collait à ses chaussettes, ajoutant un peu de crasse et de poils aux amas de boue et d'herbe.

Joan sonna au comptoir. Une employée sortit du local réservé au personnel. La réceptionniste aux cheveux gris et aux lunettes papillon ne cilla pas en voyant les tenues mal assorties des deux adolescents. Selon son badge, elle s'appelait « VERA ».

— Une chambre pour deux, s'il vous plaît, demanda la jeune fille.

Vera désigna une pancarte manuscrite scotchée au comptoir. « ESPÈCES UNIQUEMENT. TARIFS À L'HEURE OU À LA NUIT. PAIEMENT D'AVANCE. »

— Je te laisse faire, lança Joan à Aaron.

La mine aigrie qu'affichait le jeune Oliver ne laissait guère de doute : qu'il se trouve là, dans ce hall d'hôtel miteux, avec Joan et Vera dépassait son entendement.

— Lits séparés, précisa-t-il.

— Vous êtes sûr ?

Cette exigence parut davantage surprendre l'employée que le contraste entre les chaussettes boueuses de Joan et le costume sur mesure de son compagnon. La jeune Sino-Britannique sentit son visage s'enflammer. Pour la première fois depuis leur rencontre, Aaron eut l'air légèrement déstabilisé, lui aussi.

— Je suis certain que vous saurez trouver la chambre adéquate, dit-il en tirant son portefeuille de sa poche arrière.

Il contenait toute une panoplie de billets étranges, certains anciens, d'autres transparents. L'héritier du clan Oliver parcourut rapidement sa fortune pour en sortir deux coupures familières, de vingt livres chacune.

Vera haussa les épaules, allégorie de l'indifférence, avant de glisser une clef numérotée sous la vitre, puis de désigner la porte coupe-feu.

— L'ascenseur est en panne, les informa-t-elle.

— J'aurais préféré dormir sous un pont, maugréa Aaron pendant qu'ils gravissaient l'escalier, escortés par une bande de cafards.

— Ici, au moins, Nick ne viendra pas nous chercher, souligna Joan.

— Nick ?

Il lui jeta un regard en biais.

— Oui, je… je le connaissais… (Elle fuit ses yeux inquisiteurs.) On était…

Une douleur aiguë lui transperça la poitrine, plus violente et cruelle encore que celle qui lui tiraillait le flanc. Elle venait d'embrasser Nick quand tout avait dérapé. Elle avait tant désiré ce baiser…

— Je le connaissais, parvint-elle à articuler.

Aaron continuait de la dévisager. La jeune fille eut la désagréable impression qu'il en voyait plus qu'il n'aurait dû. Il s'intéressa ensuite à une tache jaune sur le tapis élimé, qui lui arracha une grimace.

— Évidemment qu'il ne va pas venir nous chercher ici. Personne ne mettrait les pieds dans un taudis pareil, pas même les rats. Et encore moins les inspecteurs des services d'hygiène, visiblement.

Il avait retrouvé son insupportable air de supériorité, sa marque de fabrique, même si, l'espace d'un instant, il avait semblé à Joan apercevoir ce que dissimulait cette façade blasée : un côté plus perspicace, plus malin qu'elle ne l'avait imaginé – et qui ne collait pas vraiment avec le personnage. *Il n'est pas humain*, se rappela-t-elle soudain. Or, elle-même avait beau l'être à moitié, elle ne savait pas vraiment ce qu'étaient les monstres.

L'escalier donnait sur un long couloir dont le papier peint déchiré laissait apparaître les motifs des couches précédentes : un imprimé cachemire bleu et un orange cireux. Les bords du tapis, quant à eux, étaient rongés jusqu'à la corde. Pour ce qui était de l'absence de rats, Aaron avait pris ses rêves pour la réalité.

Une fois qu'ils eurent trouvé leur chambre, Joan s'adossa contre le mur, laissant son compagnon de cavale se battre avec la serrure, coriace. La douleur que lui infligeait sa blessure commençait à prendre le dessus sur sa volonté. Effleurant ses côtes sous la veste d'Aaron, elle trouva ses doigts couverts de sang frais.

Et merde !

À tâtons, le jeune Oliver localisa l'interrupteur à l'intérieur de la chambre. Une ampoule solitaire illumina la pièce d'une lueur terne. Deux lits séparés, ainsi qu'une salle de bain individuelle avec une douche dépourvue de paroi et des toilettes. Tout ce dont ils avaient besoin. Voilà qui dépassait les attentes de l'adolescente.

— Oh, mais quel parfait condensé de l'enfer ! maugréa Aaron.

La fenêtre donnait sur les vitres noires d'un immeuble de bureaux, qu'il contempla d'un œil lugubre avant de tirer les rideaux d'un coup sec.

— Où est le problème ? demanda Joan.

Le fugitif désigna le plafond, où une tache brune dessinait une espèce de nuage.

— Qu'est-ce que c'est que ça ?

— Une fresque, ironisa la jeune fille.

Pendant que son camarade s'aventurait dans la salle d'eau, elle fit le point sur leur situation. Même si la serrure ne cédait pas facilement, le battant, à peine plus épais qu'un doigt, ne disposait que d'un verrou peu solide.

Après avoir ôté la veste d'Aaron, Joan se glissa donc entre les deux lits dans l'intention de pousser le plus proche. En vain. Elle choisit d'insister, centimètre par centimètre, péniblement, jusqu'à parvenir à le caler contre le battant. Avec un peu de chance, ce dispositif de fortune suffirait à ralentir toute intrusion violente par la porte d'entrée. Un éclair de douleur la transperça en différé. Appuyée contre le lit, elle reprit son souffle. *Merci du fond du cœur, Lucien !*

— Tiens, lança une voix juste à côté d'elle, la faisant sursauter.

L'espace d'une seconde, elle ne vit que les cruels yeux gris d'Edmund… puis le canon d'un pistolet. D'instinct, elle leva la main pour le repousser.

— Très bien. Fais-le toi-même, alors.

La vision de la jeune fille s'éclaircit. Apparut alors Aaron, son éternelle moue dédaigneuse sur les lèvres. Il jeta une trousse de premiers secours sur le lit, que vinrent bientôt accompagner un essuie-mains et un bol d'eau savonneuse.

— Qu'est-ce que c'est que ce genre d'hôtel où on te fournit une trousse de secours, mais pas de peignoir ? grommela-t-il. Bel endroit que tu nous as déniché là.

Joan le regarda récupérer sa veste sur la table de chevet. Il ne l'effrayait pas. Le père du garçon, le chef du clan Oliver, lui avait peut-être fichu la frousse de sa vie, mais Aaron, lui, s'était montré tel qu'il était : pleutre. Il avait beau la dépasser d'une bonne tête, dans l'éventualité où ils devraient en venir aux mains, elle était persuadée de prendre le dessus.

L'intéressé ne sembla pas remarquer le regard insistant de la jeune fille. D'un geste ostentatoire, il secoua son blazer avant de se diriger vers l'armoire.

— Non mais franchement, dit-il. Les habits, ça se suspend, ça ne se jette pas comme de vieux chiffons.

Joan fit l'effort de se redresser.

— Au point où on en est, quelle importance ?

— Il faut soigner les apparences, garder une allure respectable. On représente nos familles, je te signale.

Des familles décimées, à l'heure qu'il était – une révélation qui les frappa simultanément. Aaron resta figé, une main sur la poignée du meuble.

— Bon, aucun doute, ajouta-t-il en refermant l'armoire avec plus de force que nécessaire, ces cintres ne conviennent absolument pas.

La trousse de secours avait déjà été utilisée – c'était en effet ce genre d'hôtel… Assise sur le lit, Joan fit le tri dans les fournitures restantes : gaze, bande adhésive, antiseptique, ciseaux.

Elle décolla le tissu de son débardeur maculé de sang. Aaron laissa échapper un sifflement.

— Ce n'est pas que le mien, précisa-t-elle.

La majeure partie appartenait en effet à sa grand-mère. Le jeune homme s'installa sur l'autre lit, en face de la blessée. L'écart qui les séparait était malgré tout si étroit que leurs genoux se touchaient presque.

— Que s'est-il passé, exactement, au manoir ?

Joan dévisagea son interlocuteur. Il était d'une beauté invraisemblable. Avec son costume de créateur, il arrivait presque à donner une touche de glamour à cette chambre miteuse. Ses cheveux brillaient, tel un halo…

— Après ton départ du Cabinet doré, tu veux dire ?

Il marqua un temps d'hésitation avant de répondre.

— Oui.

— Après que tu m'as laissée crever ?

Il haussa le menton, avant de soutenir le regard de son accusatrice avec une assurance crâne.

— Exactement.

— Eh bien…

Joan trempa la serviette dans l'eau savonneuse pour entreprendre de nettoyer sa plaie. Au toucher, la douleur était vive. Sa blessure lui faisait même un mal de chien. Elle serrait si fort les mâchoires que ses dents semblaient sur le point de se briser.

— Ton oncle a tenté de m'embrocher. Mais mon ami Nick l'a tué, avant de passer ton père au fil de l'épée.

Elle replongea la serviette dans le bol. Sur son flanc, les contours de sa plaie commençaient à apparaître. Elle revit la lame foncer sur elle.

— J'ai pris la fuite, poursuivit-elle. Ensuite… (Sa contenance vacilla.) J'ai trouvé ma grand-mère en train d'agoniser. Après quoi, je me suis encore échappée, avant de tomber sur toi dans le labyrinthe. C'est ce que tu voulais savoir ?

Aaron rougit.

— Oui.

— Quoi, tu croyais peut-être que notre fuite commune avait fait de nous des alliés ?

— Bien sûr que non.

Joan manqua de s'esclaffer. L'idée même était risible. Elle était une demi-Hunt. Pire encore : une demi-humaine. Edmund lui avait montré sans détour ce qu'on en pensait chez les Oliver. Elle déballa une lingette antiseptique dont elle tamponna sa blessure, qui la brûla autant que si elle venait de se rouvrir.

— Écoute, intervint Aaron. Je sais que tout ça est nouveau pour toi.

Elle interrompit son geste, sur ses gardes. Que signifiaient ces paroles, au juste ?

— Je suis un Oliver, reprit-il. Il nous suffit d'un regard pour savoir si quelqu'un est un monstre ou un humain... C'est le pouvoir de notre clan. Et toi... tu empestes la voiture neuve.

Une fois de plus, elle se rendit compte qu'elle ignorait tout, pour ainsi dire, de ce monde. Sensation familière, pour une jeune fille qui avait grandi entre les maisons de son père et de sa grand-mère maternelle. Mi-humaine, mi-monstre, à moitié chinoise, à moitié anglaise. Parfois, ça semblait du pareil au même. Joan était à la fois plus qu'une étrangère et moins qu'une intime. Bloquée sur le seuil, ni dedans ni dehors.

— Tu n'as pas beaucoup voyagé dans le temps, je me trompe ? lui demanda Aaron.

— Hier, c'était ma première fois, admit-elle. Mais c'était un accident.

— Dans ce cas, petit monstre… (Le jeune homme se pencha en avant, l'œil vif et sérieux.) Je ne sais pas ce qu'on t'a enseigné, mais tu m'as sauvé la vie. Or il se trouve que les nôtres ne prennent pas ce genre de dette à la légère. Évidemment que nous ne sommes pas des « alliés ». Tant que je ne t'aurai pas rendu la pareille, tu seras bien plus que ça.

Ses pâles yeux gris ne montraient aucune trace de gratitude, rien que cette étrange intensité, à la limite de la colère – comme si la jeune fille lui avait imposé un fardeau et non sauvé la vie.

Joan ne tenait pas à l'obliger plus que nécessaire.

— Je t'ai évité de te faire poignarder, dit-elle, et tu m'as montré le chemin pour sortir du labyrinthe. On est quittes. Personne ne doit rien à personne.

— Je tiens ma réponse, alors, constata Aaron.

— Sur ?

— Sur ce que les Hunt t'ont appris.

Elle n'avait vraiment pas envie de parler de sa famille, et encore moins avec l'héritier du clan Oliver. Elle lissa son pansement d'une main tremblante, avant d'y ajouter de l'adhésif étanche et de rejoindre la douche.

La salle de bain était minuscule. Dans le miroir, son reflet lui rendit un regard vitreux. Son menton, ses bras et ses mains étaient tachés de sang. Elle en trouva aussi des traces sous ses ongles et dans ses cheveux. Ses tremblements reprirent quand elle se déshabilla.

Quelques jours plus tôt, toute la famille Hunt s'était réunie pour dîner à la petite table de la cuisine de la doyenne. Oncle Gus avait préparé des lentilles agrémentées de tomates fraîches.

— *Alors, ton béguin du boulot, ça avance ?* avait demandé Ruth à Joan.

— *Un béguin ?* avait aussitôt embrayé tante Ada. *Pourquoi ne suis-je pas au courant ?*

— *Oh… de quoi est-ce qu'il a l'air ?* avait enchaîné Bertie. *Montre-nous une photo ! Il est gentil ?*

Nouveau souvenir : elle implorait Nick.

« Ne fais pas ça, je t'en supplie. Ne fais pas de mal à ma famille. »

Elle ouvrit l'eau chaude au maximum, avant de se frictionner, encore et encore. Inlassablement. Jusqu'à ce que le liquide soit de nouveau incolore et que sa peau lui cuise, et même encore un peu après.

Lorsque tout le sang fut évacué, elle ferma le robinet, puis se laissa glisser sur le sol carrelé, les genoux repliés contre la poitrine – une position qui tirait douloureusement sur sa plaie, mais peu lui importait. Là, dans le silence, elle entendit une nouvelle fois les derniers soupirs saccadés de sa grand-mère. Chaque fois qu'elle fermait les yeux, elle revoyait tous ces corps étendus, morts, parmi les fleurs.

« Il était une fois un jeune homme dont le destin était de tuer des monstres… lui avait raconté sa grand-mère. *Un héros. »*

Joan en avait tellement voulu aux Hunt en apprenant la vérité. En raison de leur silence, des secrets qu'ils lui avaient dissimulés. Désormais, ils avaient tous disparu. Nick les avait tués.

Elle visualisa le visage de celui qu'elle avait considéré comme son ami, avec sa mâchoire carrée et son honnêteté chevillée au corps. Elle serra les jambes plus fort. Dans les films, les héros passaient le plus clair de leur temps à tuer des monstres. Il suffisait que les cadavres de ces derniers sortent du champ de la caméra pour qu'on les oublie, tout simplement.

Mais voilà, quand on était soi-même l'une de ces créatures et que ceux qu'on massacrait étaient des êtres chers...

Joan s'efforça de garder les yeux ouverts. Elle contempla l'eau qui s'écoulait vers la bonde, dessinant de longues lignes sur la faïence.

De retour dans la chambre, elle trouva Aaron allongé sur les couvertures, déchaussé mais toujours tout habillé.

— J'ai essayé d'appeler les services d'urgence, l'informa-t-il, téléphone en main.

Sa pomme d'Adam s'agita quand il se racla la gorge.

— Le régulateur n'arrêtait pas de me demander qui j'étais, où je me trouvais, s'il y avait d'autres survivants, et où. J'ai raccroché.

— Ils ont tracé l'appel, tu crois ? lui demanda Joan.

Jusqu'où s'étendait l'influence de Nick ? De combien de membres se composait son équipe ?

— Je ne sais pas, souffla le jeune Oliver, visiblement exténué. J'ai tenté de joindre les autres familles de monstres. Personne ne répond.

Il laissa tomber son portable sur le lit, puis se passa les deux mains sur le visage.

— Qui nous a attaqués ? finit-il par demander. Comment en est-on arrivés là ?

Joan se remémora une nouvelle fois cette nuit étouffante où sa cousine et elle avaient cherché en vain le sommeil, accablées par la fièvre. Ruth avait huit ans, Joan sept. Leur grand-mère était restée sans faiblir à leur chevet, avec des compresses froides à portée de main pour leur rafraîchir le front. L'atmosphère, pesante, annonçait une averse imminente.

— *Raconte-nous une histoire*, lui avait demandé Ruth. *Parle-nous de ce héros humain.*

— *Tu as vraiment un goût pour le morbide…* avait maugréé leur aïeule sans se départir de son sourire.

Aaron secouait la tête, perdu.

— Rien ne colle dans les événements de cette nuit, disait-il à présent, abasourdi. Ça n'aurait jamais dû se passer comme ça.

— Je sais, moi non plus, je n'en reviens pas, murmura Joan.

Elle pensait à la souffrance que ses proches avaient endurée pendant leurs derniers instants. À la peur qu'ils avaient dû éprouver…

— Non, tu n'y es pas, s'impatienta le fugitif. Ce que je veux dire, c'est que la soirée n'était pas censée se dérouler de cette manière. Nulle part, dans les archives des Oliver, il n'est fait mention d'une attaque. Tous ceux que j'ai vus étendus par terre, sans vie… Leur décès est une anomalie. Rien ne colle. Il n'était pas prévu qu'ils meurent ce soir.

« Les archives des Oliver. » Joan crut voir une faille s'ouvrir à la surface du monde pour lui laisser entrevoir un au-delà – un univers aussi vaste qu'étrange. Une nouvelle dimension où l'avenir était consigné au même titre que le passé.

Sauf que…

— Peu importe ce que disent vos archives, fit-elle remarquer. C'est arrivé. On était même aux premières loges, toi et moi.

— En fait, tu ne comprends vraiment pas ce que je dis, c'est ça ?

— Non.

Pourquoi se préoccupait-il ainsi de la véracité d'un vieux bouquin ? Toute sa famille avait péri ce soir, ainsi que celle de Joan. N'était-ce pas une preuve suffisante ?

— À l'évidence, vos archives étaient foireuses, dit-elle.

À en juger par la réaction du jeune homme, ses propos n'étaient que pur blasphème.

— Tu ne sais pas de quoi tu parles.

Il se leva pour gagner la salle d'eau d'un pas vif. Quelques minutes plus tard, la douche se faisait entendre.

Les yeux rivés sur la tache au plafond, Joan fit le point sur sa situation. Elle ferait mieux de trouver un nouvel abri pour la nuit. Rester avec Aaron n'avait aucun sens : il la méprisait, et elle le lui rendait bien, d'ailleurs. Et puis, selon Ruth, les Hunt et les Oliver étaient ennemis jurés.

Restait que, pour être honnête, elle ne tenait pas tellement à se retrouver seule, cette nuit-là. Pas avec les derniers soupirs de son aïeule qui lui résonnaient encore à l'oreille. Dans ces circonstances, même la compagnie de l'héritier du clan honni était préférable à la solitude.

Son compagnon de cavale fit durer sa douche une éternité – ou presque. Les yeux clos, Joan ne dormait pourtant pas. L'horloge murale égrenait les secondes au gré de son tic-tac. Enfin, l'eau cessa de couler. Un grincement de porte se fit entendre.

L'adolescente ouvrit les paupières. Aaron pénétra dans la chambre, la chemise à moitié ouverte. Ses cheveux, encore mouillés, avaient pris une teinte plus foncée. Il s'était intégralement rhabillé – comme elle l'avait fait elle-même. Ils étaient prêts à prendre la fuite, l'un comme l'autre.

— Il faut partir au matin, annonça-t-il.

Il avait vraisemblablement profité de sa douche pour réfléchir. Jusque-là, Joan nourrissait encore le maigre espoir de voir le lendemain se conclure dans un petit aéroport où son père viendrait la chercher, loin, très loin de là... Seulement, c'était impossible. En étant près d'elle, il signerait son arrêt de mort.

— Je doute que Nick abandonne avant de nous avoir tous éliminés, dit-elle.

— Je sais. (Aaron fixa ses mains.) Ce qui veut dire qu'on n'a pas le choix, pas vrai ? On va devoir quitter cette époque.

À ces mots, une vibration traversa Joan comme une cloche qu'on fait sonner. En remontant dans le passé, ils pourraient prévenir tout le monde, sauver leurs semblables.

Seul hic ? La méthode utilisée par les monstres pour voyager dans le temps. Pour quitter cette époque, il leur faudrait absorber l'énergie vitale d'êtres humains.

Ce n'était pas une broutille. La jeune Sino-Britannique refusait de se voiler la face : elle aurait donné n'importe quoi pour gagner ne serait-ce que cinq minutes supplémentaires auprès de sa grand-mère, ou de n'importe quel autre membre de sa famille. Chaque jour comptait. Chaque minute était précieuse.

En était-elle réellement capable ? Pouvait-elle dérober, délibérément, à des innocents des heures et des jours de vie ?

Elle contempla ses mains qui, posées sur ses genoux, tremblaient.

— D'accord, dit-elle.

Une sensation désagréable la prit aussitôt à la gorge. Voyager dans le temps de la sorte était immoral. Oui, il n'y avait pas d'autre mot. Seul un monstre serait capable de commettre un crime pareil.

Elle repoussa ce sentiment jusqu'à ne plus éprouver qu'une vague horreur. Si un monstre en était capable, elle pouvait le faire. Après tout, n'était-elle pas elle-même une de ces créatures ?

Elle releva la tête pour affronter le regard d'Aaron.

— D'accord, répéta-t-elle. Retournons dans le passé pour empêcher ce massacre.

Chapitre 7

Joan se réveilla, le visage inondé de soleil. Elle entendit le bruissement d'un tissu : on ouvrait les rideaux.

— Non, maugréa-t-elle. Encore cinq minutes.

— Debout, lui intima une voix masculine.

Elle ouvrit aussitôt les yeux, avant de se redresser à la hâte, en proie à la panique. Où était-elle ? La pièce où elle avait dormi lui était inconnue, sans doute était-ce une chambre d'hôtel. Puis tout lui revint d'un seul coup, avec la violence d'un uppercut : la mort atroce de sa grand-mère, de Bertie, de tante Ada, d'oncle Gus, le gémissement de Ruth au moment où le poignard s'était enfoncé sous sa peau.

Quant à Nick… C'était lui, le responsable. Une prise de conscience qui fit à Joan l'effet d'une nouvelle gifle.

Aaron Oliver se tenait adossé contre l'armoire, habillé de pied en cap, une main dans la poche.

— Lève-toi, intima-t-il froidement. On a failli rater l'heure.

— L'heure de quoi ? s'enquit Joan.

Quoique habillé de ses vêtements de la veille, le jeune homme dégageait une apparence de propreté. Il était impeccable. Sa camarade examina sa propre tenue. Le dégoût l'envahit à la vue de son débardeur noir raidi sous l'effet du sang coagulé.

— Prends ça. (Aaron lui jeta quelque chose – sa veste, encore.) Et ça.

Il déverrouilla son portable, puis le lui mit dans la main.

— Pour quoi faire ?

— Peut-être te reste-t-il un être cher dans cette époque ? Quelqu'un encore en vie ?

Joan en eut le cœur au bord des lèvres. *Oh.*

Elle avait tout fait pour éviter de penser à lui. Mieux valait, d'ailleurs, car lorsqu'elle s'y laissait aller, elle se retrouvait à deux doigts de la crise de nerfs. Son père incarnait le monde réel, les trajets en voiture jusqu'au lycée, les films de science-fiction du vendredi soir. Il n'avait pas sa place dans ce cauchemar et n'était au courant de rien. Elle secoua la tête.

— Comme tu veux, dit Aaron. Mais il s'agit sans doute de ta dernière chance de lui parler.

À la lumière du jour, la chambre se révélait répugnante. Sa moquette constellée de brûlures de cigarette et ses couvre-lits maculés de traces louches faisaient peine à voir. Joan évita d'y regarder de trop près.

— Fais vite, lui intima le garçon. Il faut qu'on soit dans la Fosse dans quarante minutes.

— La Fosse ?

Le coup d'œil qu'il lui jeta exprimait toute son impatience.

— C'est le lieu où on va voler du temps aux êtres humains.

L'héritier du clan Oliver se retourna pour lui accorder le peu d'intimité qu'il pouvait. Il contempla le paysage par la fenêtre, les mains dans les poches.

Joan s'inspecta à l'aide de la caméra du téléphone. Son visage affichait une expression inhabituelle, mais ne portait aucune égratignure. C'était déjà ça. Aaron basculait son poids d'un pied sur l'autre pendant qu'elle composait le numéro.

Dans son esprit, elle revit Edmund brandir son pistolet pour en pointer le canon sur elle, Nick jeter son épée pour transpercer la poitrine du patriarche.

— *Allô ?*

— Papa ? s'enquit-elle, le cœur battant.

Le visage de l'intéressé apparut à l'écran, familier, plein de bon sens.

— *Bonjour, Joan !*

Il esquissa un sourire radieux, ses nouvelles lunettes à l'épaisse monture noire sur le nez. Il prenait le thé chez tante Wei Ling. Sur son assiette l'attendaient d'épais toasts à la pâte de coco *kaya*. Plus loin, des sacs en plastique remplis de mangoustans et de longanes.

L'adolescente faillit fondre en larmes. Elle se rongea l'intérieur de la joue à petits coups de dent violents.

— *C'est Joan*, annonça son père à un interlocuteur hors champ.

— *Dis bonjour à Joan !* s'exclama soudain tante Wei Ling.

— *Bonjour !* s'écria son fils, Bao Bao, un bambin âgé de deux ans.

L'image trembla, puis le visage du père de Joan s'effaça pour laisser apparaître la petite bouille du garçonnet.

— *Nǐ hǎo. Nǐ hǎo.*

— Nǐ hǎo, Bao Bao, répondit la jeune fille.

Son cousin prononça ensuite quelques mots en hakka, à moins que ce ne fût du mandarin ? Elle ne distinguait pas toujours très bien les deux langues.

— *Ah, en anglais !* dit tante Wei Ling à son fils. *Joan parle anglais.*

L'écran bascula de nouveau, laissant entrevoir le plafond où tournait paresseusement un grand ventilateur, avant de balayer le reste de la table – du café, un bol d'œufs mollets – et d'enfin revenir sur le père de Joan, toujours le sourire aux lèvres.

— *Tu t'amuses bien à Londres ?* demanda-t-il.

La jeune fille se contraignit à acquiescer. Jamais elle n'avait tant souhaité être quelque part qu'elle n'aurait voulu à présent être chez tante Wei Ling, en famille, à se régaler de toasts aux œufs et à la pâte *kaya* tout en dégustant un café au goût de sucre aromatisé.

— *On va dîner dans ce restaurant de crabe que tu aimes bien*, l'informa son père.

— *La prochaine fois, viens passer tes vacances ici !* lui lança son hôtesse, qu'elle ne voyait pas.

Intervention qui déclencha les rires approbateurs de son invité.

— Qu'est-ce que vous avez fait de beau, sinon ? s'enquit Joan.

Elle écouta avidement son père lui décrire leur journée de la veille, marquée par la visite du parc ornithologique. Bao Bao, qui avait vu un casoar, se précipita auprès de son oncle, main tendue au-dessus de la tête pour signifier à sa cousine la taille gigantesque du volatile venu d'Australie. Pour le jour suivant, une excursion sur une île était au programme. Joan s'efforça de sourire aux moments opportuns. Si seulement leur conversation avait pu durer l'éternité…

— *Tu es bien silencieuse, aujourd'hui*, ne put s'empêcher de constater son père.

Il y avait de l'agitation derrière le portable. Aaron trépignait sur place. Joan lui jeta un regard : le temps était venu de couper court à la discussion.

— Je suis désolée, je viens de me réveiller. Je suis encore un peu dans les vapes. (Elle bricola un sourire, qu'elle s'efforça de garder.) Je dois y aller. Je voulais seulement te dire bonjour.

— *D'accord. On se rappelle plus tard ?*

Elle opina du chef, à contrecœur. *Non, ne raccroche pas. Continue de me parler, encore et toujours*, aurait-elle voulu dire. *Ne laisse personne te toucher la nuque.* Mais il l'aurait prise pour une folle.

Si elle lui racontait, pour les monstres, peut-être la croirait-il, peut-être que non. Dans un cas comme dans l'autre, il s'inquiéterait assez pour appeler sa grand-mère maternelle et, sans réponse de la doyenne des Hunt, il risquerait de prendre le premier avion pour lever tout doute. Il se mettrait en danger, ce à quoi l'adolescente ne pouvait se résoudre.

— *On se revoit très vite, d'accord ?* dit-il.

Elle acquiesça.

— Au revoir, papa, parvint-elle à articuler avant de raccrocher.

L'écran noir reflétait à présent son visage. Elle retourna l'appareil afin de ne plus se voir. Aaron s'écarta du mur.

— Et ta mère ? À moins qu'elle n'ait été au manoir hier soir ?

— Elle est morte quand j'étais bébé. (Joan s'essuya les joues sur sa manche.) Et toi, tu as quelqu'un à appeler ?

À sa grande surprise, il fit non de la tête. N'avait-il donc plus aucune famille ? Pas même des amis ?

— Allons-y, dit-il.

Ils arrivèrent peu après 10 heures.

— Bienvenue dans la Fosse ! annonça Aaron.

— On est au palais de Buckingham, fit remarquer Joan.

— Antre pourrissant de la misère et des menus larcins.

Le coude d'un touriste vint percuter le ventre du jeune Oliver, qui fit la moue.

— Une fosse, quoi.

L'endroit était noir de monde, avec des badauds rassemblés sous la grande statue de pierre de la reine Victoria ou massés contre les grilles du palais. À en juger par l'ambiance festive et le lointain grondement des tambours, l'heure de la relève de la garde approchait.

— Qu'est-ce qu'on fait là, si tu détestes cet endroit ? s'étonna la jeune fille.

— On vient recharger nos batteries, expliqua Aaron avant de la guider au cœur de la foule.

Sa remarque n'obtint pour seule réponse qu'un regard vide.

— Tu sais comment ça marche, quand même ? lui demanda-t-il. On prend du temps aux êtres humains pour pouvoir voyager d'une époque à l'autre.

— Je sais, répliqua sèchement Joan.

Elle ne savait en réalité que ce que lui avait révélé son aïeule deux nuits plus tôt. Mais avec son petit air supérieur, Aaron lui donnait envie de lui rabattre le caquet à tout bout de champ.

— Le temps en question est prélevé à la fin de leur vie, expliqua-t-il. Qu'on leur prenne une année, et ils mourront un an plus tôt qu'ils n'auraient dû.

Elle serra les dents en sentant le retour de ce sentiment d'immoralité qui lui donnait la nausée.

— Bien sûr, ce n'est pas sans risque, poursuivit le jeune Oliver. Savoir combien de temps chaque individu a encore à vivre est impossible. Si tu essaies d'en prendre plus qu'il ne lui en reste, ta source s'écroulera raide morte, juste devant tes yeux.

— Pardon ? souffla Joan, tétanisée.

— Or, ce qu'on cherche, c'est à ne surtout pas attirer ce genre d'attention.

Aaron parlait sur un ton des plus pragmatiques, comme s'il ne s'agissait que d'être surpris en train de cueillir des fleurs dans le jardin d'un voisin.

— Pour réduire le risque, le but, c'est de prélever un peu de temps non pas à un seul être humain, mais à plusieurs.

Bien qu'utiles, ses précisions n'expliquaient en rien leur venue au palais de Buckingham. Une station de métro bondée aurait très bien fait l'affaire. En chemin, ils étaient passés par le Primark du coin pour y acheter un T-shirt, un jean et des chaussures pour Joan. Pour une raison mystérieuse, son compagnon de cavale s'était aussi procuré un affreux chapeau à large bord, ainsi que deux bouteilles d'eau. Pourquoi ne pas en avoir profité pour récolter un peu de temps ?

Aaron semblait avoir lu dans ses pensées.

— Il ne s'agit pas de faire un saut à l'épicerie du coin pour se ravitailler, fit-il valoir. Si un monstre prélevait régulièrement du temps au même endroit et au même groupe d'êtres humains, ses cibles finiraient par mourir plus tôt que le reste de la population et l'anomalie statistique qui en résulterait finirait par alerter le gouvernement du monde des hommes. Or, les autorités du royaume des monstres n'aiment pas ça du tout. Voilà pourquoi il vaut toujours mieux se ressourcer chez des visiteurs (d'un geste, il balaya la foule qui les entourait) si possible venus de loin.

Par exemple, des touristes. Joan contempla les badauds. Tous les vacanciers rassemblés là arboraient des tenues décontractées, avec chaussures confortables et veste légère.

— Il existe toutes sortes de techniques, poursuivit Aaron, mais pour être honnête, la plupart s'apparentent à de la frime. L'important, c'est de toucher la nuque de ta cible. N'importe quelle partie de la main fait l'affaire : doigts, pouce, paume, tranchant. Il faut ensuite se concentrer sur la quantité de temps qu'on souhaite prélever, sans penser à rien d'autre, en faisant le vide total. Il suffit d'un seul contact, vite fait bien fait, et on passe au suivant. Le ratio est de un pour un : prélève un jour, et tu pourras te déplacer d'une journée.

Joan n'en menait pas large.

— D'accord… dit-elle pourtant. Dans ce cas, on n'a qu'à retourner en arrière de deux jours. Comme ça, tu préviens ta famille et moi, la mienne.

— Deux jours ? (Le regard d'Aaron se fit plus dur.) Impossible.

— Pourquoi ?

— Deux versions de toi ne peuvent coexister à la même époque. La chronologie t'en empêche. Si on veut remonter le temps, il faut qu'on retourne avant ta naissance. Tu as, quoi… dix-sept ans ?

— Pardon ?

— Quel… âge… as… tu ? articula patiemment le jeune homme, comme s'il s'adressait à une idiote.

— Seize ans.

— Et moi, dix-sept, ce qui veut dire qu'il va falloir remonter avant ma naissance. Enfin, pas tout à fait… Pour des raisons de sécurité, il vaut toujours mieux ajouter quelques années. Conclusion : on va devoir viser vingt ans.

Joan fixa son compagnon, ahurie.

— Mais… on a juste besoin de retourner quelques jours en arrière. Avant le massacre de nos familles.

— Sauf qu'on ne peut pas.

— Mais… (L'esprit de Joan butait sur l'information.) On ne va quand même pas retourner vingt ans en arrière ! Ça ferait beaucoup trop de temps à prélever… Ça reviendrait à tuer quelqu'un !

— Moins fort, siffla Aaron.

La jeune Sino-Britannique remarqua les coups d'œil appuyés qu'on leur jetait. Son camarade l'attira plus avant au cœur de la foule.

— On ne va tuer personne, lui murmura-t-il à l'oreille. Il n'est pas question de prendre vingt ans à une seule source. C'est justement la raison de notre venue au palais de Buckingham : on va se contenter de prendre un petit peu de temps à beaucoup de gens.

Joan balaya la foule du regard. Tous ces touristes, venus de loin pour profiter du spectacle, prendre quelques photos et, qui sait, déguster ensuite une glace agrémentée d'une garniture… Qui aurait la cruauté de raccourcir leur vie ? Seul un monstre ferait une chose pareille.

— Bon, tu t'en sens capable, oui ou non ? s'impatienta Aaron.

Si elle refusait de se plier aux règles, sa grand-mère, ses cousins, tante Ada et oncle Gus seraient morts pour de bon. Pour l'éternité. Ils seraient véritablement passés de vie à trépas à peine une journée plus tôt. Les poings serrés, la jeune fille confirma d'un hochement de tête sa détermination.

— Dans ce cas, petit monstre, regarde et apprends, lui enjoignit Aaron.

En un tournemain, le jeune aristocrate se métamorphosa en touriste. Il sortit sa belle chemise de son pantalon pour forcer l'allure décontractée, puis se coiffa de l'affreux chapeau qu'il venait d'acheter. Après quoi il fendit la foule, téléphone en l'air, pour prendre des photos du palais. Au fur et à mesure de sa progression, le tranchant de sa main heurta la nuque d'une femme – un accident, visiblement. Un peu plus loin, il s'arrêta d'un seul coup pour prendre un cliché, ce qui provoqua une collision derrière lui qui le fit trébucher à son tour. Il tendit le bras pour retrouver l'équilibre, effleurant quelques cous au passage. « Pardon, désolé », articulait-il en brandissant son portable près des oreilles de ses victimes, en quête de l'angle idéal. Tous ses gestes avaient l'air naturels et chaque contact, accidentel.

Après quelques minutes de ce manège, il se fraya de nouveau un chemin parmi les touristes, cette fois vers Joan, qu'il peina à rejoindre : la foule ne cessait de grossir.

— À ton tour, lui dit-il. Dix jours par humain. L'équivalent de deux semaines de cours, du lundi au vendredi, et rebelote.

Joan fut prise d'un haut-le-cœur.

— Deux semaines de cours, répéta-t-elle pourtant.

La nuque. Difficile de penser au lycée, tant la condition d'élève semblait appartenir à un tout autre monde.

Aaron lui fit passer une bouteille d'eau par-dessus l'épaule d'un touriste. L'homme jeta un regard irrité à l'importun qui lui effleurait l'oreille. Joan se saisit de l'objet d'une main tremblante. Leur cible, la trentaine, était vêtue d'un T-shirt orné d'un dinosaure – un T-rex qui glissait sur un toboggan en agitant ses bras minuscules d'un air ravi.

Joan laissa le bord de sa main frôler le cou du vacancier. Devoir toucher de la sorte un étranger, c'était bien la pire expérience qui soit. Sans compter qu'il transpirait légèrement… À son contact, il leva le bras, comme pour chasser un moustique. Joan s'empressa de s'écarter.

« *Ça va aller* », articula Aaron en silence. Autour d'eux, le murmure de la foule commençait à enfler. Tambours et trompettes se firent plus sonores. Hissée sur la pointe des pieds afin de mieux voir entre les épaules et les têtes des spectateurs aux bras tendus pour brandir leur portable, Joan aperçut des livrées rouges sur The Mall, la longue avenue qui menait au palais de Buckingham. La relève approchait.

Aaron s'immobilisa sans prévenir. Une passante coiffée d'un chapeau de paille vint le percuter. Joan s'avança ensuite pour heurter la malheureuse, manquant de lui écraser les pieds et de s'étaler de tout son long. Son complice lui jeta un regard lourd de sens.

Comme pour se rattraper, la voleuse de temps laissa flotter sa main qui vint s'abattre sur l'épaule de la touriste. La jeune fille orienta son pouce de façon à effleurer la nuque de sa cible. Elle sentait les yeux d'Aaron braqués sur elle.

Prends-lui du temps, s'intima-t-elle.

Problème : elle ne sentait rien.

Je ne prélève que dix jours, songea-t-elle, optimiste.

De l'autre côté de la foule, manteaux rouges et hautes coiffes noires se rapprochaient tandis que le martèlement des tambours prenait de l'ampleur. Un mouvement attira l'attention de la jeune fille : Aaron lui faisait signe de lâcher l'affaire. Elle avait été trop lente.

Joan tenta de contenir sa panique naissante. Et si elle n'arrivait jamais à attraper le coup de main ?

— Respire… lui murmura son compagnon. La clef, c'est la concentration, ce n'est pas plus compliqué que ça.

Il s'écarta à nouveau, laissant passer un homme entre eux avant de soulever sa bouteille d'eau, que Joan empoigna par-dessus l'épaule du passant.

Leur nouvelle victime était dotée d'une carrure imposante et de cheveux noirs. Joan promena le tranchant de sa main près de sa nuque. *Concentre-toi*, s'intima-t-elle avec autorité.

Elle ferma les yeux. Elle n'était plus avec la foule devant le palais de Buckingham mais chez elle, à Milton Keynes. Par un matin d'école. Un lundi. Elle s'imagina éteindre son réveil à tâtons, puis enfiler son uniforme bleu et moutarde. La cloche de l'après-midi. Mardi. Suivi du chahut en cours d'histoire, avec M. Larch, le mercredi. Jeudi. Le tintement joyeux de la dernière sonnerie, le vendredi, en fin de journée. Re-lundi. Re-mercredi. Re-vendredi.

Rien. Joan serra les doigts sur la bouteille. Elle avait beau se donner du mal, rien n'y faisait. Elle rouvrit les paupières, avant de secouer la tête à l'attention d'Aaron.

Au moment où elle s'écartait de sa proie, pourtant, elle manqua de s'étouffer. Le temps afflua dans ses veines tel un shot d'expresso, ou un accès de trac avant un examen.

L'énergie la parcourut de la tête aux pieds, puissante et pressante. C'était tout aussi horrible qu'incroyable.

Soudain, un visage apparut : Aaron, qui lui prit la main pour l'éloigner de la nuque du touriste.

— Tout va bien ? s'enquit-il.

Joan laissa échapper un souffle tremblant, avant d'opiner du chef.

L'héritier du clan Oliver prélevait le temps comme il respirait quand il fallait à Joan lutter pied à pied pour recueillir quelques instants. Elle était trop lente, elle en avait conscience. La tension gagnait son compagnon de cavale à mesure que la cérémonie approchait. Il avait les yeux partout – repérant chaque portable, examinant la foule.

Lorsque les gardes rejoignirent enfin le palais, la foule se fit si compacte que le moindre mouvement devint difficile. Plus lambine que jamais, Joan continuait de prélever jour après jour, avant de s'écarter péniblement pour se glisser jusqu'à sa victime suivante.

Elle avait beau tenter de se concentrer sur l'aspect mécanique de l'entreprise, son esprit ne cessait de revenir au Cabinet doré – au visage grave de Nick lorsqu'il lui avait dit : *« Si tu t'avises encore de voler du temps à un être humain, je n'aurai pas d'autre choix que de te tuer de mes propres mains. Et je n'hésiterai pas. »*

Or elle était précisément en train de faire ce contre quoi il l'avait mise en garde. Pas de doute, elle était bien un monstre. Elle se dégoûtait elle-même. N'empêche, l'envie de hurler sur celui qu'elle avait considéré comme son ami – si ce n'est plus – était tout aussi forte : *Étais-tu obligé de massacrer ma famille ?*

Sa prochaine cible portait un sweat. Drôle de choix, par une si chaude journée. Joan en écarta la capuche.

L'homme portait un tatouage sur la nuque : un loup aux babines retroussées. La jeune fille n'en crut pas ses yeux – elle connaissait ce symbole ! Le mercenaire qu'elle avait assommé dans le labyrinthe arborait le même.

Le grand gaillard qui se tenait devant elle se retourna promptement, sans doute alerté par la sensation de fraîcheur sur sa nuque. Il tenta de se saisir de Joan, mais elle avait déjà plongé dans la foule. Elle entendit son poursuivant lutter pour la rattraper tandis qu'elle jouait des coudes pour se frayer un chemin jusqu'à la basse clôture qui séparait le mémorial de la chaussée.

— Interdiction de franchir la barrière ! hurla un policier.

Ignorant l'avertissement, Joan bondit par-dessus l'obstacle pour traverser la rue en courant. De l'autre côté, la foule se faisait toujours plus dense. Les touristes se pressaient par dizaines contre les grilles du palais. Une main se posa sur le bras de la fuyarde, qui balança son poing derrière elle à l'aveugle.

— C'est moi ! Du calme !

Étrangement échevelé, Aaron avait perdu son chapeau. Il l'entraîna loin de l'affluence, vers la clôture.

— Ils sont là ! l'informa la jeune fille.

Elle jeta un coup d'œil par-dessus son épaule afin de repérer leurs adversaires parmi les spectateurs.

— Ils nous ont retrouvés ! s'écria-t-elle.

— Je sais. (Les doigts d'Aaron se resserrèrent sur le bras de l'adolescente, au point de lui faire mal.) C'est bon, on peut y aller ? Tu as assez de temps ?

— Je n'en sais rien.

Nick était-il au palais de Buckingham, lui aussi ? Malgré les regards qu'elle jetait un peu partout, Joan ne parvenait plus à repérer l'homme au tatouage. Son jeune collègue n'était pas visible non plus.

Aaron lui lâcha le bras pour glisser sa main dans la sienne. Sous l'effet de la surprise, sa complice se tourna vers lui.

— Qu'est-ce qui te prend ?

— Il faut partir !

— Mais… je ne sais même pas si je dispose d'assez de temps.

— Ils arrivent, dit-il en pointant son index.

Il avait l'air tout aussi effrayé qu'elle.

— Par là et par là.

Plusieurs hommes enjambaient les barrières pour s'élancer vers eux, telle une meute de loups fondant sur leur proie.

— Je me charge de la destination, poursuivit Aaron, mais tu vas devoir sauter, toi aussi. Tant qu'on se tient par la main, on restera ensemble. Tu es prête ?

Joan lui fit signe que oui, même si elle n'avait pas la moindre idée de ce qu'il convenait de faire.

— Parfait. Maintenant ! annonça le jeune Oliver.

La novice en voyage dans le temps ne pouvait détacher ses yeux des mercenaires qui accouraient vers eux. Aaron avait parlé de sauter… Elle s'imagina en plein bond. Rien.

— Vas-y ! l'encouragea-t-il. Ils gagnent du terrain !

Joan visualisa de nouveau un saut. Toujours rien.

— C'est moi qui fais tout le travail ! s'impatienta son compagnon. Tu n'as qu'à sauter !

L'adolescente sauta pour de vrai, cette fois, bousculant les passants autour d'eux. Tous les regards se tournèrent vers eux.

— Qu'est-ce que tu fabriques, à la fin ? s'étouffa Aaron.

— Tu m'as dit de sauter...

— Dans le temps !

Un bruit indistinct s'échappa des lèvres de Joan, à mi-chemin entre le rire et le cri de terreur. Paniquée, elle repensa à ce matin où M. Solt l'avait repoussée, quand la nuit était tombée d'un seul coup. Elle ne se rappelait pas avoir fait quoi que ce soit de particulier – le changement s'était produit de manière soudaine, tout simplement.

Les sbires de Nick avaient infiltré la foule, à présent – mais toujours aucune trace de leur chef.

— Tu vas devoir y aller sans moi, dit-elle à Aaron.

— Ne sois pas ridicule ! Saute !

— Je ne sais pas comment faire !

— Espèce de petite arriérée coincée dans le temps... Tu es bien une Hunt ! Saute, je te dis !

Elle imagina une nouvelle fois le mouvement. En vain.

— Vas-y, toi ! intima-t-elle à son complice. Ils sont presque là !

— Regarde-moi, répondit-il.

— C'est trop tard !

La plaie de Joan lui tiraillait le flanc, comme pour lui rappeler la douleur qui allait bientôt l'emporter.

— Il faut que tu y ailles ! insista la jeune fille.

— Ne les regarde pas, lui souffla Aaron. Concentre-toi sur moi.

Les dents serrées, elle plongea ses yeux dans ceux du garçon.

— Tu en es capable, lui dit-il avec le plus grand sérieux.

C'est fou comme ses iris sont gris, songea distraitement Joan. Comme le ciel avant la pluie.

— Tu l'as déjà fait. Tu sais comment t'y prendre.

— Je te promets que non, murmura-t-elle.

Bon sang, voilà que d'autres mercenaires se mettaient à enjamber les barrières !

— Il faut que tu y ailles, Aaron.

— Ne regarde que moi, s'entêta-t-il.

Elle se concentra sur le visage de son compagnon.

— Voilà, très bien. Dis-moi pourquoi tu travaillais à Holland House.

— Pardon ? De quoi parles-tu ? Quel rapport ?

— Tu étais bénévole, ajouta-t-il, très calme. Pourquoi ?

— Mais enfin, c'est quoi, cette question ?

— Réfléchis. Pourquoi ?

— Pourquoi ? (Joan prit une inspiration.) Je ne sais pas… Je n'en ai pas la moindre idée, d'accord ? Ça me faisait envie, c'est tout. J'aime bien l'histoire.

— Tu aimes bien l'histoire.

— Oui, et donc ? s'impatienta Joan. Ils vont nous tomber dessus d'une minute à l'autre, Aaron !

— Tu aimes les reconstitutions historiques au manoir, insista-t-il.

— Oui. Je… Oui.

— Holland House t'offrait un aperçu d'une autre époque. Voilà ce qui t'attirait. C'était très loin de la réalité, rien qu'une copie en carton-pâte, n'empêche que ça restait ce qui se rapprochait le plus d'un voyage dans le temps.

Joan dévisagea le jeune Oliver. Elle se remémora ses premières explorations du manoir. L'endroit l'avait séduite d'emblée, sans qu'elle puisse se l'expliquer. Comme on avait rendu au lieu le lustre de son passé georgien, l'adolescente avait l'impression de poser le pied dans une autre époque.

— Le voyage temporel, ça fait partie de toi depuis la naissance, déclara Aaron. Tu as ça dans le sang. Tu es peut-être restée coincée dans cette période pendant longtemps, mais ça n'a rien d'une fatalité. Rappelle-toi ce que tu as éprouvé la première fois que tu es entrée dans Holland House… Tu t'en souviens ?

Les hommes de Nick les auraient bientôt rejoints. Joan aperçut l'éclat d'un couteau.

— Est-ce que tu t'en souviens ? insista Aaron.

La sensation remonta soudain en Joan – ce désir ardent qui avait été le sien en arrivant sur la propriété, qui lui avait coupé le souffle.

— Oui, chuchota-t-elle.

La lame fondit sur elle… puis le monde bascula.

Chapitre 8

L'espace d'un long moment, Joan n'entendit rien d'autre que sa propre respiration saccadée. Leurs poursuivants s'étaient volatilisés. Elle porta la main à sa gorge, là où le couteau avait failli la taillader, avant de la retirer pour examiner sa paume. La peau de son cou la lançait étrangement, comme pour anticiper la douleur, mais pas une seule trace de sang ne la maculait.

Les hommes de Nick avaient disparu, le couteau avec eux. Non. C'était elle qui s'était éclipsée.

Le palais de Buckingham, lui, n'avait pas bougé d'une fenêtre. Les touristes jouaient toujours des coudes pour assister à la relève de la garde. La grande statue de la reine Victoria siégeait sur son trône, dominant la foule de toute sa hauteur.

Détail non négligeable, pourtant : le voisin de Joan tenait une caméra plutôt vintage, une épaisse courroie passée autour du cou. Une seconde plus tôt, tous les spectateurs présents sur la place brandissaient des téléphones portables. Mais voilà, c'était avant. Et il y avait d'autres différences : les vêtements étaient plus lâches, les chevelures plus gonflées.

Joan prit un grand bol d'air, inhalant l'oxygène d'une autre époque, debout parmi les habitants d'un autre temps. Puis le bruit du monde lui revint dans une grande bouffée – tambours, trompettes et pas synchronisé des gardes. La cérémonie battait son plein. Que deux visiteurs aient débarqué de nulle part ne semblait pas avoir attiré l'attention de qui que ce soit.

— On a réussi, souffla Joan, stupéfaite. On a voyagé dans le temps.

— C'est moi qui ai fait tout le boulot, rectifia sèchement Aaron. Je t'ai traînée avec moi.

Une femme leur jeta un regard intrigué. Les deux jeunes gens se rendirent compte au même instant qu'ils se tenaient encore la main. Aaron s'empressa de lâcher les doigts de sa camarade, d'un geste brusque, à croire qu'il s'était brûlé ! Joan leva les yeux au ciel.

La relève de la garde prit fin dans un tintamarre de cuivres et de percussions. Soudain, tout sonnait trop fort, trop bruyant, trop violent aux oreilles de Joan. Un appareil photo qu'on soulevait la fit frémir. Elle était en sécurité, mais son corps n'y croyait pas – du moins, pas encore.

Oppressée, elle se fraya à grand-peine un chemin hors de la cohue. La réalité lui sauta au visage. Dans ce monde-là, le passé était omniprésent. Les voitures tournaient autour du mémorial dans un flot ininterrompu – des modèles aux ailes larges, anguleux et bas de plancher, comme elle n'en avait vu qu'au cinéma.

Le passé… Elle pivota lentement sur elle-même en suivant le mouvement de la circulation. Aucun doute possible, elle se trouvait bel et bien à une époque antérieure à la sienne. À l'horizon, un espace vide s'ouvrait à l'emplacement habituel du London Eye. On aurait dit que le paysage urbain avait perdu une dent.

Un dernier tour sur elle-même la mit nez à nez avec Aaron. La surprenante expression de douceur qu'il arborait pendant qu'il l'observait disparut pile au moment où le regard de la jeune fille tomba sur lui.

— C'est bon, tu as fini d'admirer le décor ? lui demanda-t-il avec un ennui savamment calculé.

Il n'y a pas de quoi en faire tout un plat. Ce genre de spectacle, c'est la routine, semblait-il dire.

— Oui...

Joan jeta un nouveau coup d'œil au carré de ciel où aurait dû se dresser le London Eye.

— Non, corrigea-t-elle.

Le monde lui apparut subitement sans limites. Elle avait la possibilité d'aller n'importe où, n'importe quand. De se rendre à l'époque Régence ou en pleine Restauration, si ça lui chantait. Et même dans l'Empire romain. Visiter Pompéi avant la tragédie. Elle pouvait voir... Prise d'un frisson, elle se rappela par quel moyen ils étaient venus. Non, jamais elle n'accepterait d'en payer à nouveau le prix.

Les touristes déambulaient autour d'eux. Filles et garçons jetaient des regards furtifs à Aaron qui, malgré sa tignasse ébouriffée, faisait tourner les têtes. Qu'ils apprennent qui était réellement l'héritier du clan Oliver, qui était Joan aussi – et ce qu'elle venait de rêver de faire –, et ils prendraient tous la fuite en hurlant.

La jeune Sino-Britannique s'avança vers la chaussée, avant de se rendre compte qu'elle prenait la direction du métro qui l'aurait ramenée chez sa grand-mère, à Kensington. Elle s'arrêta, désorientée.

Son aïeule avait pour habitude de déménager chaque année. Mais à cette époque, Joan n'avait pas la moindre idée de l'endroit où se trouvait la résidence des Hunt. Où pouvaient-ils donc habiter, les uns et les autres ? Quand elle avait voulu voyager dans le temps, elle avait imaginé remonter le cours des jours de quelques unités seulement, juste assez pour mettre en garde les siens. Elle n'avait jamais pensé qu'elle serait renvoyée des décennies en arrière, avant même sa naissance.

La nostalgie l'assaillit tout à coup. Elle avait envie de rentrer chez elle – pas chez les Hunt, mais chez son père, à Milton Keynes. Elle raconterait tout à son géniteur, qui lui préparerait une grande casserole de porridge de riz avec une tonne de gingembre, comme lorsqu'elle était malade. Ils en rempliraient les petits bols rangés tout en haut du placard. Il casserait un œuf dans le bol de sa fille, avant de lui assurer que tout irait bien.

Seul hic : elle n'avait pas encore de foyer à cette époque. À l'époque dans laquelle elle avait atterri, son père – qui n'avait pas encore émigré en Angleterre – vivait toujours en Malaisie. Si elle retournait à Milton Keynes et sonnait à la porte, elle se retrouverait face à un parfait inconnu.

— Serais-tu sur le point de… craquer ?

On aurait dit qu'Aaron était davantage guidé par la curiosité que par une inquiétude sincère.

— Non, répliqua Joan.

— Tu m'as pourtant tout l'air de nager en pleine panique.

— Oui, eh bien, je t'assure que ce n'est pas le cas, protesta Joan avec une emphase qui trahissait son embarras.

Elle s'attendait à le voir se moquer d'elle, au lieu de quoi il promena son regard sur les groupes de badauds alentour.

— Il ne faut pas rester ici, dit-il. On vient de surgir de nulle part. Quelqu'un nous a peut-être remarqués.

En réalité, personne ne s'intéressait à eux. Les rares spectateurs qui ne suivaient pas la relève de la garde se dispersaient chacun de son côté. À l'inverse de Joan, Aaron connaissait ce monde-là. Il devait bien y avoir quelques contacts. Elle avait besoin de lui, ce qu'elle détestait par-dessus tout.

Son camarade de cavale se dirigea vers St James's Park. Leur service achevé, des gardes regagnaient The Mall au pas cadencé, suivis par des files de touristes de moins en moins denses qui ne cessaient de les photographier avec leurs encombrants appareils.

— Attends !

Ce n'est qu'en voyant son compagnon faire volte-face que Joan se rendit compte qu'elle avait parlé.

— Où va-t-on ? demanda-t-elle. On ne peut quand même pas aller voir ta famille.

Aaron garda le silence si longtemps qu'elle crut un instant qu'il ne lui adresserait jamais plus la parole.

— Je sais, finit-il par concéder, le visage fermé.

Elle attendit qu'il précise le fond de sa pensée, mais ce fut peine perdue. Il se remit en marche vers le parc. Elle contempla un long moment sa silhouette résignée avant de lui emboîter le pas.

En cette journée ensoleillée – qui tranchait avec la grisaille qu'ils venaient de quitter –, St James's Park était transformé en un patchwork de nappes de pique-nique et de chaises longues où tout un chacun dégustait sandwiches et crèmes glacées.

Les conversations surnageaient difficilement au milieu des cris des enfants et des hurlements stridents d'un match de cricket diffusé depuis… Joan dut y regarder à deux fois : le son provenait d'un appareil argenté aussi gros qu'une boîte à pain.

Le Londres qu'elle connaissait était bien différent, songea-t-elle. Peu importait l'endroit où elle posait les yeux, elle n'y rencontrait qu'étrangeté : la coupe des vêtements, les coiffures… Même l'atmosphère dégageait une odeur différente. Elle transportait un mélange écœurant de tabac et de goudron. Les voitures n'émettaient pas le même bruit non plus. Rien qu'en fermant les paupières, elle aurait pu se croire dans une tout autre ville.

Quelque chose en elle se sentait fortement attiré par ce spectacle – un peu comme la sensation éprouvée à Holland House. Comme elle aimerait poursuivre son voyage, afin de voir la capitale britannique lui devenir de moins en moins familière, jusqu'à ce que le nom de Londres lui-même perde peu à peu toute signification. Puis elle continuerait son périple, remontant toujours plus loin, et visiterait l'âge du Fer, et même l'âge du Bronze…

Ou faire le voyage en sens inverse. Se laisser émerveiller par l'inconnu. « *Le voyage temporel, tu as ça dans le sang* », avait dit Aaron.

— Eh !

La main du jeune homme se referma sur le bras de Joan.

Elle le toisa, hébétée, dans une confusion extrême. Ce contact lui faisait mal, et même plus encore. La douleur lui rappelait cette souffrance sourde éprouvée lorsqu'elle s'était cassé l'humérus et que le Dr de Witt lui avait prescrit un antidouleur dont l'extrême efficacité lui avait donné l'impression d'avoir la tête dans un brouillard.

Le visage d'Aaron apparut en très gros plan, les yeux écarquillés.

— Joan ?

Sa voix semblait à des années-lumière, comme s'il lui parlait depuis l'autre extrémité d'un long tuyau.

— Eh, reste avec moi.

— Faut pas, bredouilla-t-elle. Ta famille a tenté de me tuer.

Au lycée, M. Larch leur avait expliqué que St James's Park avait autrefois abrité des éléphants et des chameaux. Des crocodiles, aussi. Le roi Charles II y avait joué au croquet. Bien avant ça, le lieu avait servi de terrain de chasse. Cerfs et canards y évoluaient sans se douter que leur destin était de finir à la table royale.

— Joan. (La voix d'Aaron la tira une nouvelle fois de sa rêverie.) Tu es toujours avec moi ? Est-ce que tu entends quelque chose ?

— Je t'entends me casser les oreilles, ça, oui…

Sa propre voix lui parut étrangement lointaine.

L'héritier du clan Oliver esquissa un minuscule sourire qui toucha l'adolescente en plein cœur. Être aussi beau garçon recelait une part d'injustice, songea-t-elle distraitement, d'autant plus quand on mettait un point d'honneur à se montrer désagréable en toutes circonstances.

— Ma main est sur ton bras. Est-ce que tu la sens ? lui demanda-t-il.

Joan ouvrit la bouche dans l'intention de lui répondre que oui, bien sûr, elle la sentait. Mais, en réalité, c'était à peine si elle avait conscience de son propre corps. La voix d'Aaron constituait désormais le seul son qu'elle réussissait à distinguer. Un instant plus tôt, pourtant, le parc résonnait du jacassement des oiseaux et des conversations humaines. À présent, tous les bruits lui parvenaient comme étouffés. Un sentiment de panique s'éveilla en elle – lointain et cotonneux, comme le reste.

— Qu'est-ce qui se passe ? marmonna-t-elle.

— Tout va bien, lui assura son compagnon. Écoute-moi avec attention, surtout. Il faut que tu restes dans l'instant présent. Dans cet instant précis. Choisis un détail, n'importe lequel, dans ce parc. Qu'entends-tu ?

— Je n'ent…

Elle tenta d'isoler un fil conducteur dans l'embrouillamini que lui communiquaient ses sens, mais dès qu'elle repérait un élément, il s'évaporait, tel un nuage de fumée.

— Je ne sais pas.

— Moi, j'entends le vent dans les arbres, déclara Aaron.

Seule sa voix surnageait dans la confusion.

— À toi, l'encouragea-t-il.

Joan rassembla son énergie pour se concentrer. Elle finit par percevoir un son qui se détachait des autres, à la fois aigu et doux. Elle dut lutter pour trouver le mot qui correspondait.

— Oiseau, parvint-elle à articuler.

Elle eut l'impression de parler sous l'eau. Elle vit ensuite les doigts d'Aaron se contracter, mais elle ne sentait toujours rien.

— Bien, dit-il. Quoi d'autre ? J'entends des gens discuter.

Elle dut fournir un effort surhumain. Être coincé dans un rêve et incapable de se réveiller ne devait pas être très différent.

— Voitures.

— Encore.

Nouvel effort.

— Eau, fontaine.

Combien de temps restèrent-ils là, à mettre un nom sur les sons qui animaient le parc ? Peu à peu, la main d'Aaron se solidifia contre la peau de l'adolescente, mais ce fut la perception de la température qui lui revint en premier, si bien qu'elle sentit d'abord la chaleur du contact. Les conversations surgirent autour d'eux avant de gagner en puissance, comme si une force invisible manipulait le bouton de volume. Joan prit une inspiration au parfum amer de pneus brûlés et de gasoil. Elle manqua de s'étouffer au passage.

Le jeune Oliver lui pressa à nouveau le bras. Cette fois, elle sentit parfaitement son geste.

— Là, dit-il. Te revoilà.

Elle aspira une nouvelle goulée d'air suffocant. Le brouillard se dissipait peu à peu dans son esprit. Elle secoua la tête pour accélérer le mouvement.

— Que s'est-il passé ?

— Oh, pas grand-chose, tu as failli mourir.

— Pardon ?

— Tu as tenté de voyager sans te ravitailler au préalable.

— Non, protesta-t-elle, perplexe. J'ai pris de quoi faire dans la Fosse. Il doit m'en rester un peu en réserve.

— Le système ne fonctionne pas de cette manière, expliqua Aaron. Une fois que tu as sauté dans le temps, la durée impartie disparaît. Sauf que toi, tu as sauté, puis tu as tenté de sauter encore. Tu ignorais qu'il fallait appuyer sur le frein.

— Non, j'ai seulement senti…

Tout ce dont elle se souvenait, c'était ce puissant désir – semblable à ce tiraillement qu'elle avait éprouvé dans la Fosse. Puisqu'on sautait dans le temps de cette manière, devait-elle en conclure qu'il fallait veiller à ne pas voyager par mégarde ? Était-il seulement possible de contrôler une sensation pareille ?

— Manger quelque chose te ferait du bien, suggéra Aaron. N'importe quoi. La nourriture d'une époque aide à s'y ancrer. En attendant, concentre-toi sur les détails. Odeurs, sons, température… Reste dans le présent. Ne pense à rien d'autre que maintenant.

Maintenant ? Mais quand était-ce, au juste ? Sans crier gare, la question s'invita dans l'esprit de Joan, qui s'écarta de son acolyte dans un élan presque désespéré. Il lui fallait trouver quelque chose – n'importe quoi – portant une date.

Elle repéra une poubelle sur le bord du sentier, qu'elle se mit à fouiller. Elle repoussa des paquets de chips vides et des restes de sandwiches, avant de tomber sur une moitié de barre chocolatée.

— Euh… (Aaron semblait un peu horrifié.) Quand je te disais de manger « n'importe quoi », je ne pensais pas à des ordures.

— Ah, fit Joan d'un air absent.

Elle poursuivit son inventaire : une canette de Coca, un paquet de biscuits apéritifs froissé, mais ni journal ni magazine. La poisse !

— Serait-ce une habitude humaine ? demanda le jeune Oliver. De se vautrer dans les détritus, j'entends. Je ne passe pas beaucoup de temps avec ces créatures.

— Je cherche… (Elle le fusilla du regard.) Non, ce n'est pas un truc d'humain. Je cherche la date d'aujourd'hui.

Son interlocuteur haussa un sourcil, sceptique.

— Dans la poubelle ?

— Je pensais y trouver un journal, expliqua la jeune fille, soudain sur la défensive. Dans les films, c'est toujours comme ça que les gens se repèrent dans le temps. Il n'y a qu'à voir *Doctor Who* ou *Retour vers le futur*.

— *Retour vers le futur* ? Qu'est-ce que c'est que ce truc, encore ?

Joan eut beau se mordre la lèvre, un éclat de rire lui échappa, à moitié hystérique. Ils avaient voyagé dans le temps et voilà qu'elle se retrouvait coincée à une autre époque avec un snobinard ridicule qui, pour couronner le tout, n'avait même pas la fibre cinéphile.

— Je ne vois pas ce qu'il y a de drôle, maugréa Aaron.

— *Retour vers le futur* ? Par tous les doyens d'Eton, qu'est-ce donc ? railla Joan. Je vous en prie, éclairez ma lanterne, vieille branche !

— Je ne… Arrête ta comédie. Je ne m'exprime pas du tout de cette manière.

— Oh que si ! C'est exactement comme ça que tu parles.

Un soupir exaspéré s'échappa des lèvres d'Aaron.

— Vas-tu sortir les mains de cette corbeille, oui ! On n'a pas besoin d'un journal pour deviner la date.

Il examina d'un regard connaisseur les pique-niqueurs et autres joggeurs – le même que Ruth aurait pu poser sur une serrure qu'elle s'apprêtait à crocheter.

— On est en 1993, dit-il.

Joan resta bouche bée devant tant d'assurance.

— Tu ne peux pas le deviner d'un simple coup d'œil.

— Les chevelures sont volumineuses, mais pas délirantes, observa-t-il. Ça manque de couleurs fluo, ce qui veut dire que nous ne sommes pas dans les années 1980.

Pas de coupe Rachel, non plus. *Friends* n'a pas encore été diffusé à la télévision. Ce qui nous place dans une fenêtre entre 1990 et 1994. Après quoi, rien de plus facile que de procéder par élimination. Le téléphone de cet homme, par exemple. (Il désigna un passant en pleine conversation.) C'est un BT Jade, un modèle sorti en 1993. On pourrait être en 1993 ou 1994, mais regarde sa montre et ses chaussures. Tout est flambant neuf, signe qu'il aime la nouveauté. Conclusion : on est en 1993.

Joan ne put s'empêcher d'être impressionnée.

— *Friends* ? dit-elle.

Dans un coin de sa tête, elle refaisait le calcul.

— La coupe Rachel est un marqueur de l'époque, expliqua Aaron. Au même titre que l'église Saint-Paul ou que la reconstruction du théâtre du Globe. Pourquoi fais-tu cette tête ?

Il esquissa une moue – sans doute une tentative pour imiter l'expression de sa complice.

— Tu es remonté trop loin ! s'exclama-t-elle. On devait seulement revenir vingt ans en arrière !

— Et alors ? (Il croisa les bras avec dédain.) Estime-toi heureuse qu'on ait pu s'échapper. Tu n'étais qu'un poids mort.

— Mais…

— Ce que j'essaie de te faire comprendre, c'est qu'il est inutile de fouiller dans de vieux paquets de chips comme un écureuil enragé.

La jeune fille ne l'entendait presque plus, trop occupée à scruter le paysage. De l'autre côté de la pelouse, le lac ondulait à peine sous l'effet du vent. Une femme passa avec un landau. Le bébé qui l'occupait devait être adulte à l'époque de Joan, largement plus âgé que l'adolescente. Quant à ce vieil homme, peut-être était-il déjà mort.

Le plus étrange, dans toute cette histoire, c'était l'absolue réalité de ce monde-là. L'atmosphère sentait les gaz d'échappement et le goudron. Le sol était dur sous ses pieds. On était dans le concret. Indéniablement, elle se tenait là, sur cette place, à une époque antérieure à sa naissance.

— Qu'est-ce qu'on va faire ? s'enquit-elle. L'important, c'est d'arrêter Nick.

Elle éprouvait un curieux mélange d'impatience et d'impuissance. Ils se trouvaient si loin des événements, à présent.

— Il faut qu'on alerte tout le monde de la catastrophe à venir.

Quant à Nick, il n'existait tout simplement pas, se rendit-elle compte. Nulle part dans le monde actuel. Elle fut surprise par le chagrin qu'elle ressentait. Le tueur de monstres n'était pas encore né. Elle aurait beau le chercher partout, elle ne risquait pas de le trouver.

— Avant d'entreprendre quoi que ce soit, il faut qu'on mange, décréta Aaron. Tu as failli voyager dans le temps sans te ravitailler. Tu as frôlé la mort. Tu comprends, au moins, à quel point c'était imprudent ? J'ai toujours considéré que les Hunt étaient des irresponsables, mais de là à omettre de t'apprendre les règles de sécurité les plus basiques…

— Je t'interdis de parler de ma famille. Toi, en particulier.

Au lieu du ton cassant que Joan avait en tête, sa voix prit un timbre aussi grave que menaçant. Les secrets s'étaient nichés quelque part dans son cœur pour former un cocon épineux. La seule compagnie d'Aaron – et l'aisance avec laquelle il naviguait dans ce monde – la mettait encore plus à vif.

— Tu m'en diras tant, répliqua-t-il. Je constate simplement que ton clan avait mieux à faire que de te renseigner sur le royaume des monstres, n'est-ce pas ?

— Je sais des choses, se défendit la jeune fille.

— Quoi, par exemple ? À qui peux-tu te fier à cette époque ? Tu ne possèdes aucun papier d'identité. Où vas-tu t'en procurer ? Tu n'as nulle part où passer la nuit. Pas d'argent, ni d'amis. Et les Hunt sont impossibles à localiser.

— Je saurai me débrouiller.

— Sur le territoire de quelle famille est-ce qu'on se trouve actuellement ? Comment la ville est-elle quadrillée ? Peux-tu me réciter la loi royale ? Que se passera-t-il si tu l'enfreins ?

Joan étouffa le sentiment d'impuissance qui monta en elle. S'en remettre à ce fichu Aaron Oliver, dont le père avait tenté de la tuer sans que le jeune homme lève le petit doigt, c'était bien la dernière chose dont elle avait envie. Il n'avait eu aucun scrupule à se désintéresser de son sort.

— Tu as voyagé dans le temps, lui rappela-t-il. Tu n'as plus ta place parmi les êtres humains. Si tu veux survivre, tu vas devoir rattraper très vite tes lacunes concernant le royaume des monstres.

— Pourquoi est-ce qu'il fallait que ce soit toi que je me coltine ?

La question, qu'elle n'avait pas eu l'intention de formuler à voix haute, n'en avait pas pour autant perdu sa pertinence.

— Oh, crois-moi, je le déplore tout autant que toi.

Sur ces mots, Aaron tourna les talons, puis se mit en marche.

Chapitre 9

Aucun doute n'était plus possible : Joan devait constater qu'ils avaient bel et bien voyagé jusque dans les années 1990. Les murs de briques étaient tapissés d'affiches de *Jurassic Park*, venues recouvrir d'autres plus anciennes qui n'apparaissaient plus que par fragments : *Un jour sans fin*, Nirvana. Les voitures, la mode et même les feux de circulation avaient une tout autre allure. Les policiers étaient tirés à quatre épingles avec leurs casques « bobby » caractéristiques et leurs uniformes à la coupe élégante. Quant aux passants, ils arboraient des tenues amples et excentriques.

Tête haute, à croire que la ville entière lui appartenait, Aaron guida Joan à travers Covent Garden. Il avait abandonné son déguisement de touriste dépenaillé pour retrouver ses airs d'écolier fortuné.

Comme la nuit précédente, il délaissait les artères principales pour des raccourcis dont sa compagne de cavale ne soupçonnait même pas l'existence – en empruntant des cours secrètes et des squares cachés derrière des murs. Lorsque enfin il s'arrêta, Joan avait perdu ses repères. Ils auraient pu se trouver à Covent Garden, dans le quartier du Temple ou plus loin encore qu'elle n'aurait su le dire.

Le jeune Oliver les avait menés dans un passage dissimulé entre des immeubles, assez étroit pour que sa camarade puisse effleurer les deux murs de pierre simplement en tendant les bras. Au-dessus, le ciel était réduit à une mince bande de grisaille. Il y faisait aussi frais que dans une cave. Dans cette partie-là de Londres, visiblement très ancienne, les cheminées crachaient une fumée boisée.

Au fond de ce passage obscur se trouvait une porte – petite mais massive, de couleur noire. Sur un côté brillait une plaque de laiton ornée d'un serpent de mer engloutissant un voilier. Typiquement le genre d'image qu'on aurait pu retrouver sur une carte médiévale, pour y figurer des océans encore inexplorés.

— C'est une de nos auberges, expliqua Aaron.

Joan effleura la plaque.

— « Ici vivent des dragons » ? demanda-t-elle.

Aaron esquissa un sourire amusé, presque attendri, comme s'il avait oublié un instant qu'il ne supportait pas la compagnie de la jeune Hunt. La gorge de Joan s'assécha. L'effet du stress, sans doute.

— Serait-ce ta première visite dans un lieu réservé aux monstres ? s'enquit-il.

Joan s'humecta les lèvres avant d'acquiescer.

— Les dragons n'ont rien à craindre de leurs semblables, déclara Aaron.

La gorge de l'adolescente se serra davantage. C'était faux, Joan le savait : la famille d'Aaron lui en avait apporté la démonstration.

Elle respira un grand coup, puis ouvrit la porte. De prime abord, elle eut l'impression de pénétrer dans un pub à l'ancienne, tout de bois verni et de verre fumé. Des tables étaient posées dans tous les coins. Des clients s'y massaient, dans des tenues qui appartenaient à quantité d'époques différentes. Rires et bavardages emplissaient la pièce.

D'autres curiosités attiraient le regard. Le sol était couvert de joncs et d'herbe. Dans l'atmosphère flottait un parfum de feu de bois qui vous transportait presque à la campagne. Des effluves de foin, de fenouil et de mélisse, ainsi que de romarin et de viande rôtie, vinrent chatouiller les narines de Joan. Sur un foyer bouillonnait une marmite de ragoût. Le ventre de la jeune fille se mit à gargouiller.

Par endroits, le lieu lui évoquait aussi une cathédrale avec son mur du fond orné de vitraux colorés. Des monstres stylisés y nageaient dans un océan d'herbe bleue : un poisson à barbe, un dragon hérissé de pointes, une énorme bête couverte d'écailles et armée de défenses. Une lumière bleutée abondait par les fenêtres, faisant miroiter le parquet, tel un haut-fond ondoyant.

Joan se tenait là, immobile, quand une silhouette sortit d'une arrière-salle. L'homme, peau noire et tignasse grisonnante, offrait un visage avenant et dénué de rides. Il balaya la pièce du regard avec autorité avant de se diriger droit sur deux clients aux cheveux blonds et à la carrure musculeuse qui étaient assis près du foyer.

— Aurais-je vu de l'argent changer de mains dans mon auberge ? demanda-t-il d'un ton calme qui rappela à Joan l'assurance d'un proviseur.

Le propriétaire des lieux, visiblement. Les deux malabars baissèrent la tête, aussi honteux que des enfants pris les doigts dans le pot de confiture.

— Pardon… C'était seulement pour me débarrasser de mon téléphone, plaida l'un des deux coupables.

— Tu te crois au marché ? (Le tenancier leur désigna la porte.) Hors de mon établissement.

Sans se donner la peine de regarder sortir les importuns qui, dociles, s'exécutèrent sans broncher, l'aubergiste porta ensuite son attention sur Joan et Aaron. Il étudia leur coiffure, leurs chaussures et la coupe de leurs vêtements.

— On vient d'arriver ? devina-t-il.

L'héritier du clan Oliver confirma d'un signe de tête, avant de demander :

— Auriez-vous des chambres de libres ?

— On va vous trouver quelque chose, répondit l'aubergiste. Qui dort dîne. Allez donc vous servir à souper. Je vous fais apporter votre clef.

Aaron mena Joan devant l'âtre, puis se saisit de deux bols sur le manteau de la cheminée, qu'il remplit de ragoût. Du plat émanait un fumet délicieux, riche et plein de saveurs. Joan y repéra des carottes, des oignons, peut-être même du canard.

Ils trouvèrent une table dans un coin isolé. Lorsque la jeune fille tira sa chaise, la traînant sur le parquet, le crissement couvrit un instant les bavardages. Son camarade de cavale haussa un sourcil réprobateur avant de déplacer son propre siège – en silence, bien entendu. Il avait la grâce et l'adresse d'un chat.

— Est-ce qu'on a vraiment besoin de prendre une chambre ? lui demanda Joan.

Elle avait imaginé qu'il leur suffirait de prévenir quelqu'un du massacre à venir et que leur rôle s'arrêterait là.

— Mangeons d'abord, ordonna Aaron. Tu ne sais pas encore t'ancrer toute seule dans une nouvelle période.

Déguster un plat de l'époque où tu te trouves est un moyen facile d'y parvenir.

Il souffla sur sa cuillère avant de prendre une bouchée.

— C'est bon, constata-t-il, presque à contrecœur.

— Comment ça se passe, alors ?

Joan goûta à son tour le ragoût. Surprise, la sauce lui rappela Noël, avec ses notes d'écorce d'orange, de cannelle et de clou de girofle. Ce mélange lui plaisait bien.

— Une fois qu'on aura prévenu quelqu'un, est-ce que ce sera simplement… (Elle claqua des doigts.) Comme si la nuit dernière n'avait jamais eu lieu ? Est-ce qu'on aura oublié que c'est arrivé, tous les deux ?

Elle avait du mal à cerner cette idée. Sauraient-ils jamais qu'ils avaient, un jour, pris place à cette table pour y partager un dîner en tête à tête et qu'ils s'étaient aidés mutuellement ?

S'emparant d'un petit pain dans l'assiette posée sur la table, Aaron grava une croix sur le dessus et y appliqua une noisette de beurre avant de le tendre à Joan. Il en prit un autre pour lui-même.

— Mange ça aussi.

La mie, dense et très sombre, était assez chaude pour que le beurre ait déjà fondu. Joan balaya la salle du regard tout en mâchant.

À l'image du reste de la ville, l'auberge lui parut à la fois étrange et familière. Les visiteurs sortaient de nulle part ou disparaissaient comme par magie avec un naturel insensé – comme s'ils se contentaient de passer d'une pièce à l'autre.

À la table voisine, deux femmes se livraient à un jeu qui rappelait les échecs – à mieux y regarder, cependant, les pièces arboraient des formes inédites : un éléphant, un canon médiéval.

Tout était si déstabilisant. Et pourtant…

Certains détails, eux, gardaient leur sens. Le beurre qu'elle léchait sur son pouce, par exemple, bien salé et aussi âcre que du yogourt, elle n'en avait goûté que chez les Hunt. Elle en inhala le parfum familier.

— C'est du beurre au lait entier, dit Aaron.

Elle se serait crue dans la cuisine de son aïeule.

— Ma grand-mère en faisait. Je croyais qu'il s'agissait d'une recette de famille.

Son interlocuteur haussa les épaules.

— Non, c'est un plat traditionnel de chez nous, les monstres.

« Un plat traditionnel de chez nous, les monstres. » Lorsque tout serait fini – quand les événements de la veille auraient été annulés –, peut-être cette saveur retrouverait-elle son rang de simple recette de famille. Là encore, elle n'arrivait pas à se faire à l'idée de la possibilité qu'elle ne découvre jamais certains aspects de sa vie, entourés d'un contexte plus vaste, d'une culture tout autre.

Un rire éclata quelque part dans la salle.

— Des Hathaway, grommela Aaron, visiblement agacé.

L'agitation provenait d'une table particulièrement animée, au centre de l'auberge. Une dizaine de clients y étaient assis. Comme les autres groupes présents dans l'établissement, les Hathaway rassemblaient des personnes de diverses origines. Leur seul trait commun était un physique pour le moins musculeux – une caractéristique partagée aussi bien par les femmes que par les hommes. La plupart d'entre eux étaient affublés d'un animal de compagnie. Joan parvint à apercevoir un chat gris installé sur les genoux d'un homme. Un peu plus loin, un carlin somnolait, roulé en boule, sous une chaise. Un matou noir sauta sur la table pour se faufiler entre les coupes et les bols. Au moment où Joan ouvrait la bouche pour poser une nouvelle question à Aaron, une femme se matérialisa sans prévenir près du groupe jovial. Elle arborait une coiffure typique, avec des boucles sur le front et des tresses enroulées à l'arrière de la tête.

— Ses cheveux… dit lentement la jeune fille, songeuse.

Où avait-elle déjà vu ce genre de coiffure ? Aaron suivit son regard avant de revenir à son bol de ragoût.

— On ferait mieux de manger avant de parler.

Il fallut donc à l'adolescente formuler elle-même la réponse.

— Sur des statues.

— Joan, maugréa son camarade. Continue de manger.

— Des statues romaines antiques.

— Joan ! (Aaron se pencha si près que son visage vint emplir le champ de vision de son interlocutrice.) Tu as raison : si j'en crois sa coiffure, elle vient de la fin du premier siècle après Jésus-Christ ou du début du deuxième. (Sa voix prit une tonalité presque charmeuse.) Je m'y suis rendu une fois. Au temple de Vénus, sur la Velia. Il faisait une chaleur si torride, ce jour-là, que les offrandes de fleurs fanaient dans leurs vases. Le parfum des roses et des myrtes se faisait aussi capiteux que le vin.

— Quoi ?

L'esprit embrumé, Joan tenta de se concentrer sur son compagnon de cavale.

— Les adorateurs de la déesse affluaient sans discontinuer, les bras tellement chargés de présents que le sol a fini jonché de bijoux et de fleurs.

Le feu de cheminée commençait à perdre son odeur.

— Arrête, dit Joan d'une voix rauque.

— Des jeunes mariés avaient apporté un taureau aux cornes dorées, poursuivit l'héritier du clan Oliver. Je suis resté assister au sacrifice. Je te le décris ?

— Non !

Elle eut l'impression de sombrer. Que lui avait dit Aaron à St James's Park, déjà ? « *Concentre-toi sur les détails.* » Elle posa une main tremblante sur la table. C'est à peine si elle sentit le contact du bois contre sa peau. Sa gorge se contracta pour former un son de terreur qu'elle n'entendit pas. À quels détails pensait-il ? Des éraflures striaient çà et là le vernis. Près d'un des bols, son camarade serrait le poing à s'en briser les os. Sur sa main à elle, Joan remarqua une coupure superficielle – au niveau du pouce. Une séquelle du combat contre Lucien, sans doute.

L'odeur du feu de cheminée lui revint petit à petit. Bientôt, l'air fut assez enfumé pour faire tousser la jeune fille.

— Pourquoi m'as-tu fait ça ? voulut-elle savoir.

Aaron lui jeta un regard vide en plus de la gratifier d'un léger sourire.

— Pour l'heure, n'importe qui pourrait faire de même. Il suffirait de te montrer la couverture d'un roman de Jane Austen.

— C'est quoi, ton problème ?

— Mon problème, à moi ? (Il poussa le culot jusqu'à prendre un air irrité.) J'essaie de t'aider, figure-toi.

Son air offusqué laissa bientôt la place à une expression plus sincère.

— Cette fois, tu t'es bien débrouillée, concéda-t-il. Tu es revenue assez vite.

Le jeune Oliver ressemblait tant à un être humain que Joan s'attendait toujours à le voir agir comme tel. Mais ce n'était pas un garçon lambda. C'était un monstre, élevé au milieu de ses semblables.

— Tu veux que je te dise ? (Elle se leva.) Je n'en ai rien à faire de ton aide.

Il l'avait conduite là, à cette époque. C'était tout ce dont elle avait besoin, venant de lui.

— Où vas-tu ? lui demanda-t-il, inquiet.

— Arrête de vouloir m'aider, O.K. ? Inutile d'en faire plus pour moi.

Elle sentit le jeune homme la suivre des yeux quand elle s'éloigna.

Joan avait remarqué des allées et venues constantes à l'arrière de l'auberge. Or les toilettes étaient censées se trouver de l'autre côté de l'établissement.

Une vérification rapide confirma l'existence d'une porte à cet endroit. La jeune fille l'ouvrit, s'attendant à la voir donner sur une autre allée quelconque, mais il n'en fut rien. À sa grande surprise, elle se retrouva sur une place pavée, bordée de boutiques aux façades en arcades et de hauts bâtiments en brique. *C'est l'entrée principale*, rectifia-t-elle mentalement.

Plusieurs rues partaient de cette place. Suivant la perspective de l'une d'entre elles, Joan aperçut d'autres bâtiments et ce qui ressemblait à un parc clôturé d'un mur. Elle l'imagina englober le quartier tout entier. *Un lieu caché de tous, réservé aux monstres*, songea-t-elle.

Pendant qu'ils mangeaient à l'auberge, la pluie s'était mise à tomber. De grosses gouttes mitraillaient à présent le pavé, le rendant toujours plus sombre. Le ciel avait viré au gris désormais. Un peu partout, des monstres se matérialisaient ou s'éclipsaient. Ceux fraîchement apparus fonçaient tête baissée vers les bâtiments pour se protéger des intempéries.

Joan aborda une femme qui se précipitait vers l'auberge afin de s'y mettre à l'abri.

— Excusez-moi, savez-vous où je pourrais trouver la famille Hunt ?

L'inconnue prit un air suspicieux.

— Et que leur voulez-vous, à ces voleurs ?

Puis elle poussa la jeune fille sans ménagement afin d'entrer dans l'établissement.

Joan la regarda s'éloigner, secouée. Les Oliver haïssaient sa famille. Cette passante appartenait-elle à leur clan ? À moins que les Hunt ne soient largement détestés ? Cette pensée avait de quoi déstabiliser.

Autour de la place se dressaient toutes sortes de boutiques, vendant qui des gâteaux, qui du thé, qui des bijoux. L'une d'elles semblait s'être spécialisée dans les chapeaux de toutes les époques : haut-de-forme, modèles à fleurs, capelines de paille, casquettes de base-ball. Une autre proposait des confiseries, sa vitrine ornée d'une corne d'abondance remplie d'oranges et d'ananas glacés. Parmi les fruits étaient disposées des sculptures en sucre – un tigre translucide, un perroquet aux couleurs vives –, éclairées de l'intérieur par un ballet de flammes ondulantes à l'aspect tout à fait réel. Joan n'avait jamais vu un spectacle pareil.

Elle continua sa progression. Environ la moitié des nouveaux arrivants, au bas mot, se précipitaient à l'intérieur de l'auberge. Les autres, pour la plupart, s'engageaient en courant dans une des rues donnant sur la place, surpris par la pluie qui s'était mise à tomber dru. Joan les suivit au petit trot. L'eau jaillissait des flaques pour lui lécher les chevilles.

Elle arriva bientôt devant une halle à l'imposante façade victorienne. « MARCHÉ DE RAVENCROFT », annonçait une inscription gravée dans la pierre au-dessus de l'entrée et ornée d'oiseaux et de feuilles en relief. Joan pénétra dans le bâtiment. Le sol prolongeait celui de la rue pavée. Une verrière ouvragée se déployait en guise de plafond, couleur de ciel estival. Çà et là, des corbeaux de plomb s'élevaient à tire-d'aile parmi les vitraux.

Les cheveux dégoulinants, Joan se promena entre les portants de vêtements. Elle aurait pu sortir de là vêtue d'un uniforme de centurion romain, glissée dans une robe de femme du monde de l'époque Régence ou sapée comme une fan de grunge.

On trouvait aussi de la nourriture à foison – un stand de tourtes à la viande et de sauce à l'anguille, un autre de curry. L'estomac de la jeune fille grommela de plus belle. Pas de doute, elle aurait dû emporter son petit pain… Elle passa devant des tables d'épices et d'aromates, de bouteilles de condiment maison, étiquetées « GARUM », de régimes de fruits aux allures de bananes épineuses, de feuilles séchées jaunâtres appelées « SILPHIUM », de barres chocolatées aux noms inconnus. L'endroit lui rappela l'épicier chinois chez lequel son père avait ses habitudes et où on pouvait se procurer ce qui manquait dans la grand-rue.

Garum, songea-t-elle distraitement. Un condiment utilisé dans la Rome antique, une espèce d'ancêtre de la sauce de poisson, selon ses lectures. Soudain, la sensation vaseuse qui l'avait saisie un peu plus tôt s'invita de nouveau en elle. *Tiens bon*, s'intima-t-elle en contenant la panique qui montait. « *Concentre-toi sur les détails.* » Mais partout, son regard ne rencontrait que des objets appartenant à d'autres temps : un bouclier de centurion harnaché au dos d'un passant, un arc en bois brut, débandé.

— Eh, toi, là, lança une voix, faisant se dissiper le brouillard qui l'entourait.

Un marchand l'observait. Tout juste la vingtaine passée, il avait des cheveux blonds et la carrure d'un boxeur.

— Contrebande ? lui demanda-t-il.

— Pardon ?

Il siégeait à une table de bridge qui croulait sous les appareils électroniques des années 1990 : téléphones, montres, appareils photo.

Il désigna le portable qui dépassait de la poche de Joan.

— Ici, c'est les *nineties*, mon chou. Si tu l'égares hors de ces murs, tu risques de te frotter à la Cour. Je peux t'en débarrasser, si tu veux.

L'appareil qu'elle avait trouvé dans le Salon jaune. Elle l'avait presque oublié.

— Tu as le code pour le déverrouiller ? lui demanda son interlocuteur.

Elle lui fit signe que non.

— Je t'en offre cent.

Un souvenir lui revint : sa grand-mère en train d'acheter un feuilleté à la saucisse chez Greggs, un jour. Avec un clin d'œil à sa petite-fille, la doyenne des Hunt avait proposé au traiteur la moitié du prix exigé. À l'époque, la fillette s'était tortillée d'embarras. Qui aurait fait une chose pareille ? À présent, elle se surprenait à regretter que son aïeule ne soit pas présente.

— Cinq cents, répliqua-t-elle par défi.

Une telle audace aurait fait rire l'ancienne.

— Et puis quoi, encore ? Tu crois que je suis là pour faire la charité ?

— Deux cents. L'écran n'est même pas fendu.

L'acheteur grimaça.

— Cent soixante-dix, dit-il. À prendre ou à laisser. Je te donnerais plus pour ce collier, en revanche, ajouta-t-il en pointant le cou de l'adolescente.

Joan porta spontanément la main à la chaîne que son aïeule lui avait confiée la veille, peu avant de mourir. La mâchoire crispée, elle refusa l'offre.

— Allez, insista-t-il. Donne-moi ton prix.

C'était le dernier objet reliant encore la jeune fille à sa grand-mère. Le dernier objet touché par la mourante et que son sang avait maculé. Joan s'en tint à sa réponse.

L'inconnu haussa les épaules.

— C'est toi qui vois.

Il lui tendit quelques billets étranges en échange du téléphone. Elle examina les coupures avec curiosité. En plastique transparent, des images dorées à la feuille d'or – une couronne et un lion ailé – en occupaient le centre. Superposées, elles semblaient former un blason inconnu. Était-ce là la monnaie des monstres ?

— Est-ce que je peux en avoir une partie en devise locale ? demanda-t-elle.

Voilà qui pourrait leur permettre d'en estimer la valeur approximative.

— Pour qui me prends-tu, un agent de change ? maugréa le jeune homme.

Il lui reprit malgré tout un billet de vingt, qu'il échangea contre quarante livres sterling.

Joan empocha ses espèces et s'apprêta à s'éloigner.

— Voyez-vous ça, persifla une voix familière. Déjà à revendre des biens volés. Sang de Hunt ne saurait mentir.

Aaron se tenait près de la table, les bras croisés avec nonchalance. Comme la veille au soir au sortir de la douche, l'humidité assombrissait ses cheveux. S'était-il précipité à l'extérieur de l'auberge en quête de sa compagne de cavale ?

D'un regard dédaigneux, il inspecta les montres et les téléphones disposés sur le stand.

— J'espère que tu n'as pas l'intention de dépenser tes sous ici, dit-il à la jeune fille.

— J'allais me rendre au bureau de poste un peu plus loin, déclara-t-elle. J'ai aperçu une pancarte qui indiquait qu'ils effectuaient des livraisons temporelles. Je vais m'adresser une lettre.

— Et on peut savoir pour quoi faire ?

— Pour arrêter Nick, bien sûr ! Pour m'avertir et sauver ma famille.

Aaron éclata d'un rire aussi spontané que méchant.

— Qu'est-ce qu'il y a de si drôle ? s'agaça l'adolescente.

En vérité, le jeune Oliver n'avait pas l'air de s'amuser. Bien au contraire, dans son rire transparaissait de la peine. Tout à coup, un sentiment complexe s'empara de

Joan, semblable aux doutes qui l'avaient accablée quand elle avait volé du temps à des innocents dans la Fosse.

— Oh, ça n'a rien de drôle, répondit-il en lui faisant signe d'ouvrir le chemin. Je t'en prie, va donc t'écrire une petite lettre pour nous protéger des héros.

La gêne qu'éprouvait Joan ne fit qu'empirer lorsqu'elle ressortit sous la pluie. Aaron la suivait en silence. Le bureau de poste n'était qu'à deux pas, mais avant même qu'ils n'y arrivent, l'eau se mit soudain à tomber en cascade des avant-toits, éclaboussant tout aux alentours.

— Oh, vous voilà bien arrosés, fit remarquer l'employée à leur entrée dans l'établissement.

La femme, dont le doux accent du Nord rappela à Joan celui de Nick, triait ce qui ressemblait à des faire-part de mariage, qu'elle rangeait dans différents tiroirs, étiquetés par tranches de cinquante ans : 1900-1949, 1950-1999 et 2000-2049.

— Les cartes postales sont par là, annonça-t-elle en joignant le geste à la parole. Il y en a une ravissante célébrant la victoire de Steffi Graf à Wimbledon cette année.

— Pourrais-je envoyer une lettre, s'il vous plaît ? s'enquit Joan.

— Une lettre ? s'étonna l'employée. Quelle délicate attention… J'adore les lettres ! On devrait en expédier plus souvent.

Elle désigna une étagère garnie d'enveloppes et de feuilles de papier.

La jeune fille sentit sur elle le regard d'Aaron. Le bureau de poste était meublé comme un petit salon, avec une causeuse et une table basse disposées dans une alcôve peinte en rose. Elle prit place sur le siège. Quelques instants plus tard, son camarade vint s'installer sans un mot à côté d'elle.

Elle poussa un soupir. « *Chère Joan* », commença-t-elle à écrire. Qu'il était étrange de s'adresser à soi-même !

Elle n'avait pas réfléchi à la difficulté de coucher sur le papier les événements de la veille. Sa main trembla quand il fallut raconter l'irruption des Oliver dans le manoir. S'ensuivaient des informations sur la façon dont elle avait alerté sa famille, puis sur la manière dont les Hunt étaient venus à la rescousse pour ne trouver finalement que la mort. Elle prit bien soin de se décrire à elle-même le comportement de Nick. Pendant qu'elle rédigeait sa missive, les yeux gris d'Aaron lui pesaient autant que l'aurait fait la présence d'un chaperon.

Tout allait s'arranger, songea-t-elle. Une fois sa lettre distribuée, la nuit précédente n'aurait plus lieu d'être. Dès que la version d'elle-même qui vivait à l'époque qu'elle avait quittée aurait reçu cette missive, elle remuerait ciel et terre pour empêcher ce massacre. Sa grand-mère serait prévenue, ainsi que le reste du clan. Tous ensemble, ils empêcheraient Nick d'aller au bout de sa mission.

— Tu as quelque chose à ajouter ? murmura-t-elle à Aaron.

L'intéressé, qui n'avait pipé mot depuis qu'ils étaient sortis du marché, lisait par-dessus l'épaule de sa camarade.

— Non, répondit-il d'une voix grave.

Joan signa la lettre, prit une profonde inspiration puis regagna le comptoir.

À quel moment la chronologie se corrigerait-elle ? Dès qu'elle confierait ce courrier à l'employée de la poste ? Peut-être faudrait-il attendre qu'il soit livré…

La femme s'empara de la missive et de l'argent du royaume des monstres que lui tendait sa cliente. Elle lui rendit la monnaie, sous forme de pièces et de billets.

D'un instant à l'autre, Joan allait être de retour chez les Hunt, entourée d'une famille bien en vie.

À l'extérieur, il tombait toujours des cordes. Les secondes s'écoulèrent une à une.

— Puis-je en envoyer une copie à ma grand-mère, aussi ? demanda la jeune fille à l'employée.

Cette dernière lui montra comment se servir du duplicateur. Joan inscrivit l'avant-dernière adresse de son aïeule, ainsi qu'une date correspondant à l'été précédent. Puis la guichetière lui reprit quelques pièces.

D'un instant à l'autre, tout allait être annulé.

Les deux lettres furent placées dans le tiroir 2000-2049.

— Vous êtes certaine qu'elles seront livrées au bon moment ? s'inquiéta l'adolescente.

— Garanti ou remboursé, répondit joyeusement son interlocutrice.

Oui, pas de doute, d'un instant à l'autre, le cauchemar allait se volatiliser.

Mais non, il ne se passa rien. L'horloge murale décomptait inlassablement le passage du temps, sans qu'aucun changement soit perceptible.

— Désirez-vous autre chose ? s'enquit l'employée.

Joan sursauta. Aaron venait de lui toucher le coude. Il répondit à sa place :

— Non, merci. (Il s'adressa ensuite à sa camarade.) Que dirais-tu de retourner à l'auberge ?

La jeune Sino-Britannique crut percevoir de la douceur dans sa voix. Son malaise s'accentua encore lorsqu'elle ouvrit la porte pour sortir, sous la pluie. La sensation se fit toujours plus désagréable, pesante, au point qu'elle dut s'arrêter, là, au milieu de cette rue secrète, vide de tout trafic mais remplie de mystère, sous des torrents d'eau qui redoublaient d'intensité.

— Joan…

À la surprise de la jeune fille, Aaron était sorti de son abri sous l'avant-toit du bâtiment pour la rejoindre. Sa chemise blanche bientôt trempée lui collait à la peau, si bien que sa camarade aperçut les contours d'un tatouage à la naissance de la hanche du jeune homme.

— Ce bureau de poste… c'est une arnaque, c'est ça ? lui demanda-t-elle. C'est pour ça que tu te moquais de moi, tout à l'heure ?

— Je ne me moquais pas, lui assura-t-il. Et non, ce n'est pas une arnaque. Ils envoient bien des cartes postales à des époques différentes.

— Dans ce cas… combien de temps est-ce qu'on va devoir attendre ?

— Ne restons pas dehors, lui intima l'héritier du clan Oliver d'une voix qui avait retrouvé sa douceur. Notre chambre est à l'étage. On va pouvoir se sécher.

Les cheveux de Joan lui tiraient sur le crâne et lui refroidissaient le dos. Son bandage s'étalait à la vue de tous autour de sa taille. Elle savait pourquoi elle se tenait là, sous cette averse. La pluie, impitoyable, avait quelque chose d'apaisant. La présence d'Aaron s'expliquait beaucoup moins. Lui aussi était trempé comme une soupe, désormais. D'accord, elle le connaissait à peine, mais elle avait déjà compris qu'il tenait à toujours paraître tiré à quatre épingles et maître de la situation.

— Si je te pose une question, tu promets de me dire la vérité ? l'interrogea-t-elle.

L'eau gouttait des cheveux assombris du jeune homme, de ses manches, de l'ourlet de son pantalon.

— C'est promis.

— Est-ce que ces lettres… Est-ce qu'elles vont sauver nos familles ?

Le cœur de Joan se serra devant le mélange de lassitude et de pitié qui brillait dans les iris de son compagnon de cavale. Il secoua la tête, avant de laisser échapper une syllabe vite noyée par le vacarme du déluge.

— Non.

Le malaise griffait la jeune fille de l'intérieur, tel un animal sauvage. La gorge serrée par l'angoisse, elle s'obligea à prononcer la question suivante.

— Alors, comment les sauver ?

Les traits de son camarade trahissaient une expression affreuse où se mêlaient fatigue, renoncement et usure. En un instant, elle perdit l'envie d'entendre sa réponse. Elle s'apprêtait déjà à lui dire de laisser tomber lorsqu'il ouvrit la bouche.

— Rien de ce que tu feras ne pourra les sauver, dit-il.

— Non…

Non. Ça n'avait aucun sens. Il existait un milliard de possibilités à présent qu'elle était dans cette époque. Il suffisait de prévenir sa grand-mère de vive voix, d'engager un notaire pour délivrer des messages à elle-même et à sa famille, à chacune des adresses de la doyenne des Hunt, tous les ans. Elle avait des années – des années ! – pour trouver le moyen d'arrêter le cours des choses jusqu'à cette nuit maudite.

Nick ne prendrait plus personne en traître. Personne ne périrait. Voilà qui avait du sens.

— Joan… fit Aaron.

Sa présence était devenue insupportable à la jeune fille.

— Non ! répéta-t-elle avec force, avant de prendre la fuite.

Elle ne fit que trébucher et déraper sur le pavé glissant. Elle l'entendit l'appeler, mais elle refusait d'en entendre davantage. Pas de la part de ce menteur, qui l'avait laissée pour morte la nuit précédente. Sa cruauté n'avait d'égale que celle de son père.

Elle se débattit avec la porte de l'auberge, à peine consciente des yeux des passants posés sur elle. Son allure devait être effroyable – une véritable sauvageonne, trempée jusqu'aux os par-dessus le marché. Elle scruta la salle en quête d'un visage familier. Du physique des Hunt. De breloques et de tatouages à l'effigie d'un renard à la langue d'argent. D'un signe, n'importe lequel, de son clan. Parmi ces dizaines de clients, elle allait bien finir par dénicher un membre de sa famille.

Il lui suffirait de retrouver sa grand-mère, du moins, la version d'elle qui vivait à l'époque à laquelle ils avaient atterri – ou n'importe quel Hunt, à vrai dire –, et de tout leur balancer. Fini les lettres et les intermédiaires : voilà qui mettrait un terme définitif à ce cauchemar.

Elle se dirigea vers le comptoir de bois verni derrière lequel se tenait l'aubergiste. Il buvait un café, un œil sur la clientèle, un peu à la manière d'un maire bienveillant.

— J'aurais besoin de retrouver un membre de la famille Hunt, lui dit-elle.

Il la toisa longuement.

— Les Hunt n'aiment pas trop ça, qu'on les retrouve.

Joan fouilla ses poches en quête d'un pot-de-vin, y trouva un billet transparent qu'elle déposa sur le bar – « 50 », annonçait l'inscription.

— Dorothy Hunt, précisa-t-elle.

Le nom de sa grand-mère.

— Il serait plus prudent de ne pas s'obstiner à vouloir débusquer certains… individus, renchérit le tenancier.

Elle sortit un nouveau billet de cinquante.

— N'importe quel Hunt fera l'affaire, dit-elle. Enfin, si Dorothy est présente à cette époque, c'est à elle, spécifiquement, que je souhaite m'adresser.

L'aubergiste émit un son guttural – en signe de désapprobation ? Toujours était-il qu'en balayant le comptoir du regard, Joan constata que l'argent avait disparu.

Elle avait espéré sentir le malaise qui la tiraillait refluer quelque peu. Manque de chance, ce fut l'inverse qui se produisit : le sentiment empira. Elle balaya une nouvelle fois la salle du regard. Geste ridicule, elle en avait conscience, mais…

Ce fut le tatouage qui attira en premier son attention : une délicate sirène, enroulée autour d'un poignet masculin. Elle scruta son propriétaire, un homme, dont le visage lui sembla extraordinairement familier, bien qu'elle ne l'ait vu qu'une seule fois auparavant. L'inconnu, qui avait déjà passé la cinquantaine lorsqu'il avait trouvé la mort dans les jardins de Holland House, ne devait plus avoir à présent que la vingtaine. Son visage rond aux traits juvéniles et au sourire en coin était entouré d'une chevelure blonde déjà clairsemée.

Un long moment, cette image-là parut à Joan plus réelle que le décor de l'auberge. Elle revit tout : le jardin plongé dans les ténèbres du manoir, le labyrinthe qui se déployait au loin… Cet homme, étendu sur le flanc, les yeux ouverts, un bras étiré sur le côté, l'encre noire de la sirène qui contrastait avec la pâleur de son poignet. On aurait dit qu'un parfum de fleurs écrasées emplissait la salle.

Cet homme-là serait sur les lieux du massacre. Elle n'avait qu'à l'avertir, lui.

Une rafale de bruine glaciale pénétra dans la pièce quand la porte s'ouvrit, avant d'être aussitôt refermée. Joan eut vaguement conscience qu'Aaron l'interpellait d'une voix anxieuse, mais elle s'était déjà élancée.

L'homme au tatouage de sirène la toisa à son approche. Son expression, d'abord curieuse, manifesta vite du dégoût lorsqu'il avisa le bracelet qu'elle portait – la chaînette avec le petit renard doré à la langue d'argent.

— Je… je sais… bredouilla-t-elle, les mains levées en signe d'apaisement. Je suis une Hunt et vous, un Oliver. Écoutez-moi, je vous en supplie. Il va se passer un drame épouvantable, mais il est encore possible de l'empêcher.

Son interlocuteur repoussa sa chaise. Joan voulut le retenir par la manche quand il se leva.

— Attendez, plaida-t-elle. Écoutez-moi. Je vous en conjure. Un être humain est sur le point de naître, il va commettre un nombre incalculable de meurtres. Y compris le vôtre !

Comme au bureau de poste, elle se surprit à songer que d'un instant à l'autre, la nuit précédente allait être annulée en un claquement de doigts. Elle s'empressa de lui rapporter tous les détails : la date, le lieu, l'heure, l'identité des futures victimes.

Et, comme au bureau de poste, elle fit chou blanc. Elle s'y prenait comme un manche, elle le voyait bien. Elle disait tout ce qu'il ne fallait pas, avait l'intuition d'enfreindre des règles tacites, des conventions qui lui échappaient. Pourtant, elle n'arrivait pas à s'en empêcher. Si seulement elle parvenait à trouver les mots justes, la formulation adéquate – si elle réussissait à lui faire prendre conscience de l'urgence –, tout rentrerait dans l'ordre, elle en était convaincue.

Il y eut un changement dans la lumière. Sans même le voir, Joan sut qu'Aaron avait fait irruption dans son dos, selon toute probabilité pour la dissimuler au regard des autres clients de l'auberge.

— Explique-lui, toi, l'implora-t-elle.

Nul doute qu'un Oliver écouterait un autre Oliver.

— Aaron ? (L'inconnu inspecta le jeune homme de la tête aux pieds, un rictus aux lèvres.) Le chef de notre clan est-il informé que son fils fraye avec une Hunt à l'auberge *Serpentine* ? Ou bien es-tu tombé encore plus bas que nous ne l'imaginions ?

De ses doigts tremblants, l'intéressé ajusta ses manchettes, comme s'il venait de se rappeler son apparence – sans veste, toujours aussi trempé et avec le tissu de sa chemise qui lui collait au torse. Il baissa les mains.

Joan interrompit leur interlocuteur au moment où il s'apprêtait de nouveau à reprendre la parole.

— Par pitié, écoutez ce que j'ai à vous dire !

Le malaise qui la rongeait lui nouait la gorge. Plus rien n'avait d'importance que ce qu'allait entreprendre Nick.

— Il faut m'écouter ! Et prévenir tout le monde qu'un humain arrive… Un humain qui tue des monstres !

L'homme dégagea sa manche, que la jeune fille retenait toujours. Il rajusta lui aussi ses manchettes.

— Débarrasse-nous de cette garce, ordonna-t-il à son jeune parent d'un ton égal.

— Dis-lui, toi, Aaron ! insista Joan.

Sans crier gare, son camarade de cavale l'attrapa fermement par l'épaule puis la poussa sur le côté afin de laisser passer cet autre représentant du clan Oliver.

Joan eut vaguement conscience qu'on l'entraînait de force dans un petit escalier.

— Qu'est-ce que tu fabriques ? protesta-t-elle. Lâche-moi ! Il faut le rattraper ! On doit y retourner !

La chambre dans laquelle ils pénétrèrent bientôt s'avéra être une véritable suite. Ses hautes fenêtres donnaient sur la rue balayée par la tempête. À peine Aaron eut-il claqué la porte derrière eux que la jeune fille se retourna pour l'affronter.

— Tu n'as même pas essayé de m'aider ! s'emporta-t-elle. Pourquoi m'avoir éloignée de lui ? Il faut l'avertir !

— Ce n'est pas de cette manière que les choses fonctionnent ! fit-il en haussant le ton à son tour.

— Bien sûr que si ! Si on prévient les gens, ils pourront mettre un terme aux actes de Nick, et tout rentrera dans l'ordre ! On n'aura même pas besoin de voler tout ce temps à des innocents… Tout aura été annulé.

— Mon Dieu, ce que tu peux être… pesta Aaron d'une voix éraillée sans finir sa phrase. Tu n'as vraiment aucune éducation, c'est dingue. On ne peut pas changer ce qui est arrivé, Joan !

— Qu'est-ce que tu racontes ?

— La chronologie se protège d'elle-même, expliqua-t-il. Elle se corrige toute seule.

— Qu'est-ce que ça veut dire, au juste ?

— Ces lettres que tu as envoyées seront perdues ou livrées à la mauvaise adresse. Victor ignorera tes avertissements. Tu auras beau dire ou faire, ce massacre aura bien lieu.

Elle secoua la tête, incrédule.

— Non, souffla-t-elle. Tu te trompes.

— Tu ne peux pas empêcher la mort des tiens, décréta le jeune homme. C'est impossible.

— Tu te trompes sur toute la ligne !

Joan ne savait même plus ce qu'elle disait. Elle suffoquait à moitié.

— Tu n'as même pas cherché à parler à ce… Victor ! Tu aurais pu le convaincre !

— Ne vois-tu pas que je suis sincère ? Je suis convaincu que tu le sens, toi aussi… que tu sens la chronologie résister de toutes parts.

Joan ne sentait rien du tout.

— On est venus les aider ! plaida-t-elle. C'est la raison même de notre voyage !

— Non. C'est la raison qui t'a poussée à venir, toi.

— Que veux-tu dire ? Qu'est-ce que tu…

Elle se repassa le fil de leurs conversations. Jamais Aaron n'avait prétendu vouloir l'aider à empêcher le carnage… Il n'y avait qu'elle pour parler de sauver leurs familles. Elle dévisagea son compagnon.

— Non !

— Il fallait fuir, se justifia le jeune homme. Si on était restés à cette époque, on serait morts. Aurais-tu accepté de partir dans le seul but de t'échapper ?

— Je ne te crois pas, murmura Joan, obstinée. Il faut annuler ce cauchemar. Nous... on a volé tellement de temps à tellement d'innocents...

Dans la Fosse, ils étaient parvenus à accumuler à eux deux plus de soixante ans de vie humaine.

— Je suis certaine qu'on peut tout annuler si on s'y met à deux, poursuivit-elle.

— C'est impossible, pour la simple et bonne raison que les choses ne fonctionnent pas de cette manière.

Quoique ses propos soient froids et implacables, Aaron avait l'air tout aussi bouleversé que sa camarade d'infortune. Mettant fin à la conversation, il se dirigea vers la salle de bain, dont il claqua la porte derrière lui.

Par la fenêtre, Joan contempla le quartier des monstres. Il pleuvait toujours des cordes. Le pavé luisait, noir et humide. Bien sûr qu'Aaron se trompait. Il ne pouvait en être autrement. Sinon les choses resteraient figées à jamais – le massacre des Hunt et tous ces touristes dans la Fosse dont elle... Non, elle n'avait pas écourté leur vie, enfin, pas véritablement.

À l'extérieur, un mouvement attira son regard. Sur le trottoir d'en face, la porte du bureau de poste s'ouvrit. Un homme sortit ensuite du bâtiment avec un sac de courrier. La jeune fille retint son souffle.

Le facteur hissa son chargement sur son dos – la pluie ne lui facilitait guère la tâche. Puis il esquissa un pas avant de s'éclipser pour faire sa tournée.

D'un instant à l'autre... songea l'adolescente. Elle s'agenouilla sur le siège bordant la fenêtre pour bénéficier d'un meilleur angle de vue. Oui, *ça ne devrait plus tarder, à présent.* Aaron se trompait. Ses lettres seraient bien délivrées. Tout serait bientôt terminé.

Cinq secondes s'écoulèrent… puis dix. Elle restait plantée là dans ses vêtements trempés. Vingt secondes.

Il y avait quelque chose par terre, à l'endroit où l'employé se tenait un peu plus tôt. Le visage collé à la vitre, Joan tenta de distinguer ce que c'était à travers la pluie battante. Deux petits rectangles blancs. Deux enveloppes.

« Je suis convaincu que tu le sens, toi aussi… avait dit Aaron, *que tu sens la chronologie résister de toutes parts. »* « Résister » : le mot restait dans un coin de son esprit. De la même façon qu'elle avait éprouvé ce désir incontrôlable de voyager dans le temps, elle sentait quelque chose d'autre. À en croire ce fichu Oliver qui lui tenait lieu de compagnon de cavale, il s'agissait d'une force naturelle. Une résistance, donc. Joan, elle, avait plutôt l'impression d'une bête formidable qui se mettait en branle. Une puissance qui, lorsqu'on la provoquait, se rebiffait.

La jeune fille regarda les deux enveloppes se gorger d'eau sous l'averse. Elle les vit se décolorer, se déformer. Puis elle contempla leur dissolution, jusqu'à ce qu'il n'en reste plus que de la pulpe amassée dans le caniveau.

Dans la rue, les monstres continuaient d'apparaître et de disparaître à tout va, fuyant la pluie, coiffés de hauts-de-forme, vêtus de crinolines, de tenues grunge ou arborant des coiffures *eighties*.

Tout en observant le spectacle, Joan se remémora l'expression d'Aaron – ce regard qu'il lui avait jeté sous la pluie, empli d'une infinie lassitude.

— Joan ! chuchota une voix masculine à son oreille.

La jeune fille se réveilla en sursaut. Il lui fallut une seconde pour retrouver ses repères – elle s'était assoupie sans même s'en rendre compte, recroquevillée sur la banquette près de la fenêtre. Une couverture était étendue sur elle. À l'extérieur, il faisait nuit. La seule lumière perceptible dans la pièce émanait d'un téléviseur.

— Qu'est-ce que c'est que ce bruit ? murmura Aaron.

Désorientée, elle tenta de rassembler ses esprits. Des sons s'échappaient du poste de télévision : de la musique.

— *Totoro* ?

— Non. Enfin si, mais…

Aaron se leva avec une étonnante vivacité pour appuyer sur la télécommande. La musique retentit de plus belle. Le jeune homme malmena les boutons en grommelant, avant d'aller arracher le cordon d'alimentation de la prise murale. Soudain, les ténèbres et le silence s'abattirent sur la pièce.

C'est à ce moment-là que Joan l'entendit à son tour : le cliquetis d'une serrure qu'on tentait de crocheter. La poignée de la porte pivota dans le clair de lune. La fugitive était bel et bien réveillée, à présent, parfaitement alerte.

Elle se releva maladroitement, l'index pointé vers la poignée qui oscillait sur son axe. Aaron écarquilla les yeux : il avait compris.

Près de l'entrée de la chambre, la jeune fille trouva un lourd vase qu'elle souleva, bras tendus, à l'affût. Son compagnon se saisit d'un coussin sur le sofa avant de se placer de l'autre côté du battant.

— *Qu'est-ce que…* articula silencieusement Joan.

Que comptait-il faire avec un coussin ? Étouffer leur adversaire ?

— *Je ne sais pas*, mima-t-il.

Il fouilla la pièce du regard en quête d'une arme plus appropriée. Trop tard : la serrure cliqueta, la porte s'ouvrit. La jeune Sino-Britannique balança le vase de toutes ses forces.

— Non mais oh ! (L'intruse évita le projectile, qui alla s'écraser contre le mur du couloir.) Eh bien, ravie de te voir, moi aussi, Joan.

L'intéressée dévisagea la nouvelle venue. Des yeux verts familiers, un nuage de cheveux noirs…

— Ruth ?

Chapitre 10

— On devrait s'embrasser, j'imagine, dit Ruth, pince-sans-rire comme à son habitude.

Joan se jeta à son cou, perdant un instant toute retenue. Lorsqu'elle s'écarta enfin, elle avait laissé une trace humide plus grande que son visage sur l'épaule de sa cousine. Cette dernière observa la tache, avant de froncer le nez.

— Oh, ça va ! s'esclaffa Joan, encore secouée.

Ruth inspecta la pièce, puis s'arrêta sur Aaron.

— Qu'est-ce que tu fabriques avec un Oliver, au juste ? voulut-elle savoir, une étrange intonation dans la voix.

— Oh…

Joan jeta un regard à l'intéressé. Il était en train de dévisager la nouvelle venue, les yeux plissés à la manière d'un chat.

— Aaron, je te présente Ruth, ma cousine.

Son ton trahissait sa gêne.

— On s'est enfuis ensemble, se justifia-t-elle auprès de son aînée. Mais toi… je croyais que…

Impossible de le dire à voix haute. Elle avait vu le couteau transpercer l'abdomen de sa cousine.

— Je sais. (La revenante se détendit légèrement.) Tu viens de jouer les tragédiennes sur ma veste.

À vrai dire, un mot gentil aurait suffi pour déclencher une nouvelle démonstration des grandes eaux. Joan posa sa tête sur l'épaule de sa parente. Elle était vivante !

— Comment nous as-tu retrouvés ? parvint-elle seulement à articuler.

— Quelques connaissances m'étaient redevables.

Du bout des doigts, Ruth effleura les cheveux de sa cadette – avec douceur, comme on caresserait un tableau.

— Non mais, regarde-toi… La rumeur racontait que tu t'étais échappée. Je priais pour que ce soit vrai.

— Tu n'as pas mis longtemps à remonter notre trace, pourtant.

— « Pas longtemps » ? répéta Ruth, perplexe. Ça va bientôt faire deux ans que je te cherche, Joan.

Ruth avait gardé de cette fameuse nuit une cicatrice rugueuse sous les côtes. Ses cheveux étaient aussi plus longs que la veille. Un examen plus minutieux révélait d'autres différences notables. L'aînée des deux Hunt semblait lasse. Dans ses yeux pointait une dureté nouvelle. Elle avait passé assez de temps à cette époque pour se fondre sans effort dans le décor, avec sa veste noire et son jean assorti que venait relever un soupçon de rouge à lèvres carmin.

— Deux ans… souffla Joan.

La cicatrice laissée par le coup de poignard était profonde. Ruth avait certainement frôlé la mort.

— Mais comment…

— On en reparlera plus tard, l'interrompit sa cousine. Pour l'heure, il faut partir.

— Quoi ?

Des voix s'élevèrent du rez-de-chaussée, tapageuses et avinées. Le regard de Ruth se braqua sur la porte. Une autre différence : auparavant dotée d'une assurance à toute épreuve, on la sentait à présent aussi méfiante qu'une bête sauvage.

— Pour aller où ? demanda sa cadette.

— Quelque part où il n'y a ni yeux ni oreilles qui traînent. Prends tes affaires.

— Je n'en ai pas, répondit Joan, que sa cousine entraînait déjà dans le couloir.

D'un geste, Ruth dissuada Aaron de les suivre.

— Pas toi, martela-t-elle.

Il parut moins surpris que résigné.

— Au revoir, Joan.

— On ne peut pas l'abandonner ici ! protesta la jeune fille en repoussant le bras de sa cousine.

Son aînée secoua la tête.

— Je sais que vous avez fui ensemble, mais tu ne connais pas les Oliver. Ils sont sans pitié, tous autant qu'ils sont. Même lui n'hésiterait pas à te jeter aux loups s'il pensait que le spectacle de ton massacre ferait plaisir à son clan.

Joan songea une nouvelle fois à cette méfiance inédite que manifestait sa cousine.

— Pourquoi te soucies-tu d'être épiée ? De quoi as-tu peur ? (Ruth ne répondit rien.) Si cet endroit n'est pas sûr, raison de plus pour qu'il nous accompagne.

De nouveaux éclats de voix retentirent au rez-de-chaussée. L'aînée des Hunt se figea, son attention tournée vers l'escalier.

En suivant le regard de sa parente, Joan surprit Aaron qui l'observait avec cette même expression circonspecte que dans le labyrinthe – comme s'il était décidément incapable de la cerner.

— Ruth, insista-t-elle. S'il faut partir, allons-y.

L'intéressée secoua à nouveau la tête avant de leur faire signe à tous les deux.

— Toi, je t'ai à l'œil, prévint-elle le jeune Oliver.

À l'extérieur, la pluie ne faiblissait pas. Le pavé luisait sous la lueur des réverbères. Jusque-là, Joan n'avait pas prêté attention à ses vêtements humides, qui lui étaient inconfortables, mais à force de courir d'une rue à l'autre derrière sa cousine, son jean lui irritait la peau. Son T-shirt était quant à lui froid et collant.

Au lieu de les mener hors du quartier des monstres, Ruth les conduisit contre toute attente vers la halle. Un choix qui surprit Aaron autant que Joan.

— En quoi cet… cet endroit serait-il plus sûr que l'auberge ? demanda-t-il d'un ton dédaigneux.

L'aînée des deux Hunt le gratifia d'un regard assassin.

— Combien de temps as-tu passé en cavale, déjà ? Tu n'as qu'à te débrouiller tout seul, puisque tu es un expert !

Aaron lui rendit son regard mauvais, puis ouvrit la bouche dans l'intention de répondre, mais Joan s'empressa d'intervenir.

— Je croyais qu'on devait éviter de se faire remarquer, rappela-t-elle à sa cousine.

L'intéressée balaya les environs des yeux avec une méfiance décuplée avant de presser le pas.

— Par là, dit-elle. Suivez-moi.

Elle leur fit gravir un escalier métallique en colimaçon. Joan profita de l'ascension pour jeter un coup d'œil au marché qui s'étendait à ses pieds. La nuit, les lieux prenaient une apparence nouvelle. Les portants chargés de vêtements avaient disparu, et des bâches recouvraient les étals fermés. À la place, des stands de nourriture avaient ouvert. Ils embaumaient l'atmosphère de leur fumet d'oignon et de saucisse, d'épices grillées ou de beignet à la confiture tout frais. Assis sur de petits tabourets de plastique, les clients dégustaient, buvaient et bavardaient. L'ambiance rappela à Joan celle des marchés malais.

Guidés par Ruth, ils traversèrent une plate-forme qui offrait une vue imprenable sur l'intérieur du bâtiment. La balustrade de fer forgé noir était ornée de décors dorés figurant des feuilles de vigne.

— J'ignorais qu'il y avait un hôtel ici, fit remarquer Aaron.

— Il ne s'agit pas d'un hôtel, le corrigea leur guide. Ce sont les appartements des marchands. J'en ai trouvé un de libre.

— « Trouvé » ? ironisa le jeune Oliver. Autrement dit, tu squattes ?

Son interlocutrice extirpa quelques outils de sa poche, puis crocheta avec aisance la serrure de la dernière porte, qui céda en trois clics.

— Après vous, je vous en prie, Votre Majesté, dit-elle avec un geste vers l'intérieur.

— Vous, les Hunt, maugréa Aaron, qui s'empressa néanmoins d'entrer dans le logement.

Joan lui emboîta le pas. Sans lumière, il était difficile d'y voir. Une fenêtre semi-circulaire occupait une bonne partie du mur donnant sur la rue. L'ouverture était divisée en plusieurs panneaux de vitrail. La plus jeune des Hunt parvint à distinguer un motif : des corbeaux perchés sur un arbre nu.

En ouvrant un des panneaux, Aaron coupa les branches de l'arbre. Joan tendit le cou. L'auberge, située à plusieurs rues, n'était pas visible de là où ils se trouvaient. De toute manière, on n'y voyait pas grand-chose avec cette pluie torrentielle.

— Ferme la fenêtre ! lui ordonna Ruth, avant d'attendre un instant que le jeune homme se soit exécuté. Lumière !

La pièce s'éclaira aussitôt pour révéler un studio avec salle de bain, meublé d'un lit (défait et isolé du reste de l'appartement par une bibliothèque), d'une table dans le coin kitchenette, ainsi que d'un canapé blanc avec fauteuil assorti et table basse.

Bien plus intéressant était le tapis qui recouvrait le sol et dont les motifs rappelaient à Joan une broderie médiévale, même si les couleurs étaient bien plus éclatantes que celles qu'on voyait dans les musées, rouge vif et bleu nuit. Les dessins représentaient des monstres attaquant des êtres humains : des dragons crachant le feu, des serpents s'enroulant comme des cordes autour de leurs victimes. Ces scènes ne manquaient pas d'en rappeler d'autres, visibles dans des collections historiques, où des chevaliers pourfendaient des wyvernes et autres créatures fantastiques. Les deux types d'images la mettaient pareillement mal à l'aise.

Elle regarda Ruth verrouiller la porte, puis s'assurer que toutes les fenêtres étaient bien fermées. Une telle démonstration de paranoïa était on ne peut plus étonnante chez sa cousine.

Joan balaya la pièce des yeux. Chez les Hunt, l'aînée du trio de cousins essaimait des affaires un peu partout.

Dans cet appartement, pourtant, c'est à peine si on décelait sa présence. Juste un mug et une assiette sur la table. Rien de personnel.

La jeune Sino-Britannique avait tant de questions à lui poser : *Comment Bertie, oncle Gus et tante Ada sont-ils morts ? Pourquoi ne m'avoir jamais parlé des monstres, de ce qu'ils sont vraiment ?* Mais des conversations pareilles devaient se tenir en privé. S'exposer aussi intimement devant Aaron aurait été malvenu. Et puis, ce n'était pas tout... *Que t'est-il arrivé au cours des deux dernières années ? Pourquoi es-tu en permanence sur le qui-vive ?*

Joan opta finalement pour la question qui lui semblait la plus facile.

— De quoi as-tu peur ?

Ruth se passa une main dans les cheveux. Encore alourdis par la pluie, ils lui retombaient jusqu'aux épaules.

— Combien de temps s'est-il écoulé pour toi ? demanda-t-elle en retour. Depuis l'attaque, je veux dire.

— On s'est échappés hier soir, répondit Joan.

Sa cousine poussa un petit cri de surprise.

— Hier ?

Elle rejoignit sa cadette, appuyée au dossier du canapé. Cette dernière confirma sa réponse d'un hochement de tête, en prenant soin de contrôler ses émotions. Elle pensait que Ruth était morte la nuit précédente, que tous les Hunt avaient été rayés de la carte. Difficile, dans ces conditions, de s'autoriser à croire que sa cousine était bel et bien là, avec elle.

La rescapée lui tapota le pied de la pointe de sa chaussure. Un geste dont elle était coutumière, depuis leur petite enfance – dans le seul but de l'embêter. En cet instant, pourtant, il lui procura un réconfort presque insoutenable. Quel soulagement de savoir son aînée en vie !

— On vous a entendus tenir certains propos à l'auberge… expliqua-t-elle. Des propos dangereux.

— Sur le massacre ? lui demanda Joan.

Cette fois encore, Ruth jeta un coup d'œil à la porte, comme si elle craignait les oreilles indiscrètes. C'était pour le moins déconcertant. La cousine que Joan connaissait n'avait jamais peur de rien. Mais elle commençait à comprendre qu'il ne s'agissait plus de la jeune fille qu'elle connaissait. Du moins, plus tout à fait.

— Pourquoi serait-ce dangereux ? s'enquit Aaron.

Adossé au mur près de la porte, il n'avait pas tout à fait décidé s'il devait rester ou partir.

Ruth se garda de répondre. La méfiance qui était désormais la sienne en permanence se lisait clairement sur son visage.

— Oh, moi non plus, je n'ai pas confiance en toi, ma jolie, siffla le jeune Oliver.

— Appelle-moi encore une fois comme ça… le défia l'intéressée.

Il sourit de toutes ses dents.

Joan n'en croyait pas ses yeux. Elle avait beau savoir que leurs familles se haïssaient, jamais elle n'aurait pensé les voir se sauter à la gorge aussi vite.

— Je sais qui tu es, déclara Ruth d'un ton accusateur. Ton père, Edmund, est le chef du clan Oliver. Je sais tout de toi.

Aaron était nonchalamment appuyé contre le mur, incarnation même de l'arrogance. *Tout le monde sait qui je suis*, semblait-il vouloir dire.

— Tu es le benjamin de la fratrie, poursuivit Ruth. L'unique héritier mâle des Oliver. Tu aurais dû succéder à Edmund à la tête du clan, mais tu as été éliminé de l'ordre de succession.

« *Le benjamin de la fratrie. L'unique héritier mâle des Oliver.* » Quelle étrange formulation… Joan n'eut pas le temps de demander plus de précisions, car l'intéressé répliquait déjà.

— Mon Dieu… souffla Aaron. C'est donc vrai : je n'ai plus de secrets pour toi. Dire que moi, je ne sais rien de toi… (Ruth s'apprêtait à ouvrir la bouche, mais il l'en dissuada.) En fait, tu sais quoi ? Ça ne me fait ni chaud ni froid.

— Qu'as-tu bien pu faire de si affreux pour que les Oliver te déshéritent ? contra son interlocutrice. Et moi qui croyais que ta famille n'avait aucun principe !

— Ça suffit, les tança Joan.

Le jeune homme jeta un regard mauvais à Ruth.

— Tu peux parler, venant d'une tribu de menteurs et de voleurs, maugréa-t-il.

La cadette des Hunt se revit soudain dans le Cabinet doré, entourée d'Oliver ricanant avec mépris.

— Assez ! s'écria-t-elle. Arrêtez, tous les deux ! (Un changement avait dû se produire dans sa voix, car les belligérants la dévisagèrent, ébahis.) On ne peut pas jouer à ça.

— Jouer à quoi ? demanda Aaron. À la guerre des clans ?

— Exactement.

Elle s'écarta du canapé pour rejoindre la kitchenette, dans le coin opposé du studio, et y remplir la bouilloire.

— Hier, c'était la guerre. Aujourd'hui, voyez ça comme une trêve.

Un rire amer s'échappa de la gorge de Ruth.

— Ça ne marche pas comme ça, Joan… Les Oliver sont d'affreux serpents snobinards qui haïssent les humains ! Tu n'as pas idée !

Oh que si ! Elle avait eu l'occasion de se former sa propre opinion sur la question. Elle jeta un coup d'œil à Aaron, qui évita son regard. Lorsqu'il reprit la parole, son ton se fit plus grave.

— L'inimitié qui oppose nos familles remonte à des millénaires, expliqua-t-il. Ce n'est pas ce soir qu'elle prendra fin.

— Bien naïf qui se fie aux Oliver, ajouta Ruth.

— Parle plutôt pour vous ! répliqua Aaron d'une voix sèche. Nous, les Oliver, on sait tenir notre parole. Les Hunt, eux, sont des menteurs. Les Hunt…

— Arrêtez, répéta Joan. Par pitié.

Le dos appuyé au plan de travail froid, elle contempla ses deux compagnons tour à tour. À trois pas l'un de l'autre, ils s'ignoraient superbement.

— Vous restez engoncés dans vos préjugés, comme avant le massacre, dit-elle dans un accès de frustration. Mais tout a changé !

— Rien n'a changé ! protesta sa cousine.

— Mais bien sûr que si, Ruth ! Nick a décimé nos familles ! Les Hunt tout autant que les Oliver ! Il se fichait bien de savoir qui était qui. Tu ne te souviens pas ? Ce soir-là, il n'y avait que deux camps : le sien et le nôtre.

Ses interlocuteurs restèrent plantés là à la regarder. Elle aurait voulu les secouer, tous les deux.

— Vous ne comprenez toujours pas ? On est peut-être les seuls survivants de cette hécatombe, les seuls à savoir ce qui s'est passé, les seuls capables de l'empêcher.

Elle garda pour elle le reste de sa pensée – qu'ils étaient les seuls à même de sauver leurs familles. Si Aaron tentait une nouvelle fois de la contredire sur ce point, elle ne le supporterait pas.

Il y eut un long silence qui s'étira, encore et encore. Derrière Joan, la bouilloire se mit à gronder et à crachoter avant de s'éteindre dans un cliquetis. Du rez-de-chaussée leur venaient les bruits du marché : les conversations des badauds, les cris des vendeurs pour appâter le chaland.

Ruth et Aaron restaient immobiles, sans échanger le moindre regard ni même oser affronter celui de leur cadette. Le découragement gagna la jeune Sino-Britannique : la haine qui divisait leurs familles était trop profonde.

— Il y a eu d'autres survivants, lâcha soudain Ruth.

— Pardon ? s'étrangla Aaron, une note d'espoir dans la voix.

L'aînée des deux Hunt se contenta de resserrer sa prise sur le dossier du canapé – un geste qui n'échappa pas à sa parente.

— Il y a eu d'autres survivants, répéta-t-elle. Mais vous êtes les seuls que j'aie retrouvés vivants.

Elle jeta un nouveau coup d'œil à la porte. Cette fois, un frisson remonta le long de l'échine de Joan.

— Que veux-tu dire ? demanda Aaron.

— Quelqu'un traque tous ceux qui ont réussi à s'échapper, expliqua Ruth, et fait taire quiconque tente de raconter ce qui s'est passé cette nuit-là. Tout à l'heure, vous avez parlé du massacre dans un lieu public… Ne commettez plus jamais cette erreur.

***

Joan prépara du thé. Le rituel, banal, avait quelque chose de réconfortant. À ses côtés, Ruth usa de son pouvoir pour faire apparaître le dîner qu'elle avait acheté au marché – des tourtes et de la purée de pois, encore brûlantes. Le pouvoir familial des Hunt était un autre élément réconfortant. Chez leur grand-mère, chacun disposait de ses propres réserves d'aliments préférés… à l'exception de Joan, bien sûr, dont le pouvoir s'était estompé au fil des ans.

Pendant que Ruth attrapait une nouvelle tourte, sa cadette se remémora soudain les propos de leur aïeule, la nuit précédente. *« Un jour, bientôt, tu découvriras le pouvoir qui est le tien. Non, pas celui des Hunt. Un autre. »* Qu'avait-elle voulu dire ? Hélas, ce souvenir fut vite chassé par l'image macabre du sang de son ancêtre qui coulait à flots sur les mains de sa petite-fille. La respiration saccadée de la vieille femme à l'agonie s'y ajouta. L'adolescente tenta de reprendre son souffle.

— Joan ? murmura Ruth, la ramenant au présent.

— Oui ? répondit l'intéressée.

Elle n'était plus avec sa grand-mère mais bien là, avec sa cousine, se rappela-t-elle. Son aînée se saisit d'un morceau de gingembre fraîchement épluché. Joan cligna des yeux.

— Pour toi, expliqua sa cousine en le déposant avec soin dans une des tasses. Je sais que tu aimes en mettre dans ton thé.

La jeune fille prit une profonde inspiration.

— Je suis tellement heureuse que tu sois là.

Ruth ne sourit pas, mais son regard s'adoucit un instant pour laisser poindre de la tendresse.

— Contente de t'avoir retrouvée.

***

Joan apporta théière et mugs sur la table basse. Sa parente y déposa les tourtes.

— Bacon et œuf, steak et bière, steak et rognons, cheddar et asperges, énonça-t-elle avant de disposer des bols de purée de pois et de frites en sauce.

Les deux cousines se serrèrent sur le canapé. Aaron, de son côté, prit place dans le fauteuil. Ils restèrent un moment assis en silence, le regard perdu de l'autre côté de la fenêtre, à boire leur thé trop chaud et à mâcher leur repas.

Le jeune Oliver aimait sa boisson bien noire, sans sucre ni lait. Ruth fit glisser trois morceaux de sucre dans sa propre tasse, avant de laisser sa main flotter au-dessus de la vapeur qui s'en élevait. Le cœur de Joan se serra devant ce geste ô combien familier – un réflexe chez son aînée, lorsqu'elle avait froid.

Ce fut Aaron qui, le premier, brisa le silence.

— L'attaque n'a pas été consignée dans les archives des Oliver.

Il posa son mug sur la table d'une main tremblante. Joan se rappela les propos qu'il avait tenus la veille. Les circonstances de la mort d'Edmund ne correspondaient pas au contenu de leur chronique familiale.

— Rien n'a de sens dans cette histoire, poursuivit-il. Rien de ce qui est arrivé cette nuit-là n'était censé advenir.

Des propos similaires à ceux qu'il avait tenus la veille : *« Rien ne colle dans les événements de cette nuit. »*

— Il n'y a pas que chez les Oliver que ça coince, leur apprit Ruth. J'ai pu voir d'autres archives. Toutes font le même récit.

— Tu as consulté les annales d'autres clans ? s'exclama Aaron, visiblement choqué.

— Tu m'écoutes, un peu ? Toutes disent exactement la même chose. Elles ne se contentent pas de rapporter les mêmes mensonges, elles le font exactement de la même manière, dans des termes strictement identiques. J'ai pu le vérifier chez les Hunt, les Hathaway et les Patel.

« Ça n'aurait jamais dû se passer comme ça. » Chacune des douze familles tenait une chronique de l'histoire dans ses moindres détails. Or l'attaque de Nick n'y figurait pas. Il ne pouvait y avoir qu'une seule explication : on avait maquillé les faits.

Joan en vint à la même conclusion.

— Tu penses que les archives ont été trafiquées.

— Impossible, fit Aaron. Seuls les archivistes familiaux consignent les événements. Jamais ils ne trahiraient leur propre sang.

— Je sais, répondit Ruth.

Les yeux du jeune homme trahissaient son incrédulité.

— Les annales claniques ont l'obligation de la perfection. Sinon, chaque événement répertorié serait susceptible d'être remis en cause.

— Je sais, répéta son interlocutrice.

— Si on ne peut plus leur faire confiance, alors il n'est plus possible de croire en quoi que ce soit… (La voix d'Aaron se faisait de plus en plus forte.) Le moindre fait pourrait être erroné. Le moindre décès. On n'aurait plus aucun moyen de savoir ce qui est censé se produire, jour après jour !

— On ne vaudrait pas mieux que les êtres humains, tu veux dire ? ironisa Joan.

Il la dévisagea.

— Exactement. (Visiblement déstabilisé, il dardait sur elle un regard quasi dément.) Ce serait aussi épouvantable que la condition humaine.

Ce n'est pas si terrible, eut-elle envie de rétorquer, mais il ne voudrait jamais l'entendre, Joan le savait. La simple perspective d'affronter un avenir incertain semblait l'ébranler. Pour la plus jeune des Hunt, c'était tout le contraire : l'idée que le futur soit figé dans quelque chronique poussiéreuse lui donnait l'impression d'étouffer.

Elle posa sa tasse sur la petite table. Sa blessure l'élança, rappel que pour elle et Aaron, il n'y avait que vingt-quatre heures que Nick avait lancé l'attaque.

— Qui est le coupable ? demanda-t-elle à sa cousine.

Quelqu'un falsifiait les archives. Quelqu'un pourchassait les survivants.

— Qui cherche à couvrir le massacre ?

— Je l'ignore, répondit Ruth.

Dans la tête de Joan retentissaient encore les accents incrédules de leur grand-mère à l'heure de prononcer ses deniers mots. « *J'étais censée disposer de bien plus de temps pour te préparer.* » Les yeux clos, elle revit les halètements de douleur de son aïeule agonisante, entendit de nouveau le râle qu'avait laissé échapper Ruth lorsque le couteau l'avait frappée. Sa propre respiration se coinça dans sa gorge quand elle imagina la plaie profonde et sinueuse qui courait sous les côtes de sa cousine.

— Je te croyais morte, murmura-t-elle.

L'intéressée baissa la tête.

— Quand je t'ai vue à Holland House ce soir-là, je… (La voix de Ruth se brisa.) Je te croyais déjà morte. Tous les autres agonisaient ou avaient déjà rendu leur dernier souffle quand je les ai trouvés. Bertie... Oncle Gus. Tante Ada. Grand-mère.

Très émue, Joan prit une longue inspiration. « *Tu as appelé à l'aide*, lui avait dit Ruth cette nuit-là. *J'ai rameuté tout le monde.* »

Sans doute sa cousine avait-elle deviné son trouble, car elle lui pressa la main.

— Que tu aies envoyé ou non ce message n'aurait rien changé, tu le sais aussi bien que moi. Ils s'en sont pris aux autres familles de monstres. Peu importe le lieu, il nous aurait traqués jusqu'au dernier.

Joan serra à son tour la main de sa cousine.

— Je m'en veux quand même de t'avoir contactée.

— Je sais, chuchota Ruth. Moi, je m'en veux de ne pas avoir été plus rapide. Quand je suis arrivée sur les lieux... Oncle Gus et tante Ada étaient déjà morts. Bertie n'en avait plus pour longtemps. J'ai tenté d'appeler une ambulance, mais mon téléphone ne marchait pas. Je lui ai tenu la main.

Joan avait la gorge nouée d'émotion. Bon sang, pauvre Bertie... Elle n'arrivait pas à croire à ce qui venait d'arriver. À ce qui allait arriver.

— Comment des êtres humains peuvent-ils être si bien renseignés sur nous ? s'interrogea Aaron. Comment ont-ils fait pour nous retrouver ?

— Aucune idée, répondit Ruth.

— Tu es bien allée consulter les archives après les faits ? demanda Joan.

Sa cousine acquiesça d'un hochement de tête.

— As-tu appris quoi que ce soit d'autre sur l'attaque ?

— Est-ce que j'en sais plus sur qui tu sais, c'est ça ?

Nick. Joan serra les dents. Elle s'était efforcée de ne pas penser à lui. Un éclair de rage l'éblouit, bientôt suivi d'une cuisante douleur. Le simple fait de penser au jeune bénévole de Holland House la faisait souffrir. Elle refusait de lui accorder la moindre attention.

Un souvenir lui revint pourtant – non pas de la nuit fatidique, mais d'un moment plus ancien. Un matin, comme lui, elle était arrivée au travail avant tout le monde. Ensemble, ils s'étaient attelés au ménage dans le Cabinet doré. Joan époussetait les cadres des tableaux tandis que Nick briquait le parquet, les manches de sa chemise retroussées. La lumière du soleil les enveloppait de sa douce chaleur. *Si chaque jour pouvait être comme celui-là,* avait-elle songé, *je serais la fille la plus heureuse du monde.*

— As-tu appris quoi que ce soit sur lui ? insista-t-elle d'une voix rauque.

— Alors déjà, je ne l'ai jamais vu, moi, je te signale, répondit Ruth. Tout ce que je sais, c'est ce que tu m'as dit de lui. (Elle esquissa une moue triste et désabusée.) Tu n'avais que son nom à la bouche, cet été-là… Je passais mon temps à te taquiner là-dessus, je m'en souviens. J'ai l'impression que c'était il y a des siècles…

Seulement deux jours pour Joan.

— À croire qu'il n'a jamais existé, ajouta sa cousine. Je sais qu'il travaillait à Holland House, puisque tu me l'as dit. Mais voilà, il n'apparaît nulle part dans le registre du personnel. J'ai tenté de le retrouver sur les vidéos des caméras de surveillance situées autour du manoir. Rien. C'est un fantôme.

La jeune Sino-Britannique attendit la suite, qui ne vint pas.

— C'est tout ?

— Tu es la seule à l'avoir connu, répondit Ruth d'une voix douce.

— Pas si bien que ça, apparemment… murmura la jeune fille.

Elle se souvenait du sentiment qu'elle avait éprouvé au moment de leur rencontre – l'impression de l'avoir toujours connu, la conviction de pouvoir s'en remettre à lui. Une forme d'intuition. Sauf qu'elle s'était trompée. Jamais elle n'avait été aussi sûre d'elle et jamais elle n'avait été autant à côté de la plaque.

C'était dur à avaler. La veille, avec Nick, ils s'étaient assis sous la fenêtre de la bibliothèque de Holland House. Il lui avait effleuré la joue, elle s'était penchée pour lui donner un baiser. Lorsque les Oliver avaient voulu l'exécuter, il lui avait sauvé la vie. Puis il s'était dressé face à elle pour lui dire : *« Si tu t'avises encore de voler du temps à un être humain, je n'aurai pas d'autre choix que de te tuer de mes propres mains. »*

— Je n'ai rien appris d'autre, ajouta Ruth. Ni son vrai nom, ni l'identité de ses parents, ni comment il en est venu à connaître l'existence des monstres. J'ignore totalement qui il est.

Il était une fois un jeune homme dont le destin était de tuer des monstres… se récita sa cadette. *Un héros.*

— Tu te souviens de ces histoires que nous racontait grand-mère ? dit-elle.

— Joan…

Sa parente secouait déjà la tête.

— Sur un humain dont le destin était de tuer des monstres.

— Ce ne sont que des contes, répliqua l'aînée des deux cousines. Des histoires à dormir debout qu'on fait écouter aux enfants pour les hypnotiser.

Joan se tourna vers Aaron… qui l'examinait avec une expression indéchiffrable.

— L'homme dans le labyrinthe… lui dit-elle. Il était tatoué. (Elle montra le bas de sa nuque.) Ici, à l'endroit précis où un monstre essaierait de lui prélever du temps. C'est un avertissement. Ce n'est qu'en voyant ce tatouage que tu as commencé à croire à la mort de ton père. À partir de ce moment-là, tu as su.

Le jeune Oliver ne la quittait pas des yeux.

— C'est l'emblème du héros des contes, expliqua-t-il. Le loup.

Les cheveux de Joan se hérissèrent. Ce détail faisait en effet partie des récits que leur faisait leur aïeule.

— Le héros humain est une figure mythique, insista Ruth. Comme le roi Arthur, il n'existe pas réellement.

Ses yeux racontaient pourtant autre chose : elle se souvenait de cette nuit étouffante qui hantait toujours l'esprit de Joan. Des années plus tôt, les deux fillettes, terrassées par la fièvre, ne trouvaient pas le sommeil. Assise à leur chevet, la doyenne leur avait narré une histoire dont le héros humain était le personnage principal – une histoire que Joan ne connaissait pas encore.

— Dans les mythes, reprit Aaron, il annonce la fin des temps. Il tue le premier monstre, détricotant par conséquent le fil de l'existence de tous les autres, de sorte qu'aucun d'entre nous ne voit jamais le jour.

— Des contes de fées, insista Ruth.

— Tout à fait d'accord, confirma l'héritier déchu.

— La chronologie ne peut être modifiée, ajouta l'aînée des Hunt. Conclusion : il ne peut pas tuer le premier monstre. Il ne peut pas nous empêcher de naître.

— En effet.

— O.K., dit Joan. Je vois.

La pâleur de son aînée était telle que seule la couleur de son rouge à lèvres était encore visible sur son visage. Si seulement leur aïeule était encore en vie pour tout leur expliquer, de ce ton à la fois sec et rassurant qui était le sien… Mais leur grand-mère n'était plus de ce monde. Elle était morte, et si Joan ne faisait rien, elle le resterait à jamais.

— Que sait-on, au juste ? s'interrogea-t-elle à voix haute, dans un effort pour se concentrer. Les êtres humains ont lancé leur attaque. Ruth n'a pas trouvé d'autres survivants. Les archives claniques rapportent des événements fallacieux. Quoi d'autre ?

Sa parente sembla hésiter, le regard tourné vers la porte.

— Ruth ? s'enquit Joan.

Peut-être ne connaissait-elle pas encore tout à fait cette nouvelle Ruth, mais ça n'en faisait pas pour autant une étrangère. Celle qu'elle avait côtoyée ne se serait pas contentée de fuir deux années durant. Non, elle aurait tenu à l'œil ses poursuivants, cherché à les identifier.

— Je ne sais rien d'autre, répondit l'intéressée. Rien de sûr, en tout cas.

— C'est-à-dire ?

Le bâtiment sembla terriblement silencieux durant la pause qui suivit cette question. À l'extérieur, la pluie avait faibli pour n'émettre plus qu'un léger clapotis contre le toit. Joan n'entendait même plus les marchands au rez-de-chaussée.

— Une fois, j'ai cru voir quelque chose, déclara sa cousine. Juste après m'être échappée. J'avais atterri dans les années 1980.

— À l'époque, ma famille occupait toujours Holland House, fit remarquer Aaron.

— Oui, je suis au courant, figure-toi, répondit son interlocutrice avec un demi-sourire las. J'ai dû rouvrir cette fichue fenêtre alors que je me vidais de mon sang. Je savais que si je perdais connaissance, les Oliver me trouveraient là. J'ai bien failli y passer avant même de rejoindre la rue.

Joan se pressa contre sa cousine. La rescapée avait beau sourire, elle avait frôlé la mort de bien plus près que sa cadette ne l'avait cru.

— Quand j'ai rouvert les yeux, poursuivit Ruth, j'étais à l'hôpital, et ma voisine de chambrée me disait de la boucler. (Elle se racla la gorge.) Je parlais sans arrêt du massacre, à ce qu'il paraît. Les autres patients n'en pouvaient plus de m'entendre. Je ne savais même pas ce que je disais.

Elle s'était réveillée seule au monde, alors que Joan et Aaron avaient au moins pu se tenir compagnie, eux.

— On m'a emmenée passer un scanner. C'est là que j'ai vu cette femme qui marchait vers ma chambre.

— Qui ça ? l'interrogea Aaron.

— Une blonde au long cou de cygne, décrivit la jeune fille. Elle déambulait dans le couloir de l'hôpital comme si les lieux lui appartenaient. Trois hommes l'accompagnaient. Ils portaient des badges à l'effigie du lion ailé.

Joan aurait aimé lui demander ce que cet emblème signifiait, mais elle se retint en voyant Aaron blêmir.

— Quand on m'a ramenée dans ma chambre, poursuivit Ruth, ma voisine de lit avait disparu. Selon les autres patients, elle avait dû signer une décharge. Mais j'en doute.

— Ne me dis pas que tu as vu des gardes royaux à l'hôpital… lâcha Aaron à voix basse.

— Je n'en suis pas certaine. J'étais complètement dans le coaltar à cause des médicaments. N'empêche… Chaque fois que je suivais la rumeur en quête de survivants, il était question de ces gardes royaux et d'une femme blonde.

Un craquement sur le palier attira leur attention. Ils braquèrent les yeux sur l'entrée, comme n'avait cessé de le faire Ruth depuis le début de la soirée. Une porte s'ouvrit puis se referma non loin d'eux, bruits bientôt suivis par le chuintement d'un verrou qui se fermait. Joan expira lentement. Elle distingua nettement le soupir que ses deux camarades poussèrent, eux aussi.

— Reposons-nous, déclara l'aînée des Hunt, il le faut. Les commerçants vont se coucher. Mieux vaut éteindre et allumer nos lumières en même temps qu'eux.

La montre de Ruth indiqua bientôt 4 heures du matin. L'horloge interne de Joan, en revanche…

Sans trop de discussion, ils étaient tombés d'accord pour que les deux parentes partagent le lit. Aaron, lui, dormirait sur le canapé. La jeune Sino-Britannique gisait à présent dans le noir, éveillée. Elle ne ressentait pas la moindre fatigue. De l'autre côté de la porte, le bâtiment émettait quelques grincements sporadiques. Parfois, des pas retentissaient sur le palier. Joan écouta la respiration régulière et rassurante de sa cousine. Ruth était à ses côtés, vivante. Elle osait à peine y croire.

— Tu n'arrives pas à dormir ? murmura son aînée.

La cadette secoua la tête, avant de se rappeler qu'elles étaient dans le noir et que sa cousine ne pouvait donc pas distinguer son geste.

— Je croyais que toi, tu dormais, chuchota-t-elle.

— Moi non plus, je n'arrivais pas à fermer l'œil, au début, dit Ruth d'une voix douce. Ça m'a pris du temps avant d'y parvenir… Les images défilent dans ta tête, pas vrai ?

Joan roula sur le côté pour lui faire face.

— Je n'arrête pas d'entrer dans la chambre de Sabine, souffla-t-elle. Là où je t'ai trouvée… avec ces immenses traînées rouges qui allaient jusqu'au sofa. Tes mains pressées sur la blessure de grand-mère…

Peu importait qu'elle n'ait pas vu les autres, son inconscient lui peignait les pires horreurs : Bertie, la gorge béante, seul. Oncle Gus et tante Ada qui se vidaient de leur sang.

— Pour moi, ce n'est plus aussi frais, dit Ruth en balayant une mèche sur le front de sa cousine, mais je me souviens de ce que j'ai éprouvé.

— Ce n'est plus le cas ?

— Oh, si. Simplement, c'est… différent. Comme une cicatrice par rapport à une plaie ouverte.

Joan ne sut quoi répondre. Elle se sentait tout à coup tellement vide et esseulée. Pour elle, la tragédie ne remontait qu'à la veille. Pour Ruth, deux ans s'étaient écoulés.

— Ils me manquent, murmura cette dernière. Mon Dieu, ce qu'ils me manquent… Toi aussi, tu m'as manqué.

La plus jeune des Hunt était partie du principe que sa cousine avait sans doute retrouvé la trace de leur grand-mère à cette époque-là. Mais visiblement, non. Elle se rapprocha de son aînée pour la serrer maladroitement dans ses bras. Elle-même commençait tout juste à prendre la mesure de la disparition de ses proches… Après tout, pour elle, vingt-quatre heures seulement s'étaient écoulées. La peine affleurait malgré tout dans la voix de Ruth. Un même deuil les étreignait, à deux ans d'intervalle.

— On va annuler tout ça… chuchota Joan contre l'épaule de son aînée. On va les ramener.

— C'est ton Oliver qui te l'a promis ? Parce que si c'est ce qu'il a dit…

— Non. Selon lui, c'est impossible. Il ne ment pas, alors ?

Ruth resta un moment silencieuse.

— Même si tu ne trouves pas le sommeil, tâche de te reposer, finit-elle par dire. Ferme au moins les yeux.

Cette tentative de diversion de la part de sa cousine provoqua un malaise en Joan.

— Est-ce qu'il est possible de les sauver ? insista-t-elle. Dis-moi la vérité !

Son aînée la serra plus fort entre ses bras avant de la repousser gentiment.

— Ferme les yeux, lui souffla-t-elle. Tu n'es pas obligée de dormir. Contente-toi de baisser les paupières et de respirer.

À l'extérieur, la pluie avait enfin cessé. Joan prit une profonde inspiration. Toujours éveillée, elle écouta les dernières gouttes tomber du toit à intervalles espacés.

Chapitre 11

Joan se réveilla en sursaut, à demi captive d'un cauchemar d'enfance – l'un des plus anciens, où figurait une prison au sol de pierre glacé gardée par un homme aux airs de molosse. La jeune fille resta étendue sur le matelas, paupières closes, secouée de frissons. Elle sentait encore le picotement de la paille sur ses épaules. Une vague odeur de fange et de vomi semblait s'attarder dans l'air.

Ce n'était qu'un rêve, pourtant. Le même qui la hantait depuis toujours. Il n'avait rien de réel. Elle allait bien. Elle était là, dans ce lit…

Quand elle ouvrit enfin les yeux, la réalité la heurta de plein fouet, à commencer par la voix d'Aaron.

— Aurais-tu l'obligeance de me passer un stylo ? entendit-elle le jeune homme demander, de son habituel ton sarcastique de snobinard.

À travers les étagères qui séparaient le coin nuit du salon, Joan fut témoin d'une scène surréaliste : Ruth et Aaron étaient attablés ensemble et dégustaient des toasts en buvant du thé. Malgré le froid glacial qui soufflait sur leur relation, ils avaient de toute évidence convenu d'une trêve le temps du petit-déjeuner.

— Papiers d'identité, dit Aaron tout en écrivant.

Quelqu'un – Ruth, selon toute vraisemblance – avait volé du papier à lettres au bureau de poste. Joan en reconnut le logo : un arbre, pour moitié nu comme en hiver, pour moitié paré d'un feuillage estival.

— Argent, vêtements… (Agacé, Aaron traça un gribouillis au coin de sa feuille.) Je ne peux pas travailler dans ces conditions. J'ai besoin d'un tableur.

— Tu n'as énoncé que trois éléments, fit remarquer Ruth. Ne me dis pas que tu ne peux pas retenir trois choses ?

— Qu'est-ce que je fabrique ici, avec toi ? pesta le jeune Oliver. Je préférerais être ailleurs, n'importe où… à la maison, avec un bon livre, tiens !

Joan finit par se hisser hors du lit avant de contourner la bibliothèque.

— Salut, marmonna-t-elle en se frottant les yeux.

Ses deux compagnons la dévisagèrent.

— Tu as une tête à faire peur, constata Aaron.

— Oh, tu peux parler, hein, avec tes… (Elle agita une main encore engourdie par le sommeil.) Avec tes cheveux même pas peignés, là.

Le jeune homme porta une main à son cœur, feignant d'être mortellement blessé, avant de retourner à la liste qu'il était en train d'établir.

Le miroir de la salle de bain renvoya en effet à Joan une image peu flatteuse, avec une peau au ton grisâtre et des yeux vitreux. Elle s'aspergea d'eau fraîche. Elle avait désormais une tête de zombie mouillé.

Son cauchemar continuait de la hanter, avec une fâcheuse tendance à paraître plus réel qu'un rêve ordinaire : elle ressentait encore les affres de la faim et le besoin désespéré de s'évader. Les mains serrées de part et d'autre du lavabo, elle inspira un grand coup. Elle n'était pas là-bas, dans cette prison froide, mais ici, dans ce studio, avec Ruth et Aaron. Ils étaient parvenus à s'échapper. Tous les trois étaient des survivants. Tant qu'ils resteraient en vie, ils pourraient agir.

Lorsqu'elle regagna la pièce principale, une tasse de thé et une tranche de pain beurré l'attendaient sur la table.

— Merci, dit-elle avec gratitude avant de se laisser couler sur la chaise libre. J'ai réfléchi, vous savez. Sur la façon de changer le cours des événements.

— Nous en avons déjà discuté, s'impatienta Aaron.

« Cartes de transport », inscrivit-il sur sa feuille d'une écriture contournée et vieillotte, digne d'une arrière-grand-mère.

— Discuté ? Tu parles ! Tu m'as juste dit que c'était impossible. Mais je ne suis pas de cet avis.

— Voyez-vous ça ! se gaussa l'héritier déchu. Merveilleux. Nous voilà tous sauvés !

— J'y ai réfléchi toute la nuit, reprit Joan. Les monstres passent leur temps à modifier la réalité, rien qu'en voyageant d'une époque à l'autre.

— Tu n'as vraiment pas d'ordinateur ? demanda Aaron à Ruth.

— Hier, on a traversé la ville de cette époque, poursuivit Joan sans dévier de son idée. On a parlé à des gens, contraint des véhicules à s'arrêter pour nous laisser passer. Si ça se trouve, à notre insu, on a même empêché quelqu'un de rencontrer son âme sœur.

Aaron fut si agacé par l'expression qu'il s'arrêta d'écrire.

— « Son âme sœur » ? répéta-t-il, plein de dédain.

— Réfléchis un peu, insista Joan. On a avalé des kilomètres, hier. Et si, en traversant une rue, on avait retenu une voiture et qu'un de ses occupants était censé rencontrer son âme sœur ce même jour ? C'était sans compter qu'on allait appuyer sur l'interrupteur pour demander le feu rouge. Résultat, notre homme est arrivé deux minutes plus tard que prévu et n'a pas croisé le chemin de l'amour de sa vie. La rencontre n'a jamais eu lieu.

— Ce que tu évoques, là, ce ne sont que de modestes variations de la ligne temporelle, fit valoir Ruth. Ce genre de changement n'a aucune importance en soi. La chronologie se charge de les lisser. Ça revient à... à...

Elle se pencha et souffla sur sa tasse pour illustrer son propos. La surface du liquide se rida avant de retrouver son aspect lisse.

— Voilà à quoi ça revient. Même si on modifie légèrement les choses, l'histoire finit toujours par reprendre son cours. Quoi que fassent les monstres, la chronologie garde son cap. Les événements cruciaux demeurent les mêmes.

— Pour ce qui est de tes « âmes sœurs », intervint Aaron, la chronologie fera en sorte que l'un et l'autre soient en retard. Ils se rencontreront quoi qu'il en soit. Aucun changement majeur ne serait à noter.

Pas de doute, le monde faisait preuve d'une forme de résistance. Joan songea aux enveloppes glissant du sac du postier, la veille. Elle se rappelait avoir senti la ligne temporelle frémir en réponse à ses tentatives pour la modifier. Pour autant, et puisque cette puissance se devait de réagir, ne pouvait-on supposer qu'il lui arrivait d'échouer ?

— Es-tu en train de me dire que tu n'as jamais entendu le moindre écho à ce sujet ? s'obstina-t-elle. Pas même une petite anecdote concernant un événement qui aurait été changé ? Jamais, au grand jamais ?

— Jamais, confirma son interlocuteur.

— Je ne te crois pas.

— Tu sais ce que font les nourrissons ? Ils passent leur temps à jeter des objets par terre parce qu'ils ont besoin de mettre à l'épreuve les propriétés physiques du monde pour l'appréhender.

— Tu me traites de bébé ?

— Non, je dis seulement que tu es dans le déni de la mort de tes proches. Tu refuses de croire à leur décès. Tu cherches désespérément un moyen, n'importe lequel, pour les ramener à la vie.

Joan ne parvenait pas à comprendre Aaron.

— Ils ne sont même pas encore morts ! argua-t-elle. Ils ne le seront pas avant des années ! Et je vais faire en sorte que ça n'arrive pas.

— Ben voyons.

— Qu'en sais-tu ? Tu n'as même pas essayé. Qu'est-ce qu'on a à perdre ?

— C'est toi qui y perdras ! Lorsque tu comprendras que c'est impossible, c'est toi qui en souffriras !

La déclaration, précipitée, lui avait échappé. Il esquissa aussitôt une grimace, visiblement gêné d'avoir exprimé sa pensée à voix haute. Il repoussa sa chaise.

— Oh, et puis fais ce que tu veux, après tout. Moi, je vais aller me chercher une tenue digne des années 1990.

— Plutôt beau gosse.

Ruth s'empara du toast que le jeune Oliver avait abandonné dans son assiette.

— Qui, Aaron ?

Joan la regarda, ahurie. Sa cousine n'avait que haine pour le clan de l'héritier déchu. Et il n'était pas du tout son genre.

— C'est pour ça que tu es encore avec lui ? lui demanda l'aînée des deux Hunt. Il te plaît ?

— Quoi ?

Joan sentit le rouge lui monter aux joues.

— Alors ? insista Ruth, sans employer le ton taquin dont elle avait l'habitude. Je crois que toi, en tout cas, tu lui plais.

— N'importe quoi ! s'étrangla son interlocutrice.

Qu'est-ce qui prenait à sa cousine de lui demander s'il lui plaisait ? Le dernier garçon que Joan avait embrassé avait décimé leur famille.

— Il n'a que du mépris pour moi. Il… (Elle coupa court à ces réflexions saugrenues.) Peu importe ce qu'il pense de moi.

Le regard perçant de Ruth n'était pas sans rappeler celui de leur grand-mère.

— Il est ici. Les Oliver et les Hunt ne peuvent pas se sentir, et pourtant, monsieur est encore là, avec nous, après deux jours de cavale.

— Je lui ai sauvé la vie, lui rappela Joan. Il croit qu'il a une dette envers moi.

— « Une dette » ? répéta sa cousine d'un air pensif. Pff… Je vois…

Elle mordit dans son toast, qu'elle mâchouilla en se calant au fond de sa chaise.

— Tu vois quoi ?

Ruth haussa les épaules.

— Tu lui as sauvé la vie. Il t'est redevable. Point.

— Exactement, approuva Joan.

Une fois sa dette remboursée, il disparaîtrait. Fin de l'histoire. Chacun poursuivrait sa route de son côté, une bonne fois pour toutes.

À en juger par la lumière qui se répandait par la fenêtre ouverte, la matinée était bien entamée. L'air extérieur, un peu lourd, était étouffant. Une odeur de pain brûlé et de pavé humide flottait dans la pièce.

Aaron avait laissé sa liste sur la table : « papiers d'identité, argent, vêtements, cartes de transport, logement, scolarité ». Ce dernier élément laissa Joan songeuse. *Scolarité ?* Aller en classe à cette époque dépassait son imagination. Elle n'arrivait tout simplement pas à se faire à l'idée qu'elle devait vivre à cette époque dorénavant.

— Il ne t'a pas dit toute la vérité, lança Ruth, brisant le silence.

— Sur quoi ?

— Il existe bien quelques rumeurs sur des événements qui auraient été modifiés. Il les a forcément entendues.

Joan retint son souffle.

— Ce n'est pas ce que tu disais hier soir.

— Ce ne sont que des bruits de couloir. Je n'ai jamais entendu quelqu'un se vanter de l'avoir fait pour de vrai.

— Qu'est-ce qu'on raconte, au juste ?

Ruth hésita – assez longtemps pour que sa cousine s'impatiente.

— Alors ? insista cette dernière.

— Rien de précis. Mais… ça concerne le pouvoir familial des Liu.

Joan se remémora le refrain de leur aïeule.

— Les Liu se souviennent.

— Oui, mais d'aucuns prétendent qu'il s'agirait de plus que d'une mémoire infaillible. À les en croire, certains Liu se souviendraient d'événements qui n'ont jamais eu lieu.

La formule donna la chair de poule à la plus jeune des Hunt.

— Dans ce cas, peut-être que… qu'ils se souviennent de changements dans la chronologie ?

— Je ne sais pas. C'est possible, concéda Ruth.

— Il faut qu'on leur parle, décréta Joan.

— Rien ne dit qu'ils accepteront. En général, on ne discute pas de son pouvoir familial avec un étranger.

— J'aimerais quand même leur parler.

— D'accord, mais… (Elle toisa sa cadette de haut en bas.) Si tu comptes mettre le pied hors de ce relais, il va falloir te relooker.

— Qu'est-ce qui ne va pas, dans ma tenue ?

Elle était vêtue d'un T-shirt noir et d'un jean. Nombre de passants croisés dans la rue arboraient le même type d'habits.

— Tout, répliqua sa cousine.

Une fois au marché, Ruth fit défiler des vêtements sur un portant en faisant claquer les cintres. Deux allées plus loin, Aaron faisait de même, un pli soucieux entre les sourcils. La cousine de Joan sélectionna une minijupe écossaise.

— Tiens, dit-elle à la jeune fille en lui drapant le vêtement sur le bras.

Nouveaux claquements de cintres.

— Et ça.

Le pull bleu layette qu'elle lui tendit avait certainement rétréci au lavage.

— Tu veux rire ? s'enquit la jeune Sino-Britannique.

— Et ça, aussi.

Suivit une paire de rangers noirs, bientôt accompagnée d'un collant neuf assorti. Dans la cabine d'essayage dépourvue de miroir, Joan boutonna la jupe. La taille en était assez haute pour dissimuler son pansement. Le pull tombait quant à lui au-dessus de son nombril, révélant une large bande de peau dénudée.

— Je crois que c'est le modèle pour chiens, dit-elle à sa parente à travers le rideau.

— C'est le style qui veut ça.

Ruth plongea le bras à l'intérieur pour en faire sortir sa cadette. Joan se regarda dans un miroir. Sa nouvelle tenue pouvait prétendre au titre de caricature sexy de son style habituel. Armée d'un crayon, sa cousine souligna le contour des yeux de l'adolescente, en s'attardant près des coins. Lorsqu'elle eut fini, la plus jeune des Hunt eut du mal à se reconnaître.

— Je peux savoir quel était le problème avec mon T-shirt ? demanda-t-elle.

— La coupe, répondit Aaron en sortant d'une autre cabine.

Il écarquilla les yeux en voyant le nouveau look de sa camarade.

— C'est… (Pour une fois, les mots ne lui vinrent pas facilement.) Réussi…

Lui-même s'était mué en chanteur de boys band des années 1990 : jean déchiré, bomber, petit anneau d'or à l'oreille. Le résultat aurait dû être grotesque. Ce qui était le cas, tenta de se convaincre Joan. À ceci près que… sur Aaron, une tenue pareille semblait avoir été pensée avec soin et avoir coûté beaucoup d'argent. Pour la première fois de sa vie, elle commençait à comprendre ce qui avait pu faire le charme des groupes de l'époque.

Le jeune Oliver s'avança d'un pas – assez près pour qu'elle sente sa chaleur l'envelopper au moment où il s'agenouillait à ses pieds. Elle resta un moment interdite, rendue muette par la stupeur.

— Qu'est-ce que tu fais ? parvint-elle finalement à articuler.

Le jeune homme trouva une paire de ciseaux sur une table voisine. Sans lui laisser le temps de protester, il découpa le collant de sa camarade de cavale. Un rebondissement qui acheva de lui rendre la parole.

— Mais qu'est-ce qui te prend, enfin ? s'écria-t-elle, outrée.

Abandonnant ses ciseaux, il tira sur les mailles pour élargir les trous.

— Pas mal, dut admettre Ruth à contrecœur.

— Mais je rêve, tu aurais pu me blesser ! s'indigna Joan.

Son œuvre achevée, le jeune Oliver, toujours agenouillé, leva vers la jeune fille ses yeux gris clair.

— Aucun risque, répliqua-t-il.

Joan l'aurait volontiers accusé de l'avoir sciemment rendue aussi ridicule que lui. Cependant, et contre toute attente, le reflet qui la toisait dans le miroir avait fière allure. Presque autant qu'Aaron – ils auraient pu faire partie du même groupe.

L'héritier déchu lui avait sauvé la vie, lui aussi, se rendit-elle soudain compte. Lui qui se disait redevable, incapable de l'abandonner avant d'avoir remboursé sa dette, il l'avait pourtant déjà secourue dans la Fosse et à St James's Park. Il lui avait rendu service à double titre. Il fallut un moment à Joan pour se rappeler ce qu'elle avait l'intention de lui dire.

— Que sais-tu sur le pouvoir familial des Liu ?

— Ils ont une mémoire infaillible, répondit-il. Chacun le sait.

— Ça, d'accord. Mais, selon Ruth, ce n'est peut-être pas tout. La rumeur court que certains membres de ce clan se souviennent d'événements qui n'ont jamais eu lieu.

Aaron se redressa avec une extrême lenteur, de sorte qu'il surpassa bientôt d'une tête la jeune fille.

— Je suis au courant, répondit-il d'une voix égale.

— Si ça se trouve, ils se rappellent des événements qui ont été modifiés depuis.

— J'avais saisi.

— Si la chronologie a déjà été changée, elle pourrait l'être à nouveau.

Il poussa un soupir.

— Là encore, le sous-entendu ne m'avait pas échappé.

— Avec Ruth, on va leur rendre visite, lui annonça-t-elle.

À côté d'elle, sa cousine se racla la gorge. Joan lui jeta un regard interrogateur.

— Disons que je ne suis pas spécialement la bienvenue chez les Liu, expliqua l'intéressée. Je… enfin… il se peut que j'aie volé des bricoles, par-ci, par-là, au point de me faire une réputation. En bref, jamais ils ne m'ouvriront leur porte.

Ses explications ne reçurent en retour qu'un regard critique de la part de Joan.

— C'est qu'ils ont une belle déco, aussi ! ajouta sa cousine, sur la défensive.

— Oh, voilà qui justifie tout, ironisa sèchement Aaron.

La coupable lui adressa un geste obscène, mais le cœur n'y était pas.

— Dans ce cas, tu n'as qu'à m'indiquer où les trouver, fit Joan.

— Non, répliqua l'héritier déchu d'une voix sourde. Je vais t'y emmener.

La plus jeune des Hunt le dévisagea, décontenancée. Envisager la possibilité de la modification de la ligne temporelle avait toujours semblé le rebuter – et manifestement, ça ne l'enchantait toujours pas. Il fixait ses nouvelles sneakers bleues d'un air maussade.

— Soyez prudents, leur dit Ruth.

Sa voix trahissait le fait qu'elle n'appréciait pas tellement l'idée de se séparer de sa parente si vite après l'avoir retrouvée. Joan n'était pas plus enthousiaste, à vrai dire.

— Toi aussi, lui répondit-elle. Fais bien attention à toi, d'accord ?

L'intéressée opina légèrement du chef.

— Surtout, n'oublie pas que les Liu se tiennent à l'écart des vulgaires jeux de pouvoir, contrairement à certaine famille que je ne nommerai pas… (La remarque visait à n'en point douter Aaron, qui leva les yeux au ciel.) Reste que chaque clan a ses propres objectifs.

Des arcades traversaient la halle de Ravencroft, dont Joan découvrait à présent l'étendue réelle. Aaron la mena de galerie en galerie. Chacune semblait avoir un thème bien à elle : l'une se consacrait entièrement à la vente d'armes de différentes époques (poignards, épées, arcs), une autre offrait une profusion d'épices dont la jeune fille n'avait parfois jamais entendu parler.

— Par ici, annonça son guide.

À l'extrémité de la galerie suivante se trouvait une porte qui s'ouvrait sur une rue des plus ordinaires. Lorsque Joan referma le battant derrière elle, le vacarme du marché se tut d'un seul coup, comme si on avait actionné un interrupteur. Aucun être humain passant par là n'aurait pu se douter qu'un tout autre monde se déployait de l'autre côté d'une porte noire si quelconque.

Joan effleura la plaque en laiton accrochée au mur. Y figurait un serpent de mer enroulé autour d'un navire – le même symbole qu'elle avait aperçu à l'entrée de l'auberge.

— Est-ce que tous les lieux réservés aux monstres portent la même marque ? s'enquit-elle.

— Cet emblème indique que le lieu est ouvert à n'importe quelle famille, expliqua Aaron. Dans son ensemble, ce complexe qui comprend l'auberge, la halle et le bureau de poste fait office de relais. Les monstres de tous les clans sont libres d'y aller et venir à leur guise.

Un relais. Joan se rappela les hommes et les femmes qu'elle avait vus arriver la veille, sous la pluie battante, vêtus à la mode d'époques différentes. La ville était sûrement parsemée d'endroits de ce type – des refuges qui offraient aux monstres la possibilité de faire étape au cours de leurs voyages, à l'abri des regards humains, des points de chute où échanger des devises et acheter des vêtements, où rencontrer des congénères et transmettre des messages, où trouver le gîte et le couvert.

Aaron se dirigeait déjà vers l'extrémité opposée de la ruelle. Joan le suivit, avec l'impression d'avoir aperçu un univers autrement vaste.

À l'extérieur, le paysage portait encore les stigmates de la tempête, entre flaques d'eau, branchages et feuilles au sol balayés par le vent. La gêne qu'éprouvait Joan commença à se dissiper lorsqu'elle constata qu'ils n'attiraient pas particulièrement l'attention – du moins, pas plus que d'habitude, en ce qui concernait Aaron. Pour se fondre dans la masse, leurs nouvelles tenues étaient d'un grand secours.

— Merci de m'accompagner, dit-elle, un peu embarrassée. Je sais bien que tu crois dur comme fer que c'est inutile.

— Je sais que tu as besoin d'aller au bout de ton idée, répliqua son camarade.

Elle repensa à l'expression abattue qu'il arborait la veille.

— Il y a toujours un moment où un monstre tente de s'opposer à la chronologie, ajouta-t-il.

— Ah bon ?

— Oui… Tout le monde tente au moins une fois de la modifier.

Aurait-il lui aussi tenté de changer l'histoire ? De se dresser contre sa marche implacable ? Quoi qu'il se soit passé, la lassitude qu'il montrait souvent y puisait peut-être son origine… Joan brûlait de savoir. Elle faillit le lui demander, mais quelque chose, dans l'expression de son compagnon, l'en dissuada.

Comme la veille, pas de doute, ils étaient bien dans les années 1990. En passant devant les kiosques à journaux, Joan aperçut des unes : « Nouveau camouflet pour

John Major » ou encore « Steffi en route pour la victoire à Wimbledon ». Sur la couverture de *Vogue*, le mannequin assumait mascara épais et sourcils fins.

Aaron emprunta un itinéraire tout aussi alambiqué que pour rejoindre l'auberge *Serpentine*, zigzaguant de parcs en boutiques, sans oublier quelques cimetières.

— Ce n'est pas ce que j'appellerais un raccourci, constata Joan quand son guide rebroussa chemin.

— Les monstres essaient autant que possible de ne pas laisser de traces visibles de leur passage, expliqua-t-il. Donc je m'efforce d'éviter les caméras de surveillance. Elles ont beau ne pas être aussi nombreuses qu'à ton époque, il y en a déjà trop.

Joan assimila l'information. Il est vrai que chez les Hunt, on n'aimait pas non plus être photographié. La jeune fille avait toujours mis cette aversion sur le compte de leur excentricité, mais elle s'apparentait davantage à un trait culturel, manifestement.

Peu après leur conversation, Aaron s'engagea dans une étroite rue commerçante peuplée de joailliers et de bottiers. Selon les estimations de Joan, ils devaient se trouver quelque part au nord de Covent Garden. Ils s'arrêtèrent vers le milieu de la rue.

— Bienvenue chez les Liu, annonça son guide.

La boutique – si c'était bien de cela qu'il s'agissait – n'était signalée par aucune enseigne, pas même un numéro de rue. De l'autre côté de la façade – qui se résumait à un mur de panneaux en verre dépoli – miroitaient des taches violettes ou vertes, tels les ondoiements de poissons exotiques. La lumière du soleil estival donnait à ce spectacle un air presque tropical.

Fascinés, ils restaient plantés là quand une femme d'une grande beauté passa devant eux. Son parfum les enveloppa un bref instant, évoquant à Joan des jardins couverts de fleurs. La nouvelle venue poussa le mur, dont une partie se rétracta – une porte, dont les contours s'harmonisaient parfaitement à la mosaïque de verre. La jeune fille eut tout juste le temps d'apercevoir un vif éclat de couleur avant que le panneau ne glisse pour rendre à la façade son aspect initial.

— Il va nous falloir faire preuve de prudence, déclara Aaron.

Une main dans la poche, il affecta un air décontracté, mais Joan commençait à repérer ses tics. La tension de son dos ne laissait aucun doute sur sa nervosité.

— Rien n'est jamais gratuit entre les grandes familles, poursuivit-il. Si tu veux obtenir une information des Liu, tu vas devoir négocier.

— J'ai de l'argent, répondit Joan, songeant à la somme obtenue en échange de son téléphone la veille.

Le jeune homme secouait déjà la tête.

— Cette fois, il faudra leur offrir une faveur. Faveur contre faveur. N'oublie pas que les monstres prennent les dettes très au sérieux. Tu devras payer ton dû.

— Et qu'est-ce que je te devrai, à toi, après tout ça ?

Les joues d'Aaron rosirent.

— Je te l'ai déjà dit : c'est moi qui te suis rede… Bon, ça suffit, les questions. Finissons-en, pesta-t-il de ce ton exaspéré qui s'invitait de plus en plus souvent dans leurs conversations.

Avec un haussement d'épaules, Joan fit volte-face, avant d'appuyer sur la façade de la boutique à l'endroit où l'inconnue l'avait touchée. Sans que la jeune fille y soit préparée, la porte s'ouvrit en grand. Elle y était allée franchement, pensant avoir affaire à un lourd panneau de verre. Raté, le battant était conçu pour s'ouvrir à la plus légère des pressions, signe du savoir-faire de l'artisan. Le geste de Joan avait suffi à la faire pivoter sur ses gonds. La coupable s'empourpra, ridiculisée dès le départ par cette entrée fracassante. Dans son dos, Aaron ne manqua pas de marquer sa réprobation devant une telle maladresse. Malgré tout, elle n'y prêta que peu d'attention, trop absorbée par son nouvel environnement.

L'espace qui s'ouvrait devant elle était immense – bien plus vaste qu'on ne l'aurait imaginé depuis la rue. Des puits de lumière offraient un éclairage naturel qui venait idéalement compléter la luminosité arc-en-ciel qui arrosait le parquet clair depuis la vitrine.

Le lieu était quadrillé de murs blancs, disposés selon un plan précis pour éviter les rayons directs du soleil, comprit Joan après un instant d'observation. Les couleurs qu'elle avait cru voir depuis l'extérieur provenaient en fait de tableaux – des toiles abstraites, du style des compositions qui lui avaient toujours rappelé les peintures au doigt tracées par les petits enfants.

Les œuvres exposées n'avaient toutefois rien d'enfantin. Peut-être était-ce dû à l'agencement de la pièce ou bien à la scénographie minutieusement établie afin de créer une progression, toujours était-il que ces toiles brutes et mystérieuses exerçaient sur le spectateur une irrésistible fascination. Joan se surprit à avancer pour les inspecter de plus près.

À peine eut-elle fait quelques pas qu'un homme surgit de l'angle d'un mur qui le cachait jusque-là. Il était de profil et rectifiait la position d'une des œuvres d'art. D'origine chinoise, doté d'un beau visage grave, il s'arracha à la contemplation du tableau à l'approche de la jeune fille.

— Ying ? lança la femme qui les avait précédés dans la galerie.

De près, l'inconnue se révélait plus belle encore. Âgée d'une trentaine d'années peut-être, sa peau sans le moindre défaut était d'un brun mordoré et elle avait un visage de poupée. Elle détailla Joan de la tête aux pieds d'un regard d'abord condescendant, avant de revenir sur sa première impression. Elle pencha la tête sur le côté.

— C'est votre fille ? demanda-t-elle à l'homme qu'elle venait d'interpeller. Ou votre nièce peut-être ?

Il y eut une longue pause.

— Ce n'est pas une Liu, finit par répondre le dénommé Ying.

À présent qu'il la regardait bien en face, Joan remarqua les profondes rides tristes qui marquaient le visage de cet homme, sous une chevelure noire parfaitement peignée et tirée en catogan. Sa tenue, très soignée, aurait pu malgré tout passer pour incongrue, avec cette chemise blanche au col aussi rigide que la porcelaine et ce pantalon de lin bleu-gris qui évoquait une mer tempétueuse.

Aaron fit son apparition à côté de sa camarade.

— Excusez-moi, dit-il. Je voudrais négocier.

Joan s'était attendue à ce que le jeune Oliver se sente parfaitement à son aise dans un tel endroit, mais il en allait tout autrement. À côté de Ying, il paraissait coincé, emprunté. Il avait aussi peu sa place en ces lieux que Joan.

— Je regrette, il va vous falloir patienter, répondit le galeriste avec un accent typique d'Oxford. Cette jeune fille est arrivée avant vous.

Les joues cramoisies, Aaron ouvrit la bouche, avant de renoncer. Sa complice se retint de lever les yeux au ciel.

— On est ensemble, lui et moi, expliqua-t-elle.

En dépit de son apparence d'homme qui a déjà tout vu, tout entendu, Ying ne put empêcher une lueur de curiosité de briller dans ses yeux.

— Une Hunt et un Oliver, ensemble ? Voilà qui serait digne de *Roméo et Juliette*.

La rougeur d'Aaron se répandit le long de son cou, telle une éruption cutanée.

— Pas dans ce sens-là, voyons ! s'écria-t-il, aussi horrifié que s'il avait mangé un aliment auquel il serait allergique.

L'irritation gagna Joan comme une flamme nourrie par le vent. Décidément, ce fichu Oliver avait le chic pour la faire sortir de ses gonds. D'une main rageuse, elle se dégagea les cheveux de la nuque pour se rafraîchir.

— Vous êtes blessée ! s'exclama soudain la belle visiteuse, surprise. Mais que vous est-il arrivé ?

Elle effleura son propre flanc pour désigner la zone affectée. Joan baissa le bras. Sa jupe avait glissé en emportant le pansement et laissait paraître le bord de sa balafre. La jeune fille rajusta son vêtement, regrettant de n'avoir que son pull de caniche pour la couvrir.

— Que s'est-il passé ? insista la belle dame. On jurerait que vous vous êtes battue en duel !

L'intéressée vit la panique dans le regard d'Aaron. À ce qu'il semblait, les blessures à l'épée représentaient un terrain glissant.

— Ce n'est rien, assura la jeune fille à son interlocutrice. C'est seulement… de la peinture.

— Vraiment ?

L'inconnue ne se départait pas d'un certain scepticisme.

— Pardonnez-moi, intervint Ying d'une voix douce. L'un des tableaux n'était pas tout à fait sec.

— Oh, fit la visiteuse, ne sachant plus trop que penser.

— Dois-je faire livrer votre nouvelle acquisition au *Ritz* ?

— Voilà qui serait fort aimable de votre part, approuva la cliente, avant d'incliner la tête avec grâce.

Joan sentit le regard curieux de l'amatrice d'art s'attarder sur eux. Le galeriste leur fit ensuite signe de le suivre.

Ying leur fit traverser la galerie selon un parcours sinueux. Les murs qui tournaient à angle droit réveillèrent chez Joan le souvenir déplaisant du labyrinthe végétal de Holland House. Le cœur battant, elle s'attendait presque à trouver les hommes de Nick postés en embuscade à chaque tournant, armes à la main. Leur périple les mena finalement dans une petite cuisine.

C'était une pièce douillette qui n'avait rien à voir avec l'atmosphère de grandeur feutrée de la galerie. Tout, de la théière aux pieds de chaise, en passant par les manches de couteau et autres coussins, était revêtu de tricots dépareillés en laine rayée.

— Ma nièce aime tricoter, expliqua Ying devant le regard médusé de Joan.

Il ouvrit un placard pour en sortir une trousse de premiers secours, d'où il tira un morceau de bande adhésive qu'il tendit à la jeune fille.

— Vous avez menti pour moi, constata-t-elle en acceptant l'offrande.

— Ce n'était pas un mensonge, répliqua l'homme d'un ton solennel. Il y a bien un tableau encore humide accroché au mur.

Un éclat rieur brilla dans ses yeux derrière son masque d'impassibilité. Esquissant à son tour un sourire timide, Joan refit son pansement avant de le cacher sous la ceinture de sa jupe.

Pendant ce temps, leur hôte prépara des bols de gaufrettes porteuses de messages, de fraises fraîches et de cacahuètes entières, qu'il disposa sur un plateau avec l'adresse d'un expert en puzzle afin de les y faire tous tenir. La jeune fille ne put s'empêcher de penser à son père face à ce besoin impulsif de nourrir ses invités.

— Je vous en prie, dit-il en indiquant aux deux jeunes gens de lui emboîter le pas.

Ils franchirent la porte de service pour rejoindre un magnifique jardin. Ce carré de verdure entouré de bâtiments et laissé aux bons soins de la nature représentait sans doute le cœur de la résidence des Liu. Un passage couvert reliait le jardin et les édifices.

Dans un coin, à l'abri, était disposé un chevalet. Ying déposa le plateau sur une table située à proximité, qui portait elle aussi les traces du passage de sa nièce : ses pieds arboraient des chaussettes rayées de différentes couleurs, ici bleu et rouge, là vert et rose. Aaron leur jeta un regard horrifié.

Le jardin était apaisant. Des frondes de fougère empiétaient sur la table. L'air lourd de l'été sentait la peinture et le jasmin. Il n'y avait pas le moindre signe qu'une tempête avait déferlé la veille.

La plupart des portes visibles le long du passage couvert étaient bordées de sneakers et de claquettes. Contre les murs étaient adossés des paysages et des portraits inachevés.

— L'œuvre d'un de mes fils, dit Ying à Joan qui fixait sans s'en rendre compte la toile la plus proche.

Y figurait un homme, de dos, devant la porte d'une petite maison.

— Jamie adore les mythes relatifs au héros, ajouta leur hôte.

— Vraiment ? s'étonna Joan.

— Le héros frappe à la porte, souffla Aaron comme s'il s'agissait d'un thème récurrent de l'histoire de l'art.

Joan était secouée. *Nick.* Le tableau représentait le héros devant la maison d'un monstre. Il ne ressemblait pourtant pas à son ancien ami : peint de dos, il avait les cheveux châtains, plus clairs que ceux du bénévole de Holland House. Quant à sa musculature, elle était sans commune mesure avec la carrure ordinaire du jeune être humain.

Le Nick avec qui elle avait échangé un baiser était une figure légendaire, elle pensait l'avoir compris. Pourtant, à le voir ainsi représenté comme un être mythique à une époque bien antérieure à sa propre naissance, ses cheveux se hérissèrent sur sa nuque.

— Joan… dit Aaron.

Elle posa sur son camarade un regard ahuri avant de s'écarter à grand-peine de la toile.

— Asseyez-vous, je vous en prie, leur dit Ying.

Il n'y avait pas de chaises à proprement parler dans ce jardin, aussi la jeune fille prit-elle place sur un petit muret de brique encadrant un parterre de violettes. La surface en était tiède et sèche. Leur hôte s'installa sur un tabouret bas, disposé devant le chevalet. Aaron se contenta de rester debout, adossé à un des épais piliers blancs qui séparaient le jardin du passage qui l'entourait.

Le maître de maison versa de l'eau bouillante dans la théière. Joan éprouva un sentiment de nostalgie en humant le parfum de feuille fraîche qui s'en échappa, puis en voyant l'homme sortir de petites tasses décorées d'oiseaux multicolores aux queues ornées de longues plumes et aux ailes déployées : des phénix.

— Si je puis me permettre une question… commença Aaron. Un simple coup d'œil vous a suffi pour identifier nos familles. (Un détail qui avait échappé à Joan.) Comment avez-vous su que nous étions respectivement une Hunt et un Oliver ?

— La plupart des monstres figurent dans les archives familiales des Liu, expliqua Ying sur le ton de l'évidence. Vous êtes Joan Chang-Hunt et Aaron Oliver. Joan est la fille d'un être humain, Pei-Wen Chang, et de Maureen Hunt, fille de Dorothy Hunt, qu'elle a fini par perdre de vue.

« Perdre de vue » ? Le terme semblait mal choisi… Pour le reste, en revanche, il voyait tout à fait juste. Joan croisa les bras, à la fois mal à l'aise et impressionnée par cette démonstration du pouvoir des Liu – une mémoire infaillible.

— Quant à vous, poursuivit leur hôte en se tournant vers Aaron, vous êtes le benjamin d'Edmund Oliver.

Il ne s'agissait pas d'une question. Le jeune homme se garda de réagir.

— Issu de son deuxième mariage avec Marguerite Nightingale, ajouta Ying. L'épouse qu'ils ont mise à mort.

— Il suffit, rétorqua Aaron d'une voix tendue, visiblement crispé.

Sa mère... mise à mort ? Joan s'efforça de ne pas le dévisager – elle avait l'impression de s'immiscer dans quelque chose de bien trop intime.

— Comme je vous le disais, les archives des Liu sont exhaustives, reprit Ying. Mais j'imagine que vous n'avez pas fait tout ce chemin pour m'entendre débiter des vérités que vous connaissez déjà. Vous êtes venus négocier. Je vous écoute. Que désirez-vous ?

— Des informations, répondit Joan.

— Très bien. Dans ce cas, établissons d'abord les règles. Ma famille aime la simplicité. Nous allons nous entretenir et lorsque notre conversation sera terminée, vous accorderez une faveur à notre clan.

— Quel genre de faveur ? s'enquit la jeune fille.

— Vous le saurez lorsque nous la demanderons, répondit Ying.

Adossé à son pilier, Aaron adressa un petit haussement d'épaules à sa camarade. Les conditions énoncées ne paraissaient pas le surprendre. Quoi qu'il en soit, elles ne convenaient pas du tout à Joan. Acheter un article inconnu pour un prix indéterminé ? Existait-il engagement plus stupide ? Hélas, ils n'avaient aucune autre piste en vue. Et si elle pouvait obtenir la moindre information lui permettant de sauver sa famille... Elle accepta d'un hochement de tête.

— Parfait.

Le maître de maison versa le thé dans les petites tasses. Il en tendit une à Aaron, puis une à Joan.

— Que souhaitez-vous savoir ?

Joan but une gorgée de sa boisson, le temps de rassembler ses esprits. Le thé, vert, était de qualité, frais et herbacé – proche de ceux que son père gardait dans le congélateur.

— Des rumeurs circulent sur le pouvoir de votre famille, dit-elle.

— La mémoire infaillible, dit Ying. C'est de notoriété publique.

— Certes, mais des bruits courent sur certains de ses aspects cachés.

Le galeriste prit un air pensif.

— Et moi, j'ai entendu des rumeurs identiques sur le pouvoir des Oliver. (C'est Aaron qu'il fixait désormais.) D'aucuns prétendent que vos chefs de famille en voient plus que les autres membres de votre clan.

Pour une raison inconnue, le jeune homme jeta un regard furtif à Joan. L'expression de son visage resta malgré tout indéchiffrable.

— Nous ne sommes pas venus ici pour parler des miens, protesta-t-il.

— Vraiment ? le taquina leur hôte, songeur. Les Oliver voient. Les Hunt dissimulent. Les Nowak vivent. Les Patel bloquent. Les Portelli ouvrent. Les Hathaway emportent. Les Nightingale prennent. Les Mtawali préservent. Les Argent persuadent. Les Ali scellent. Les Griffith révèlent. Mais seuls les Liu se souviennent.

Il avait scandé cette litanie sur un rythme lancinant, à la manière d'une berceuse.

— Les douze grandes familles de Londres, ajouta-t-il.

— Ne me dites pas que vous espérez un paiement pour ça, s'emporta Aaron. Tous les petits monstres londoniens connaissent cette comptine.

La remarque arracha à leur hôte un de ces sourires dont il avait le secret : seuls ses yeux s'animèrent d'un éclat amusé.

— Les pouvoirs familiaux sont connus de tous, en effet, concéda-t-il. Vous, vous me demandez de révéler des secrets de famille. À votre place, je m'inquiéterais de savoir si je suis prêt à payer le prix exigé pour un secret du clan Liu.

— C'est moi qui négocie, fit valoir Joan. Pas Aaron. Et la réponse est oui : je suis prête à y mettre le prix.

Ying la dévisagea un long moment, comme pour s'assurer qu'elle était bien décidée à passer ce marché.

— Avez-vous jamais entendu parler de la *zhēnshí de lìshǐ* ? finit-il par demander.

— « L'histoire véridique » ? traduisit Aaron.

Leur hôte haussa les sourcils, surpris.

— Vous parlez le mandarin ?

— Non, mais j'ai entendu parler de cette théorie, répliqua le jeune homme d'un ton qui marquait sa désapprobation.

Ying se tourna vers Joan.

— D'aucuns pensent qu'il s'est tenu jadis une autre ligne temporelle qui aurait existé avant la nôtre, expliqua-t-il. La *vera historia*, comme la nomment certaines familles. Autrement dit, la véritable chronologie. (Il prononça ces mots avec une mélancolie empreinte de révérence.) Nous pensons que cette histoire ancestrale fut effacée et que celle que nous suivons actuellement a été créée à sa place.

— Théorie on ne peut plus marginale, objecta Aaron. Tout le monde sait que la chronologie se rectifie toute seule. Qu'une autre histoire ait jamais existé ? C'est impossible.

— Certains membres de ma famille pensent se rappeler des fragments de cette autre chronologie, insista Ying.

Joan en eut le souffle coupé. C'était donc bien la vérité. Les Liu se rappelaient les événements qui avaient été changés depuis.

— Et vous ? Est-ce votre cas ? lui demanda-t-elle. Vous en souvenez-vous ?

Il prit un long moment avant de lui répondre.

— Le pouvoir des Liu est la mémoire infaillible. Chez certains des membres de notre clan, ce pouvoir va plus loin : nous nous souvenons de menus changements, de variations ordinaires de la ligne temporelle. Seuls les plus puissants ont pu apercevoir la *zhēnshí de lìshǐ*.

Joan se pencha vers son hôte avec avidité.

— Si une autre chronologie a existé, quelque chose, ou quelqu'un, a forcément dû la modifier.

— Je regrette, répondit son interlocuteur, non sans gentillesse, mais voilà qui met un terme à notre conversation. Je vous ai fourni des informations sur le pouvoir des Liu. Vous nous êtes à présent redevable.

— Non ! fit Joan.

La conversation venait tout juste de commencer. Il y en avait tellement plus à apprendre !

— Comment la ligne temporelle a-t-elle été bouleversée ? Je vous en supplie. Je vous devrai une autre faveur.

— Je regrette, répéta Ying en lui resservant une tasse de thé. Comme je vous l'ai dit, ma famille aime la simplicité. Une seule dette, rien de plus simple. Des dettes multiples, en revanche, rien de plus compliqué. Mais je vous en prie : dégustez votre thé et n'hésitez pas à flâner dans la galerie quand vous aurez fini.

Aaron se décolla de son pilier pour venir s'asseoir sur le petit rebord en brique à côté de sa camarade.

— Joan, dit-il d'une voix douce. Notre hôte a rempli sa part du marché.

— On ne peut pas partir tout de suite, plaida-t-elle.

Ying n'avait pas tout dit, elle en aurait mis sa main à couper.

— Je ne peux pas m'en aller avant d'en savoir plus.

Le jeune homme baissa la tête. Lorsqu'il la redressa, ses yeux étaient fixés sur leur interlocuteur.

— C'est moi qui m'endetterai, cette fois, dit-il.

— Non ! protesta Joan.

Voilà qui ne serait pas juste : Aaron n'avait même pas envie de venir. Peut-être leur hôte accepterait-il un autre paiement qu'une faveur… Mais quoi ? Que pourrait-elle lui offrir en échange ? Elle avait débarqué à cette époque les mains vides, sans rien d'autre que sa tenue et un téléphone – qu'elle avait vendu la veille.

Il ne lui restait plus que… Portant la main à son cou, elle effleura les contours de la chaîne suspendue sous le doux lainage de son pull. Le marchand qui lui avait acheté son portable lui avait proposé de le racheter, mais elle avait décliné l'offre.

De ses doigts tremblants, elle détacha le bijou, dernier souvenir de sa grand-mère. Elle s'efforça de ne pas trop y penser lorsqu'elle le proposa à Ying.

— Accepteriez-vous ceci en lieu et place d'une faveur ?

— Je regrette, répondit l'intéressé.

— Je vous en supplie. J'ai besoin de savoir.

— Qu'avez-vous besoin de savoir ?

— Comment empêcher la mort de frapper, souffla la jeune fille.

Le visage du galeriste se plissa de rides tristes pareilles aux lignes d'une gravure sur bois.

— Vous avez perdu un proche, constata-t-il.

— Oui…

— Je ne puis vous fournir les informations que vous désirez, dit Ying avec douceur. Vous ne me devrez rien pour vous avoir révélé que vous ne pourrez ramener les morts à la vie.

Joan n'entendait pas se satisfaire de cette réponse.

— Quelque chose ou quelqu'un a déjà bouleversé l'histoire par le passé, rappela-t-elle. Vous possédez une mémoire infaillible et les Liu s'enorgueillissent de tenir des archives exhaustives. Vous avez forcément entendu quelque chose, un bruit de couloir, des on-dit sur ce qui s'est passé. (Elle lui tendit une nouvelle fois le bijou.) Je vous en prie.

Ying s'apprêtait à secouer la tête pour exprimer son refus définitif lorsqu'il se mit soudain à inspecter le collier de plus près, intrigué. Joan entendit un soupir de surprise s'échapper de ses lèvres.

— Où l'avez-vous trouvé ? murmura-t-il.

Elle se remémora la main de son aïeule glissant sur son poignet pour y déposer la chaîne. Les yeux baignés de larmes, la fuyarde y voyait à peine, cette nuit-là.

— C'est ma grand-mère qui me l'a donné.

— Vous permettez ? demanda le galeriste.

Au lieu de se saisir du bijou, pourtant, il débarrassa la table en écartant bols et assiettes. Sur le plateau désormais vide, Joan déposa son trésor, dont le pendentif en or se détachait, aveuglant, sur le fond de laque noire.

La veille, sous la douche, la jeune fille avait nettoyé le sang qui maculait le collier depuis la mort de son aïeule.

Malgré tout, elle n'avait pas vraiment osé le regarder de plus près – le courage lui avait manqué.

À présent qu'elle l'examinait avec soin, elle remarqua un détail qui lui avait échappé : le pendentif ne représentait pas le renard à langue argentée des Hunt. Il lui fallut un peu de temps avant de distinguer ce dont il s'agissait : une créature à tête de lion dotée de serres d'oiseau. À peine plus grande que l'ongle d'un pouce, elle était extrêmement détaillée, en relief et très réaliste. Cette créature se tenait sur un disque d'or fin, les oreilles dressées, la tête inclinée dans une attitude curieuse et attentive. Le tout semblait taillé dans l'or massif.

— Je ne savais pas que tu portais ce bijou, fit observer Aaron.

— Comme la chaîne est longue… dit Ying d'un air absent.

Ondulant sur le plateau tel un serpent d'or, elle était d'une grande finesse. De petits maillons portaient des marques sombres, comme un métal exposé au feu. Ouvrant grand la main, Ying posa quatre de ses doigts sur les taches. Joan gardait un souvenir très précis du moment où elle avait touché le bijou aux mêmes endroits – les traces noires étaient subitement apparues sur l'or jusque-là intact. Sur le moment, elle les avait prises pour des résidus de sang. À mieux y regarder, malgré tout, le métal semblait transformé en autre chose. Mais par quelle magie ?

Ying posa sur la jeune fille un œil inquisiteur, comme s'il la voyait sous un jour nouveau. Elle avait désormais toute son attention. Son expression faisait curieusement écho à l'attitude d'Edmund Oliver lorsqu'il avait toisé

Joan dans le Cabinet doré. L'indifférence assumée du patriarche s'était subitement muée en un vif intérêt, à croire qu'il avait détecté quelque chose de spécial en elle. *« Les Hunt sont de sacrés petits cachottiers »*, avait-il dit.

— Que désirez-vous savoir ? lui demanda Ying.

L'émotion envahit Joan. Son cœur se mit à battre la chamade, sans qu'elle sache pourquoi.

— Comment la chronologie a-t-elle été changée ? s'enquit-elle.

— Il existe des histoires sur la création de notre ligne temporelle, répondit-il. Mais il ne s'agit que de mythes.

— Des mythes ? répéta Joan.

« Le héros humain est une figure mythique », lui avait assené Ruth la veille.

— Quel genre de mythes ?

— Selon eux, notre continuum espace-temps aurait été créé par notre roi, expliqua Ying, à l'aide d'un artefact qui lui aurait permis de détruire la *zhēnshí de lìshǐ* afin de la remplacer par une nouvelle chronologie totalement artificielle qu'il a faite sienne, de sorte que chacun des événements se déroule en tout point selon son bon plaisir.

— De quel artefact s'agit-il ? demanda Joan.

Ils étaient si proches du but, à deux doigts d'apprendre ce dont elle avait besoin. S'il existait un moyen de ramener sa famille à la vie, il lui fallait se le procurer.

— Tout ce que je peux vous dire, c'est qu'il est entreposé à la Cour des monstres. (Ying observait toujours la jeune Hunt avec une attention non dissimulée.) C'est le siège du pouvoir royal. Inutile de me demander comment vous y rendre.

Il referma la main sur le collier, puis le rendit à sa propriétaire interloquée, en laissant lentement couler la chaîne au creux de sa paume avant de la lâcher.

— Vous en possédez la clef.

Joan, interdite, regarda son hôte se lever.

— Nous nous rappellerons à votre souvenir lorsque nous aurons besoin d'une faveur, déclara Ying.

Chapitre 12

Lorsque Joan et Aaron sortirent de la galerie des Liu, la jeune fille ne put s'empêcher de porter la main au collier que lui avait confié son aïeule. S'agissait-il réellement d'une clef donnant accès à la Cour des monstres, le siège du pouvoir royal ?

— Quand on est arrivés à cette époque, tu m'as parlé du roi, fit-elle remarquer à son compagnon tout en marchant.

— Cache donc ce pendentif, répliqua-t-il d'un ton sec, visiblement tendu.

En plus d'avoir lourdement insisté pour emprunter un itinéraire différent, il ne cessait de jeter en arrière des regards méfiants.

— Pourquoi Ying ne l'a-t-il pas accepté ? (Joan glissa soigneusement la chaîne sous son pull.) Je le lui ai offert, pourtant.

— Sans doute ne tenait-il pas à le savoir trop près de lui, observa Aaron. Et moi non plus.

Ils arrivèrent à une intersection. Elle pressa le bouton d'appel du feu de circulation. Son guide, lui, ne cessait de se triturer les doigts. Le seul fait de rester sur place le mettait dans tous ses états.

— Qu'est-ce qui t'effraie tant ? lui demanda la jeune fille.

— Nous devons regagner la halle, dit-il, la bouche pincée.

La pâleur de ses lèvres rappela à Joan le teint livide qu'il avait pris lorsque Ruth leur avait raconté avoir vu des gardes royaux à l'hôpital.

— Sur qui règne ce fameux roi ? l'interrogea-t-elle. Sur tous les monstres d'Angleterre ?

Le jeune Oliver semblait peu enclin à lui répondre.

— Nos frontières ne coïncident pas avec le contour de ce que tu appellerais des pays, finit-il par lancer abruptement. Elles ont été tracées dans un autre temps.

« Ce que tu appellerais des pays. » Une fois de plus, Joan eut l'impression d'avoir jeté un simple coup d'œil par la fente d'un rideau pour apercevoir, furtivement, de l'autre côté, un autre monde. Elle découvrait tant de choses dont elle ignorait tout – tant de choses que sa grand-mère ne lui avait jamais expliquées.

Une camionnette rouge de la poste royale roula au pas à leur hauteur, avant de les dépasser. Aaron la surveilla du coin de l'œil jusqu'à ce qu'elle tourne au coin de la rue, procédure qu'il répéta avec chaque véhicule s'arrêtant au feu rouge. La signalisation passa enfin au vert pour les piétons.

— Allons-y, dit-il, déjà en marche.

— Aaron…

— Ne reste pas là…

Il patienta le temps que Joan le rejoigne pour reprendre, toujours sur un ton brusque :

— Le roi ne se montre jamais. Il gouverne par le biais de la Cour des monstres, dont les membres lui font office de bras armé, d'exécutants. La *Curia monstrorum*, comme nous les nommons parfois.

Tout en calant son pas sur celui de son camarade, Joan se figura mentalement l'assemblage des pièces du puzzle. Les autorités qui régissaient le royaume des monstres obéissaient à une hiérarchie bien établie. Les gardes royaux évoqués par Ruth devaient être l'équivalent des officiers de police dans le monde des êtres humains. Ils ne rendaient de comptes qu'aux membres de la Cour des monstres. Et, tout en haut de la pyramide, régnait le souverain en personne.

« Le roi ne se montre jamais. » Joan imagina une présence invisible planant sur eux et leurs semblables.

— Crois-tu que ce soit vrai, ce dont Ying nous a parlé ? demanda-t-elle à Aaron. Que le roi a changé le cours de l'histoire ? Qu'il a effacé la véritable chronologie à l'aide d'un artefact ?

Par réflexe, Aaron jeta un nouveau regard par-dessus son épaule.

— Ne dis pas des choses pareilles, siffla-t-il.

Elle le dévisagea, confuse.

— « La véritable chronologie », précisa-t-il. Ce ne sont pas des termes à prononcer en public.

Ils marchaient, seuls, au bord de la route, aussi une situation pareille n'avait-elle de publique que le nom. Quant à Ying, il n'avait pas craint de tenir ce genre de propos, lui.

— Il n'y a personne pour nous écouter, protesta Joan.

Aaron scruta les environs avant de lui répondre, plus doucement cette fois. Peut-être redoutait-il d'être entendu malgré l'absence évidente d'oreilles à portée de voix.

— Il n'existe qu'une seule chronologie, celle du roi. Les événements se déroulent selon son bon plaisir. Parler d'une autre ligne temporelle, la présenter comme véridique… c'est dangereux, à la limite du… du blasphème.

— Pardon ? réagit Joan, surprise.

Le terme détonnait quelque peu, par rapport au contexte. « Trahison » aurait sans doute été plus adapté pour caractériser l'offense faite à un roi.

— Mais, Aaron, si…

— Par pitié, grommela le jeune homme. Tu veux bien attendre d'être en lieu sûr avant de me bombarder de questions ?

Il se passa une main tremblante dans les cheveux.

— Dans quel pétrin nous sommes-nous fourrés ? pesta-t-il comme pour lui-même.

La halle de Ravencroft s'était bien remplie depuis leur départ. Alors qu'ils se frayaient un chemin à l'intérieur, Joan comprit enfin comment s'agençait la structure de la zone principale, divisée en sections, comme un grand magasin, à ceci près que chaque secteur correspondait à une période de l'histoire. Ici, le XXe siècle, là, le XXIe. À chaque décennie qui éloignait Joan de son époque, les vêtements arboraient des couleurs et des coupes toujours moins familières. La mode finit par lui paraître aussi étrange que les tenues des temps jadis. Elle fut tentée de se promener jusqu'à l'autre extrémité du bâtiment, afin de découvrir quelles technologies s'y échangeaient sous le manteau.

— Des gardes royaux patrouillent dans le marché, murmura Aaron. Fais-toi discrète.

Lui-même baissa la tête, mais Joan, elle, était trop curieuse pour ne pas promener son regard à la ronde.

La police du royaume des monstres, songea-t-elle en se remémorant le récit de Ruth.

Elle ne les repéra pas tout de suite. Ce n'est que lorsqu'elle s'engagea dans une aile adjacente qu'elle entendit un homme dire d'un ton tranquille à une marchande : « Donnez-moi tous les téléphones portables. »

Au revers de sa veste était épinglé un emblème doré : un lion, posté dans une attitude prédatrice, avec des ailes déployées à la manière d'un oiseau de proie. La propriétaire du stand était une femme d'âge moyen, aux lèvres peintes d'un violet assorti à sa veste. Malgré les manières nonchalantes du garde, ce fut d'une main tremblante que la commerçante se saisit des appareils pour les placer dans une boîte, en évitant sciemment le regard de son interlocuteur.

Aaron empoigna Joan par le coude pour lui faire comprendre qu'il valait mieux presser le pas pour dépasser le stand perquisitionné. Au fil de leur déambulation, elle reconnut d'autres gardes à leur insigne en forme de lion ailé. Les marchands les regardaient faire, les lèvres serrées sans pour autant protester, même s'ils leur confisquaient téléphones et autres appareils, dépouillant leurs présentoirs.

— Une technologie hors de son temps, chuchota Aaron une fois qu'ils eurent gagné l'escalier. Techniquement, c'est illégal, mais il est rare de voir les gardes royaux s'intéresser à de petits marchés comme celui-ci.

Joan déglutit, troublée.

— Ruth nous a dit avoir vu des gardes après qu'elle a mentionné le massacre, murmura-t-elle. Moi aussi, on m'a entendue en parler, hier. Ils sont à notre recherche, tu crois ?

— S'ils en avaient après nous, ils s'intéresseraient davantage aux clients et moins à la marchandise, estima Aaron. Cette descente n'est que le fruit du hasard. Allez, viens.

À son grand soulagement, Joan n'eut qu'à frapper une fois à la porte du studio avant que Ruth ne vienne leur ouvrir.

— Il y a des gardes roy… commença Aaron.

— Je sais, l'interrompit leur hôte. Je les ai observés depuis là-haut.

Elle les poussa vers le coin nuit, où une échelle amovible menait au niveau supérieur.

Joan grimpa à la suite de sa cousine et déboucha sur un espace végétalisé en terrasse. D'un côté, le dôme vitré de la halle s'élevait, telle une voile gonflée par le vent. À cette distance, les corbeaux de plomb dessinés sur le verre bleu paraissaient aussi grands que des chats. Des parapets à hauteur de la taille entouraient le reste du toit, ce qui rappela à Joan le jardin des Liu.

— La vue est incroyable, d'ici ! constata-t-elle, ébahie. Sacré panorama…

Dans la rue, des monstres surgissaient ou s'éclipsaient comme des bulles de savon, spectacle auquel la jeune fille avait décidément bien du mal à s'habituer. À travers le dôme, le marché se déployait en miniature. Vus en plongée, les gardes se fondaient dans la masse de la clientèle, leurs insignes trop petits pour être visibles. Joan n'avait pourtant aucun mal à les identifier grâce à l'espace qui se créait naturellement autour d'eux. Nul besoin de se trouver sur place pour percevoir le voile sombre que leur présence avait jeté. Les clients avaient perdu de leur allant, ils étaient aux aguets. Les vendeurs se faisaient plus discrets.

— Personne ne monte jamais sur ce toit, déclara Ruth.

— Parce que c'est lugubre, comme endroit, maugréa Aaron.

Quelques plantes en pot avaient été disposées çà et là, mais elles avaient depuis longtemps rendu l'âme, réduites à l'état de pauvres tiges rabougries. Les garde-corps tombaient en ruine.

— Mais, je veux bien le reconnaître, la vue est exceptionnelle, concéda le jeune homme.

Joan prit place sur l'un des parapets, face à ses deux compagnons.

— On a du neuf, annonça-t-elle à sa cousine. On a parlé à Ying Liu, qui a confirmé les rumeurs. Certains des membres de son clan se rappellent une autre chronologie.

Ruth écarquilla les yeux.

— Il te l'a dit en ces termes ?

— Ce n'est pas tout, intervint Aaron. Savais-tu que ta chère cousine était en possession d'un article de contrebande issu de la Cour des monstres, rien que ça ?

— Pardon ? s'étrangla Ruth. Mais non !

Joan ouvrit le fermoir de son collier, puis tendit le bijou à son aînée.

— Grand-mère me l'a confié juste avant de mourir.

Elle pria pour que son aînée ne soit pas blessée d'apprendre que leur aïeule lui avait offert ce présent.

L'intéressée sembla moins vexée que perplexe. Elle se saisit du bijou qu'elle étira dans le vide avant d'en tordre légèrement la chaîne, dont les maillons scintillèrent dans la clarté vaporeuse du ciel.

— Tu l'avais déjà vu ? lui demanda Joan. Chez grand-mère, peut-être ? Ou même sur elle ?

Ruth secoua la tête.

— Non, je ne crois pas. Et ces taches noires, c'est quoi ? On dirait presque de la pierre.

— Je ne sais pas, avoua sa cadette.

La question l'avait mise étrangement mal à l'aise. Elle revécut le moment où elle avait effleuré le collier après la mort de la doyenne des Hunt, sa façon de le toucher, l'or qui avait viré au noir terne dès qu'elle en avait retiré les doigts. Non, elle devait se tromper. Sa mémoire lui jouait des tours.

Pour une raison qui lui échappait, un autre souvenir lui revint : le galeriste déployant ses phalanges au-dessus de ces fameuses marques sombres pour les toucher. Et ce regard inquisiteur qu'il avait posé sur elle.

— Selon Ying Liu, il s'agirait d'une clef donnant accès à la Cour des monstres, dit Aaron.

Ruth sursauta et manqua de lâcher le bijou, comme si on venait de lui dire qu'elle tenait un serpent.

— C'est ce qu'il prétend, en tout cas, confirma Joan.

— Ça, une clef donnant accès à la Cour ? s'étonna sa cousine, les yeux ronds. Je ne comprends pas. Comment un collier pourrait-il servir de clef ?

— Aucune idée, dit Aaron. Mais regarde bien. Le pendentif est en réalité un sceau. On dirait presque un cachet familial.

Ruth brandit à nouveau le bijou. La curiosité l'emportait visiblement sur la peur.

— Je n'ai jamais vu ce blason… (Elle fronça les sourcils sous l'effet de la concentration.) Qu'est-ce qu'il représente ? Une gargouille ? On dirait que sa queue fait des nœuds.

— Une sorte de chimère, sans doute, répondit Aaron. Moi non plus, je n'en ai jamais vu de semblable.

Ruth retourna le pendentif. L'envers du médaillon était gravé d'une image : la même créature, debout sur un rouleau de parchemin. Les yeux plissés, Joan tenta de déchiffrer l'inscription : « *Non sibi sed regi* ». Du latin ?

— « Pas pour soi, mais pour le roi », traduisit Aaron.

— Cette devise n'appartient à aucune des douze familles, fit remarquer Ruth.

— Peut-être s'agit-il du cachet d'un clan plus modeste, proposa le jeune homme. Ou d'une maison française.

— Mais il ne porte pas de nom, pointa Ruth.

— Un cachet ? Qu'est-ce que c'est ? s'enquit Joan.

Aaron plongea la main dans sa poche pour en sortir une chaîne qu'il décrocha de sa boutonnière. La jeune Sino-Britannique l'avait déjà remarquée, mais l'avait prise pour le lien d'une montre à gousset. À son extrémité était accrochée un médaillon en forme de sirène qui n'avait rien à voir avec les créatures de contes de fées. Tout dans son attitude, de l'inclinaison de la tête aux mains griffues en passant par l'enroulement de la queue serpentine, exprimait la menace. Elle avait vu la même sirène tatouée sur le poignet d'un des parents d'Aaron – et sur l'héritier déchu lui-même, à travers sa chemise trempée. Le blason de sa famille.

Il fit mine de tamponner la table avant de tendre le pendentif à Joan.

— C'est un sceau.

Sous la queue de la sirène se déployait un disque d'or, gravé à l'effigie de la créature, avec le nom d'Aaron inscrit à l'envers. « Fils d'Edmund », précisait le cachet. Joan distingua une devise en latin : « *Fidelis ad mortem* ».

— Il sert de preuve d'identité, ajouta le jeune homme. La plupart des monstres en possèdent un. Dans ma famille, on nous les donne quand notre pouvoir se stabilise… C'est le moment où notre appartenance au clan Oliver est confirmée. Lorsque l'un d'entre nous décède, son cachet est enterré avec lui.

— Une preuve d'identité ? s'étonna Joan. Et personne ne les contrefait ?

— C'est rarissime, répondit Ruth. Ils sont fabriqués à la main. Les petites éraflures et autres imperfections les rendent quasiment impossibles à répliquer à la perfection.

Joan lui reprit le collier de sa grand-mère pour l'examiner. Sa cousine avait raison : le pendentif avait tout d'un cachet.

— Ying nous a dit autre chose, lança-t-elle en attachant le bijou autour de son cou. Selon lui, le roi aurait effacé la chronologie précédente pour la remplacer par une autre, celle dans laquelle on évolue actuellement.

— Tu parles de l'histoire véridique ? demanda Ruth.

En voyant Aaron grimacer, elle lui fit remarquer :

— Pour que ce soit un blasphème, il faudrait d'abord croire à toutes ces insanités qui prétendent que le roi est infaillible.

— Certains d'entre nous honorent leurs serments, protesta-t-il.

— Oh, fiche-moi la paix avec la fausse piété des Oliver, maugréa son interlocutrice. Ta famille n'est qu'un nid de serpents manipulateurs. Vous feriez mieux d'assumer, au lieu de feindre de faire allégeance au roi.

— *Fidelis ad mortem*, lui rappela l'héritier déchu. Telle est notre devise. Tu ne peux pas comprendre.

— « Fidèles jusqu'à la mort », ben voyons, ironisa Ruth. Vous êtes juste assez malins pour ne pas préciser à qui. Tout le monde sait que vous n'êtes fidèles qu'à vous-mêmes.

— Ça vaut toujours mieux que celle des Hunt. Qu'est-ce que c'est, déjà ? « Toujours en fuite » ?

— « Toujours libres » ! rectifia la jeune fille, piquée au vif.

— Est-ce qu'on peut revenir à nos moutons ? s'impatienta Joan.

Aaron ferma la bouche, ravalant l'insulte qu'il s'apprêtait sans doute à jeter à la face de l'aînée des cousines. Puis il haussa une épaule, pas gêné pour deux sous.

Joan poussa un soupir exaspéré, avant de reprendre son raisonnement.

— À en croire Ying Liu, pour effacer l'ancienne chronologie, le roi se serait servi d'un artefact conservé à la Cour des monstres. (Elle tapota son pendentif.) Coup de chance, maintenant, on a notre billet d'entrée.

Elle jeta un regard plein d'espoir à ses deux amis. L'un comme l'autre restèrent muets.

— Grand-mère connaissait le destin du héros, ajouta-t-elle. Si elle m'a confié ce collier, c'est pour qu'on pénètre à la Cour, afin de nous procurer ce fameux objet mystère et d'empêcher le massacre.

— Si je comprends bien, tu as l'intention de t'introduire à la Cour des monstres ? s'enquit Aaron.

— Oui, bien sûr.

— Pour voler un artefact appartenant au roi ? insista-t-il. Et pas n'importe lequel : celui qui lui a servi à créer le royaume sur lequel il règne ? Un artefact qui, s'il existe, serait certainement le plus étroitement surveillé de tous les biens en sa possession ?

— Je n'ai pas dit que ce serait facile.

— Joan ! s'esclaffa Aaron. Se rendre à la Cour des monstres est impossible. Elle siège hors du temps. On ne peut y accéder que muni d'une invitation et d'une escorte.

— Peut-être que c'est précisément ce à quoi ce bijou va nous servir, argua son interlocutrice. Si ça se trouve, ce n'est pas une clef à proprement parler, mais plutôt une invitation.

— J'en ai ma claque, de cette conversation, ronchonna son interlocuteur. Le problème n'est même pas d'entrer ou de sortir. Si quelqu'un nous entend, on est bons pour être exécutés sur-le-champ. Ce qu'il faut, c'est faire profil bas : trouver un lieu sûr où nous installer pour vivre à l'époque actuelle.

— Pardon ? s'exclama Joan, incrédule.

Elle repensa à la liste d'Aaron. *Logement. Scolarité.*

— Tu m'as entendu, répondit-il.

C'est qu'il ne plaisantait pas ! Joan n'en croyait pas ses oreilles.

— Nos familles ont été assassinées, lui rappela-t-il. On a bien failli y passer, nous aussi. Le traumatisme qu'on a vécu est absolument épouvantable. On a besoin de se poser pour reprendre notre souffle.

— Ma grand-mère ne m'a pas confié ce collier par hasard ! s'entêta-t-elle.

— Tu n'en sais rien ! rétorqua le jeune homme, dont la frustration n'avait d'égale que celle de sa compagne de cavale. Dorothy Hunt est une voleuse notoire. Qui sait si elle n'a pas subtilisé ce bijou sans même savoir de quoi il s'agissait.

— Elle m'a dit qu'il fallait que j'arrête le héros ! tempêta Joan. Si elle m'a donné ce pendentif, c'est pour que je m'en serve. Elle savait !

— Et pour quelle raison, au juste, t'aurait-elle maintenue toute ta vie dans l'ignorance ? demanda Aaron. Pour quelle raison aurait-elle attendu ses derniers instants pour t'en parler ?

— La question n'est pas là.

Pourquoi refusait-il d'admettre qu'ils avaient peut-être mis la main sur un moyen de sauver leurs clans respectifs ?

— Il faut mettre au point un plan pour infiltrer la Cour des monstres, décréta Joan.

— Personne n'ira là-bas ! s'emporta à son tour l'héritier déchu. Jamais !

— Moi, si. Sans toi, s'il le faut !

— Oh, vraiment ? Et comment comptes-tu t'y prendre ? Comment vas-tu la trouver, tu peux me le dire ? Même moi, je ne saurais pas comment faire. (Il s'adressa à Ruth.) Ta famille aurait peut-être dû lui inculquer deux ou trois principes parce que là, ça frise l'obsession, son histoire !

— Tu vas bientôt arrêter avec ce refrain ? aboya Joan.

— Non. Deux fois dans la même journée, tu as failli tomber hors du temps. (À nouveau, Aaron prit Ruth à partie.) Ça n'aurait jamais dû se produire. Les tiens ne lui ont même pas appris les bases élémentaires du voyage temporel !

— Notre grand-mère nous interdisait de lui parler des monstres, avoua soudain l'aînée des deux Hunt, à sa propre surprise.

Pour sa cousine, la révélation eut l'effet d'un coup de poing.

— Tu peux répéter ?

— Oh, Joan… murmura Ruth en voyant la réaction de sa parente. Ne va pas croire que… On te croyait incapable de voyager dans le temps, voilà tout. C'est d'ailleurs le cas de la plupart des monstres issus d'un parent humain. Grand-mère pensait sûrement te ménager en évitant le sujet. Après tout… (Sa voix se fit plus douce.) J'imagine que ça aurait été un choc, pour toi, d'apprendre la vérité.

— Mais…

Joan la fixa, hébétée. L'espace d'un instant, la perplexité l'emporta sur la douleur. Son aïeule savait pourtant qu'elle était capable de se déplacer dans le temps. Ne l'avait-elle pas attendue, le soir de son premier voyage temporel ? C'était bien qu'elle savait !

— Les archives ne mentionnent-elles pas que je possède ce pouvoir ?

— C'est justement ce que j'essaie de te dire, répondit Ruth. Selon les annales claniques, tu n'en es pas capable.

— Vous avez cru qu'elle n'était pas un monstre, conclut Aaron.

— Ce n'est pas ce que j'ai dit, objecta-t-elle.

— Quiconque est incapable de se déplacer dans le temps ne peut se prétendre monstre.

— Est-ce donc ainsi que vous traitez les Oliver qui n'y parviennent pas ? demanda Ruth avec un dégoût non dissimulé.

— Un Oliver incapable de voyager dans le temps ? C'est ce qu'on appelle un oxymore, répliqua le jeune homme.

— Ta famille me débecte, cracha son interlocutrice.

Joan se leva d'un bond. La migraine la menaçait. Il fallait qu'elle réfléchisse.

— Où vas-tu ? lui demanda Aaron.

— Prendre l'air.

— Où ça ? voulut savoir Ruth.

— J'ai besoin de réfléchir.

Chose impossible au milieu de leurs prises de bec.

Joan quitta le quartier des monstres, puis erra jusqu'à avoir les idées plus claires. Il allait lui falloir comprendre comment utiliser cette clef et découvrir l'emplacement de la Cour. L'idée de retourner chez les Liu lui traversa l'esprit.

Le soleil avait fait son apparition. Elle leva la tête pour laisser ses rayons lui caresser le visage. Elle s'attendit à recevoir une remarque désobligeante d'Aaron lui reprochant de s'arrêter en pleine rue, mais la pique ne vint pas. Elle avait presque oublié qu'elle était seule. Le silence lui apporta un soulagement étrange, accompagné d'un sentiment de solitude inattendu.

Des cafés étaient alignés sur le trottoir. Joan en choisit un aux allures de *diner* américain, doté de grandes vitrines et de sièges au soleil. À l'intérieur, des touristes épuisés dégustaient des hamburgers, des hot-dogs et des petits-déjeuners servis à toute heure, comme des saucisses et des œufs au plat.

Joan fit le tri dans son argent, séparant avec soin les billets du royaume des monstres des coupures humaines, avant de demander un thé au serveur, qu'elle attendit assise à une table, la tête renversée contre le dossier de la banquette, les yeux rivés sur un couple en train de se disputer au-dessus d'une carte aussi grande qu'une nappe. Dans trente ans, armés d'un GPS, il leur faudrait trouver un autre motif de chamaillerie.

Le serveur lui apporta sa commande.

— Merci, dit-elle lorsqu'il posa la théière sur la table.

Puis, au grand étonnement de sa cliente, il se glissa sur la banquette opposée.

Le cœur de Joan s'arrêta. C'était Nick.

Chapitre 13

Sans laisser à Joan le temps de réagir, Nick leva les mains pour lui attraper les poignets. Le cœur battant à tout rompre, elle sentit son souffle se coincer dans sa gorge. Le jeune homme était tel qu'elle l'avait laissé deux jours plus tôt, le soir où elle l'avait embrassé – la nuit, aussi, où sa famille avait été décimée. Son regard restait le même, empreint de sérieux et de franchise. Il avait ces mêmes yeux marron foncé quand il lui avait demandé de rester à ses côtés.

— Tu te souviens de ce que je t'ai dit, la dernière fois qu'on s'est vus ? lui demanda-t-il.

« Si tu t'avises encore de voler du temps à un être humain, je n'aurai pas d'autre choix que de te tuer de mes propres mains. » Une peur panique s'empara de la jeune fille, qui pressa son genou contre la table, pour voir. Aucun effet. Elle redoubla d'efforts, en vain. Elle jeta alors un coup d'œil à la table voisine : vissée au sol. Inutile d'espérer la renverser.

Nick se tourna d'un mouvement nonchalant vers la fenêtre. Des passants défilaient, en route vers leur travail, vêtus de costumes amples typiques du début des années 1990. Joan suivit son regard de la vitrine à la caméra de surveillance placée au-dessus d'eux, puis à une autre, installée dans un coin opposé de la salle.

— La prochaine fois, dit-il tout bas, je ferai en sorte que nous soyons seuls.

— Comment peux-tu être ici ? chuchota-t-elle.

Il ne pouvait y avoir qu'une seule explication. Soudain, comme emportés par une tempête, le choc et la panique provoqués par l'apparition de l'ancien bénévole de Holland House laissèrent la place à la colère pure.

— Tu es un monstre, toi aussi ? Après tout ce que tu as fait, tu…

— Non ! protesta-t-il, les dents serrées. Je suis humain.

— Menteur !

Lui qui avait toujours semblé la probité incarnée…

— Seuls les monstres peuvent se déplacer dans le temps !

— Les monstres et moi, rectifia-t-il. Je voyage par un autre moyen. Je ne suis pas un voleur de temps, moi.

— Comment t'y prends-tu, alors ?

Il ne répondit pas. Joan secoua la tête avec dédain. Elle songea à Aaron et Ruth, qu'elle avait abandonnés sur le toit de la halle de Ravencroft. Comment avait-elle pu se montrer aussi imprudente ? Si les hommes de Nick les retrouvaient, ils étaient perdus.

À moins qu'ils ne soient déjà morts. De même que tous les occupants de l'auberge et du marché… Joan tenta de se défaire de la poigne du tueur de monstres, qui resserra sa prise.

— Je suis désolé, dit-il, sans parvenir à la convaincre. Je ne peux pas te laisser me toucher.

Il lui était insupportable de se trouver si près de lui, de contempler ce visage si familier, ces yeux si graves… Elle avait passé tant de temps à l'observer à Holland House… Quelle image pouvaient-ils donc donner, tous les deux, du point de vue des passants qui se succédaient devant la vitrine ? Celle d'un jeune homme tenant les mains de sa petite amie en attendant leurs plats ? Quelques jours plus tôt, une idée pareille l'aurait fait tomber en pâmoison. Désormais, l'un comme l'autre savaient qu'à tout instant, elle serait capable de fondre sur la nuque de celui qui s'était invité à sa table – peu importaient les caméras de surveillance.

Une question, malgré tout, brûlait les lèvres de Joan depuis cette nuit fatidique.

— Savais-tu qu'il s'agissait de ma famille avant de les faire exécuter ?

— Non, répondit Nick, d'une honnêteté sans faille.

Elle se contraignit à poursuivre.

— Si tu l'avais su, tu l'aurais fait quand même ?

— Oui.

La réponse, implacable, procura à Joan une douleur presque physique.

— On était amis, toi et moi, dit-elle. On était…

Sa voix se brisa. Il l'avait embrassée, elle qui n'avait encore jamais reçu le moindre baiser.

— Pourquoi les avoir tués ? Qu'est-ce qui t'y forçait ?

Elle peinait à reconnaître sa propre voix. Le pire, dans toute cette histoire, c'est qu'elle éprouvait toujours cette… cette attraction envers son ancien collègue.

— Je te hais, gronda-t-elle.

Cette fois, Nick hésita, le temps d'un soupir.

— Je sais.

Si seulement elle avait pu renverser la table ! Elle ne désirait rien tant que d'infliger à Nick la douleur qu'il lui avait fait subir.

— Tu n'étais pas obligé de les tuer ! dit-elle. Tu ne les connaissais même pas. C'étaient des hommes et des femmes, des êtres vivants. Tu les as massacrés !

— Ils volaient du temps à des innocents. (Dans ses yeux bruns brillait toujours la même sincérité.) Je ne pouvais pas les laisser faire du mal plus longtemps.

Joan ne supportait plus cet étalage de franchise. Elle l'avait en horreur.

— Tous ces pauvres gens que tu as tués ! Tu ne leur as pas laissé la moindre chance !

Le regard du jeune homme se durcit.

— Tu fais fausse route. Chacun des monstres tués cette nuit-là était un voleur de temps. Chacun des membres de ta famille. Les Oliver au grand complet. Tous les autres clans, aussi. (Sa voix se fit glaciale.) Veux-tu que je te dise qui n'a pas eu droit à la moindre chance ? Les êtres humains à qui ils ont prélevé des heures et des jours de leur vie. Tous ces passagers dans le métro. Tous ces touristes visitant Londres. Ces passants dans la rue. Tes semblables en faisaient leur proie. C'est terminé, désormais. Je ne vous laisserai plus nous faire du mal. Nous ne serons plus des victimes.

Osait-il se faire passer pour une de ces victimes humaines ? Lui ? Sous ses dehors de jeune homme vulnérable, à la merci des monstres rassemblés dans le Cabinet doré, se dissimulait en réalité la plus létale des forces en présence.

— Bonjour ! lança une voix joyeuse.

Joan sursauta, prise au dépourvu. Une serveuse s'approchait de leur table. Ils étaient dans un lieu public, même si la jeune Hunt avait bien failli l'oublier.

— Oh, pardon. Je ne voulais pas vous effrayer.

L'employée, à l'accent gallois et aux yeux doux, sortit stylo et calepin. Donna, à en croire le nom écrit sur son badge en forme de nuage.

— Qu'est-ce qui vous ferait plaisir ? demanda-t-elle. Nous servons le petit-déjeuner à toute heure de la journée. Des toasts ? Des œufs ? Tout est bon dans le menu, à l'exception du porridge. Le chef a voulu préparer un plat sophistiqué, à coups d'écorce de pamplemousse et de noix de muscade, aujourd'hui. À votre place, j'éviterais.

D'un mouvement subtil, Nick ajusta sa position. Ils avaient à présent vraiment l'air de se tenir la main. Sa posture avait changé, aussi, se faisant moins menaçante, plus aimable. N'étaient la tension dans sa mâchoire et la méfiance dans son regard, Joan aurait pu croire qu'elle avait retrouvé le jeune homme dont elle était tombée amoureuse – le bénévole passionné d'histoire rencontré dans la bibliothèque de Holland House. Elle en eut un pincement au cœur, qu'elle tenta d'ignorer. Le Nick dont elle rêvait n'avait en réalité jamais existé. Elle se languissait d'une illusion.

Les yeux posés sur leurs mains serrées, Donna esquissa un sourire attendri.

— Alors, qu'est-ce que je vous sers, les tourtereaux ?

Joan s'efforça de lui rendre son sourire.

— On n'a pas encore choisi.

La serveuse avait la nuque dénudée. Joan se surprit à courber l'échine. Mais l'employée ignorait tout de l'existence des monstres, de cet autre Londres qui se déployait au sein même de la ville qu'elle croyait connaître. Elle ne se doutait pas davantage que des créatures dans son genre pouvaient lui voler des minutes et des heures de sa vie d'un simple contact. Elle pouvait encore moins imaginer que ce charmant jeune homme assis en face de sa prétendue petite amie était capable de provoquer un bain de sang.

— Pardonnez-moi, dit Nick d'un ton gêné. J'ai encore besoin de réfléchir, moi aussi.

À l'insu de la serveuse, une de ses mains s'était emparée avec force des poignets de Joan, qui en devinrent presque douloureux. Il pensait protéger Donna, comprit sa prisonnière, qui sentait monter en elle un nouveau déferlement de colère.

— Pas de problème, dit l'employée, toujours aussi guillerette. Je suis juste à côté. Appelez-moi quand vous serez prêts.

Ils la regardèrent regagner le comptoir.

— Si tu touches qui que ce soit dans cette salle, murmura Nick, je suis prêt à oublier les caméras de surveillance.

Joan décida de balayer les faux-semblants.

— Ce n'est pas moi qui me suis rendue coupable d'un massacre.

À présent qu'elle avait entrevu un fragment de l'ancien Nick, elle parvenait à le retrouver quelque part dans cette nouvelle incarnation. Les deux versions du jeune homme partageaient le même penchant pour le sérieux, la sérénité, qui avait le don d'apaiser sa collègue lorsqu'elle le côtoyait à Holland House.

Un jour, lors d'un voyage scolaire, elle avait visité une chapelle dont la construction remontait au premier siècle de l'ère chrétienne. Chaque élève avait été autorisé à toucher le pan de pierre rugueuse, vieux de deux mille ans et pourtant toujours debout – vaillant au milieu des ruines. Joan en avait imaginé les fondations s'étirant à des kilomètres sous terre. La première fois qu'elle avait vu Nick, il lui avait curieusement rappelé ce mur. Le jeune homme qui lui faisait à présent face conservait cette qualité mais, chez lui, elle tournait à la rigueur inflexible. La cadette des Hunt comprenait pourquoi, désormais : il était habité par sa mission et rien ne l'en détournerait. Il ne cesserait de pourchasser les monstres que lorsqu'ils seraient tous morts, jusqu'au dernier.

— Si tu n'es pas venu me tuer, qu'est-ce que tu veux ? demanda-t-elle, la mâchoire crispée.

Le regard du héros se promena sur sa gorge. Elle se sentit rougir.

— Joli collier, dit-il.

Elle agita les bras – autant essayer de tirer une construction en béton derrière soi. Tenant toujours ses deux poignets d'une main, Nick glissa un doigt sous la chaîne qu'elle portait autour du cou, puis tira pour faire sortir le pendentif dissimulé sous le pull de la jeune fille. Il poussa un sifflement entre ses dents.

— Je l'ai cherché partout dans le manoir, dit-il.

L'inventaire – Nick avait passé des journées à répertorier le contenu de chaque pièce. Joan revit sa grand-mère lui confier le pendentif en faisant appel à ses dernières forces. Elle songea à l'expression surprise de Ying lorsqu'il avait posé les yeux dessus.

— C'était donc ça que tu cherchais depuis le début…

— Et dire que c'est toi qui l'avais, répliqua son interlocuteur. Jamais je n'y aurais pensé.

Ses phalanges effleurèrent la gorge de Joan quand il retourna le médaillon. Elle déglutit malgré elle. Sa réaction n'avait pas échappé à son tortionnaire.

— Pas un seul instant je n'aurais cru que tu étais un monstre, dit-il. Je t'ai observée, à Holland House. Je pensais te protéger. (Il passa le pouce sur la ciselure, le front soucieux.) Non, je ne me doutais pas du tout que tu étais des leurs.

Cette remarque lui fit de la peine. Elle n'avait même pas connaissance de ce qu'étaient les monstres, à l'époque, du moins, pas jusqu'à cette dernière journée passée en sa compagnie…

— Était-ce difficile de tuer tous ces gens ? lui demanda-t-elle. As-tu ressenti quelque chose ?

— J'ai fait ce que j'avais à faire, répondit le jeune homme.

Cette fois, c'était bel et bien le nouveau Nick qui s'exprimait – le tueur dangereux, au regard dur.

— C'est ce que tu te racontes pour trouver le sommeil ? répliqua Joan.

Un éclair passa sur le visage de son interlocuteur.

— Oh, tu n'arrives pas à dormir ? poursuivit-elle. Moi non plus, figure-toi, pas depuis cette fameuse nuit.

— Où as-tu trouvé ce collier ? lui demanda-t-il.

— Qu'est-ce que c'est ? contra la jeune fille.

Il haussa les épaules.

— Une chaîne en or, ornée d'un ravissant pendentif en forme d'alphyn. Ouvrage fabriqué vers le milieu du XIXe siècle, je dirais.

— Qu'est-ce qui se cache à la Cour des monstres ?

Nick se raidit. Il tira doucement sur le collier, actionna le fermoir d'un geste agile avant de laisser tomber chaîne et pendentif au creux de sa paume. Il les fit ensuite disparaître dans sa poche. Lorsqu'il en ressortit la main, il tenait un couteau.

Joan retint son souffle.

— Je te l'ai dit, murmura-t-il. Je ne te tuerai pas ici.

— Tu devrais, répliqua-t-elle sur le même ton.

Il pencha la tête sur le côté.

— Je te traquerai sans relâche, annonça Joan d'un ton solennel. Je tenterai tout pour t'arrêter, pour t'empêcher de faire du mal à qui que ce soit d'autre. Oui, c'est moi qui te tuerai.

Jamais elle n'aurait imaginé proférer de telles menaces – surtout pas à l'encontre de Nick. Jamais elle n'aurait imaginé les dire en pensant sincèrement chaque mot. Se planter une dague en plein cœur lui aurait sans doute fait le même effet.

La main de Nick se resserra un instant sur les poignets de sa prisonnière, avant qu'il ne les relâche lentement. Le jeune homme se leva, couteau tiré pour parer à toute attaque. Voyant qu'elle ne bougeait pas, il se risqua à faire un pas en arrière.

Joan agrippa le bord de la table pour se retenir de se jeter sur lui.

— Je ne plaisante pas, martela-t-elle. Tu es un homme mort.

Il lui adressa son sourire habituel, cette moue sérieuse qu'elle lui voyait toujours à Holland House.

— N'est-ce pas notre lot à tous ? dit-il. À un moment ou un autre du temps…

Chapitre 14

Lancée à toute allure, Joan regagna le quartier des monstres en s'essuyant le visage avec des gestes rageurs. Elle s'en voulait de pleurer.

Tout lui était revenu en voyant Nick – à commencer par les sentiments qu'elle avait éprouvés pour lui… et qui n'avaient peut-être pas complètement disparu. Le jeune homme, de son côté, avait dit la vérité, avec sincérité, comme à son habitude : même s'il avait su qui ils représentaient pour Joan, il n'aurait pas hésité à tuer les membres de sa famille. Tout comme il l'aurait tuée, elle, s'ils ne s'étaient pas trouvés dans le champ des caméras de surveillance aujourd'hui même. À ses yeux, elle n'était qu'un monstre : or son destin était de les tuer, elle et ses semblables.

Furieuse, la jeune Sino-Britannique était aussi terrifiée. Son esprit ne cessait de lui envoyer des images de Ruth et d'Aaron gisant morts dans le studio ou de trottoirs jonchés de monstres en train d'agoniser, comme à Holland House.

Elle s'efforça d'emprunter des allées détournées, rebroussant chemin parfois plutôt que de foncer droit sur la halle comme le lui dictait son instinct. Hors de question de mener Nick à ses camarades de cavale.

Pour la première fois, elle cherchait où étaient installées les caméras afin de les éviter, comme le faisait toujours Aaron. Nick lui avait indiqué le dispositif de surveillance du café. Nul doute qu'il était parvenu à remonter sa piste par ce biais. L'insistance des monstres à fuir les objectifs devenait plus compréhensible : face à des ennemis capables de voyager dans le temps, mieux valait éviter de laisser une trace de son passage.

Le marché grouillait de monde. *Le héros est ici, dans cette époque !* voulait leur hurler Joan, mais ce serait comme annoncer avoir vu Superman : elle passerait pour une folle.

Elle grimpa quatre à quatre l'escalier métallique, avant de manquer de trébucher sur le palier. À son grand soulagement, elle entendit les éclats de voix d'une dispute entre Ruth et Aaron à travers la porte de l'appartement.

— Vous êtes la seule famille dépourvue d'alliés ! s'enflammait le jeune Oliver. C'est dire si tout le monde vous déteste.

Joan frappa. Sa cousine lui ouvrit au beau milieu d'une phrase.

— Je ne sais vraiment pas ce que vous trouvent les Mtawali. Ils sont trop…

— On se calme ! intervint la jeune fille.

Excédée par leurs chamailleries, elle claqua la porte derrière elle, puis respira un grand coup.

— Ce n'est vraiment pas le moment, ajouta-t-elle. Nick est là.

La nouvelle cloua le bec des deux belligérants, qui lui adressèrent un regard moins effrayé que confus.

— Nick est là ? répéta Aaron.

— Puisque je te le dis ! confirma Joan. Il nous a rejoints à cette époque !

Il y eut un nouveau silence, plus long.

— C'est impossible, finit par dire l'héritier déchu. C'est un être humain. Je l'ai vu grâce à mon pouvoir.

— Ceux de son espèce ne peuvent pas voyager, rappela Ruth.

— J'ignore comment il s'y est pris, rétorqua sa cadette avec impatience. Tout ce que je sais, c'est qu'il est ici !

— En es-tu certaine ? insista Aaron. Est-ce que c'était bien lui ?

— Il m'a pris le collier.

Le jeune homme jeta un coup d'œil au cou nu de la plus jeune des deux Hunt. Il blêmit.

— Pourquoi ferait-il une chose pareille ?

Joan avait sa petite idée sur la question. Parfois, il lui semblait connaître Nick aussi bien qu'elle-même. L'assassin avait l'intention de se servir du bijou pour se rendre à la Cour des monstres, afin d'y récupérer l'artefact qu'eux-mêmes recherchaient. Pour résumer : il cherchait à modifier le cours des événements.

N'était-ce pas ce qu'avait dit Aaron la veille ? *« Le héros humain annonce la fin des temps. »*

— Tu nous as raconté le mythe, rappela Joan à son camarade de cavale. Tu disais qu'à la fin des temps, le héros tuait l'ancêtre de tous les monstres.

Le projet de Nick était aussi évident pour elle que si son ancien camarade le lui avait exposé lui-même : il allait se servir du fameux artefact afin de changer l'histoire, puis mettre à mort ce monstre ancestral. De cette manière, aucun de ses descendants ne verrait le jour. Plus exactement, tous leurs semblables seraient à jamais effacés. Le héros aurait accompli sa mission.

Aaron avait beau garder le silence, Joan n'était pas dupe. Il avait fait la même tête dans le labyrinthe lorsqu'il avait reconnu l'emblème du héros sur la nuque du mercenaire que sa sauveuse avait assommé.

— Non, souffla Ruth.

Elle refusait d'y croire. Comment lui en vouloir ?

— Grand-mère m'a parlé du héros, cette nuit-là, dit la plus jeune des Hunt. Elle était au courant de sa venue. Elle s'y attendait, mais…

Elle se remémora les propos de son aïeule. « *J'étais censée disposer de bien plus de temps pour te préparer. Je pensais pouvoir me battre à tes côtés…* »

— Je crois qu'il n'est pas venu au bon moment. Elle n'était pas prête à l'affronter. Elle voulait m'en dire plus, mais elle était à bout de forces. Elle m'a donné le collier et maintenant, c'est Nick qui l'a en sa possession. Il faut qu'on l'arrête. On n'a plus le choix.

— Que sommes-nous censés faire, au juste ? s'interrogea le jeune Oliver. S'il peut voyager dans le temps, il a sûrement déjà quitté cette époque.

— On sait où il a l'intention de se rendre, fit valoir Joan. On a une idée précise de ce qu'il cherche. À nous d'y arriver avant lui.

— La Cour des monstres, murmura Aaron d'un ton plein de révérence.

Il jeta un regard vers l'extérieur. Les deux fenêtres du milieu, entrouvertes, laissaient entrevoir des bribes de ciel blanc entre les ondulations du vitrail bleu.

— Écoute… ajouta-t-il. Si tu as vu juste, tous les monstres sont en danger. Nous devrons nous en remettre aux autorités du royaume pour l'arrêter. Le moment me semble venu de demander une audience.

— Ne sois pas ridicule, s'emporta Ruth. Je sais que le cirage de pompes est instinctif chez les Oliver, mais faire confiance aux autorités est une très mauvaise idée. N'oublie pas que les gardes traquent les survivants du massacre de Holland House. Et puis, tu sais aussi bien que moi que seule la Cour peut être à l'origine des modifications apportées aux archives familiales afin de dissimuler les actes du héros.

La petite pique sur le caractère obséquieux des Oliver n'avait pas échappé à Aaron, lui arrachant même un regard assassin. Malgré tout, il affichait à présent une mine perplexe.

— J'avoue que je n'y comprends rien.

— C'est évident, pourtant, non ? rétorqua Ruth. Le cours du temps est dicté par le roi. Chaque événement s'y produit selon son bon vouloir, du moins, si on en croit les déclarations officielles. C'est lui qui évite que les humains découvrent notre existence. Enfin, c'est ce que prétend la Cour.

— Tu flirtes dangereusement avec le blasphème, l'avertit Aaron.

— Dans ce cas, permets-moi d'être plus claire. L'existence du héros suffit à prouver les limites du pouvoir royal, puisqu'il représente un échec du contrôle absolu que le souverain est censé exercer sur la chronologie. Si notre cher souverain avait les moyens de l'arrêter, il l'aurait déjà fait. Au lieu de quoi, il se contente de nous cacher son existence. Ça te va, comme blasphème ?

Le visage du jeune homme pâlit soudain, ce qui suscita un étrange sentiment chez Joan : comme un mot qui lui resterait sur le bout de la langue ou un rêve dont elle n'arriverait pas tout à fait à reconstituer les images.

— Non, dit-elle. Le roi s'est servi d'un artefact pour changer l'histoire originelle et créer la chronologie actuelle.

C'était la vérité. Même si elle ignorait d'où lui venait cette conviction, elle en était persuadée. Un détail la mettait cependant mal à l'aise : pourquoi la Cour dissimulait-elle les actions de Nick ? Si elle en avait connaissance, pourquoi ne pas avoir fait arrêter le tueur de monstres ?

— On ne peut pas rester les bras croisés, dit-elle. Je sais que certaines choses nous dépassent, mais si Nick rejoint la Cour avant nous… s'il réussit à changer le cours du temps… il nous éliminera tous. Ce sera la fin des monstres.

— Joan…

Aaron avait l'air désemparé.

— Non, répliqua-t-elle. Assez.

Elle refusait toute discussion ne se rapportant pas à l'élaboration d'un plan. Même en oubliant un instant l'ancien bénévole de Holland House, il leur fallait absolument se rendre à la Cour des monstres. Ce mystérieux artefact capable de changer l'histoire, elle en avait besoin. Il n'existait pas d'autre moyen de ramener sa grand-mère, tante Ada, oncle Gus et Bertie à la vie. Elle en avait besoin pour annuler les actes atroces de celui qu'elle considérait autrefois comme son ami.

— On n'y arrivera jamais avant lui, déclara Aaron. On ne pourra pas y aller tout court. La Cour se tient hors du temps. Elle est inaccessible. Nick s'est emparé du seul moyen d'y accéder : le collier.

— Il doit bien exister une autre solution, plaida la jeune fille.

— J'ai bien peur que non, répondit Ruth.

— Il y en a forcément une, s'entêta sa cadette.

Elle avait besoin de réfléchir. Malheureusement, elle se surprenait à se laisser aspirer par des détails inutiles, par exemple, la façon dont Nick avait sorti le collier de son haut ou le regard qu'il avait posé sur elle. Elle tenta de retrouver une respiration normale – hors de question de se remettre à pleurer. Elle se remémora le contact des doigts du jeune homme sur sa gorge tandis qu'il défaisait le fermoir de la chaîne.

Le collier… Un souvenir vague lui revint. Ying Liu n'était pas le premier à s'être intéressé à ce bijou. Quelqu'un d'autre l'avait interrogée à son sujet avant lui…

— Lors de ma première visite au marché hier, déclara-t-elle après mûre réflexion, quelqu'un m'a proposé de l'argent en échange du collier de grand-mère.

— Et donc ? répliqua Aaron. Ces camelots achètent et revendent toutes sortes de babioles.

— Ce n'est pas une vulgaire babiole ! C'est une clef donnant accès à la Cour des monstres.

Joan revit la lueur d'intérêt qui avait brillé dans les yeux du marchand. « *Allez,* lui avait-il dit, *donne-moi ton prix.* »

— S'il achète ce genre d'objet, ajouta-t-elle, peut-être qu'il en revend.

— Auquel cas il trempe sûrement dans des trafics louches. La meilleure chose à faire est donc de garder nos distances, conclut le jeune homme.

— S'il y a la moindre chance…

— Joan, insista-t-il d'une voix que trahissait la crainte et l'impuissance. Le pouvoir du roi est absolu. Nous ne pouvons pas…

Il secoua la tête. Si toute mention de l'« histoire véridique » s'assimilait à un blasphème dans son esprit, que pouvait-il éprouver à l'idée de s'opposer franchement au monarque ?

— Tu n'es pas obligé de m'aider, lui dit-elle.

Qu'il se retire du projet restait une option.

— Moi, je vais voir si je peux retrouver ce stand, ajouta-t-elle pour clore la conversation.

Lorsqu'elle ouvrit la porte, pourtant, Aaron et Ruth la suivaient déjà.

Joan se fraya un chemin à travers la halle. Les gardes royaux avaient quitté les lieux, mais la grogne et la peur que leur descente avait provoquées restaient palpables. Une des marchandes pleurait quand la jeune fille passa près d'elle. L'homme qui l'aidait à tenir le stand un peu plus tôt avait disparu.

— Que te rappelles-tu sur ce type ? demanda Aaron à sa camarade.

Ils traversaient ce qu'elle identifiait à présent comme la section XXIe siècle du marché. Les vêtements proposés n'auraient pas déparé sa propre garde-robe.

— C'était un Hathaway, je crois, répondit-elle.

Il en avait la carrure, en tout cas. Le jeune Oliver esquissa une grimace.

— Des ennemis à toi ? s'enquit Joan.

Aaron n'avait pas caché son agacement face au vacarme des Hathaway à l'auberge.

— Une bande de brutes, répliqua-t-il.

Le marchand d'électronique n'était pas à son stand. Sa table était vide. Songeant à la commerçante éplorée, Joan se tourna vers la vendeuse de la boutique voisine – une femme aux cheveux gris coupés court et aux traits juvéniles.

— Excusez-moi… Hier, j'ai croisé un de vos collègues, ici, qui vendait des téléphones, dit-elle avant de marquer une hésitation.

Lui demander s'il avait été embarqué lors de la descente des gardes était délicat. À son grand soulagement, la femme lui désigna l'extrémité opposée de la halle.

— Au fond, lui indiqua-t-elle.

Froid et sombre, ce coin reculé du marché ne paraissait pas être associé à une période historique particulière. Certaines tables proposaient des anguilles fraîches et des poissons entreposés sur de la glace. Les autres demeuraient vides.

Des hommes et des femmes regardèrent Joan passer. Tous possédaient une forte musculature. Des Hathaway, songea-t-elle. Des animaux les accompagnaient. Le plus souvent, il s'agissait de chiens, même si quelques chats rôdaient alentour, ainsi qu'une créature à l'allure plus vulpine que canine.

— Je n'avais encore jamais vu ce genre de bestiole, souffla-t-elle à Ruth.

Sa cousine suivit son regard.

— Il n'est pas de cette époque.

— On peut emmener des animaux dans nos voyages ?

— On peut emporter de petits objets, précisa Aaron.

Logique. Après tout, ils portaient toujours leurs vêtements lorsqu'ils étaient passés d'une époque à une autre.

— Cela dit, seuls les Hathaway ont la capacité de faire voyager des animaux avec eux, ajouta le jeune Oliver. La plupart ne vont nulle part sans leur familier.

— Leur familier… (Dans l'esprit de Joan, ce terme était plutôt associé aux sorcières.) Un animal de compagnie, tu veux dire ?

— Exactement. Ils disposent vraiment du pouvoir le plus inutile de toutes les familles de Londres, décréta Aaron avec condescendance.

Il se garda cependant de hausser la voix, craignant sans doute d'insulter les Hathaway en leur présence.

Le jeune homme qui avait acheté le téléphone de la cadette des Hunt se trouvait tout au fond du marché, juste devant un mur de brique assombri par la suie. À partir de là, le reste de la halle n'accueillait plus que des stands drapés de noir. Des boîtes en carton jonchaient le sol, à l'abandon. Une odeur de chou pourri et de poisson rôdait dans l'air.

Assis derrière une table vide, le marchand d'électronique somnolait, son visage aux traits épais appuyé contre le mur crasseux. Un minuscule bouledogue ronflait à ses pieds. Aussi immense que costaud, son maître, qui ne devait pas avoir dépassé la vingtaine depuis longtemps, tenait à peine sur sa petite chaise pliante.

— Lui ? s'étrangla Ruth avant de se retourner vers sa parente avec un grognement. Ne me dis pas que c'est Tom Hathaway que tu cherches !

L'intéressé dormait les bras croisés. Un de ses biceps s'ornait d'un tatouage aux lignes incurvées qui figurait un chien bicéphale dont les deux têtes se faisaient face, babines retroussées.

— Tu le connais ? demanda Joan.

Son aînée grimaça.

— À Ravencroft, il est connu comme le loup blanc. C'est un ancien garde qui s'est fait virer de la Cour. Aujourd'hui, fini, alcoolique, il en est réduit à acheter et revendre des portables.

— Fantastique, râla Aaron.

La plus jeune des Hunt s'approcha d'un pas.

— Tom ? lança-t-elle.

Maître et chien dormaient toujours.

— Tom Hathaway ? tenta-t-elle, un peu plus fort.

L'intéressé s'ébroua en reniflant.

— Hmm…

— Est-ce qu'on peut vous parler ?

— Hmm… (Il claqua les lèvres, sans pour autant ouvrir les yeux.) Va donc me chercher à boire, tu veux, mon chou ?

Ruth jeta un regard à sa cousine, qui en silence articula : *« Où ça ? »* Aaron leva les yeux au ciel, avant d'attraper sous la table du vendeur une bouteille de bière à moitié vide qu'il posa sur le plateau dans un bruit sourd.

Attiré par ce son familier, l'assoiffé ouvrit les yeux, puis s'empara maladroitement de la bouteille, dont il vida le contenu d'une traite.

— Tom ? répéta Joan. Nous aimerions vous acheter un article.

— Va me chercher à boire, mon chou.

— Je crois qu'il est cassé, remarqua sèchement l'héritier déchu. Quand on tire sur la ficelle, il répète toujours le même refrain.

— Ce dont il a besoin, c'est d'un bon café, décréta la jeune fille.

Par terre, le bouledogue désormais réveillé lui reniflait les chaussures. Elle se pencha pour lui caresser la tête. La bête, bien que toute petite pour sa race, semblait bénéficier d'une attention constante, avec sa belle robe brun et blanc, son poil doux et sa carrure solide. Elle était plus soignée que son maître, en tout cas. Le jeune homme au nez tordu de boxeur avait toutes les peines du monde à émerger en ce début d'après-midi.

— Vous vous souvenez de moi ? lui demanda Joan. Vous m'avez proposé de racheter mon collier.

Relevant un peu les paupières, Tom jeta un regard au cou nu de la visiteuse.

— Tu l'as vendu ailleurs ?

— Pas exactement... Sauriez-vous où il serait possible de s'en procurer un autre ?

Aaron, qui avait un instant disparu, revint avec un gobelet en carton rempli d'eau. Tom s'empressa d'en boire une gorgée, avant de froncer le nez.

— Pouah, c'est quoi, ce truc ? maugréa-t-il.

Il offrit ce qu'il restait d'eau à son chien, qui tenta de se mettre debout en soufflant. Son maître inclina le gobelet pour lui permettre d'en laper le contenu.

— Ce collier... reprit Joan.

— Écoute, l'interrompit le marchand. Tu veux acheter un téléphone ?

— Non, répondit-elle, désarçonnée.

— Tu veux m'en vendre un ?

— Non.

— Alors va voir ailleurs si j'y suis.

— Mais le collier…

— Je sais ce que c'était, répondit Tom. J'ai vu le même, un jour, à la Cour. Ce n'est pas dans un marché de zonards que tu en trouveras un.

Joan sentit son courage l'abandonner. Elle avait espéré qu'il avait reconnu le bijou parce qu'il en avait déjà vu de semblables sur les étals de ses confrères. Au lieu de quoi, il ne s'agissait pour lui que d'un souvenir lié à son ancienne carrière de garde royal.

— Ce n'est qu'un opportuniste, fit remarquer Aaron, qui devait en être venu à la même conclusion.

Pour toute réponse, Tom le gratifia d'un regard ahuri.

— Tu as eu ta chance, clarifia le jeune Oliver avec dédain. Tu lui as proposé de le lui racheter en comptant sur son ignorance.

— C'est la loi du marché, répondit l'autre.

— Allez, ne restons pas là, dit finalement Aaron à Joan.

Après avoir toisé une dernière fois Tom et son chien, une main dans la poche, tel un propriétaire inspectant une demeure dans un état douteux, il tourna les talons.

Sa camarade le retint par le bras.

— Attends, dit-elle. Pas si vite !

Il n'allait pas se décourager aussi facilement quand même ! L'existence même de leurs familles était en jeu. Et plus largement celle de tous les monstres, y compris les leurs, à tous les trois. Il leur fallait absolument trouver le moyen de s'introduire à la Cour.

— Selon ma cousine, vous avez travaillé comme garde royal, dit-elle à Tom.

— Et alors ? grommela Aaron. Selon elle, il s'est aussi fait virer.

Il contempla avec mépris le camelot et son étal, sous lequel s'entassaient les bouteilles de bière vides.

— On se demande bien pourquoi.

— Nous avons besoin d'accéder à la Cour, expliqua Joan à Tom.

La formule était sans doute un brin trop brutale, à en juger par la réaction de ses camarades. Ruth poussa un petit cri. Aaron posa sur elle un regard affolé. Mais la plus jeune des Hunt ne cessait d'imaginer Nick les devancer sur place. Or il fallait à tout prix l'empêcher de s'emparer de l'artefact capable rien de moins que de modifier la chronologie.

La mine toujours vaseuse, Tom n'avait pas l'air bouleversé par la nouvelle.

— Tu veux que je vous introduise à la Cour des monstres ? demanda-t-il.

— En seriez-vous capable ? répliqua Joan, tendue de la tête aux pieds.

— Et ce serait pour y fabriquer quoi, au juste ?

— Ce ne sont pas vos affaires, objecta Aaron.

Nick lui fit face.

— Toi, tu es un Oliver, pas vrai ?

L'intéressé ne daigna pas répondre. Tom gratta son menton mal rasé.

— On vous reconnaît à des kilomètres. Toujours à se balader le nez en l'air, à croire que vous ne supportez pas notre odeur, à nous autres.

— Vous pouvez nous y introduire, oui ou non ? s'impatienta Joan.

Tom se contenta de fermer ostensiblement les yeux.

— Non, conclut-il d'un ton définitif.

— Excellente trouvaille, ton copain, lança Aaron à sa camarade, sans même prendre le soin de baisser la voix. Non, vraiment. La crème de la crème !

La jeune Sino-Britannique, elle, ne comptait pas s'avouer vaincue. Elle commençait tout juste à cerner leur interlocuteur.

— Vous ne savez même pas encore ce que vous auriez à y gagner, lui dit-elle.

— Joan, insista Aaron. On y va.

Elle fit la sourde oreille, attendant que Tom daigne rouvrir les paupières.

— Nous avons l'intention de faire un casse à la Cour.

— Joan ! la réprimanda Ruth.

Le jeune Oliver, lui, étouffa un juron.

— Non mais je rêve ! marmonna-t-il.

Restait que le marchand avait à présent les yeux grands ouverts et qu'un soupçon de curiosité flottait même dans son regard. La jeune fille poussa un soupir, soulagée. Elle avait vu juste, de même qu'Aaron, d'ailleurs : Tom Hathaway était un opportuniste.

— Alors, vous en êtes ? lui demanda-t-elle.

— Ce n'est pas vrai… souffla Aaron.

— Toi, tu n'es pas une Oliver, nota l'ancien garde en articulant chaque syllabe.

— Nous sommes des Hunt, confirma Ruth.

— Voyez-vous ça…

La tête appuyée contre le mur, le colosse se détendit. Il avait même l'air sincèrement intrigué – une réaction inédite, jusqu'à présent, dans le monde des monstres, lorsqu'on prononçait le nom de Hunt. Il sortit de sous la table un sandwich entamé, qui avait échappé par miracle au flair de son chien, puis mordit dedans à pleines dents, ce qui provoqua une réaction de dégoût chez Aaron.

— Que peuvent bien faire des voleuses avec un Oliver ? demanda-t-il tout en mâchant.

— Il lui est redevable, dit Ruth. Elle lui a sauvé la vie.

Tom mordit une nouvelle fois dans son casse-croûte.

— Et en échange, il va cambrioler la Cour pour ses beaux yeux ? (Son regard assoupi s'illumina.) Pousser un Oliver à trahir son allégeance au roi… Le proverbe dit vrai, j'imagine… (Il regarda Aaron.) Mieux vaut ne jamais t'endetter auprès des Hunt… (La bouche toujours pleine, il peinait à articuler.) Si tu ne veux pas te faire saigner à blanc.

— Charmant conseil, commenta Aaron.

Adossé au mur, le camelot mâchonna son en-cas, manifestement amusé du malaise de l'héritier déchu.

— J'ai entendu dire que les Hunt pouvaient subtiliser n'importe quoi à n'importe qui.

Joan opina du chef, avant de lui dire :

— J'imagine que certaines possessions de la Cour vous faisaient de l'œil lorsque vous y travailliez.

Il y avait en outre fort à parier que l'ancien garde éprouvait une certaine rancœur suite à son éviction.

Il prit tout son temps pour finir sa collation.

— Il se peut que je sois intéressé, finit-il par déclarer.

— Vraiment ? demanda la jeune fille, dont le soulagement était palpable.

Tom afficha soudain une expression plus déterminée.

— Vraiment.

— Parfait, répondit la jeune fille en serrant l'énorme main qu'il lui tendait et qui devait faire le double de la sienne. Parfait.

— Pourquoi lui serres-tu la main, comme si vous aviez conclu un marché ? lui demanda Aaron, incrédule. Vous n'avez rien négocié du tout ! Vous ne vous êtes même pas entendus sur un prix !

— Oh, pas d'inquiétude, mon chou, répliqua Tom. J'ouvrirai la grande porte. Tant que vous autres petits voleurs ouvrez les suivantes, on sera quittes.

— Ah, je vois, répondit le jeune Oliver d'une voix faible. Les Hunt déroberont ce qui leur chante, et tu feras de même. Tout est bien dans le meilleur des mondes, c'est ça ?

— Préparez-vous pour dans deux nuits, ajouta le camelot.

— Pardon ?

Après avoir mené la conversation tambour battant, avec pour seule préoccupation de s'introduire à la Cour avant Nick, Joan fut tout à coup gagnée par l'inquiétude.

— Le portail ne s'ouvrira qu'à ce moment-là, expliqua Tom.

— Le portail ?

Il hocha la tête.

— Un gala se tiendra bientôt à la Cour. Sacrée veine que vous avez, pas vrai ? La dernière ouverture remonte à des centaines d'années. Et la prochaine n'arrivera pas avant un autre siècle. À croire qu'il s'ouvre rien que pour vous !

— Quelle chance, en effet, répondit Joan d'un air absent.

Elle ne pouvait s'empêcher de songer qu'Aaron et elle n'étaient même pas censés se trouver à cette époque – ils avaient dépassé leur destination en fuyant le présent. De la chance ? Ce n'est pas de cette manière qu'elle l'aurait formulé, non.

Son sixième sens de monstre s'était réveillé. Joan percevait à présent les mouvements de la chronologie, comme lorsque les enveloppes avaient glissé du sac du postier.

Elle n'aurait su dire pourquoi, mais son inquiétude se changea bientôt en pressentiment.

De retour au studio, Aaron laissa éclater sa colère.

— Hors de question qu'on prenne part à ce casse ! s'écria-t-il.

Ils avaient laissé leur nouveau complice au marché. Le camelot somnolait déjà quand ils étaient repartis.

— C'est ridicule. Ce n'est pas ce que j'appelle un plan !

— Pas encore, c'est vrai, concéda Ruth. Tom devrait quand même pouvoir nous faire entrer. Il était garde royal, je te rappelle. Et puisqu'on a déjà trouvé le moyen de s'introduire dans le palais, on a au moins déjà le début d'un plan.

— On parle bien du même Hathaway ? Mais c'est à peine si sa tête tenait encore sur ses épaules ! vociféra le jeune homme d'une voix tremblante. As-tu la moindre idée de ce que nous infligera la Cour si on se fait attraper ? D'ailleurs, c'est l'échec assuré si on s'en remet à cet idiot, crois-moi.

— On fera attention, lui assura Joan.

— Écoute, intervint Ruth. Admettons qu'on se soit trompés sur son compte : on se fera arrêter dès qu'on nous repérera au portail. Et alors ? Il n'y aura qu'à prétendre qu'on venait jouer les pique-assiette.

— Je te demande pardon ? s'étouffa Aaron. T'es-tu déjà trouvée nez à nez avec un représentant de la *Curia monstrorum* ?

— Non, confessa son interlocutrice. Mais leurs gardes, je les ai déjà vus.

Le visage de l'héritier déchu prit un air lugubre, comme Joan ne lui en avait encore jamais vu.

— Un jour, mon cousin a été appréhendé par l'un d'eux, dit-il.

— Un membre de la Cour des monstres ? Tu en as vu un de tes propres yeux ? lui demanda l'aînée des deux Hunt, incrédule. Lequel ?

— Conrad. On l'appelle le connétable du roi, ajouta-t-il pour répondre à la question silencieuse de Joan. Il incarne l'autorité du monarque à cette époque. La responsabilité d'appliquer la loi deux siècles dans le futur et trois siècles dans le passé lui revient.

— C'est une espèce de policier ? hasarda la jeune fille.

Aaron prit un air pincé.

— Pas exactement, non.

— Conrad s'est déplacé en personne ? demanda Ruth, qui semblait toujours douter de la véracité du récit.

L'espace d'un instant, l'héritier déchu eut l'air prêt à abandonner la conversation, avant de serrer les dents, puis de reprendre.

— J'ai tout vu. J'étais à l'école avec Kit, mon cousin, quand Conrad est venu le chercher.

Joan jeta un coup d'œil à sa parente. Malgré sa posture qui trahissait encore un certain scepticisme, elle avait clairement envie d'en apprendre davantage. Aaron se lança dans une explication.

— On raconte que Conrad fut jadis un Nightingale. Au cours de son ascension à la Cour, il coupa tout lien avec sa famille, afin de réserver sa loyauté au seul souverain.

Il dispose cependant toujours du pouvoir de son clan d'origine : celui de puiser l'énergie vitale des monstres. (Sa voix se faisait de plus en plus ténue.) On dit aussi qu'il possède… d'autres cordes à son arc. Comme la capacité de contraindre quelqu'un à voyager avec lui, par exemple.

— Il aurait forcé ton cousin à l'accompagner dans une autre époque ? lui demanda Joan.

Perdu dans ses souvenirs, c'est à peine si Aaron avait entendu la question.

— Avec Kit, on était en train de rejoindre notre chambre, à l'internat, quand on a croisé Conrad qui nous attendait au coin d'un couloir.

Il se passa une main sur la bouche.

— Il nous a ordonné de le suivre dehors, où il nous a conduits jusqu'à l'étang, près du terrain de football. Enfin, c'est plutôt un lac, malgré son nom. Je n'y allais pas souvent. Des rumeurs le disaient hanté. (Sa bouche se contracta.) Conrad s'est contenté de nous faire face, puis de nous demander : « Connaissez-vous les raisons de ma venue ? » Tout simplement. Puis il a ajouté : « Quelqu'un, dans votre école, a dérobé du temps à ses petits camarades. En comparaison du reste de la population, les élèves inscrits dans cet établissement présentent 18 % de risque en plus de mourir avant l'âge de soixante-quinze ans. » Une anomalie qui allait attirer l'attention des autorités humaines, d'après lui. Le roi ne tolérait pas de telles erreurs.

— Qu'a-t-il fait ensuite ? s'enquit Joan dans un murmure.

— Il… (Aaron ferma les poings.) Il m'a dit de regagner ma chambre. J'ai obéi. J'ai veillé toute la nuit, mais Kit n'est jamais revenu. La police a fini par drainer le plan d'eau en quête de son corps. Parce que, tu comprends… (Sa voix, qui ne tenait plus qu'à un fil, se brisa.) Dans les années 1960, déjà, le corps d'un garçon y avait été retrouvé. Ils pensaient que, peut-être, l'histoire se répétait.

— Oh… souffla Ruth.

Aaron serra et desserra les doigts, avant d'ajouter :

— On a dû entendre ces stupides histoires de fantômes une centaine de fois.

— Tu t'es contenté de regagner ta chambre ? laissa échapper Joan. Sans même chercher à aider ton cousin ?

Un éclair de colère déforma le visage du jeune homme.

— Parce que tu t'es déjà opposée à la Cour, toi, peut-être ?

Il était à fleur de peau, sa voix tremblait – un changement d'attitude étonnant pour l'héritier déchu, d'ordinaire si maître de lui.

— D'accord, dit Ruth, diplomate. On a compris.

— Merde… grommela Aaron en s'essuyant le coin de l'œil. C'est de la folie furieuse, cette histoire. Déjà, on n'a pas de plan. Ensuite, on n'a aucune formation au combat. Ce serait du suicide.

— On va planifier tout ça, plaida Joan.

— On ne sait même pas ce qu'on cherche ! On n'a pas la moindre idée de ce à quoi ressemble ce fameux artefact ! Sans parler du lieu où il est censé se trouver ! On l'aurait sous les yeux qu'on serait encore incapables de le reconnaître !

— Tu as raison, concéda la jeune fille. Sur toute la ligne.

Il disait vrai : comment pourraient-ils échafauder un plan avec si peu d'éléments à leur disposition ? Il leur manquait trop d'informations.

Joan savait exactement ce qu'il lui restait à faire.

***

L'aubergiste était seul lorsque la jeune Sino-Britannique pénétra dans son établissement, après avoir laissé ses deux compagnons de cavale dans le studio, où ils dormaient profondément. À cette heure très tardive, seules les lampes de la salle à manger principale étaient encore allumées. Sans la lumière du jour, le vitrail au mur parut bien terne à la jeune fille. Quant au chaudron de ragoût, il mijotait à petits bouillons sur les flammes modestes qui crépitaient dans le foyer.

— Je me demandais quand tu allais revenir.

Assis devant l'âtre, le tenancier était plongé dans un livre – un ouvrage mystérieux composé dans un alphabet inconnu, constata l'adolescente en s'approchant.

— L'avez-vous retrouvée ? lui demanda-t-elle.

L'aubergiste plongea la main dans sa poche, d'où il tira un petit papier plié en quatre. Il se garda malgré tout de le tendre à la visiteuse.

— Dorothy Hunt est tout sauf une sainte, déclara-t-il en guise d'avertissement. Je ne sais pas ce que tu lui veux, mais si je peux te donner un conseil : brûle ce bout de papier.

Pour toute réponse, Joan se contenta d'ouvrir la main.

N'ayant pas de téléphone, elle fut contrainte de demander son chemin à plusieurs passants pour se rendre dans le quartier de Soho. Lorsqu'elle trouva enfin le bâtiment qu'elle cherchait, elle grelottait de froid.

En se plaçant devant la porte, elle éprouva un sentiment de déjà-vu. Aaron n'était pas là pour lui servir de guide, cette fois, mais c'était inutile : elle avait déjà croisé la plaque fixée près de la porte – un serpent de mer en train d'engloutir un voilier. Il s'agissait bien d'une adresse réservée aux monstres.

À l'intérieur, le petit couloir sombre au sol équipé de lumières tamisées lui rappela l'allée centrale d'un avion. Il s'ouvrait tout au bout sur une pièce, à peine plus large, éclairée par des chandeliers d'or. Un comptoir de bois lustré courait le long d'un des murs.

Joan se figea, estomaquée. Elle était là. Oui, son aïeule était là. Assise au bar, elle buvait un verre, seule. Elle ne devait pas avoir plus de vingt-cinq ans. Vêtue au goût de l'époque, elle arborait des bottines noires et une petite robe à col Claudine de la même couleur.

Sa petite-fille s'attendait à trouver une version plus jeune de sa grand-mère, certes – mais pas autant. Les monstres voyageaient dans le temps, se rappela-t-elle ensuite. Elle se mit à les imaginer vivant quelques mois à une époque, puis à une autre, sautant d'une décennie à l'autre au gré de leurs caprices. Se ferait-elle jamais à cette idée ?

Dans sa vingtaine, Dorothy Hunt était très belle – d'une beauté différente de celle qui caractérisait la version plus âgée d'elle-même. Les pommettes encore saillantes, elle avait la même chevelure que Ruth : un fouillis de boucles noires et luisantes. Ses yeux, eux, projetaient le même éclat d'émeraude qu'au XXIe siècle.

Surtout, elle était bien vivante, présente en chair et en os dans ce petit bar.

— Je déteste cette chanson à la con, dit-elle au barman sur un ton badin.

Wind Beneath My Wings. Un morceau qui lui avait valu de se disputer avec Ada, un jour, lors des funérailles d'un des cousins éloignés de l'ancêtre de la famille.

— *Tu ne connais même pas cet air !* l'avait rabrouée sa fille d'une voix sifflante.

— *Pas besoin de le connaître pour savoir que c'est de la soupe*, avait rétorqué l'aïeule sur le même ton.

Le barman leva la tête et avisa la nouvelle venue.

— Dehors, dit-il. C'est interdit aux gosses ici.

— Je veux juste lui parler, répondit Joan. J'ai besoin de parler à Do… Dorothy.

Elle buta sur le prénom de sa grand-mère, qu'elle n'avait pas l'habitude de prononcer.

— Hors de question que je te serve quoi que ce soit, l'avertit le barman.

— Je ne comptais pas commander, répondit la jeune fille. Laissez-moi cinq minutes. C'est tout ce que je demande.

Le serveur se tourna vers son unique cliente, qui hocha imperceptiblement la tête.

— Cinq minutes, dit-il alors. Attention, je chronomètre.

Elle prit une grande inspiration, puis vint s'asseoir sur le tabouret à côté de sa grand-mère. Par où commencer ? La jeune Dorothy leva son verre – son annulaire était nu. C'était la première fois que Joan la voyait sans son alliance sertie d'un rubis.

— Je ne te connais pas, toi, constata son aïeule avec l'impatience bourrue qui la caractérisait. Qu'est-ce que tu veux ?

— Je suis ta… ta petite-fille, bredouilla Joan.

— Pardon ? s'étonna son interlocutrice.

Son regard perçant s'attarda sur l'adolescente.

— Je ressemble surtout à mon père, expliqua cette dernière.

— Comment t'appelles-tu ?

— Joan. Joan Chang-Hunt.

— Chang ? Ce n'est pas un nom de monstre, ça. (Dorothy Hunt avala une gorgée de sa boisson.) J'en déduis que Maureen est allée frayer avec des êtres humains ? Seigneur…

Pour Joan, ce fut un choc : jamais sa grand-mère n'avait tenu de tels propos devant elle. Elle s'était même toujours bien entendue avec le père de la jeune Sino-Britannique.

— Tu as quelque chose à me dire, à ce qu'il paraît, poursuivit-elle. C'est pour ça que tu es venue. Alors vide ton sac.

Voilà d'où venait la brutalité de sa grand-mère, songea Joan. Dès l'instant où elle avait prononcé le mot « petite-fille », sa grand-mère avait compris qu'il s'agissait de quelque chose de grave.

Le souvenir de l'agonie de son aïeule la frappa de plein fouet. Elle sentit de nouveau les mouvements douloureux de la poitrine de la blessée sous ses mains.

— Allez, crache le morceau.

— Tu… Il y a deux jours… enfin, dans trente ans, précisa Joan d'une voix tremblante. Tu… tu es morte… assassinée. Le héros humain n'est pas qu'un mythe. Il existe pour de vrai. Il est venu massacrer notre famille. Il a tué… Oh, bon sang, il a tué tellement de monde…

Les traits de la jeune Dorothy s'adoucirent un peu à l'écoute du récit de Joan. L'adolescente s'attendait presque à voir la réalité se décomposer à mesure qu'elle détaillait à son aïeule le lieu et l'heure du massacre. Mais, comme au bureau de poste, la chronologie résistait.

— Tu me crois ? demanda-t-elle finalement.

Je t'en supplie, dis-moi oui.

— Je te crois, répondit Dorothy Hunt.

Joan se sentit aussitôt plus légère, comme si un poids lui avait jusque-là compressé la poitrine sans qu'elle s'en rende compte et qu'il venait de s'envoler. Sa grand-mère fit signe au barman de la resservir.

La jeune Sino-Britannique attendit qu'il soit reparti pour poursuivre son histoire.

— Juste avant de mourir, tu m'as confié un collier, dit-elle à voix basse. Une clef donnant accès à la Cour des monstres. Je pense que tu comptais sur moi pour retrouver un artefact dont le roi s'est servi pour modifier la chronologie, afin d'empêcher le massacre et de sauver notre famille. Le problème est que je ne sais pas comment mettre la main dessus.

— Le *transformatio* ? Encore un mythe.

— Les mythes ont tendance à se révéler proches de la réalité, ces derniers temps, rétorqua Joan.

Dorothy Hunt esquissa une moue boudeuse – son expression habituelle quand elle réfléchissait. Lorsqu'elle était en colère, elle affichait plutôt un air amusé. Et quand elle observait une cible, son visage se vidait de toute expression.

— J'ai toujours entendu dire que le roi gardait ses trésors dans les Archives royales, déclara-t-elle en penchant la tête sur le côté.

La lumière donna à ses yeux verts familiers un semblant de détachement – presque de froideur.

Joan ne s'était pas attendue à la voir si coopérative. Plus âgée, elle s'était toujours montrée très coriace. La vieille Dorothy aurait bombardé sa petite-fille de questions avant de lui révéler quoi que ce soit. Peut-être son caractère méfiant s'était-il développé sur le tard.

— T'ai-je dit autre chose ? lui demanda-t-elle. Joan, c'est bien ça ?

Elle s'apprêtait à répondre mais se ravisa. Effectivement, ce n'était pas tout. Il ne s'agissait pas tant d'une omission délibérée de sa part que d'un élément qu'elle avait relégué dans un coin de son esprit pour ne plus y penser.

Tout en tenant à l'œil le barman, elle répéta dans un souffle les mots que lui avait chuchotés sa grand-mère à l'agonie.

— Juste avant de mourir, tu m'as dit qu'un jour, bientôt, je découvrirais le pouvoir qui est le mien, un pouvoir qui n'est pas celui des Hunt. Ce sont tes derniers mots. Tu as bien insisté pour que je ne révèle cette information à personne. Je t'ai écoutée, je te le promets. Tu es la seule à qui j'en ai parlé.

Dorothy Hunt la toisa avec un flegme imperturbable.

— Un pouvoir ?

Puis elle leva les yeux. Joan remarqua avec stupeur que le barman se tenait à quelques mètres d'elles. Une seconde plus tôt, pourtant, il essuyait des verres à l'autre extrémité du bar.

— Quel genre de pouvoir ? lui demanda sa grand-mère.

— Je… je ne sais pas, murmura la jeune fille. Je n'en ai pas vu le moindre signe, pour l'instant.

— Hmm… fit son interlocutrice, qui arborait toujours une expression aussi impénétrable.

Elle replia deux fois l'index. Un code connu de toute la famille, pour demander à son interlocuteur d'aller chercher quelqu'un. Mais qui ? Le geste était souvent accompagné d'un autre, qui précisait le nom de la personne en question. Trois doigts en l'air : Ruth. Le pouce et l'index croisés : tante Ada. Les mêmes doigts tendus et la main de dos pour former un *J* : Joan.

Qui voulait-elle que sa petite-fille aille trouver ?

De sa main gauche, Dorothy Hunt traça un symbole inconnu de Joan : main recourbée, pouce replié. Un *C* ? Un *G*, peut-être ?

Ce n'est que lorsque le barman posa son torchon en marmonnant une excuse que Joan comprit : le signal ne s'adressait pas à elle. Sa grand-mère se doutait-elle que la jeune Sino-Britannique connaissait le code ? Rien de moins sûr. Peut-être ignorait-elle aussi qu'elle l'enseignerait un jour à l'adolescente.

Les yeux plissés, Dorothy Hunt contemplait sa petite-fille comme pour estimer sa valeur. Non comme un interlocuteur dont on jugerait les qualités, mais plutôt comme une marchandise qu'il serait possible de vendre à un bon prix. *« Tu ne peux révéler cette information à personne »*, avait-elle dit avant de mourir. Le cœur de Joan se serra si fort qu'il lui fit mal.

— Les toilettes sont bien par là ? demanda-t-elle en pointant la mauvaise direction, dans les profondeurs du bar, dans l'espoir d'endormir les soupçons de sa grand-mère.

Les sanitaires se trouvaient près de l'entrée principale. Elle le savait pour être passée devant en arrivant.

— Non, elles sont du côté par où tu es venue.

« Si tu dois prendre la fuite, laisse toujours entendre que tu vas revenir », lui avait un jour inculqué la doyenne de la famille.

— Tu ne vas pas partir, dis ? s'enquit Joan. Tu seras toujours là à mon retour ?

— Comme tu peux le voir, je n'ai pas fini mon verre.

L'adolescente s'attarda un peu, même si elle ne désirait rien tant que sortir de cette pièce, s'éloigner de cette grand-mère qui n'était pas la sienne, qui l'avait regardée avec des yeux indifférents – qui avait fait signe au barman d'aller chercher quelqu'un.

Elle tourna les talons sans se presser, terrifiée à l'idée de détacher son regard de cette Dorothy-là. Après avoir quitté la salle, elle parcourut le couloir d'un pas égal, dépassa les toilettes, puis ouvrit la porte pour regagner la rue. Alors, seulement, elle se mit à courir.

Elle jeta un coup d'œil en arrière, un seul, une fois arrivée au bout de la rue. Sorti sur le perron, le barman la cherchait. Elle reprit sa course, plus vite, sans plus se retourner.

Son aïeule lui avait enjoint de ne se fier à personne. La vieille femme avait simplement oublié de préciser qu'il fallait l'inclure dans le lot.

Tout en courant, Joan se mit à sangloter comme elle ne l'avait plus fait depuis la mort de sa grand-mère. Elle n'avait pu s'empêcher de croire qu'il lui suffirait de la retrouver pour que tout rentre dans l'ordre, s'imaginer qu'elle reprendrait le flambeau et qu'elle se chargerait elle-même d'arrêter Nick.

Seulement, la femme qu'elle venait de voir n'était pas Dorothy Hunt.

Non, sa grand-mère n'était plus de ce monde. Elle l'avait définitivement quitté. Elle était morte deux jours plus tôt, sans que Joan ait pu l'empêcher.

***

Aaron était réveillé lorsque sa camarade revint au studio. Assis devant la porte, il contemplait le marché désert qui s'étendait au rez-de-chaussée. À cette heure avancée de la nuit, les tables étaient bâchées, les stands de nourriture fermés.

— Où étais-tu passée ? chuchota-t-il en la voyant arriver.

— J'ai découvert ce qu'on avait besoin de savoir, répondit-elle. Le roi garde ses trésors dans les Archives royales. L'artefact qu'on cherche s'appelle le *transformatio*. Il va falloir inclure ce terme dans nos recherches, histoire de voir s'il apparaît dans les mythes.

Elle s'attendait à voir le jeune homme anéantir ses espoirs avec des remarques du style : « *Je maintiens que toute cette entreprise est trop dangereuse. Quand bien même on entrerait à la Cour, comment espères-tu pénétrer dans les archives ?* »

Au contraire, il la regardait avec une expression inédite.

— Où étais-tu ? répéta-t-il d'une voix plus douce. Joan, est-ce que tout va bien ?

— Ça va, oui. Pourquoi ça n'irait pas ?

Elle remercia les ténèbres qui dissimulaient son visage.

— Allez, ajouta-t-elle en lui tendant la main pour l'aider à se relever. Ce n'est pas le moment de lambiner.

Très bientôt, ils allaient sauver leurs familles. Mieux : ils sauveraient tous les monstres.

Chapitre 15

Deux nuits plus tard, Joan faisait les cent pas dans l'appartement pendant que ses compagnons se livraient à leurs derniers préparatifs. Aaron s'était occupé de mettre au point leurs tenues. Il était parvenu à dénicher une robe platine scintillante pour Ruth et un majestueux modèle dos nu, vert forêt, pour sa cousine. L'étoffe, lourde, caressait les jambes de la benjamine des Hunt tandis qu'elle tournait comme une tigresse en cage.

Le jeune Oliver sortit le premier de derrière la bibliothèque-cloison. Une main dans la poche, il avait tout d'un jeune James Bond, avec son costume gris pâle dont la teinte faisait écho à la couleur de ses iris. Joan fit son possible pour ne pas le dévorer des yeux. Il avait toujours attiré les regards, mais cette allure sophistiquée le rendait tout bonnement irrésistible. Comment ne pas se laisser hypnotiser ? *Sa place n'est pas ici*, songea l'adolescente, comme souvent. Un somptueux manoir lui siérait tellement mieux qu'un minuscule studio perché au-dessus d'un marché.

— Nerveuse ? lui demanda-t-il.

Il la regardait, lui aussi, remarqua-t-elle, soudain prise d'un étrange sentiment. Son regard l'avait cherchée dès qu'il avait mis le pied dans le salon.

Elle s'efforça de cesser ses allées et venues. La lumière du couchant perçait le vitrail de ses rayons dorés, plongeant la pièce dans l'ambiance feutrée d'un feu ronronnant doucement dans l'âtre. Se sentait-elle nerveuse ?

— Oui.

Depuis quand se fiait-elle assez au jeune Oliver pour lui montrer ses faiblesses ?

— On est si près du but… précisa-t-elle. J'ai l'impression qu'on va retrouver nos familles dès ce soir.

— Peut-être bien, répondit Aaron sans la quitter des yeux.

Avait-il l'intention d'ajouter quelque chose ? On aurait pu le croire, mais il se ravisa avant de saisir deux sacs de courses posés près de la bibliothèque et de les poser à côté de Joan.

— Encore des vêtements ? s'enquit la jeune fille.

— La touche finale, lui répondit son camarade.

Il tira d'un des sacs un écrin de velours bleu nuit. Il dissimulait un sautoir de perles orné de diamants en son milieu. L'adolescente le dévisagea, incrédule.

— Pour faire illusion, expliqua-t-il. Tu permets ?

Étaient-ce de vraies perles ? Et les diamants ? Sûrement pas. Une simple… illusion.

Joan se retourna. Sans vraiment l'entendre, elle sentit son camarade se rapprocher – peut-être en raison de ce frémissement soudain de la température. D'un mouvement maîtrisé, elle poussa sa chevelure sur le côté puis baissa la tête.

À sa grande surprise, Aaron fit en sorte que le long collier lui coule dans le dos, et non sur la poitrine. Elle fut prise d'un frisson à chaque perle qui entrait en contact avec sa peau, telle une goutte d'eau glacée. Le bijou eut cependant vite fait d'absorber sa chaleur. Elle se retourna. Son compagnon se tenait tout près d'elle.

Elle s'attendait à ce qu'il s'écarte d'un pas mais non, il restait là, tout près. Les iris du jeune homme, encore clairs quelques instants plus tôt, s'étaient assombris. Le cœur de Joan s'emballa.

— Alors, qu'en penses-tu ? parvint-elle néanmoins à lui demander. Est-ce qu'on va réussir à passer pour des gens importants ?

Le ton employé était moins léger qu'elle ne l'aurait voulu. À croire que cette soudaine proximité donnait à sa voix une tonalité intime.

L'héritier déchu s'exprima sans user de son ton sarcastique habituel. Il la regardait d'un œil grave.

— Importante, tu l'es déjà. Je sais que tu veux retrouver ta famille, mais ta vie compte, elle aussi. (Il secoua légèrement la tête quand elle ouvrit la bouche pour protester.) S'il te plaît… sois prudente ce soir. La Cour est un lieu dangereux.

Un éclair de culpabilité foudroya Joan. Si Aaron se retrouvait embarqué dans cette périlleuse mission, c'était à cause d'elle. Depuis le début, son camarade ne demandait qu'à se faire discret afin de s'en sortir en un seul morceau.

— Tu n'es pas obligé de t'impliquer autant, dit-elle avec la même sincérité. Tu n'arrêtes pas de dire que tu m'es redevable, mais c'est faux. La dette que tu invoques tout le temps, on sait très bien tous les deux que tu t'en es acquitté depuis longtemps.

Que disaient les monstres dans ce contexte ?

— Tu ne me dois plus rien, tenta-t-elle. Je te libère de tes obligations.

— Joan…

Une expression complexe passa sur le visage d'Aaron, que la jeune fille ne sut comment interpréter. Avec un soupir, il se tourna vers les sacs pour en extraire une boîte à chaussures, qu'il lui tendit. Elle renfermait une paire de ballerines noires.

— Au cas où il nous faudrait prendre la fuite… précisa-t-il.

Ils prirent un taxi jusqu'à Victoria Embankment. Selon Tom, l'ouverture du portail était programmée à minuit, près du palais de Whitehall. L'information avait surpris Joan : le palais en question avait en effet disparu trois siècles plus tôt dans un incendie.

— Ce n'est qu'un repère géographique, rien de plus, lui avait expliqué Aaron. Il est difficile de se rappeler quel bâtiment se trouve à quel endroit à telle ou telle époque. Lorsqu'un monstre parle de la prison de Newgate, il se contente d'évoquer le lieu où elle se dressait.

Ils remontaient désormais l'avenue des Horse Guards. Le cœur de Joan se serra. Même à la lumière du jour, les bâtiments blanchis à la chaux de Whitehall conservaient leur aura fantomatique. Déambuler dans le royaume des morts lui aurait certainement procuré une sensation identique.

— Je déteste les blocus temporels, maugréa Aaron tout en marchant. Ils me donnent la chair de poule.

— C'est le mot utilisé par les monstres pour désigner les endroits où on ne peut pas voyager, expliqua Ruth à sa cousine. Celui-ci s'étend de l'abbaye de Westminster à Leicester Square. Tant que tu te trouves à l'intérieur de cette zone, tu ne peux ni te projeter, ni t'éclipser.

Plus tôt, lors d'un repérage, ils avaient découvert un renfoncement offrant une vue imprenable sur la maison des Banquets, seul vestige du palais de Whitehall encore intact. L'emplacement était loin d'être idéal, avec une simple rambarde pour les dissimuler. Malgré tout, lorsque Joan se glissa à côté d'Aaron, la pénombre les engloutit. Exception faite des groupes de touristes en train de s'affairer autour de la police montée qui gardait le bâtiment des Horse Guards un peu plus loin, la rue était calme.

Joan compta les coups sonnés par Big Ben afin de retrouver des repères temporels : 22 heures passèrent, puis 23 heures. La température chuta.

Les aiguilles de l'horloge avançaient sans que se manifeste le moindre signe de l'ouverture d'un portail ou de l'arrivée de personnalités conviées à un gala de la Cour des monstres. L'adolescente grelottait, frigorifiée. Seul l'un de ses bras, qui touchait celui d'Aaron, conservait un semblant de chaleur. Sans doute le jeune homme avait-il lui aussi froid, puisqu'il ne s'était pas éloigné de sa voisine malgré tout l'espace à sa disposition du côté de la rambarde.

— Tom s'est peut-être trompé d'horaire, murmura Joan.

— À moins qu'il ne soit qu'un poivrot stupide n'ayant pas exercé ses fonctions depuis des années, rétorqua son compagnon dans un souffle.

Elle ouvrit la bouche pour protester, avant de se raviser.

Quelqu'un approchait depuis Charing Cross. Elle donna un coup de coude à son voisin. Ruth, de son côté, l'avait déjà remarqué.

La lune, bien que gibbeuse, n'offrait que peu de lumière. Ils ne virent passer qu'une silhouette, à la démarche lente et glissante, presque surnaturelle. Joan retint son souffle.

De nouveaux bruits de pas attirèrent leur attention. Cette fois, ils venaient du Parlement. Deux individus – des hommes, coiffés d'un haut-de-forme dans le plus pur style victorien –, qui furent bientôt suivis d'autres, du côté de l'avenue des Horse Guards.

Le carillon de Big Ben se mit à sonner : minuit. Les arrivants se déplaçaient à pied. Certaines silhouettes offraient un aspect familier, d'autres étaient plus étranges avec leur tenue à la mode des temps anciens ou futurs. Des monstres.

Le souffle court, Aaron n'avait rien à envier à Joan en fait de nervosité. C'est à peine si elle parvenait à apercevoir son visage, gris pâle dans l'obscurité.

Au dernier coup de minuit, Londres se tut. Le monde entier semblait s'être immobilisé. On n'entendait plus le bruit des voitures, ni même le murmure de la Tamise. Plus aucun insecte ne vrombissait dans l'air… Joan tendit le cou pour observer la police montée. Les sentinelles se tenaient toujours aussi droites sur leur monture, plus statiques que jamais. Sous le coup de la terreur ? À moins qu'elles n'aient été figées dans le temps ?

— Regardez, souffla l'héritier déchu.

D'un signe de tête, il désigna l'intersection entre l'avenue des Horse Guards et Whitehall. Joan crut d'abord à une illusion, qu'elle inventait des formes qui n'y étaient pas, comme lorsqu'on s'amuse à identifier des objets dans les nuages. Quelque chose, pourtant, était en train de se mouvoir. Des ombres, qui ondulaient comme de la fumée pour esquisser des contours.

— Qu'y a-t-il ? chuchota Ruth.

Le décor qui se déployait sous leurs yeux n'était pas inconnu à la jeune Sino-Britannique. Elle l'avait vu sur des tableaux du vieux Londres.

— Le fameux portail… dit-elle. C'est celui du palais de Whitehall.

Les ombres s'agrégèrent pour former un édifice qui enjamba bientôt l'avenue des Horse Guards : une arche majestueuse, immense, simple construction de pierre isolée, sans les remparts censés la prolonger. Sous le regard ébahi de Joan, des étoiles se mirent à scintiller à l'intérieur, en décalage avec celles qui constellaient le ciel londonien. Sous le demi-cercle de pierre, la lune était pleine. Et là, comme encadré par ce portail, se dressait le palais de Whitehall dans toute sa splendeur, tel qu'avant l'incendie.

Une silhouette solitaire se détacha de l'autre côté du portail, dont elle franchit le seuil. Une voix de stentor à la gravité théâtrale se fit ensuite entendre.

— Bienvenue à la Cour des monstres !

Un murmure d'exaltation jaillit de la foule. Au pied de l'arche, la rue était à présent noire de monde. De nouveaux convives n'en continuaient pas moins d'affluer. L'ambiance, légère par endroits, se faisait plus solennelle à d'autres. Une tension curieuse planait sur la scène. La raison n'en échappa pas à Joan. Un instinct, une sorte de sixième sens – celui du monstre qu'elle était – lui permettait de percevoir les vains efforts de la chronologie pour lutter contre une bête surnaturelle : le palais de Whitehall, hors du temps.

— Je n'ai jamais rien vu de pareil, murmura Ruth. J'ai toujours entendu parler du pouvoir du roi, mais alors là…

Joan scruta la foule. Aaron n'eut guère de mal à deviner qui elle cherchait.

— Ces gardes-là ne risquent pas de bouger, lui glissa-t-il à l'oreille. Si le héros est présent, il est figé, à l'instar des autres humains. Tout est placé en suspens à l'exception des monstres. Moi non plus, je n'avais jamais vu un tel pouvoir.

— Il nous faut profiter de cet avantage, lui répondit sa camarade à mi-voix. Si Nick, malgré la clef en sa possession, reste bloqué à l'entrée, c'est nous qui mettrons la main sur le *transformatio*. Il ne restera plus qu'à découvrir comment l'utiliser.

— Chaque chose en son temps, tempéra le jeune homme. Nous ne sommes pas encore à l'intérieur.

De la tête, il montra le portail, où des gardes royaux vérifiaient l'identité des convives avant de leur autoriser l'accès.

Tom leur avait expliqué la procédure de contrôle.

— Il y a une liste d'invités.

— Tu peux nous y inscrire ? lui avait demandé Joan.

— Bien sûr que non, avait-il répliqué, trouvant visiblement l'idée ridicule. Les gardes disposent d'un registre des sceaux. C'est ça, leur liste. Chaque convive indique celui qui lui correspond puis applique son cachet à côté afin de prouver son identité. L'astuce, c'est que je sais de source sûre que la sentinelle préposée au contrôle devient paresseuse au fil des heures. Présentez-vous sur le tard et tâchez de trouver un cachet qui ressemble à peu près au vôtre.

— Et si on n'en trouve pas de ressemblant ? avait demandé Aaron.

— Eh bien, vous serez démasqués. Ce type est un fainéant, pas un idiot.

Les explications du marchand avaient fait émerger un nouveau problème : Joan ne disposait pas d'un cachet. Quant à ses deux compagnons, laisser une trace de leur passage serait une très mauvaise idée.

Tom les avait donc conduits dans une marina où péniches et barges à la peinture écaillée languissaient sur une eau brune. Son petit bouledogue, Frankie, trottait à sa suite. Lorsque les pattes courtaudes de la chienne s'étaient trouvées en difficulté face aux marches du quai, le marchand l'avait portée sous son bras.

— Les Hathaway vivent sur les canaux et sur le fleuve, avait chuchoté Ruth à sa cousine. Nous sommes sur leur territoire.

Juchés sur le pont de leur bateau ou installés sur des chaises le long du quai, des hommes et des femmes musculeux observaient les arrivants d'un œil soupçonneux. Leurs embarcations semblaient avoir été construites à la main. La plupart portaient des réparations visibles. Tous arboraient un emblème identique, peint sur la cabine ou érigé sous la forme d'une girouette : un canidé noir à deux têtes aux babines retroussées. D'autres animaux, bien vivants ceux-là, étaient présents : chiens, oiseaux et chats lézardaient sur les ponts ou couraient entre les jambes de leurs maîtres.

Frankie toujours calée sous son bras, Tom était monté à bord d'un bateau amarré à l'extrémité du quai. Il en était revenu avec entre les mains un plateau chargé de cachets sales et ternes.

— Ne me dis pas que tu pilles aussi des tombes, avait grommelé Aaron.

— Ne sois pas ridicule, s'était défendu le marchand. Ça vient du fleuve. Le moindre déchet échoue sur la rive, y compris les cachets de monstres. Allez, faites votre choix.

Puis il leur avait tendu le plateau. Le garçon de la bande s'était lancé le premier, examinant chaque pièce d'un air dédaigneux avant de trouver une sirène en bronze.

— Tu parles d'un déguisement, avait ironisé Ruth.

— N'importe qui reconnaîtrait en moi un Oliver, s'était-il justifié. Personne ne croirait que je puisse appartenir à un autre clan.

Ruth avait suivi, piochant un cachet de la famille Patel : un étalon blanc, dont l'émail ébréché laissait entrevoir le bronze en dessous. Joan, elle, choisit un sceau lui rappelant le serpent de mer qui signalait l'entrée des lieux réservés aux monstres.

— Un serpent *dragonara*, avait fait remarquer sa cousine.

Lorsque la cadette des Hunt l'avait retourné, elle y avait trouvé un nom gravé : « Lia Portelli ».

Les doigts serrés sur le cachet, Joan se glissa dans la file devant l'entrée du portail. Derrière les gardes, l'arche s'étirait pour former un passage sombre entre deux mondes. De l'autre côté, le palais de Whitehall brillait de mille feux, d'un blanc aussi immaculé que la maison des Banquets.

Aaron se présenta devant la sentinelle.

— Henry Oliver, annonça-t-il.

Le registre des sceaux gisait, ouvert, sur un lutrin, tel un livre d'or lors d'un mariage. D'une main gantée de blanc, le garde en faction en tourna les pages. Joan aperçut d'innombrables tampons en forme de cage à oiseau, que suivirent bientôt les sirènes des Oliver.

Aaron parcourut la liste de l'index, une main dans la poche, en adoptant un air blasé, avant de passer son cachet sur l'encreur d'or afin d'appliquer ses armoiries près de l'une de celles du registre. Le préposé à la vérification de l'identité des invités jeta un coup d'œil au livre. Joan retint son souffle. En cet instant crucial, leur plan tout entier lui sembla tout à coup ridicule. Trop d'éléments dépendaient d'une erreur du garde – et du hasard, aussi, car il fallait que les sceaux soient suffisamment ressemblants.

— Agréable soirée, commenta Aaron à l'attention du garde.

— Les dates ont été soigneusement choisies des deux côtés pour l'occasion, répondit ce dernier avant de lui adresser un signe de tête. Bienvenue à la Cour des monstres.

Il lui fit signe de passer. Joan souffla de soulagement. Ruth montra ensuite patte blanche, avec le même succès. Vint le tour de la cadette des Hunt. Elle prit place devant la sentinelle engoncée dans un uniforme bleu nuit surmonté de galons d'or. À cette distance, elle reconnut le motif gravé sur les boutons : un lion ailé, identique à l'effigie frappée sur la monnaie des monstres, ainsi que sur les badges des gardes royaux aperçus au marché. L'emblème de la Cour des monstres.

Le préposé au registre, lui, correspondait en tout point à la description qu'en avait faite Tom, avec ses boucles d'or pointant sous sa coiffe d'apparat et ses yeux aux paupières lourdes qui trahissaient déjà l'ennui.

L'homme avait à peine examiné le cachet de Ruth, mais la main de Joan n'en trembla pas moins au moment de toucher le registre. Elle avait tenté de mémoriser les caractéristiques du cachet de Lia Portelli – les détails du monstre marin, le motif exact des vagues ondulant autour de lui, le nombre de feuilles d'olivier composant la couronne qui entourait l'ensemble.

Le garde l'arrêta d'un geste.

— Patientez, je vous prie, dit-il. C'est l'heure de la relève.

— Pardon ? murmura la jeune fille.

Elle avait la gorge tellement sèche que c'est à peine si sa voix en sortit. *« As-tu la moindre idée de ce que nous infligera la Cour si on se fait attraper ? »* s'était inquiété Aaron.

Ses deux camarades l'attendaient de l'autre côté du portail. Ils avaient vu la sentinelle parler, sans pour autant saisir la teneur de ses propos, manifestement. Le jeune Oliver lança un regard alarmé à la plus jeune des Hunt quand il comprit que le garde paresseux quittait son poste.

La relève – plus précisément une jeune femme au strict chignon blond et au regard dur – se fraya un chemin jusqu'au portail et se posta près du registre avant de hocher la tête à l'intention de Joan, dont le cœur battait à tout rompre.

— Veuillez trouver votre marque, dit-elle.

Allez-y, intima mentalement la jeune fille à Aaron et Ruth. *Ne m'attendez pas.* Mais ses deux compagnons restaient plantés sans bouger, les yeux rivés sur leur camarade et cousine qui sentit les battements de son cœur s'emballer de plus belle. Si elle se faisait prendre, ils seraient démasqués, eux aussi. Leur attitude ne laissait aucun doute : ils étaient tous les trois de mèche.

La nouvelle garde évalua Joan de la tête aux pieds.

— Veuillez trouver votre marque, répéta-t-elle avec une pointe d'impatience.

— Portelli, bredouilla la jeune fille.

La sentinelle tourna les pages, délaissant les équidés des Patel en quête du dragon de mer associé au nom d'emprunt de l'adolescente, qui n'en menait pas large. Un simple coup d'œil lui avait suffi pour repérer quelques différences entre les tampons, elle n'osait imaginer ce qu'il en était pour une experte en la matière.

Elle pressa son cachet sur l'encreur.

— Votre collègue… dit-elle après s'être humectée les lèvres, en regardant avec insistance l'endroit où avait disparu le factionnaire précédent. Il n'était pas très méticuleux dans ses vérifications.

— Celui dont je viens de prendre la relève ?

La nouvelle contrôleuse suivit son regard avec une grimace. À peine eut-elle tourné la tête que la cadette des Hunt fit mine d'appliquer ses armoiries sur le papier, retenant son geste juste avant le contact avec la feuille. Lorsque la femme reporta son attention sur la liste, selon toute apparence, Joan venait de décoller son cachet.

La garde se pencha pour examiner les deux sceaux tamponnés avec la plus grande attention – plus encore, d'ailleurs, qu'en temps normal, sans doute aiguillonnée par le commentaire de la visiteuse. Joan s'humecta une nouvelle fois les lèvres. Elle aperçut le visage tendu de sa cousine par-dessus l'épaule de l'agente royale.

— « Marie Portelli », lut cette dernière à voix haute. « Petite-nièce d'Elizabetta ». J'ai rencontré votre grand-tante dans les années 1700.

— Une force de la nature ! répondit Joan en priant pour que ce soit vrai.

Selon Aaron, le deuxième nom inscrit sur le cachet appartenait au chef de famille le plus proche du porteur.

— *C'est un marqueur social*, avait-il ajouté. *Plus ton lien avec le chef de famille est étroit, plus ton statut est élevé.*

— *Pour les Oliver, sans doute*, avait objecté Ruth. *Mais chez les Hunt, c'est une autre histoire.*

Visiblement satisfaite, la garde opina du chef puis s'effaça sur le côté, au grand soulagement de Joan.

— Bienvenue à la Cour…

Le passage sous le portail s'étendait sur une longueur de cinq pas environ. Joan s'engagea sous l'arche. Elle s'attendait presque à ce qu'on la rattrape au dernier moment par le col, en proclamant que son petit manège n'avait pas échappé à certains regards avertis.

Un, deux, trois, quatre… cinq pas. La différence de température la frappa de plein fouet : de l'autre côté de l'arche, l'atmosphère, humide, était douce. L'odeur de la Tamise s'y faisait plus présente, aussi – un parfum de vase et d'iode.

— Que s'est-il passé ? chuchota Ruth en saisissant le bras de sa cousine pour l'éloigner de l'arche.

— Relève de la garde, expliqua Joan. Mais tout s'est bien passé. J'ai seulement…

— On a tout vu, répliqua Aaron, furieux. Pourquoi ne pas avoir passé ton tour, tout simplement ?

— Je… je ne sais pas, répondit la fausse Marie Portelli. Je n'en ai pas la moindre idée.

À vrai dire, faire machine arrière ne lui était même pas venu à l'esprit. Elle n'avait pensé qu'à une chose : s'introduire à la Cour.

C'était chose faite. Oui, elle y était parvenue. Elle leva des yeux émerveillés vers la voûte céleste, constellée d'étoiles. La Cour des monstres se tenait hors du temps, selon Aaron. Qu'entendait-il par là ?

— Jamais je n'aurais cru voir ça un jour, souffla Ruth.

Joan promena son regard sur l'incroyable spectacle que représentait le palais de Whitehall. Elle non plus n'aurait jamais cru avoir cette chance. Véritable rivale de Versailles, la somptueuse résidence désormais disparue constituait le grand trésor perdu de la capitale anglaise. Derrière l'édifice principal, immaculé, pointaient des tourelles de brique rouge et de multiples tours. L'ensemble paraissait s'étendre sur des kilomètres. Dans ce château, Henry VIII avait épousé Anne Boleyn. Il y était mort, aussi. L'endroit avait également été le théâtre de l'exécution de Charles Ier, puis du retour d'exil de son fils, Charles II, avec qui débutait la Restauration.

La férue d'histoire qu'elle était prit une profonde inspiration afin de retrouver ses esprits avant d'être envahie d'un désir aussi dangereux que familier.

— Regardez-moi ça, murmura Ruth.

— Je sais… répondit sa cousine.

Mais l'aînée des Hunt ne s'intéressait pas au palais. Elle contemplait l'arche, par où 1993 et sa lune gibbeuse étaient encore visibles. Simple ruine dépouillée quand ils l'avaient franchi, le portail offrait à présent une véritable allure de corps de garde surmonté de trois rangs de fenêtres et d'un toit à deux pans. Il faisait trop sombre pour distinguer le paysage au-delà des murs du palais, mais le frémissement des arbres avait remplacé le ronronnement des voitures.

— Cet endroit me donne la chair de poule, chuchota Aaron.

— Vraiment ? s'étonna Joan.

Le spectacle était pourtant magnifique.

— Il est impossible de s'éclipser du blocus temporel, lui rappela Ruth. Il nous faudra repasser par ce portail pour sortir.

Il n'était pas venu à l'esprit de sa cadette que les monstres se sentaient pris au piège lorsqu'ils ne pouvaient voyager dans le temps. À ses yeux, le prix à payer pour changer d'époque était trop élevé. Elle refusait de s'y livrer ne serait-ce qu'une nouvelle fois.

— Que se passera-t-il si on n'emprunte pas le portail ? s'interrogea-t-elle à voix haute. Si on sortait par une autre porte du palais, par exemple… On se retrouverait au XVIIe siècle ?

— Je doute que nous y soyons à présent, fit valoir Ruth, qui, très pâle, fixait toujours l'arche. On dirait que quelqu'un s'est emparé d'un fragment du monde pour le suspendre au milieu de… du néant. Il n'y a rien autour de nous. Je crois que si on jetait un coup d'œil par les fenêtres de ce corps de garde, tout ce qu'on verrait, c'est le vide.

Joan l'observa, perplexe.

— Tu ne le sens pas ? ajouta son aînée. Le temps n'existe pas en dehors de cet endroit. C'est un radeau perdu au milieu de l'océan.

La jeune fille puisa dans le monstre en elle, en quête de son sixième sens. Elle percevait quelque chose, certes, sans le sentir de manière aussi viscérale que sa cousine. Pour elle, le palais se suffisait à lui-même, tout simplement. Elle passa un bras sous le coude de Ruth pour la réconforter.

— Heureusement qu'on ne risque pas de nous réinviter, alors, pas vrai ?

Un timide sourire se dessina sur les lèvres de la plus âgée des deux Hunt.

— Oui, bon, ce n'est pas non plus comme si on avait reçu un carton d'invitation pour ce soir, je te rappelle.

— Ah, oui, c'est vrai, répondit Joan. Dommage…

Les trois clandestins suivirent le mouvement des autres convives vers les lourdes portes noires situées de l'autre côté du jardin, en empruntant un sentier éclairé par des globes couleur de lune flottant dans l'air.

Partout, ce n'étaient que tenues extravagantes. Les silhouettes sombres perçues de loin se révélaient de plus près parées de soieries brodées et de bijoux précieux. Tout autour d'eux s'élevaient des intonations étrangères : Joan saisit des bribes de latin, mais aussi d'un idiome proche du français, même si elle ne le reconnaissait pas tout à fait – une version ancienne, peut-être. Certains invités se parlaient dans des langues dont elle n'aurait su deviner l'origine.

Çà et là, des animaux trottinaient auprès de leurs maîtres – chiens, chats et autres créatures plus rares. Joan aperçut un léopard au collier orné de joyaux. Un serpent s'enroulait autour des épaules d'une femme. Un oiseau passa tout près du trio infiltré, d'un pas curieusement dansant.

— Serait-ce… un dodo ? glissa-t-elle à l'oreille d'Aaron.

— Ne le fixe pas, voyons, répondit-il à mi-voix.

Ils firent quelques mètres supplémentaires.

— Prends garde, ajouta son complice. Il y a des Oliver parmi les invités.

— Tu en reconnais certains ?

Il secoua la tête.

— Tâche de garder tes distances.

Joan songea à sa dernière rencontre avec le clan honni par les Hunt.

— Parce que je suis à demi humaine ? Tu les crois capables de m'attaquer à vue ?

Les Oliver savaient distinguer les êtres humains des monstres, et *vice versa*, à condition de se trouver assez près. Un regard leur suffirait pour identifier sa nature.

— T'attaquer à cause de tes origines ? chuchota Ruth. Qu'est-ce qu'il t'a raconté, encore ? Les Oliver ont beau être de la pire espèce, jamais ils ne feraient une chose pareille.

Ils l'avaient déjà fait, pourtant, songea Joan, hantée par le souvenir du regard aussi froid qu'inquisiteur d'Edmund.

— Peu importe, s'impatienta Aaron. Contente-toi de rester à distance. Ne laisse pas les Oliver s'approcher assez près pour voir la couleur de tes yeux, lui intima-t-il d'une voix chargée d'émotion.

— Leur nom n'est pas inscrit sur leur front, je te signale, répliqua la jeune fille, perplexe.

— Je te les désignerai.

Sans plus parler, ils atteignirent les hautes portes cintrées du palais, dont les battants de bois noir avaient été ouverts en grand pour laisser entrer la foule. Les coins supérieurs de l'encadrement portaient la rose des Tudor.

Après avoir franchi le seuil, Joan se retrouva dans un vaste hall. Ébahie, elle promena partout son regard. Des lustres placés haut, près du plafond peint, éclairaient la salle d'une lumière douce. De riches tapisseries déroulant des scènes guerrières étaient tendues le long des murs, à hauteur des yeux. Les paupières closes, Joan inhala un parfum de rose et de violette – non pas un arôme artificiel, mais une senteur d'une fraîcheur éclatante, comme dans un jardin fleuri.

Ruth lui agrippa le bras.

— Le *Cupidon dormant* de Michel-Ange, murmura-t-elle, l'index pointé sur une sculpture.

Dressée sur un socle dans un coin de la pièce, la statue de marbre représentait un enfant endormi.

— Ce chef-d'œuvre a lancé la carrière du maître, avant d'être perdu dans l'incendie, ajouta-t-elle, des étoiles dans les yeux. Incroyable !

Tout n'était qu'émerveillement. Ruth lui montra d'autres œuvres d'art, elles aussi disparues dans les flammes : un Holbein, un Bernin.

Malgré tout, ils ne se trouvaient pas au palais de Whitehall – enfin, pas véritablement. Le lustre situé au-dessus de Joan se désintégra subitement, s'éparpillant dans les airs sous la forme d'une pluie de diamants. L'un d'entre eux vint voler près de la jeune fille, qui reconnut alors un papillon. Illuminé de l'intérieur, il battait l'air de ses ailes scintillantes.

Des sculptures de créatures redoutables peuplaient par ailleurs le hall : lions, léopards, dragons. À leur passage, un félin de pierre exposé sous une fenêtre remua la queue sans crier gare – Joan en fut quitte pour une frayeur. Soudain, en parfaite harmonie, toutes les statues se redressèrent en rugissant, puis crachèrent des flammes de leurs gueules tournées vers le ciel. Lorsque les étincelles retombèrent, les créatures retrouvèrent leur position assise, tels des chiens obéissants.

Des serveurs se faufilaient parmi la foule des invités pour leur offrir des douceurs sur des plateaux d'argent. Joan prit quelques sucreries sur un chariot à proximité : de minuscules lions en pâte d'amandes, finement décoré, qui, trop beaux pour être mangés, finirent dans sa poche.

— Des Oliver, l'avertit Aaron dans sa barbe.

Elle le regarda d'un air absent. D'un coup de menton, il désigna un groupe de trois hommes s'avançant d'un pas vif entre les deux rangées de sculptures animalières.

— Tu te rappelles ce que je t'ai dit ?

— Oui, oui, murmura la jeune fille.

Surtout, garder ses distances.

— Tom est là, fit remarquer Ruth avec soulagement.

Joan suivit son regard. Le hall où ils se trouvaient n'était que le premier d'une série de salles, dont les portes ouvertes laissaient entrevoir d'autres merveilles : plus loin, des convives dansaient sous des lumières scintillantes. Où donc était leur quatrième complice ?

— Des gardes, à chaque porte, lui souffla sa cousine.

La jeune fille n'y avait guère prêté attention, mais Ruth avait raison. Difficile, dans de telles circonstances, de s'intéresser au personnel de sécurité… Partout où se portaient ses yeux, ils ne rencontraient que des costumes sophistiqués issus de la Renaissance, de la Régence – quand ce n'était pas du futur.

Elle repéra enfin leur acolyte dans la salle suivante, posté devant une fontaine d'argent. Illuminée de l'intérieur, la sculpture brillait de mille feux, crachant une eau aussi éblouissante qu'un clair de lune. Contre toute attente, Tom avait fière allure. Dieu sait où il avait déniché son costume gris foncé, mais il lui allait presque comme une deuxième peau. Même Frankie avait eu droit à son nœud papillon, bien sûr assorti à celui de son maître.

Pour autant, Aaron ne partageait que modérément le soulagement de ses deux camarades.

— Il a un verre à la main, nota-t-il avec dégoût. On ferait bien de l'arrêter avant qu'il ne soit trop saoul pour travailler.

— Merde, laissa échapper Ruth.

Elle se dirigea vers le dernier membre de leur bande, laissant seuls Joan et Aaron, qui déambulèrent dans la salle. La jeune fille avait les nerfs en pelote. Tous les convives affichaient cette même posture de puissance contenue, propre à ceux habitués à l'exercice du pouvoir. Une fois de plus, la nature de Joan se rappela à son souvenir. Les monstres pouvaient-ils lui voler du temps, puiser dans sa part humaine ? Si seulement elle disposait d'une écharpe ou d'un col haut pour couvrir sa nuque…

Aaron se rapprocha, puis offrit son bras à sa complice, plutôt surprise.

— Tâchons de donner l'impression de nous amuser, lui souffla-t-il. Autrement, nous risquons d'attirer l'attention.

Avec plus de gratitude qu'elle n'oserait l'admettre, l'adolescente plaça sa main sur l'avant-bras de son compagnon, avant de se laisser guider devant le premier groupe de gardes. Devant eux se déployait le vaste espace de la salle de bal. Des fontaines crachaient un vin couleur de prune. Une harpiste se livrait à un récital. Si la présence de Joan détonnait dans un tel cadre, Aaron, lui, avait l'air de s'y sentir parfaitement à son aise. Dans cette pièce peuplée d'êtres à la fois beaux et puissants, il continuait d'attirer tous les regards. Qu'il était étrange de s'afficher de cette façon avec ce jeune premier, dont le bras demeurait ferme sous ses doigts !

— Comment allons-nous sortir d'ici sans éveiller les soupçons ? chuchota-t-elle.

Il leur faudrait bien s'aventurer plus avant dans le palais, à un moment ou à un autre. Aaron lui adressa un sourire discret, mais sincère.

— Ne t'en fais pas pour ça, lui dit-il. J'ai passé ma vie à m'éclipser de soirées de ce genre.

— Vraiment ? s'étonna Joan.

— Quel soulagement de se trouver dans une pièce sans aucun être humain ! s'exclama une voix à proximité.

La jeune Sino-Britannique se figea. Ce timbre ne lui était pas inconnu. La dernière fois qu'elle l'avait entendu, elle avait le canon d'un pistolet pointé sur la tempe. Elle se tourna vers celui qui avait parlé. Au passage, elle put voir qu'Aaron avait lui aussi pâli.

Edmund Oliver se tenait à quelques mètres des deux jeunes gens. Bien vivant, il était doté de cette même aura puissante que Joan lui avait vue dans le Cabinet doré. Il lui sembla à peine plus jeune que le soir de sa mort.

Alors qu'elle le dévisageait, le patriarche pivota vers eux. Aaron lui lâcha la main. « *Ne laisse pas les Oliver s'approcher assez près pour voir la couleur de tes yeux* », lui avait-il conseillé.

Bouge, s'intima-t-elle. *Allez !* Peine perdue. Elle revit la réaction d'Edmund la première fois qu'il avait posé ses pupilles glaciales sur elle. Ses yeux s'étaient élargis, signe qu'il avait perçu quelque chose en elle. Puis il avait ordonné à Lucien de la tuer.

— Père, le salua Aaron.

Au grand soulagement de Joan, le chef des Oliver se détourna d'elle pour chercher son fils du regard. Le jeune homme s'était déplacé de quelques pas pour se rapprocher de la harpiste.

— Bonsoir, lança-t-il, une main dans sa poche dans une attitude pleine de nonchalance.

Il esquissa un léger sourire en voyant le patriarche retrousser le coin des lèvres avec mépris.

— N'êtes-vous pas heureux de me voir ? insista le garçon.

— Comment as-tu franchi le portail ? lui demanda son géniteur.

— Comment ?

Joan connaissait assez son complice, à présent, pour percevoir la tension qui affleurait au fond de ses prunelles. Il conservait malgré tout une apparente décontraction.

— Je suis un Oliver. Ton fils, qui plus est. Mon cachet porte ton nom. Voilà qui suffit à m'ouvrir toutes les portes.

Un éclair de rage traversa le visage de son père.

— Un Oliver ? railla-t-il. Tu n'es pas digne de ce nom. Je t'ai fait exclure de la ligne de succession. Si j'avais pu te dépouiller de ton patronyme, dis-toi bien que je l'aurais fait.

La posture d'Aaron conserva toute sa désinvolture apparente. Autour de Joan, des murmures commençaient à circuler. Les têtes se tournaient. Pour le jeune homme, qui aimait tant soigner les apparences, le moment s'apparentait certainement à de la torture.

Sa cavalière aurait aimé envoyer paître Edmund, ou au moins le faire taire, mais si Aaron se mettait dans une telle situation, c'était à cause d'elle – ce dont elle avait conscience. Il n'avait détourné l'attention de son père que pour éviter qu'il ne s'intéresse d'un peu trop près à elle. Elle en avait la nausée.

Le jeune homme tendit alors le cou par-dessus l'épaule de son géniteur pour regarder le garçon aux cheveux blonds qui l'accompagnait. Peu ou prou du même âge qu'Aaron, il observait la scène en silence depuis le bord de la piste de danse.

— Notre nouvel héritier ? s'enquit le complice de Joan avec un sourire dénué de toute gaieté. Je n'imaginais pas la famille à ce point désespérée.

Edmund esquissa un pas vers son fils.

— Geoffroy sait à qui va sa loyauté.

L'adolescente craignit un instant qu'il ne frappe Aaron. Elle n'était pas la seule, à ce qu'il semblait, puisque son camarade eut un mouvement de recul. Edmund eut enfin l'air de prendre conscience de l'attroupement qui s'était formé autour d'eux. Avec un grognement, il fit volte-face, puis s'éloigna d'un pas rapide, son tout nouvel héritier sur les talons. La jeune Hunt retint son souffle au moment où le patriarche passait devant elle, sans daigner lui jeter un seul regard.

À peine eut-il disparu qu'elle s'empressa de rejoindre son compagnon.

— Aaron, dit-elle d'un ton oscillant entre la gratitude et la sympathie.

Il la dévisagea longuement, puis son expression retrouva le dédain qu'il avait affiché lors de leur première rencontre, dans le Cabinet doré.

— J'imagine que le spectacle t'a plu ?

— Ne sois pas ridicule, rétorqua-t-elle, piquée au vif. Est-ce que tout va…

— Que fais-tu encore plantée là ? l'interrompit-il.
— Aaron !
Mais il était déjà parti.

Devant la fontaine, Ruth perdait patience. Tom avait délaissé sa boisson pour se mettre à manger, en longeant une table chargée de victuailles, notamment des pâtisseries croustillantes pliées à la manière des origamis pour évoquer des cygnes et des cerfs. Il y avait aussi certains aliments que Joan aurait été bien en peine d'identifier, telles ces gaufrettes fines comme du papier et ces petits gâteaux glacés dont l'aspect de friandises contrastait avec le parfum d'herbes aromatiques qui s'en dégageait.
— Hmm… fit Tom en guise de salut.
Frankie renifla les deux nouveaux venus avec curiosité. La jeune fille lui caressa la tête, l'estomac tiraillé par la faim.
— Qu'est-ce que vous fichiez, à la fin ? s'enquit Ruth à voix basse.
— Rien, répondit Aaron.
Tom s'arrêta pour cueillir une poignée de feuilletés qu'il fourra dans ses poches.
— Très bien, dit-il, la bouche pleine. Allons-y.

L'ancien garde royal les conduisit dans la première salle, où ils repassèrent devant les statues de bêtes crachant du feu. Edmund s'était éloigné dans la direction opposée, mais Joan redoutait quand même de le croiser de nouveau. Elle craignait ce qui pourrait se passer si le patriarche des Oliver remarquait sa présence. À ses côtés, Aaron demeurait coi. Il ne daigna même pas lui rendre son regard lorsqu'elle tenta de capter son attention.

Ils firent halte dans une pièce adjacente. Bien qu'exiguë, elle était richement décorée, ses murs couverts d'un papier peint à la main orné de fleurs rose et or. Une cloison entière accueillait une armoire aux portes de verre, décoré à la feuille d'or, les autres étaient couvertes d'étagères.

Deux convives un peu à l'écart des autres étaient en train de ranger un vase et une petite sculpture sur un rayon vide. Joan remarqua soudain la foule d'objets de valeur entassés dans la pièce, placés sur les étagères ou disposés sur des tables. Il y en avait de toutes sortes : colliers, diadèmes, statues…

— Des présents pour le roi, expliqua Tom.

— Nous n'avons rien apporté, souffla la jeune fille.

— Je pense qu'il s'agira du moindre de nos impairs, ce soir, marmonna Aaron.

Lorsque les autres invités furent partis, leur guide se dirigea vers le fond de la pièce.

— Que l'un de vous surveille la porte, lança-t-il avant de glisser une main derrière l'armoire.

Un cliquetis plus tard, un pan du meuble pivotait sur ses gonds pour révéler une salle secrète.

— L'issue de secours royale, constata Aaron, impressionné malgré lui. On en trouve une dans chaque palais.

— Vite, dit Tom en attrapant Frankie. Avant que quelqu'un nous voie.

Un à un, ils se glissèrent dans la pièce sombre. Dernière à passer, Joan referma le passage derrière elle dans un nouveau cliquetis. Il était temps : des voix étouffées leur parvinrent un instant plus tard.

Dans l'obscurité totale, la jeune fille entendait sa propre respiration se mêler au brouhaha sourd de la réception toujours en cours de l'autre côté du mur. Un bruissement de tissu l'avertit que Ruth s'impatientait à côté d'elle.

— J'ai oublié de prendre une torche, se morigéna Tom d'une voix à peine audible.

Après un nouveau froissement d'étoffe, une lumière jaillit pour révéler Aaron, téléphone en main.

— Ça ne va pas durer, les prévint-il. La batterie est presque à plat.

Il brandit son appareil. Légèrement penchée car elle pensait être dans un espace réduit, Joan découvrit avec stupeur une vaste pièce aux balcons drapés de rouge dominant des bancs en bois. Le plafond, haut, semblait doré à la feuille. *La chapelle royale*, songea-t-elle, ébahie. Celle-là même où Henry VIII avait épousé Anne Boleyn.

— Allons-y, murmura Tom. Il ne nous reste pas beaucoup de temps avant la fermeture du portail.

Chapitre 16

Malgré le danger, Joan ne pouvait s'empêcher d'éprouver de l'émerveillement tandis que Tom les menait hors de la chapelle afin de les introduire dans le palais même. L'histoire avait toujours été sa matière préférée. Dépouillée du spectacle des monstres costumés, cette portion – bien réelle et habitée – de Whitehall lui parut encore plus miraculeuse que les statues animées du grand salon.

Ils se trouvaient à présent dans les appartements de Charles II et de ses maîtresses, aux murs drapés de riches tapisseries peuplées d'hommes à cheval et de femmes en robe à traîne. Les lits étaient aussi ornés que des pâtisseries – tout en courbes et fioritures chocolatées. Certains étaient défaits, laissant penser que leurs occupants venaient de se lever.

Chaque chambre paraissait figée dans le temps. Lettres et encriers gisaient, abandonnés, sur les secrétaires. Les portes restaient entrebâillées.

— Comment la Cour des monstres peut-elle se tenir à l'intérieur du palais de Whitehall ? demanda Joan à leur guide.

— Ce n'est pas systématique, répondit-il. Il arrive qu'elle se manifeste en d'autres lieux. On dit que le roi, pour s'en emparer, suspend fugitivement ces endroits dans le temps.

— Mais comment s'y prend-il ? insista la jeune fille.

Tom se contenta de hausser les épaules.

— Et où sont-ils tous passés ? ajouta-t-elle. Les êtres humains qui vivent ici… Ne devraient-ils pas être présents ?

Tom fit une moue en signe d'ignorance. Guidés par la seule lueur du téléphone d'Aaron, ils traversèrent des zones où étaient tirés d'immenses rideaux. Tous restèrent sans voix lorsqu'ils pénétrèrent dans une salle aux larges fenêtres, qui offrait une vue dégagée sur la Tamise nimbée du clair de lune.

Joan fut surprise de voir le fleuve si haut. Elle se rappela avoir lu quelque part que le niveau du cours d'eau avait baissé au fil des siècles. Aaron laissa entendre sa réprobation – un sentiment que partageait sa camarade. La scène avait quelque chose de perturbant, qui n'était pas uniquement lié à la hauteur des flots. Il lui fallut une seconde pour comprendre de quoi il s'agissait.

À l'extérieur, rien ne bougeait. La Tamise demeurait figée, chacune de ses vaguelettes demeurait dans une immobilité parfaite. Les rayons de l'astre lunaire s'étiraient comme du lait renversé. Sur la rive opposée, arbres et bâtiments dessinaient des silhouettes imprécises.

— Je déteste cet endroit, murmura Ruth.

— La chronologie n'apprécie pas non plus, fit remarquer Aaron. Je le sens.

— J'ai toujours pensé que le roi n'était qu'un homme, poursuivit l'aînée des deux Hunt. Mais un tel pouvoir… Jamais je n'aurais cru qu'un prodige pareil soit possible.

Elle s'arrêta un instant pour contempler le fleuve figé.

— Toutes les rumeurs sur notre souverain seraient-elles vraies ? s'interrogea-t-elle. Et si sa vision était véritablement totale ?

— C'est impossible, répondit Joan avec plus d'assurance qu'elle n'en éprouvait réellement. Si c'était le cas, on ne serait pas ici. On se serait fait prendre bien plus tôt.

Ruth secoua la tête, perplexe, les yeux toujours rivés sur le paysage. Son reflet sur la vitre prenait une allure fantomatique.

— Quelque chose cloche, chuchota-t-elle.

— Cet endroit… commença Joan.

— Au-delà de cet endroit, rectifia sa cousine. Quelque chose cloche dans toute cette histoire. J'ai la vague impression qu'on a fait erreur quelque part.

— Qu'est-ce que tu veux dire ?

— Je ne sais pas… Enfin, c'est seulement une impression.

Joan n'était pas d'accord avec sa parente. Au contraire, tout lui semblait juste. Sa grand-mère lui avait confié une clef pour accéder à la Cour des monstres, où ils se trouvaient désormais, à deux doigts de ramener leur famille à la vie.

— On ne va pas abandonner maintenant, plaida-t-elle. On est si proches du but !

Elle jeta un coup d'œil à Tom en quête d'une confirmation. L'ancien garde opina du chef.

— La fosse aux lions n'est plus très loin.

Leur guide les conduisit le long d'une galerie de pierre ouverte d'un côté sur un jardin à la française. Peu à peu, Joan était à son tour gagnée par cette impression funeste évoquée par sa cousine. Dans le jardin se dressaient des statues d'animaux placées sur des piédestaux – un léopard enchaîné et paré de couleurs carnavalesques, une licorne à la défense aussi tranchante qu'un sabre. On en comptait des dizaines, dorées et peintes de couleurs criardes.

— Où sont-ils tous passés ? répéta la jeune fille. Où sont les gens qui vivent ici ? Où est le roi ?

— Le roi ne se montre jamais, lui rappela Tom.

Joan se tourna vers lui, perplexe.

— Lorsqu'il désire accomplir quelque chose, ajouta le jeune Hathaway, il envoie un membre de la Cour des monstres le faire à sa place.

L'adolescente se remémora l'histoire que lui avait racontée l'héritier déchu des Oliver.

— Conrad, par exemple ? demanda-t-elle.

Conrad, l'homme qui avait exécuté le cousin d'Aaron.

— Oui, confirma Tom. Ou Eleanor. Ou celui qu'on appelle le Titan. Ce sont les trois membres de la Cour qui s'aventurent à notre époque.

— J'ai entendu quelqu'un citer le nom de Conrad dans les couloirs, ce soir, dit Ruth. Il est présent au palais.

Un frisson parcourut la petite troupe. Tom jeta un coup d'œil par-dessus son épaule.

— On ferait mieux de se taire, maintenant, chuchota-t-il. Les patrouilles sont bien plus régulières près des Archives royales.

Traversant une pelouse verdoyante et lisse, ils rejoignirent un escalier s'enfonçant sous terre. Joan s'arrêta devant. Tom déposa Frankie à terre, puis descendit les marches.

Quelques cris de surprise retentirent, suivis de gémissements de douleur, puis plus rien. Le jeune Hathaway reparut et reprit aussitôt sa chienne dans ses bras.

— La voie est libre, déclara-t-il, bien que la précision soit inutile.

Ouvrant la marche, il s'engouffra une nouvelle fois dans l'escalier. La lourde robe de Joan ondulait contre ses jambes au fil de la descente. Elle avait l'impression de rejoindre un bunker. L'atmosphère se chargea d'une odeur de boue et d'iode. Elle imagina le fleuve gelé, juste de l'autre côté de l'épais mur de pierre.

Au pied des marches, quatre gardes gisaient, les bras en croix, sur un tapis sombre. Joan jeta un regard impressionné à Tom – à lui seul, il avait neutralisé un quatuor d'hommes armés.

Leur guide se pencha pour détacher la montre que l'un des hommes dorénavant inconscients portait au poignet.

— Vingt-trois heures trente, annonça-t-il.

Plus qu'une demi-heure avant la relève.

— Dépêchons-nous, lança Joan.

Les connaissances de Tom sur le dispositif de sécurité s'arrêtaient là. Il n'avait jamais été affecté à la surveillance des archives. Afin de limiter les risques, Ruth avait apporté une sélection d'outils de crochetage. En son for intérieur, Joan espérait de son côté ne plus rencontrer d'obstacles. Quel niveau de protection, au juste, pouvait exiger le lieu où était entreposé le *transformatio* ? Après tout, les portes de la Cour des monstres ne s'ouvraient qu'une fois par siècle.

Sous le commandement d'Aaron, ils quittèrent l'espace situé au pied de l'escalier pour prendre la direction des archives. Joan leva la tête quand elle entendit le jeune homme pousser un soupir de surprise.

Long d'environ six mètres, le passage se terminait par une porte en bois gravée du lion ailé – l'entrée de la salle si convoitée. Un obstacle se dressait cependant entre eux et leur objectif…

Au début, Joan ne vit qu'un carré d'une blancheur éclatante sur le sol. Lorsqu'elle s'approcha, la clarté se révéla être un paysage enneigé. La jeune fille observa le passage, stupéfaite : au beau milieu se dressait une scène hivernale.

— Qu'est-ce que c'est que ça ? s'enquit-elle.

Un rai de lumière venait illuminer la neige. Levant les yeux, elle aperçut un fragment d'azur, d'un bleu étourdissant. Voilà qui était fort éloigné du ciel londonien – surtout à cette heure tardive.

Le manteau blanc s'étirait sur environ trois mètres. Joan se voyait presque sauter par-dessus. Elle tendit une main hésitante : l'air lui opposa une résistance.

— Une barrière, annonça-t-elle.

Elle avait cru sentir une espèce de répulsion magnétique. Ruth s'approcha.

— Tu as vu ça ?

— Vu quoi ? lui demanda la jeune fille un peu trop vite.

À l'intérieur de la scène hivernale, une ombre se déplaçait sur le tapis neigeux. Apparut bientôt un félin aux allures de tigre doté d'immenses canines arquées. Aussi grand qu'un cheval, il était solidement bâti. Les muscles de ses pattes arrière se contractaient ostensiblement à chacun de ses pas.

Joan laissa échapper un petit cri de surprise. Comme s'il l'avait entendue, l'animal tourna la tête pour la fixer, visiblement aussi interloqué que sa visiteuse. La distinguait-il ? La réponse lui parvint une seconde plus tard, lorsqu'il s'élança en rugissant.

L'adolescente poussa d'abord un hurlement, puis fit volte-face, bien décidée à prendre la fuite. Point de griffes ni de crocs, pourtant – à la place, un bras ami l'avait attrapée pour la stabiliser, celui d'Aaron.

— Attention, dit-il d'une voix tremblante, ou tu risques de tomber.

La créature rebroussa chemin, les babines retroussées, fouettant l'air de sa queue. La cadette des Hunt eut un frisson.

— Un tigre à dents de sabre, constata le jeune Oliver, incrédule.

— Il ne s'agit pas seulement d'hiver, là-dedans, fit remarquer Ruth, tout aussi secouée. Ce doit être aussi des centaines de milliers d'années dans le passé, au moins.

L'air de rien, Tom glissa la main dans sa poche, pour en sortir une flasque qu'il porta à ses lèvres.

— Chut, intima-t-il à Frankie.

Jappant frénétiquement, le petit bouledogue femelle se tortillait sous son bras, brûlant d'en découdre avec le félin préhistorique. Obéissant à son maître, elle se contenta toutefois d'un grognement sourd.

Le tigre commençait à s'éloigner. Joan tendit une nouvelle fois la main. La barrière lui parut légèrement arrondie, comme une sphère. Elle s'imagina que cette tranche d'hiver formait l'épaisse paroi d'une bulle protectrice qui enveloppait la salle des archives.

— Ça ressemble à un fossé temporel, fit Ruth. Le fragment d'une autre époque dressé entre nous et les archives.

— Tu ne savais vraiment pas qu'il y en aurait un ici ? demanda Aaron à Tom.

— Je vous l'aurais dit, quand même, grommela l'ancien garde, agacé.

— Qu'est-ce qu'on fait, alors ? s'enquit l'aînée des deux Hunt. On ne peut pas voyager à travers. Il nous faudrait une centaine de milliers d'années rien que pour rejoindre le paléolithique, et rebelote pour en revenir.

— C'est tout l'intérêt, dit Aaron. Il est infranchissable.

Joan pria pour que personne n'ait jamais eu l'idée de tenter le périple. Un simple aller-retour aux archives en passant par le fossé temporel coûterait quatre cent mille ans de vie humaine. Le roi avait-il jamais volé une telle quantité de temps ? Cette seule idée lui donnait la nausée.

— On ferait mieux de rebrousser chemin, déclara Aaron.

— Non, objecta Joan. Attends.

Il fallait qu'elle réfléchisse.

— Il n'y a pas moyen de passer. Mieux vaut arrêter les frais, insista le jeune homme.

— La relève ne va pas tarder à arriver… leur rappela Tom.

La cadette des deux Hunt distinguait très nettement la porte des archives, de l'autre côté du carré de neige. Elle touchait au but ! Elle était si près que c'en était insupportable. Derrière cette porte se cachait un artefact à même de ramener sa famille à la vie. Le *transformatio*, comme l'avait appelé sa grand-mère. Oui, l'adolescente ne se trouvait plus qu'à quelques mètres de son objectif, mais incapable ne serait-ce que d'effleurer la poignée de la porte. Que faire ? Repartir ? Elle rejeta d'emblée cette solution.

— Joan, dit Aaron.

Elle secoua la tête, réticente à l'idée d'abandonner.

— Écoute, poursuivit son complice. Même s'il était possible de voler une telle quantité de temps de vie humaine, nous ne pourrions pas traverser cette protection. Nous sommes dans un blocus temporel, je te rappelle.

Un blocus temporel. Joan avait oublié ce détail. Les monstres s'y retrouvaient dans l'incapacité de voyager. Leurs pouvoirs n'avaient aucune prise sur ce lieu. Sauf que… ce n'était pas tout à fait exact, de toute évidence.

Les pouvoirs du roi, eux, fonctionnaient toujours. La bulle d'un autre temps où ils évoluaient en était la preuve, le palais tout entier, détaché de son époque, la manifestation. Peut-être les pouvoirs familiaux conservaient-ils donc eux aussi de l'effet… notamment celui des Hunt.

— Ruth…

Désireuse de tester sa théorie, la jeune fille ramassa une fine branche tombée par terre – sans doute l'avaient-ils apportée par mégarde avec eux depuis le jardin.

— Est-ce que tu crois que tu peux glisser cette brindille là-dedans ?

— Que je fasse quoi ? demanda sa cousine, déboussolée.

Le pouvoir de Joan s'était estompé avec le temps. Enfant, elle était capable de dissimuler et de récupérer des objets, à l'instar des autres membres de sa famille maternelle. Mais à mesure qu'elle avait grandi, ses capacités de récupération s'étaient émoussées. Elle avait même perdu de précieuses possessions : un bracelet de jade qu'on lui avait offert à sa naissance et un camée qui avait appartenu à sa mère. Quelques années auparavant, elle avait donc décidé d'arrêter les frais pour de bon. Si, chez ses cousins, le pouvoir des Hunt s'était renforcé avec l'âge, chez elle, il s'était étiolé, comme s'il ne lui avait jamais véritablement appartenu.

— Comment fonctionne le pouvoir des Hunt, au juste ? demanda-t-elle à Ruth.

Avec une toux discrète, Tom brandit la montre confisquée au garde : 23 h 35.

— Vingt-cinq minutes avant la relève, leur rappela-t-il.

Il leur restait donc vingt-cinq… Non. Joan fit un rapide calcul. Quinze minutes, voilà le temps qu'il leur restait s'ils ne voulaient pas croiser les agents royaux venant prendre leur service. Elle se tourna de nouveau vers sa parente.

— Avant, je pensais qu'on déplaçait les objets dans un lieu quelconque, reprit-elle. Mais il s'agit d'autre chose, pas vrai ?

— Oui, se résolut à avouer Ruth. C'est plutôt qu'on les déplace dans le temps.

— Tu t'en sens capable ?

Du menton, Joan désigna le paysage enneigé.

— Quoi, de placer quelque chose là-dedans ? (L'aînée des cousines se mordit la lèvre.) Je ne sais pas, Joan…

Sa cadette lui tendit la fine branche.

— Tu veux bien essayer ?

Malgré le doute qu'on lisait sur son visage, Ruth se positionna face au paysage hivernal. Elle leva une main pour toucher la barrière.

— À mon avis, dit Joan, qui continuait de tâter le terrain, ce doit être exactement la même chose que de cacher un objet à l'aide de ton pouvoir. La seule différence, c'est que tu ne vois pas où tu mets la brindille.

Ruth appuya le morceau de bois contre la barrière, en usant de ce geste familier à tous les détenteurs du pouvoir des Hunt. Sceptique, elle secouait toujours la tête lorsque le bout de bois traversa la cloison invisible. Elle n'en crut pas ses yeux. Tom poussa quant à lui un murmure ébahi. Joan, elle, reprit enfin son souffle.

— Lâche-la, murmura-t-elle.

Son aînée s'exécuta. L'espace d'un instant, la brindille sembla rester en suspension dans l'air. Puis elle disparut.

— Où est-elle passée ? s'étonna Aaron.

— Eh bien…

La jeune Sino-Britannique tenta de contenir sa joie. Il y avait tout un monde entre glisser une branche dans la bulle d'hiver et franchir soi-même la barrière.

— Je pense que les Hunt placent ce qu'ils veulent dissimuler dans un moment bien précis, expliqua-t-elle. Ma tante Ada range des tasses de thé chaud en l'air. Lorsqu'elle les sort de leur cachette, elles sont encore fumantes.

— Je ne comprends pas, dit Ruth. En quoi est-ce que ça va nous aider ? Le pouvoir des Hunt ne s'applique pas aux créatures vivantes. Je ne pourrai pas te pousser, toi, là-dedans, si c'est ce que tu espères. Je ne peux même pas m'y rendre moi-même.

— Je sais, répondit l'adolescente. J'en ai bien conscience. Mais… peut-être pourrais-tu y aménager un tunnel ?

Sa cousine lui jeta un regard interrogateur.

— Et si tu disposais de… d'une espèce de tube ? poursuivit Joan. Pourrais-tu en maintenir l'intérieur à l'époque dans laquelle on se trouve et l'extérieur à cette autre période ? (Elle désigna le carré neigeux.) Histoire de nous forger un passage jusqu'à cette porte ?

— Un objet ne peut chevaucher deux périodes à la fois, objecta Aaron. Il finirait écartelé entre ces deux époques différentes.

— Permets-moi d'en douter, rétorqua Joan.

Toute sa vie, elle avait regardé faire les Hunt. Elle avait assisté à cette même scène : à la disparition de tel ou tel élément, pièce après pièce.

— Ruth vient de le faire… Tu l'as bien vu. La brindille est restée intacte quand elle a traversé la barrière. Elle était à moitié ici, à moitié là-bas. C'est grâce au pouvoir des Hunt qu'elle était maintenue en place. Ce n'est qu'au moment où Ruth a cessé de la toucher que la branche a disparu.

Elle sentit sa voix vaciller sous le coup de l'émotion. Elle aurait donné un royaume pour que ce soit vrai…

— On n'a pas le temps pour ces théories fumeuses, objecta le jeune Oliver.

— Aaron !

Pour la première fois depuis la confrontation avec son père, le garçon soutint le regard de Joan.

— On est si près du but, plaida-t-elle. La porte est juste là ! On pourrait tous les sauver, les ramener à la vie.

Il secoua la tête, peu convaincu. Quand il consulta la montre de Tom, malgré tout, il poussa un soupir.

— Qu'est-ce qu'on pourrait bien utiliser pour nous servir de pont ?

Ils finirent par jeter leur dévolu sur le tapis aperçu dans l'entrée, qu'ils roulèrent en forme de tube en prenant soin de maintenir un diamètre assez large pour leur permettre de le traverser à quatre pattes. Ruth esquissa un sourire contrarié lorsqu'ils positionnèrent leur tunnel improvisé en face de la porte.

— Je doute que le pouvoir des Hunt me permette d'accomplir des miracles, dit-elle.

— Et moi, j'y crois, insista Joan.

Par pitié, songea-t-elle. *Je vous en supplie, faites que ça marche.* Les archives étaient si proches !

— Ce n'est même pas un tube à proprement parler, maugréa Ruth. On vient juste de le rouler.

Malgré ses protestations, elle se mesurait pourtant déjà au fossé temporel. Les sourcils froncés sous l'effet de la concentration, elle poussa le tapis roulé contre la barrière. Joan retint son souffle. Dans un premier temps, faire traverser le morceau d'hiver par leur galerie improvisée parut insensé.

— Je doute de pouvoir…

À peine Ruth eut-elle prononcé ces mots que le tapis transperça brutalement l'obstacle, en raclant la neige épaisse. Des flocons tombaient sur la laine. Tom souffla bruyamment, comme s'il avait retenu son souffle jusque-là, lui aussi.

L'exercice exigeait de l'aînée des deux Hunt des efforts constants : la mâchoire crispée, elle continuait de pousser le tapis sur la neige.

— Pourvu que ce fichu tigre soit parti se balader, murmura Aaron.

Joan l'espérait aussi. Nul doute que les chats étaient les mêmes partout – même dotés de gigantesques dents de sabre.

Enfin, le tapis atteignit l'extrémité de l'étendue neigeuse, sans que Ruth puisse le pousser plus avant.

— Continue, lui intima Tom.

— Peux pas, répliqua-t-elle d'une voix éreintée. Je crois que c'est la barrière de l'autre côté qui bloque.

— D'accord, dit Joan, qui faisait de son mieux pour dissimuler son anxiété. Tu veux bien réessayer ?

Les bras tremblant sous l'effort, sa cousine redoubla d'efforts en grognant.

— Encore dix minutes, annonça Tom. Enfin, si on veut garder un peu de marge pour filer d'ici.

— Tu peux y arriver Ruth, l'encouragea Joan. J'en suis certaine.

L'intéressée prit une profonde goulée d'air, tout en carrant les épaules. Puis elle fournit une dernière poussée, violente. Cette fois, le tapis quitta la neige, sous les exclamations de surprise de la petite bande. Une partie de la galerie improvisée gisait de leur côté, dans le couloir, le reste se trouvait désormais à l'intérieur du fossé temporel. Joan s'agenouilla pour jeter un œil dans le tunnel. À l'autre extrémité, on pouvait apercevoir la porte des archives. Puis elle sortit une épingle de sa chevelure, qu'elle jeta dans le conduit. L'accessoire heurta le battant de l'autre côté avec un bruit métallique.

— Tu as réussi, Ruth ! Tu as établi un pont !

— Très impressionnant, concéda Aaron. Jamais je n'aurais imaginé les Hunt capables d'un tel prodige grâce à leur pouvoir.

Le ton pensif qu'il avait utilisé pour s'exprimer incita Joan à l'observer attentivement. Le jeune homme était du style à classer les gens en fonction de l'opinion qu'il s'en faisait, classement qu'il réorganisait en permanence comme il l'aurait fait pour un paquet de cartes – rois et reines d'un côté, deux et trois de l'autre. L'adolescente le soupçonnait d'avoir pris l'habitude de placer les Hunt dans le fond de la pile. Mais sa cousine et elle venaient de lui révéler un aspect inédit de leur pouvoir familial. Un sentiment de méfiance l'enveloppa soudain.

Dorothy Hunt n'aurait certainement pas apprécié qu'un Oliver ait découvert ça.

— Satanés Oliver, toujours à nous sous-estimer… souffla Ruth, pourtant moins bravache qu'à l'accoutumée. Dites, ce n'est pas tout, mais je ne sais pas combien de temps je vais pouvoir tenir.

Ses mains tremblaient.

— Vas-y, intima Joan à Tom. Vite !

L'ancien garde acquiesça puis, sans la moindre hésitation, se faufila dans la galerie de fortune, Frankie sur les talons.

— À ton tour, dit-elle à Aaron.

Le visage du jeune homme avait pris une teinte verdâtre, signe de sa frayeur. Difficile de lui en vouloir. Si le pont venait à s'effondrer pendant la traversée, ils se retrouveraient coincés au paléolithique.

— Joan…

Les mains de Ruth oscillaient de plus en plus violemment, créant des vagues qui parcouraient le tapis.

— Allez ! ordonna la cadette des Hunt à Aaron.

— Toi aussi, Joan ! s'écria sa cousine. Dépêchez-vous !

L'héritier déchu se précipita à l'intérieur. Sa complice plongea à sa suite, si proche qu'il faillit lui assener un coup de pied en plein visage. Le froid frappa la jeune fille d'un seul coup. La température était si basse que ses poumons se bloquèrent à l'inspiration. Le vent lui hurlait dans les oreilles. *Je vais finir échouée à l'ère glaciaire*, songea-t-elle. *Le tigre va nous attaquer. Il va démolir le pont !*

Soudain, Aaron l'attira de l'autre côté du tapis. Joan fit de son mieux pour lui faciliter la tâche. Agenouillée au bord de l'étendue neigeuse, haletante, elle jeta un coup d'œil à sa cousine à travers le tunnel.

— Ça va, tu tiens le coup ?

Ruth respirait fort, d'un souffle irrégulier, elle aussi.

— Impec ! parvint-elle à articuler. Et si tu te dépêchais, un peu ?

Joan se mit debout. Sa cousine ne pourrait plus tenir très longtemps. Tom leur désigna une nouvelle fois sa montre : il ne leur restait que dix minutes avant la relève de la garde.

Face à eux, la porte des archives offrait un aspect étonnamment banal, simple battant de bois épais et poli, sans jointure visible – à croire qu'il avait été taillé d'un seul tenant dans un arbre massif. Malgré cette apparence rustique, cependant, le savoir-faire à l'œuvre lors de son installation sautait aux yeux. La courbe de la porte épousait le mur de pierre à la perfection. Quant au bois, la finition soigneuse lui conférait presque une aura lumineuse. Pour seule décoration, l'emblème du lion ailé était gravé au milieu.

Joan tourna la lourde poignée en fer, qui ne bougea pas d'un pouce. Elle fit ensuite une deuxième tentative, puis une troisième. Un rire hystérique menaçait de s'échapper de sa gorge.

— Elle est verrouillée, constata-t-elle.

— Cesse tes enfantillages, tu veux, lui dit Aaron.

Il saisit la poignée pour l'agiter de haut en bas.

— Et merde, tu as raison.

— Qui fermerait à clef une porte protégée par un fossé temporel du paléolithique ? s'énerva la jeune fille.

— Quelqu'un qui ne tient vraiment pas à ce qu'on pénètre dans les archives, peut-être ? fit valoir Tom.

Il n'avait pas tort. Elle s'agenouilla de nouveau pour appeler Ruth.

— On a besoin de toi !

— Je suis coincée, rétorqua l'intéressée, hors d'haleine. D'ailleurs, si vous pouviez mettre le turbo…

Joan réfléchit une seconde.

— Dans ce cas, passe-moi tes outils de crochetage. On est bloqués par une de ces serrures à grosse clef de fer.

Le silence de sa cousine en disait long.

— Quand as-tu forcé un verrou pour la dernière fois ? finit-elle par demander.

— Ça fait un bail, répondit sa cadette, la gorge serrée.

Toutes deux savaient que la jeune Sino-Britannique ne s'était essayée à cet exercice que dans le cadre des jeux que leur grand-mère leur imposait dans leur enfance, quand des cadenas les attendaient sur la table de la salle à manger.

Un petit paquet heurta le genou de Joan : le kit de crochetage de Ruth.

— Fais vite, dit cette dernière, haletante. Je ne pourrai pas tenir beaucoup plus longtemps.

— Reçu cinq sur cinq, répondit Joan.

Elle bondit sur ses pieds, avant de parcourir le trousseau tout en louchant sur la serrure.

— Combien de temps nous reste-t-il ?

— Neuf minutes, répondit Tom.

— D'accord.

Elle choisit un crochet, qu'elle introduisit dans la serrure. Contre toute attente, l'outil fut aussitôt bloqué par un obstacle – une plaque de métal, apparemment. Elle en suivit les contours, le cœur battant. La petite barrière semblait ne laisser aucune ouverture.

— Je peux avoir un peu de lumière ? demanda-t-elle.

Aaron brandit son téléphone. L'icône de la batterie avait viré au rouge.

Joan examina la serrure. Le trou était assez grand pour lui permettre, en théorie, de jeter un coup d'œil dans la pièce de l'autre côté. Mais la lampe du téléphone lui confirma qu'une plaque de métal l'obstruait.

— Qu'y a-t-il ? s'enquit le jeune Oliver.

— Impossible de la crocheter.

— Je croyais qu'aucune serrure ne résistait à un Hunt, dit Tom. Je vous rappelle les termes du marché : je vous fais franchir le portail, vous me faites entrer dans les archives.

— Je me suis mal exprimée, fit Joan. En fait, il ne s'agit pas d'une serrure. Il n'y a rien à crocheter.

— Qu'est-ce que tu racontes ? s'impatienta l'ancien garde.

— C'est scellé. On ne peut pas y introduire la moindre clef.

Tom jeta à son tour un coup d'œil par le trou de la serrure, avant de pousser un juron.

— Le temps presse, les informa Aaron.

— Non ! laissa échapper Joan. Non…

Ils avaient déployé tant d'efforts pour parvenir devant cette porte ! Sans compter que le portail de la Cour des monstres ne s'ouvrirait plus avant un bon siècle. Ils semblaient si près de sauver leurs familles… Oui, ils étaient si près du but ! Seulement voilà, ils se retrouvaient bloqués par ce fichu leurre !

— Non, non, non, non, non et…

— Joan… fit Aaron.

— Non !

Frustrée, gagnée par la fureur, la jeune fille abattit sa main contre le battant. À ce moment-là, quelque chose s'éveilla en elle.

Ce n'était pas le pouvoir des Hunt, mais autre chose. « *Un jour, bientôt, tu découvriras le pouvoir qui est le tien*, lui avait dit sa grand-mère. *Et tu ne peux révéler cette information à personne.* »

Soudain, un flot d'énergie jaillit de Joan – bien qu'invisible, le flux était aussi incontestable et puissant que l'électricité. Désorientée, déséquilibrée, il lui sembla pendant un instant qu'elle tombait d'une falaise.

Un bruit retentit, comme un craquement de glace. Quelque part dans le lointain, la voix d'Aaron lança :

— Il faut y aller.

— Attends ! (C'était Tom qui parlait désormais.) Regarde, elle a réussi. La porte est ouverte !

Le torrent d'énergie se tarit aussi vite qu'il était arrivé, laissant la jeune fille secouée et lessivée. Ses deux compagnons passèrent la tête par l'embrasure pour jeter un coup d'œil à l'intérieur de la pièce. Joan, quant à elle, ne voyait que la serrure qu'elle venait de toucher.

Le métal argenté avait pris une teinte rougeâtre un peu terne, comme s'il s'était changé en pierre. Il était parcouru de fissures qui laissaient penser que cette nouvelle matière était trop friable pour conserver sa forme.

Tout à coup, Joan se rappela distinctement la chaîne en or, avec ses traces noires ressemblant à de la pierre. *C'est moi qui ai accompli cette transmutation*, songea-t-elle. *Comme aujourd'hui.*

Puis Tom ouvrit la porte en grand, ce qui eut le mérite de sortir la serrure du champ de vision de la jeune fille.

— Dieu tout-puissant… souffla Aaron avec un mouvement de recul.

Tout d'abord, ce fut l'odeur qui frappa Joan. Elle était à la fois familière et terrible : un mélange d'excréments et de renfermé. Elle ne la connaissait que trop bien, pour l'avoir sentie à de multiples reprises dans le cauchemar qui hantait ses nuits depuis sa plus tendre enfance.

La pièce était minuscule, avec des murs de pierre et un plafond de bois voûté.

— Non mais, où est-ce qu'on est, là ? demanda Aaron, médusé.

Un matelas était étalé par terre, accompagné d'une fine couverture – bien trop fine pour être efficace contre le froid qui régnait dans la geôle. Dans un coin avait été disposé un seau. Dans un autre, un secrétaire de bois se dressait contre le mur. À contrecœur, Joan pénétra dans la pièce.

— Une cellule de prison, conclut-elle.

Elle ne ressemblait pas à la geôle de ses cauchemars, mais elle n'avait pas besoin de l'avoir déjà vue pour l'identifier comme telle.

— Où sont passés les trésors du roi ? s'étonna Aaron.

Quelqu'un avait été retenu captif entre ces murs. Des traces de sang bruni maculaient le rebord du secrétaire. Des éraflures griffaient le sol de pierre. Une bagarre avait éclaté, le prisonnier avait résisté.

Tom s'accroupit pour effleurer une marque sur le matelas. Ce dernier était si fin qu'il s'aplatit totalement sous le genou de l'imposant Hathaway.

— Où sont les livres ? demanda Aaron. Les annales ? Et le *transformatio*, alors ? Je croyais qu'on était dans les

Archives royales ? (Il se tourna vers leur guide.) On s'est trompés d'endroit.

— Pas d'erreur possible, rétorqua Tom. Tu as bien vu les mesures de protection.

— Sauf qu'il n'y a rien ici !

— J'avais remarqué, merci bien, grommela l'ancien garde.

Deux jours durant, il leur avait détaillé ce qu'il pensait trouver dans la pièce. *« On dit que le roi collectionne des trésors de toutes les époques. »* Frustré, il se vengea sur le matelas, qu'il se mit à déchirer à mains nues, sans doute mû par l'espoir d'y trouver dissimulé quelque artefact. Bredouille, il jeta ce qui restait de la couche contre le mur. Ce faisant, il renversa le seau, dont le contenu répugnant se répandit par terre.

— Oh, mais c'est pas vrai ! (Aaron s'écarta d'un bond.) C'est ignoble. Pourquoi as-tu fait ça ? Frankie, non !

Il retint la chienne avant qu'elle n'ait le loisir d'aller patauger dans la fange. Le jeune Hathaway s'était de son côté mis en tête de tâter les murs. Sans doute espérait-il y trouver une porte dérobée…

— Tom, arrête, lui ordonna Joan. On voit très bien ce qu'il y avait ici.

Quelqu'un. Un prisonnier. Un être isolé, coupé du monde, séquestré derrière un fragment d'hiver cueilli quelque cent mille années plus tôt.

— Pour l'amour du ciel… marmonna Aaron.

Avec un grognement, il hissa Frankie dans ses bras, en chancelant un peu sous l'effet du poids inattendu du canidé.

— Allez, viens. Il n'y a rien. Il est temps de partir.

Joan hésita encore un instant. À en croire les éraflures et les taches de sang, ainsi que les traces brunes sur le bord du secrétaire, couplées à des marques disséminées sur le sol juste à côté , une bagarre avait eu lieu. Il y avait fort à parier que quelqu'un s'était débattu à proximité du meuble. De longues traînées menaient à la porte. Le prisonnier avait-il cessé de résister ? Avait-il perdu connaissance ? À moins qu'il n'ait tout simplement renoncé à se débattre, pour une raison quelconque... Peut-être avait-il dissimulé quelque chose près du bureau avant de rendre les armes ?

Mue par un pressentiment, Joan passa une main sous le plateau du secrétaire. Une encoche irrégulière avait été creusée dans le bois. Elle abritait quelque chose. L'espoir réchauffa aussitôt la jeune fille – peut-être s'agissait-il du *transformatio* –, mais elle se ravisa avant même de tenter de sortir l'objet de sa cachette. De toute évidence, cette cellule n'avait jamais contenu les trésors du roi. Et puis, à en croire leurs recherches, l'artefact était plutôt décrit comme un cadre d'or ouvragé – une espèce de chambranle menant on ne sait où.

— Dites...

La voix de Ruth leur parvint depuis l'autre côté du tunnel. L'espace d'une seconde, le tapis roulé reliant la cellule au reste du palais parut s'éclipser, ne laissant qu'une vaste étendue neigeuse et vide entre l'aînée des deux Hunt et ses complices. La galerie de fortune refit surface un instant plus tard.

— Oh, bon sang ! gémit Aaron d'une voix tremblante.

Il resserra sa prise sur Frankie, qui était toujours dans ses bras, en quête de réconfort.

— Et si on se retrouvait coincés à cette époque ?

— Vas-y ! Tant que le pont tient ! s'écria Joan en le poussant.

Nul besoin de le lui dire deux fois : le jeune homme plongea dans le tube, en emmenant Frankie. Joan se tourna vers Tom.

— À ton tour !

L'ancien garde sauta dans la galerie, bientôt suivi par l'adolescente. Le chemin du retour s'avéra encore plus terrifiant que l'aller. À un moment donné, Joan n'eut soudain devant elle que de la neige, à perte de vue, là où auraient dû apparaître les jambes de Tom. Des arbres se dressaient à l'horizon, tels d'immenses monolithes à la nudité austère retenant le ciel bleu. La jeune Sino-Britannique ignorait que des arbres pouvaient atteindre pareille hauteur. Le froid la frappa dans un second temps.

Puis la neige et les arbres disparurent. Tom se trouvait à nouveau devant elle. Elle s'empressa de le rattraper, avant d'être tirée à l'extérieur du tunnel par de puissantes mains – celles d'Aaron et de Tom. Il était temps : une fois que Joan eut franchi la barrière, Ruth tomba à la renverse, le tapis lui échappant des mains. Le souffle rauque de l'aînée des deux Hunt semblait assourdissant dans le silence.

— Alors, vous avez trouvé quelque chose ? articula-t-elle tant bien que mal.

— Non, ce n'était qu'un cachot vide. Pas d'archives ni de trésor.

Ruth éclata d'un rire aigu, teinté d'hystérie.

— Oh, merde…

— Tu avais raison, lui dit Joan.

Sa cousine avait flairé l'anomalie. Sur le moment, la cadette des deux Hunt n'avait pas compris ce qu'elle voulait dire mais, à présent, elle sentait elle aussi qu'il y avait quelque chose qui n'allait pas.

— Quelque chose cloche dans toute cette histoire. J'ai commis une erreur quelque part.

— On analysera la situation plus tard, dit Tom. La relève va pointer son nez dans quelques minutes.

— Regardez !

Aaron désigna le paysage paléolithique. À l'intérieur du fossé temporel gisait le tapis qui leur avait servi de tunnel, déroulé sur la neige. Il n'avait pas disparu comme la brindille. La Cour pourrait-elle en conclure que c'était le pouvoir des Hunt qui l'avait mis là ?

— Il faut qu'on file, dit Joan. Tout de suite.

Chapitre 17

Sans plus d'hésitation, ils rebroussèrent chemin au galop, remontant l'escalier de pierre quatre à quatre puis traversant le jardin pour retrouver le bâtiment principal.

Le cerveau en ébullition, Joan voyait que ses camarades n'étaient pas en reste pour tenter de démêler ce mystère. Ils s'étaient introduits à la Cour des monstres, où ils pensaient trouver le *transformatio* – l'artefact capable de modifier le cours des événements. Au bout du compte, ils n'avaient découvert qu'un cachot fraîchement vidé de son occupant.

Qui pouvait avoir été enfermé dans cette cellule ? se demandait-elle tout en courant. Et surtout, pour quelle raison ?

Elle secoua la tête de frustration. Quelle qu'ait été l'identité du prisonnier, Joan n'avait pu lui apporter son aide, tout comme elle n'était pas parvenue à secourir sa propre famille.

Elle traversa chambres et appartements luxueux à vive allure, mais bientôt le simple fait de respirer lui brûla la gorge. Le *transformatio* se trouvait-il dans le palais, mais dans une autre cachette ? Aurait-elle une nouvelle chance de mettre la main dessus et de sauver les siens ?

Non, inutile de se voiler la face, ils n'avaient qu'une chance de réussir. D'un instant à l'autre, les gardes donneraient l'alerte. Il ne leur restait plus qu'à s'évanouir dans la nature.

Joan continua de courir à perdre haleine. Elle atteignit la suite aux fenêtres dégagées donnant sur la Tamise figée. Le souffle court, les jambes flageolantes, elle jeta un regard par-dessus son épaule pour voir où étaient ses camarades.

Sauf qu'elle était seule. Personne ne la suivait. Elle s'arrêta en titubant. La pièce qu'elle venait de traverser était déserte.

La panique s'abattit sur la jeune fille. Où étaient-ils donc passés ? Elle se demanda à quel moment elle avait entendu leurs pas derrière elle pour la dernière fois… Ça faisait quelques minutes, sans doute. Ce qui ne lui disait pas comment ils s'étaient perdus. Peut-être avaient-ils pris un itinéraire différent…

Elle aspira une grande goulée d'air, afin de contenir son angoisse. Elle n'avait pas le temps de partir à leur recherche, ni eux à la sienne, puisque les sentinelles risquaient de débarquer à tout instant. Il allait lui falloir retrouver seule son chemin jusqu'à la chapelle royale, en croisant les doigts pour que le reste du groupe y parvienne également.

Elle jeta un dernier regard en arrière avant de se mettre en route… et de manquer de percuter quelqu'un qui courait dans la direction opposée.

Nick.

Un bref instant, elle fut pétrifiée. Le tueur de monstres était là, en chair et en os, devant elle. Au café, une table les séparait, mais là, à la Cour des monstres, point de barrière.

Les traits du jeune homme trahissaient son étonnement. Joan fut la première à réagir : elle profita de son élan pour lui assener un coup de genou. Il émit un sifflement de douleur, mais esquiva le coup suivant, parvenant à faire reculer son assaillante… qui tendit la main vers la nuque du tueur de monstres au moment où il la plaquait contre le mur, cuisses contre cuisses, torse contre épaules.

Les doigts de la jeune fille s'enroulèrent autour du cou de son adversaire, le pouce bien calé sous la mâchoire. Nick sortit un couteau dont la lame brilla dans le clair de lune. Menaçant, il en pressa la pointe contre le flanc de Joan, qui la sentit même à travers l'épais tissu de sa robe.

Hors d'haleine, les deux anciens collègues se regardaient en chiens de faïence. Vêtu pour le gala, le héros portait un magnifique smoking noir taillé sur mesure pour sa carrure musclée – une fois n'était pas coutume. Sa chemise blanche amidonnée offrait un saisissant contraste avec sa chevelure brune. Sa pochette de soie dessinait une ligne aussi fine qu'impeccable. Dire qu'il avait fière allure était en deçà de la vérité…

Joan se rendit compte avec une pointe d'horreur qu'elle pouvait le tuer sur-le-champ. Il lui suffisait de lui prendre plus de temps qu'il ne lui en restait à vivre, à en croire ce qu'avait dit Aaron dans la Fosse. Tout ce qu'elle avait à faire, c'était de se concentrer sur une vaste fenêtre temporelle puis d'attendre que sa victime s'écroule à ses pieds, sans vie.

Mais Nick aussi pouvait la tuer d'un simple coup de couteau.

Le souffle du héros était laborieux, tout comme la respiration de sa rivale. Derrière lui, Joan aperçut le tableau figé du fleuve dénué de tout courant, les arbres au feuillage immobile. Elle se sentait prise au piège. Nick et elle se tenaient au bord d'un gouffre. Un faux pas et ce serait la chute pour tous les deux. Le bras armé de son ancien ami semblait particulièrement tendu.

— Tu l'as trouvé ? chuchota-t-il.

Elle aurait sans doute dû mentir, mais elle fit non de la tête. La dernière fois qu'ils avaient été aussi proches, ils s'étaient embrassés, dans la bibliothèque. Le visage de Nick exprimait alors de la tendresse. Cette fois, Joan n'y percevait plus que de la souffrance.

— Tu as volé du temps, l'accusa-t-il dans un murmure rauque. Tu as volé de la vie humaine.

Il le lui avait bien dit dans le Cabinet doré : « *Je tue uniquement les monstres qui pillent des vies humaines.* » Un mouvement imperceptible agita son bras. Joan resserra ses doigts sur le cou de son ennemi. *Vas-y*, se dit-elle, farouche. *Vide-le de son capital temps.* En retour, le jeune homme se crispa de plus belle.

Il ajusta sa position, et ce faisant, pressa son bras contre la blessure que Joan portait toujours au flanc. Un gémissement échappa à la jeune fille. Il s'écarta aussitôt, les yeux écarquillés.

— Ta plaie te fait toujours souffrir ? lui demanda-t-il dans un souffle.

— Qu'est-ce que ça peut te faire ?

Une ombre de remords dansa dans les yeux du héros.

— Aurais-tu dérobé du temps à d'autres innocents si je n'avais pas tué ta famille ? murmura-t-il.

Il semblait à fleur de peau.

— Non, répondit Joan, surprise par la question.

La première fois était un accident. Elle n'avait pas du tout eu l'intention de faire du mal à M. Solt. Sans prévenir, des larmes vinrent lui piquer les yeux.

— Comment as-tu fait pour rejoindre les années 1990 ? demanda-t-elle d'une voix pâteuse. Comment peux-tu voyager dans le temps, si tu n'es pas un monstre ?

— Comme si j'allais te révéler mon secret ! répondit-il sur le ton froid qu'il employait toujours pour évoquer sa mission.

Les deux jeunes gens se trouvaient dans une impasse. Pressés l'un contre l'autre, tous deux refusaient de bouger. Un cri retentit au loin. Bientôt suivi d'un autre, plus pressant.

— Quelqu'un a découvert votre petite effraction, constata Nick.

— Je devrais te tuer, rétorqua Joan.

Au nom de sa famille. Elle était aussi à vif que son adversaire. *Allez*, s'exhorta-t-elle. *Finis-en.*

Le tueur de monstres bougea un peu, en prenant soin de ne pas raviver la blessure de Joan. Une pensée absurde traversa subitement l'esprit de la jeune fille : il lui suffirait de se mettre sur la pointe des pieds pour l'embrasser.

— Tu ne le feras pas, chuchota-t-il, le regard toujours voilé par l'angoisse. Pas encore. Mieux vaut me tuer avant que je ne décime ta famille.

Des pas se rapprochaient. Joan et Nick demeuraient immobiles, pris au piège de leur confrontation, de leur étreinte funeste.

— Je pourrais te tuer deux fois, murmura Joan.

Nick esquissa un sourire sardonique.

— Même votre roi serait incapable de manipuler à ce point la chronologie.

Le tumulte ne cessait de s'amplifier. Ils devaient être à quatre pièces de la salle au paysage figé, à présent. Trois… Nick abaissa lentement son arme. L'espace d'une seconde, les deux adversaires se défièrent du regard, les doigts de Joan toujours enroulés autour de la nuque du jeune homme, comme si elle s'apprêtait à l'embrasser, les bras du tueur de monstres pendant le long de son buste.

Fais-le, voulut-elle se convaincre. Mais elle en était incapable. La force lui manquait. Un gémissement d'impuissance s'échappa de ses lèvres.

— Joan…

Les gardes arrivaient. Nick continuait de la regarder comme s'ils étaient seuls au monde. Dans ses yeux se lisait un désespoir profond.

— Tu sais que c'est mal, chuchota-t-il. Regarde autour de toi. Ils dépouillent les êtres humains. Ils ne savent rien faire d'autre.

Elle secoua la tête.

— La dernière fois que je t'ai vue, tu as juré que tu me traquerais sans relâche, que tu ferais tout pour m'arrêter. Je t'en supplie, Joan, renonce à ce projet. Garde tes distances.

Elle aurait voulu le maintenir captif. Elle le relâcha pourtant, laissant sa main retomber mollement le long de son corps.

— Tu es un héros et moi un monstre, murmura-t-elle. Il n'y a qu'une seule fin possible à cette histoire.

Nick prit une profonde inspiration mais, quand il s'adressa de nouveau à elle, sa voix tremblait :

— Oui…

Puis il se glissa par la porte et disparut.

Seul un monstre…

***

D'un pas chancelant, Joan traversa le palais en prenant soin d'éviter les gardes en faction. Son corps bouillonnait encore de sa rencontre avec Nick.

Sans le téléphone d'Aaron pour éclairer son chemin, il lui fallut une éternité pour se frayer un passage dans les ténèbres de la chapelle royale et retrouver la porte secrète. Dans l'obscurité, son esprit était assailli par des flashes : Nick abaissant son arme avant qu'elle ne lui lâche la nuque, la voix enrouée du jeune homme… Quand elle localisa enfin le mécanisme de la porte, ses doigts tremblaient.

Ruth l'attendait. Elle prit la main de sa cousine pour l'attirer de l'autre côté. Il était moins une ! Au même instant, une convive – une femme vêtue d'une toge et coiffée d'un diadème en or – pénétrait dans la salle.

— Bien le bonsoir ! lança-t-elle d'un ton joyeux. Vous aussi, vous êtes venues déposer votre offrande ?

Des plis de son vêtement, elle tira un petit vase qu'elle déposa sur une des étagères.

— Je suis arrivée un peu tard, conclut-elle.

Joan ne savait quoi répondre. Entendre la voix de sa cousine fut donc un vrai soulagement.

— Euh… Oui, tout à fait.

Son ton sonnait faux aux oreilles de la jeune Sino-Britannique, mais peu importait. Elle s'adossa contre la vitrine en toussant pour couvrir le bruit du mécanisme.

— Nous aussi, nous sommes arrivées tard, ajouta l'aînée des deux Hunt avant de tapoter un des vases de l'étagère la plus proche.

— Par Bacchus ! s'exclama l'invitée vêtue à la romaine. Où avez-vous déniché pareille vieillerie ?

La poterie qu'avait désignée Ruth était une antiquité, toute craquelée et rafistolée. Le cadeau de la nouvelle arrivante, du même style, était flambant neuf.

Joan prit son temps pour parcourir la salle du regard. L'endroit croulait sous les présents du peuple à son souverain. Vases et colliers, rouleaux d'étoffe, bracelets, urnes, statues… il y avait là des centaines d'objets, pour la plupart anciens. De véritables pièces de musée couvrant toute l'histoire humaine.

« *Tu sais que c'est mal*, lui avait dit Nick. *Regarde autour de toi.* »

— Où avez-vous trouvé ce vase ? se surprit-elle à demander à leur interlocutrice.

— Oh, ça ? gloussa la femme en haussant les épaules. Dans un petit marché de Babylone.

— Babylone ?

Les poils de Joan se hérissèrent sur sa nuque. La cité mésopotamienne avait connu son âge d'or il y avait de cela quatre millénaires. Un aller-retour à cette époque coûtait donc huit mille années de vie humaine, à la louche. L'adolescente contempla la voyageuse, qui lui parut d'une grande banalité. Elle aurait pu être la mère d'une amie. Avait-elle réellement volé une telle quantité de vie rien que pour se rendre à une soirée ?

L'adolescente repensa aux statues de pierre crachant le feu dans la salle voisine, au lustre-papillon, à toutes les merveilles qui agrémentaient le palais de Whitehall. De tels prodiges étaient sans doute rendus possibles par quelque technologie future. Un savoir humain, volé par les monstres. Était-ce ce que Nick avait vu en pénétrant dans le palais – tous ces objets volés ?

— Joan ! la réprimanda Ruth avec impatience.

L'intéressée cligna des paupières et dévisagea sa cousine. La femme à la toge quitta la pièce, non sans prendre le temps de jeter un dernier coup d'œil perplexe à cette étrange invitée.

Pour la première fois, Joan se demanda ce qui se passerait si sa cousine et elle se trouvaient dans des camps opposés. Elle s'empressa d'étouffer cette pensée dans l'œuf, surprise qu'elle lui soit venue. Elle pourrait toujours compter sur son aînée, quoi qu'il arrive. Le sentiment était d'ailleurs réciproque, et ce, depuis toujours.

— Joan, tu es avec nous ?

La chevelure bouclée de sa parente commençait à s'échapper de son élégant chignon. Ruth avait toujours eu le cheveu rebelle, incapable de rester en place.

— Tu es toujours avec moi ?

— Hein ? Oui.

— Tant mieux, souffla cette dernière. Parce qu'emprunter le portail risque de ne pas être possible. Ça grouille de gardes, là-bas. Ils sont des dizaines. On est coincées ici.

Chapitre 18

Dans les salles de réception, l'effraction avait tout l'air d'être passée inaperçue. La harpiste poursuivait son récital. Les invités continuaient de danser et de rire. Ruth saisit Joan par le bras avant de l'entraîner de l'autre côté du salon, en faisant bien attention d'adopter une démarche nonchalante quand elles passèrent devant les gardes postés aux entrées qui, eux, savaient qu'un casse avait eu lieu. En alerte, ils examinaient chaque convive qui passait devant eux.

Les deux jeunes filles sortirent dans le jardin, où se prolongeait la fête. Là, des convives discutaient dans la douce lueur de la lune et des luminaires. Des serveurs circulaient entre eux avec des plateaux d'argent chargés de boissons et de victuailles.

Ruth entraîna sa cousine à l'écart de la foule, à l'ombre du mur de pierre du château, en étreignant son bras d'une main. De l'autre côté de la cour, une demi-douzaine de gardes surveillaient le portail. Pas assez nombreux, visiblement, pour inquiéter les hôtes, mais suffisamment pour prévenir toute fuite. Un homme posté parmi les fonctionnaires royaux attira l'attention de Joan.

— Conrad, murmura Ruth.

Joan n'avait plus entendu une peur aussi palpable dans la voix de sa parente depuis la nuit du massacre de leur famille.

— Le connétable du roi.

Même si l'officier royal était trop loin pour qu'elle distingue ses traits, elle put constater qu'il s'agissait d'un homme jeune – vingt ans et des poussières, tout au plus –, à la chevelure blonde, une aura de puissance se dégageant de lui. Quelque chose, chez lui, évoquait à l'adolescente la morsure de l'hiver et les mornes nuits sans lune.

— Il n'y a qu'une seule sortie : par le portail, chuchota Ruth. Qu'allons-nous faire ?

Deux silhouettes se détachèrent de la masse des invités : Aaron et Tom. Frankie trottinait près de son maître.

— Conrad est du genre méthodique, leur souffla le jeune Oliver. Il vérifiera l'identité de chaque monstre qui franchira ce portail. Et lorsqu'il nous aura retrouvés… (Sa voix se fit craintive.) Il fera de nous des exemples.

— Il doit bien exister une autre issue, dit Joan.

— Non, c'est la seule, confirma Tom d'un ton morne. Aucun moyen de s'éclipser non plus, puisque nous sommes dans un blocus temporel.

— Si, il y en a un, murmura son interlocutrice. Nous venons de visiter le paléolithique et d'en revenir. (Elle se tourna vers sa cousine.) Tu vas devoir créer un autre pont pour nous sortir d'ici.

Ruth secoua la tête. Elle était gelée, ses doigts glacés sur le bras de Joan en témoignaient.

— Je ne sens plus le pouvoir des Hunt, pour l'instant. Je crois que je l'ai épuisé.

— Il va falloir essayer quand même, insista sa cadette. S'il te plaît.

— Si on veut tenter le coup, l'emplacement devra être choisi avec soin, remarqua Aaron. On est presque au-dessus de Downing Street et du ministère de la Défense, sans oublier Scotland Yard. Si on sort du mauvais côté…

— Je connais un endroit, dit Tom. Suivez-moi.

Dans la cour, les invités commençaient à s'interroger à force de voir de nouvelles sentinelles affluer depuis l'intérieur du palais. Joan saisit quelques bribes d'une conversation évoquant un vol mystérieux et des agents royaux retrouvés inconscients.

Tom guida le trio le long des bâtiments, sans quitter l'ombre. Leur disparition passa inaperçue.

— Nous n'aurons pas beaucoup de temps, chuchota-t-il. Les gardes vont contrôler l'identité de tous les convives présents sur les lieux. Il ne leur faudra pas longtemps pour comprendre qu'on n'a rien à faire ici.

Ils marchaient d'un pas rapide. Le domaine était constitué d'une série de cours ouvertes, chacune entourée de dépendances. Ils arrivèrent bientôt dans la partie du palais réservée au service. Joan jeta un regard par les fenêtres en passant devant les imposants bâtiments de pierre. L'un d'entre eux abritait une cuisine équipée de grands âtres éteints et de bancs où étaient disposés les vivres. Un autre édifice contenait de grands bacs à lessive.

Étrangement, tous ces endroits étaient aussi dépeuplés que les appartements qu'ils avaient traversés plus tôt. Il y faisait en outre noir comme dans un four. Le peu de lumière disponible leur venait de la lune qui les regardait, tout là-haut dans le ciel.

— Il existe un portail un peu plus haut, expliqua Tom. Pas très loin de là où devrait se trouver Trafalgar Square.

Il leur fit traverser une cour où s'entassait du bois coupé, avant de les faire passer devant un bâtiment de brique à l'architecture élaborée. Une série de grandes portes cintrées s'ouvrait tout le long.

— Les écuries.

— Attends, souffla Joan, avant de s'engouffrer sous une des arches.

On dénombrait une douzaine de boxes, tous d'une propreté immaculée. Aucun n'était occupé. En y repensant, l'adolescente ne se souvenait pas d'avoir aperçu la moindre bête sur le domaine – à l'exception des familiers des Hathaway. La cour où l'on stockait le bois aurait au moins dû servir de refuge aux rats, chats et autres renards – sans parler des insectes. Pourtant, dans les écuries, seuls lui parvenaient le frottement de ses chaussures sur le sol et le son de sa propre respiration.

Au fond de l'édifice étaient entreposées des selles, à côté de couvertures soigneusement pliées. Joan s'empara d'une corde enroulée, puis fouilla dans une boîte à outils, en quête d'un marteau et de quelques clous.

Quand elle ressortit du bâtiment, Aaron leva un index devant ses lèvres. Cette fois, elle entendit quelque chose : des pas, au loin. Ainsi que des voix.

— Des gardes, lui glissa le jeune Oliver à l'oreille.

Ils reprirent leur marche en silence.

Tom les conduisit jusqu'à l'extrême limite du domaine.

Entre deux murs de pierre se dressait un petit portail de bois. Dénué d'ornementation, il aurait moins détonné au fond d'un jardin quelconque que dans un luxueux palais.

Le colosse tira discrètement le verrou, puis fit pivoter le battant sur ses gonds. La petite troupe recula aussitôt. De l'autre côté, une rue assez large, encadrée de bâtiments. Le clair de lune semblait à peine effleurer ce paysage figé.

Joan ressentit un vertige, comme si elle s'était tenue au sommet d'un mur élevé. Un peu plus tôt, le spectacle de la Tamise immobile lui avait coupé les jambes. Les vitres qui la séparaient de la scène qu'elle contemplait en avaient pourtant estompé l'horreur, elle s'en rendait compte, à présent…

À côté d'elle, Aaron porta une main à sa bouche, comme s'il était pris de nausée.

— Il n'y a rien, ici, murmura Ruth. On dirait que si mais, en fait, il n'y a que le néant. C'est le vide absolu. Toutes ces silhouettes ne sont que des ombres.

— Je sais, répondit Tom.

La tête tournée, il était tout bonnement incapable de regarder cette vue. Joan partageait son épouvante. L'estomac retourné, la peau parcourue de fourmillements, elle eut le pressentiment que franchir le seuil signifierait tomber, encore et encore, à l'infini.

Ne pas y penser lui parut la meilleure solution. Elle confia donc le marteau et les clous à Aaron pour garder les mains libres, puis se mit au travail. Avec la corde, elle forma une boucle de la taille du portail puis en noua les extrémités. Le jeune Oliver, qui semblait avoir compris ce qu'elle avait en tête, posa l'un des clous sur le coin supérieur gauche de l'encadrement de bois. Lorsqu'elle hocha la tête en signe d'approbation, il l'enfonça avec le marteau.

Tous se figèrent d'un seul coup, l'oreille tendue. Joan retint son souffle… Ni voix affolées ni bruits de pas accourant dans leur direction ne se firent entendre, pas le moindre son. Elle compta jusqu'à dix avant de faire signe à Aaron de continuer. Il glissa vers le coin droit pour répéter l'opération.

Il l'aida ensuite à suspendre la corde autour du portail. Plus tôt dans la soirée, ils avaient dû utiliser un long tapis afin de traverser le paysage paléolithique qui les séparait des archives. Cette fois, elle espérait que la corde suffirait – et que ce serait plus simple pour Ruth.

— Je ne sais pas, Joan, murmura sa cousine. Je n'arrive même pas à sentir le pouvoir des Hunt. Je crois que…

Elle hésita, comme si, en son for intérieur, elle cherchait à savoir ce qu'elle éprouvait exactement. En vain.

— J'ai l'impression que mes réserves ont été vidées, poursuivit-elle. Notre pouvoir n'est pas censé ouvrir ce genre de portail.

— Ferme les yeux et essaye, lui intima Joan. Rien qu'une fois, une seule.

Ruth hésitait de plus belle. Des cernes de fatigue entouraient ses yeux. Sa peau avait pris la couleur de la cendre. Elle toucha malgré tout la corde du plat de la main, avant de fermer les paupières. Un long moment, il ne se passa rien.

— Je ne peux… commença-t-elle.

Mais, sans lui laisser le temps de finir sa phrase, un éclair brilla de l'autre côté du portail. Joan entendit Aaron pousser une exclamation de surprise. L'espace d'une seconde, la lune, désormais plus petite, avait changé de position dans le ciel.

Ruth dut le sentir, car elle ouvrit les yeux. Ses sourcils froncés trahissaient sa détermination. Elle poussa la corde contre le cadre de bois de toutes ses forces. Un nouvel éclair apparut. Cette fois, il dura assez longtemps pour que Joan puisse voir les immeubles s'allonger puis rétrécir de l'autre côté de la rue. Quelle année avait-elle aperçue ? Impossible de le dire.

L'aînée des deux Hunt semblait déjà à bout de forces.

— Je ne peux pas le maintenir ouvert, dit-elle.

— Très bien, répondit Joan. Ça ne fait rien. On n'aura qu'à sauter au moment de l'éclair.

— Tu plaisantes, j'espère ? chuchota Aaron. Si le portail se referme pendant que nous le traversons…

— Oui, mais si Conrad nous trouve… lâcha Tom à voix basse.

Le jeune Oliver se massa le front.

— D'accord, finit-il par dire. J'ai compris. Je passe le premier.

Il s'approcha du cadre dessiné par la corde.

— Tiens-toi prêt, l'avertit Ruth, le visage tendu. Maintenant !

Le portail s'ouvrit dans un éclat lumineux. Aaron se précipita à l'intérieur et se volatilisa. De l'autre côté, seule la ville ténébreuse était de nouveau visible.

— Il est passé ? demanda la jeune fille dans un murmure.

— Oui, répondit sa cadette.

Elle n'avait pas vu l'héritier déchu atterrir de l'autre côté. L'éclair avait été trop bref. Elle avait cependant besoin d'y croire, de se convaincre qu'il ne s'était pas perdu dans le néant.

— À mon tour, annonça Tom.

L'ancien garde s'avança vers le portail, Frankie dans les bras. Joan posa elle aussi la main sur la corde, priant pour éveiller en elle le pouvoir des Hunt. En vain : chez elle, il s'était éteint des années auparavant. Seulement, elle ne supportait pas de rester les bras ballants pendant que sa cousine se vidait de son énergie.

— Tiens-toi prêt, intima Ruth au jeune Hathaway. Vas-y !

Le portail s'ouvrit une nouvelle fois. Leur guide s'y jeta et disparut.

— Plus que deux, dit Joan. Moi, puis toi.

Haletante, son aînée dut attendre un petit instant avant de lui répondre :

— Je ne peux pas venir avec toi, et tu le sais.

— Bien sûr que si, protesta sa cadette d'un ton ferme. Tu n'as même pas essayé, tout à l'heure, dans les archives. Je te parie que tu aurais pu passer.

L'intéressée secoua la tête.

— Je ne t'abandonnerai pas ici, s'obstina Joan.

— Ne sois pas ridicule.

La voix de Ruth avait perdu son habituelle vivacité. Dans son timbre affleuraient une extrême fatigue et même une forme de découragement. Sa propriétaire se remit à peser sur la corde.

— Ruth…

— Contente-toi de passer quand je te le dis, grogna-t-elle.

— Je ne partirai pas sans toi.

— Trois… deux… un…

Le portail se matérialisa. Saisissant sans attendre la main libre de son aînée, Joan l'entraîna avec elle dans son saut. Ce fut d'aborde le néant, terrifiant, bientôt suivi d'une chute sur un sentier. L'adolescente percuta le dos de quelqu'un – Aaron – grâce à qui elle retrouva son équilibre. Il lui fallut malgré tout de longues secondes avant de retrouver son souffle. À quelle époque pouvaient-ils être ? On entendait au loin un bruit de circulation automobile, en tout cas.

Bruit que la voix de Ruth vint couvrir.

— Espèce d'idiote… Tu aurais pu nous tuer toutes les deux !

Des larmes de soulagement brûlaient les yeux de Joan.

— C'est toi, l'idiote !

— Tu aurais pu tomber dans un abysse atemporel, voire pire ! renchérit l'aînée des deux Hunt. Tu as mis ta vie en danger !

Joan balaya les environs du regard. Le pouvoir mystérieux qui avait figé Whitehall au dernier coup de minuit n'agissait plus. Touristes et véhicules circulaient à nouveau vers Big Ben ou, à l'inverse, vers Trafalgar Square.

Ils retrouvaient le monde tel qu'ils l'avaient laissé : les voitures, basses de plancher, étaient toujours aussi anguleuses et les vêtements toujours aussi amples.

— Nous voilà de retour dans les années 1990, je crois, fit remarquer Ruth. Je visais la nuit de notre départ.

— Bien joué ! la félicita sa cadette.

— Chut ! dit brusquement Aaron. Nous ne sommes pas encore tirés d'affaire.

Leur présence attirait l'attention des touristes à proximité. Étaient-ils sortis de nulle part ? Non. Autrement, ces badauds auraient eu l'air bien plus choqués. Un passant proche d'eux n'en détaillait pas moins Joan de la tête aux pieds.

— Nos tenues manquent peut-être un peu de discrétion, murmura-t-elle.

Aaron et Tom auraient pu passer relativement inaperçus, mais les deux cousines Hunt avaient quant à elles sorti le grand jeu. Jurant dans sa barbe, le jeune Oliver ôta sa veste, qu'il tendit à la plus jeune. Tom fit de même avec Ruth.

Joan enfila le vêtement, un geste qui lui en rappela un autre – lorsque, terrifiée, frigorifiée et couverte du sang de sa grand-mère, elle avait porté le blazer d'Aaron. Une nouvelle fois, l'effet fut immédiat. L'étoffe grise recouvrait presque les trois quarts de sa robe. Pour ce qui était de la tenue platine de Ruth, la veste de Tom la dissimulait encore plus largement.

Joan surprit le regard du jeune Oliver au moment où elle tirait sur l'ourlet. Se rappelait-il ce moment, lui aussi ?

— Mieux ? lui demanda-t-elle dans un souffle.

Il opina du chef, mais l'expression de son visage demeurait indéchiffrable.

— Ne restons pas là.

Elle tendit le cou afin de scruter l'horizon. Le grand portail du palais de Whitehall avait disparu. Des dizaines d'hommes en costume noir l'avaient remplacé.

— Des gardes, chuchota Aaron.

Conrad se tenait parmi eux, illuminé par un réverbère. Sa chevelure d'un blond éclatant rappela à Joan celle d'Aaron. Puis le connétable du roi se pencha pour parler à l'oreille d'un homme malingre aux cheveux noirs.

— Le type à qui il parle… murmura Tom. Lui, ce n'est pas un garde. Je crois que c'est un membre de la famille Patel.

— On ferait mieux de décamper. (Le jeune Oliver se fendit d'une explication destinée à Joan.) Les Patel sont capables de bloquer les monstres dans le temps, afin de les empêcher de voyager.

— Ils n'ont pas besoin de nous toucher pour ça ? demanda Ruth.

— Pas s'ils sont assez puissants, répondit Tom. Dans ce cas, ils peuvent…

Il s'interrompit en voyant l'homme brun lever la main.

— O.K., ce mec, c'est l'exception qui confirme la règle ! ajouta-t-il sans attendre. Fuyez !

Trop tard : d'un geste ample, l'homme balaya la largeur de la rue, de Westminster à Trafalgar. Le monde prit un aspect ridé, rappelant les ondulations de l'eau quand on y jette une pierre. La vague se propagea, trop rapide pour être esquivée. Joan chancela sous l'onde de choc. À ses côtés, Ruth et Aaron trébuchèrent. Tom tendit le bras pour se stabiliser, sans pour autant lâcher Frankie.

À croire qu'il était doté d'un sixième sens, Conrad repéra aussitôt les fuyards. Son pouvoir n'était pas affaibli par les ténèbres. Il lança un ordre. Des gardes se précipitèrent sur le groupe de jeunes monstres.

— Sauve qui peut ! s'exclama Tom, le doigt pointé vers Trafalgar Square qui grouillait de touristes malgré l'heure tardive. Dispersez-vous et courez !

Joan sprinta. Au début, elle entendait les bruits de course de ses camarades, mais bientôt, elle se retrouva seule.

Lors de leurs préparatifs, Tom leur avait suggéré un point de rendez-vous en cas de séparation : un vieil escalier de pierre à Wapping, jadis utilisé par les marins pour accéder à la Tamise. Il fallut près de deux heures à la jeune fille pour y parvenir. Après avoir sauté dans un bus près de la colonne Nelson, elle y était restée le temps de s'assurer qu'elle n'était pas suivie, avant de terminer le trajet à pied.

Dans la rue principale, elle emprunta un passage sombre, puis longea un pub appelé *Town of Ramsgate* jusqu'au lais du fleuve, où elle descendit avec précaution les marches glissantes, en prenant soin de ne pas tomber dans le noir. La plage qui s'étirait au pied de l'escalier n'avait rien d'impressionnant – minuscule, elle était couverte de pierres tranchantes et empestait le pourri. Sous ses pieds, Joan entendit craquer brindilles, galets et coquillages.

La lune éclairait assez pour révéler la marée basse. La grève était vide. Les poings serrés, l'adolescente s'efforça de ne pas imaginer ses camarades capturés.

Le pont de la Tour, encore paré de son éclairage nocturne, était tout proche. En regardant la surface de l'eau du côté de l'autre rive, la jeune fille distingua la silhouette d'une barque amarrée à un dispositif de fortune. Sans doute un moyen de transport fourni par le clan Hathaway.

Une fois la petite bande montée à bord, Tom conduirait l'esquif jusqu'à un point d'ancrage sur le territoire familial pour y passer la nuit. Ils décideraient de la suite plus tard.

Joan s'éloigna de l'eau pour s'asseoir lourdement sur le vieil escalier de pierre. « *Quelque chose cloche dans toute cette histoire*, avait dit Ruth à la Cour. *J'ai la vague impression qu'on a fait erreur quelque part.* »

La tête entre les mains, la benjamine des Hunt entendait le fleuve clapoter contre la berge dans un mouvement régulier, semblable à une respiration. « *On a fait erreur quelque part »*, avait dit Ruth. Mais, en fait, c'était Joan qui s'était fourvoyée. C'était elle qui avait entraîné les autres à la Cour des monstres.

Elle était pourtant si sûre de son coup, si convaincue que le *transformatio* se trouverait dans les Archives royales, qu'elle avait risqué la vie de ses compagnons. Sauf qu'elle s'était trompée. En lieu et place d'un artefact susceptible de sauver sa famille, ils n'avaient trouvé qu'une cellule vide. Sa grand-mère avait beau lui avoir offert une clef pour entrer à la Cour des monstres, Joan n'avait pas su en faire bon usage.

Comme toujours, l'image de son aïeule ensanglantée fit remonter d'autres flashes de la terrible soirée. Parfois, il lui semblait que tous ses souvenirs de famille avaient été engloutis par les événements de cette nuit funeste. Lorsqu'elle repensait à sa grand-mère, c'était toujours pour la voir agonisante à Holland House.

Pense à autre chose, se dit l'adolescente. Plus facile à dire qu'à faire. Les dernières paroles de la mourante lui revenaient à présent : *« Tu cours un grave danger. Un jour, bientôt, tu découvriras le pouvoir qui est le tien. »*

Joan se rappela le moment où elle s'était tenue devant la mystérieuse porte de bois des archives. Elle avait abattu sa main sur la serrure et un flot d'énergie avait jailli en elle. Après ce contact, le métal avait pris un aspect terne, semblable à la pierre – par elle ne savait quel prodige, elle l'avait fait passer à l'état minéral. Elle revit les marques noires sur son collier. Qu'avait-elle fait à cette serrure, à la chaîne en or ? Serait-elle donc capable de transmuter le métal ? Était-ce là son mystérieux pouvoir, la capacité de changer le métal en minéral ?

Elle serra et desserra les doigts plusieurs fois, dans l'espoir un peu vain de sentir de nouveau monter en elle cette force étrange. Quoi qu'elle ait accompli dans les profondeurs du palais de Whitehall, malgré tout, elle n'en percevait plus l'ombre d'une étincelle.

Elle n'aurait su dire depuis combien de temps elle attendait quand un sifflement discret la fit sursauter. Elle se retourna pour découvrir la silhouette massive de Tom en haut de l'escalier.

— Ne bouge pas, c'est moi qui vais descendre, lui lança-t-il à mi-voix.

Il parcourut les marches glissantes en quelques bonds, avec l'assurance du marin qu'il était. Frankie le suivait au trot, en soufflant joyeusement. L'ancien garde s'approcha en trébuchant sur le sol inégal, de plus en plus grand, tout en muscles et en bonhomie.

— Tout va bien ? lui demanda-t-il. Il m'en a fallu, du temps, pour retrouver mon chemin.

— Ça va. Les autres ne sont pas encore arrivés. Tu crois qu'ils ont été attrapés ?

— J'ai aperçu Aaron du côté du quartier du Temple. Ruth aussi. Il n'y a pas lieu de s'inquiéter : ils ne vont pas tarder à nous rejoindre.

Sous le nez de boxeur du jeune homme s'épanouit un sourire.

— Regarde ! (À son épaule pendait un sac à main de femme, qu'il ouvrit pour exhiber des pâtés en croûte.) J'ai trouvé le petit-déjeuner.

Joan imagina le colosse effectuer un petit crochet dans sa fuite pour voler un sac à main, puis le vider de son contenu – clefs, espèces – pour y faire de la place afin d'y ranger un butin autrement précieux à ses yeux. Malgré l'inquiétude qui la rongeait quant au sort de leurs deux camarades, la jeune fille se surprit à avoir envie de rire. À coup sûr, on pouvait compter sur Tom pour ne pas perdre de vue l'essentiel.

Elle glissa une main dans sa poche. Les lions en pâte d'amandes qu'elle avait rapportés du palais n'avaient pas bien supporté le voyage : l'un avait perdu sa queue, l'autre sa tête. Tant pis. Elle les offrit à son complice.

— Si Ruth ou Aaron nous rapportent à boire, on aura de quoi faire un vrai pique-nique !

Elle tapota la marche à côté d'elle avant de se pousser un peu pour lui faire de la place. Contre toute attente, le géant esquissa un sourire, mais resta debout.

— Et le reste ? lui demanda-t-il. Tu l'as bien gardé avec toi ?

Elle leva vers lui un regard confus.

— Je… (Elle hésita.) Quoi ?

Le ciel se parait d'une teinte grise qui annonçait la venue de l'aube. Par un curieux jeu de lumière, la bouche de Tom se retrouva dans l'ombre, lui donnant un air moins décontracté que d'habitude.

— Je pensais le trouver dans la literie, précisa le jeune Hathaway. En fait, il était sous le bureau, pas vrai ?

Joan scruta son compagnon. Au milieu de son visage jovial brillaient des yeux soudain étrangement perçants. Au-dessus d'un sourcil, une vieille cicatrice dessinait une balafre claire dans la lumière du petit matin. Il avait plus que jamais l'air d'une brute.

L'adolescente avait bien trouvé quelque chose à la Cour : un objet dissimulé dans l'encoche sous le secrétaire du cachot. Dans sa fuite, elle l'avait complètement oublié.

— Je ne vois pas de quoi tu parles, murmura-t-elle.

— Ne te moque pas de moi et je promets d'en faire autant, dit-il d'une voix presque douce. Ni toi ni moi n'allions sortir de là les mains vides. Or c'est toi qui as donné le signal du départ.

Joan prit son temps pour se lever, évitant tout geste brusque, de peur qu'il ne soit interprété comme une agression. Elle avait toujours pris Tom pour un gentil géant – pas stupide, mais un peu lent et maladroit. En cet instant, pourtant, son esprit faisait montre de toute sa vivacité. Et si son cerveau était affûté, son corps devait l'être tout autant.

Une main posée sur sa cuisse, elle sentit les contours de sa trouvaille – un petit carré de plastique fin. Elle l'avait à peine regardé avant de l'empocher. Blanc, dénué de toute marque visible, il lui avait semblé sans intérêt au premier abord. Mais à présent…

— Je ne sais pas de quoi tu parles, mais je ne l'ai pas, dit-elle.

Tom l'observait d'un œil si perspicace qu'il semblait désormais être un tout autre homme.

Joan se remémora les circonstances de leur première rencontre. Celui qui avait approché l'autre en premier, c'était bien le camelot. Il avait interpellé la jeune fille en plein marché dès qu'il avait aperçu son collier – qu'il avait sans doute reconnu comme une clef donnant accès à la Cour des monstres. Plus tard, Ruth l'avait identifié comme un ancien garde. Selon les dires de la jeune fille, il était connu comme le loup blanc parmi les commerçants de la halle. Le jeune Hathaway avait-il délibérément répandu la rumeur qu'il avait servi à la Cour ? Se doutait-il déjà que Joan s'en remettrait à lui quand elle chercherait un guide pour s'introduire dans le saint des saints ?

Tom lui adressa un sourire grimaçant.

— Jadis, ici, on pendait les pirates. Tu le savais ?

Il s'était exprimé sur le ton badin de la conversation. Malgré tout, quelque chose dans son intonation mit l'adolescente en alerte.

— Le capitaine Kidd a été exécuté juste là.

D'un signe de tête, il désigna le mur de pierre dressé derrière l'escalier. Des algues vertes le recouvraient sur les deux tiers de sa hauteur, sorte de rappel menaçant des crues dont la Tamise était coutumière.

— Ça ne ressemble plus à rien aujourd'hui, poursuivit-il. À l'époque, pourtant, cet endroit était aussi fréquenté que la gare de Victoria. Des gamins couraient partout sur les docks. Des marchands de coquillages criaient pour attirer le chaland : « Bulots, bulots, un penny la douzaine ! » Quant au fleuve, il était tellement encombré que les coques des bateaux s'entrechoquaient.

Tom franchit les dernières marches qui les séparaient d'un pas nonchalant. Joan tituba en arrière dans un clapotis. En baissant les yeux, elle vit que l'eau du fleuve entourait ses pieds. La marée montait.

— Ils ont dû s'y prendre à deux fois pour pendre le capitaine Kidd, racontait le jeune homme. Lors de la première tentative, la corde s'est rompue et le condamné s'est affaissé dans la vase. L'équipage entier a cru que ce coup de chance lui vaudrait un sursis. Puisque la corde avait cassé, il allait être épargné, pas vrai ? Eh bien, non. On l'a pendu à nouveau, et cette fois, il n'en a pas réchappé.

Il fixait un point au loin, comme perdu dans ses souvenirs. Lorsque Joan changea de position, ses yeux se firent plus durs.

— Après quoi, on l'a attaché à un mât pour laisser la Tamise l'engloutir trois fois. Trois marées.

— Qu'est-ce que tu veux ? lui demanda Joan.

— La même chose que toi : l'accès aux Archives royales. (Il avait plus craché que prononcé ces derniers mots.) Mais il n'y était pas.

— Qui ça ?

Quelle idiote elle faisait ! Elle avait supposé que les « archives » désignaient une pièce, quelque part dans le palais. Jamais il ne lui serait venu à l'idée que par métonymie, le terme désignait en fait l'archiviste royal lui-même, visiblement retenu prisonnier. Autrement dit…

— C'est lui, le *transformatio*, l'artefact qu'on recherche ? bredouilla-t-elle. C'est lui qui a le pouvoir de modifier la chronologie ?

Impatient, Tom fit claquer sa langue.

— Le *transformatio* n'existe pas. Ce n'est qu'un mythe. Il n'existe aucun moyen de changer l'histoire. (Il tendit la main.) Il a forcément laissé quelque chose dans ce cachot, je le sais. Donne-le-moi.

Elle était acculée. Toute fuite par l'escalier était barrée par la grande silhouette de Tom. Derrière elle, le niveau du fleuve montait. L'eau tourbillonnait autour de ses pieds et venait lécher l'ourlet de sa robe. Glissant la main dans sa poche, elle serra les doigts sur le carré de plastique.

— Je suis une Hunt. (Avaient-ils jamais mentionné son absence de pouvoir devant le colosse ?) Si je le dissimule dans le temps, tu ne le retrouveras jamais.

— Mais tu ne le feras pas, rétorqua-t-il.

— Pas si tu recules, non.

Au même moment, une voix masculine retentit. Les deux protagonistes se figèrent.

— Peut-être qu'en passant par Cheapside, comme je l'avais suggéré, nous serions arrivés plus tôt.

Aaron. Joan poussa un soupir de soulagement. Jamais elle n'avait été aussi ravie d'entendre ce ton méprisant.

Une autre voix s'éleva, un peu plus proche :

— Il y avait des gardes plein le quartier, imbécile !

Ruth.

— Nous voilà à trois contre un, annonça Joan à Tom.

La jeune fille allait peut-être un peu vite en besogne.

— Sais-tu seulement ce que tu as trouvé ? lui demanda son interlocuteur d'une voix basse mais chargée d'émotion. C'est un message que tu ne pourras jamais décoder.

— Parce que toi, tu y arriveras, peut-être ?

— Absolument. Il m'était destiné.

Joan hésita.

— À toi ?

Les chamailleries de Ruth et d'Aaron se rapprochaient. Encore une seconde, et les deux autres membres de leur groupe les auraient rejoints. Tom se tournerait vers les nouveaux arrivants, ce qui donnerait le temps à Joan de le pousser sur le côté.

Elle continuait d'hésiter, malgré tout. Elle était sûrement passée à côté d'un détail, mais lequel ?

— Pourquoi le prisonnier t'aurait-il laissé un message ? Qui était-ce ?

Pourquoi Nick le cherchait-il, lui aussi ? Trop d'éléments échappaient encore à la jeune fille. Tom ajusta sa posture. Peut-être évaluait-il les options qui s'offraient à lui.

— N'approche pas, l'avertit Joan. Je n'hésiterai pas à utiliser le pouvoir des Hunt pour le cacher.

— Tu n'en feras rien, déclara l'ancien garde.

— Qu'est-ce qui te fait dire ça ?

Aaron apparut au sommet des marches.

— Oh, vous êtes là tous les deux ? Parfait !

Il entama sa descente.

— Parce que tu ne maîtrises pas ce pouvoir. (Tom se pencha pour murmurer à l'oreille de Joan.) J'ai vu ce que tu as fait à cette serrure.

Un frisson remonta le long de l'échine de la jeune fille. « *Un jour, bientôt, tu découvriras le pouvoir qui est le tien*, avait prédit sa grand-mère. *Et tu ne peux révéler cette information à personne.* »

Le jeune Hathaway se redressa au moment où Ruth arriva à son tour. Il tourna ensuite le dos à Joan, comme si elle ne représentait pas la moindre menace à ses yeux.

— Vous en avez mis, du temps, lança-t-il aux nouveaux venus.

La benjamine du quatuor contempla le dos imposant de Tom. Aaron se trouvait déjà au milieu de l'escalier.

— Des gardes partout, de toute façon, ronchonnait-il.

— Attends, reste où tu es ! s'écria Joan, glacée.

Sa position élevée conférerait un avantage au jeune Oliver. *Tom n'est pas celui qu'on croit*, aurait-elle voulu lui dire. *Ruth avait raison : j'ai fait erreur sur toute la ligne.*

Pourtant, quelque chose dans la manière dont le camelot avait affirmé que le message lui était adressé la dissuada d'agir.

— Ne bouge plus, insista-t-elle.

Mais Aaron descendait toujours. Elle fouetta l'eau de son pied pour lui montrer que la marche inférieure était déjà immergée.

— La marée monte.

— Il n'y a plus de temps à perdre, objecta Ruth qui s'engageait à son tour dans l'escalier. Il faut profiter de ce qu'il reste d'obscurité.

— Des gardes sont postés absolument partout, ajouta l'héritier déchu.

— On ne peut pas rejoindre les Hathaway, protesta Joan.

Hors de question d'embarquer avec Tom. *A fortiori* de se réfugier sur son propre terrain, où ils seraient entièrement à la merci du marchand d'électronique. Joan ne tenait cependant pas à aggraver la situation – pas tant qu'elle n'aurait pas compris de quoi il retournait exactement.

Enfin, Aaron ralentit l'allure.

— Ta famille nous a laissés en plan ? demanda-t-il à leur complice.

L'intéressé haussa les épaules, avant de se tourner vers la plus jeune des Hunt pour la regarder avec autant d'attention qu'elle en mettait à le surveiller, lui. Peut-être se demandait-il pourquoi elle tardait à le dénoncer. Bonne question, au demeurant. *« Le message m'était destiné. »*

— Nos chaussures commencent à prendre l'eau, souffla-t-elle au camelot.

Ce qui n'était pas tout à fait la vérité : la marée avait seulement atteint les pieds de la jeune fille. Tom, lui, restait au sec.

Il changea de position. Il était déjà grand au naturel, mais penché sur l'adolescente, il prenait des allures d'authentique géant. L'issue d'une éventuelle bagarre entre eux ne laissait guère de doute. Le lichen rendait l'escalier dangereusement glissant, mais les Hathaway avaient fait de la Tamise et des canaux leur territoire. Tom avait grandi sur l'eau.

Joan éleva la voix pour interpeller Aaron.

— Où est-ce qu'on pourrait aller ?

— À part chez les Hathaway, tu veux dire ? répliqua le jeune Oliver.

La question n'était pas innocente. Sans quitter Joan des yeux, Tom recula d'un pas. Surprise et soulagement s'emparèrent de la cadette des Hunt.

— Oui, ailleurs que chez les Hathaway, confirma l'ancien garde, ce qui ne répondait qu'à une partie de la question.

Joan ne le quitta pas des yeux quand elle remonta en terrain sec. Elle s'attendait presque à voir l'ancien garde profiter de son équilibre précaire pour tenter une attaque, mais il n'esquissa pas le moindre geste. Même lorsqu'ils s'étaient retrouvés seuls, il n'avait pas levé la main sur elle. Certes, il avait proféré des menaces, mais il s'était gardé de l'agresser. Alors même que s'emparer de l'objet de sa convoitise ne lui aurait posé aucune difficulté, il n'en avait rien fait. Ses motivations échappaient à l'adolescente.

— On a vraiment intérêt à trouver un endroit où se cacher, et vite fait, leur rappela Ruth.

— Évitons les auberges et les hôtels humains, dit Tom. La Cour y aura posté des gardes.

— Ma famille ne nous sera d'aucun secours non plus, dit Aaron. Elle s'empresserait de nous livrer aux autorités.

D'ordinaire prompte à saisir la moindre opportunité pour titiller le jeune Oliver sur son clan, l'aînée des deux Hunt se contenta de lui demander d'une voix tendue :

— Où ça, alors ?

— Nous n'avons nulle part où aller, répondit-il. Nul endroit qui échappe à la vigilance de la Cour. Ils ont accès à tous les registres humains. Leurs espions sont partout. Ils savent tout de…

Soudain, il referma la bouche.

— Aaron ? l'encouragea Joan.

Lorsqu'il croisa le regard de son interlocutrice, son visage exprimait une émotion inédite. Pour une raison mystérieuse, la jeune fille eut bien du mal à retrouver une respiration normale.

L'eau continuait sa progression. Un oiseau entonna son chant, bientôt suivi par un autre, qui gazouilla en réponse. Le matin se levait rapidement. L'héritier déchu, lui, continuait de fixer sa camarade.

— Qu'est-ce qui se passe ? s'enquit Joan, déconcertée.

Il se mit à contempler le fleuve.

— Je connais une planque à Southwark dont la Cour ignore l'existence, annonça-t-il.

— Comment le sais-tu ? lui demanda Ruth.

— Ma mère m'en a parlé, répondit-il d'un ton sans réplique.

De toute évidence, aucune question ne serait tolérée. Tournant les talons, il se mit à gravir les marches.

Chapitre 19

Le ciel était encore gris quand ils s'éloignèrent de Wapping. Les fuyards prenaient plus que jamais soin de ne pas se laisser piéger par des caméras de surveillance.

Près de Joan, Ruth restait silencieuse. Voilà qui n'avait rien de rassurant. Déjà à bout de forces lorsqu'ils avaient quitté le palais, l'experte en crochetage peinait à présent à respirer rien qu'en marchant.

La plus jeune des deux Hunt passa un bras autour de la taille de son aînée afin de la soutenir un peu. Elle savait cependant qu'en cas de pépin, sa cousine n'aurait pas la force de courir.

— Elle est encore loin, cette planque ? demanda-t-elle à Aaron.

— Plus trop, non, dit le jeune homme, non sans jeter un regard à Ruth.

L'espace d'un instant, Joan aurait presque pu le croire inquiet, lui aussi, mais elle commençait à bien le connaître.

— Il va falloir qu'on traverse le fleuve… Tom, es-tu sûr que ta famille ne peut pas nous prêter un bateau ?

— Impossible, répondit platement l'adolescente à la place de l'intéressé.

Le jeune Oliver la dévisagea, étonné. À la surprise de Joan, l'ancien garde joua le jeu.

— On risquerait de se faire repérer, confirma-t-il.

Il régnait entre eux une certaine tension teintée de méfiance. La jeune fille s'était bien gardée de rapporter à ses camarades ce qui s'était passé dans l'escalier descendant à la Tamise. Elle-même ignorait pourquoi. Il aurait quand même été plus logique qu'elle prenne ses distances avec le camelot.

« Le message m'était destiné. » L'affirmation de Tom ne cessait de tournoyer dans son esprit. Une préoccupation qui n'était pas tant liée à la teneur du propos qu'à la manière dont le marchand d'électronique l'avait formulé.

Toute cette histoire n'avait ni queue ni tête : la clef de sa grand-mère qui offrait un accès à la Cour, les exactions de Nick couvertes par les autorités du royaume des monstres, les rumeurs sur l'existence d'un artefact susceptible de modifier la chronologie, un cachot vide où aurait dû se trouver le *transformatio*… *« Le message m'était destiné. »*

L'adolescente avait trouvé les pièces d'un puzzle, elle le sentait. Pour autant, parvenir à saisir le tableau qu'elles étaient censées composer était une tout autre affaire. Un élément lui manquait encore. Une donnée lui échappait. Mais laquelle ?

— L'aube est presque là. Il faut qu'on rejoigne l'autre rive avant le lever du jour, annonça Aaron avant de se mordiller la lèvre. On approche du pont de la Tour.

— Ces points de passage sont forcément surveillés, s'alarma Ruth.

— Qui sait, on aura peut-être de la chance, avança son camarade.

***

Aaron étouffa un juron à la vue de l'édifice. Des lumières bleues brillaient par intermittence, projetées par des véhicules à l'arrêt. Un barrage de police leur bloquait la route. Voitures et piétons étaient soumis à une fouille et à un interrogatoire.

— Ces policiers ne sont pas humains, murmura Aaron. La plupart, en tout cas.

— Comment est-ce possible ? s'étonna Joan.

— La Cour place les siens dans les plus hautes sphères.

— Tous ces Londoniens ne risquent-ils pas de flairer qu'il se passe quelque chose de louche ?

Tom lui fournit quelques explications :

— De telles mesures de sécurité sont courantes à Londres, à cette époque. Le conflit nord-irlandais fait encore rage. Les attentats de l'IRA sont fréquents. (Il se passa une main sur le visage.) S'il y a un barrage ici, c'est sans doute qu'un cordon de sécurité a été mis en place tout autour de la ville. Le métro doit être rempli de gardes de la Cour.

Il ne mentait pas. Les automobilistes n'avaient pas l'air surpris du dispositif de sécurité mis en place, ni que les soi-disant policiers jettent par la vitre un coup d'œil à l'intérieur de leur véhicule. Sous les yeux de Joan, une voiture fut autorisée à circuler. D'une main gantée, un officier fit signe à l'auto qui la suivait d'avancer à son tour.

— Ils laissent passer des gens, remarqua-t-elle. Et si on se contentait d'emprunter le trottoir ? Comment sauraient-ils que c'est nous qu'ils cherchent ?

— Il ne faut pas qu'on nous voie, lui rappela Aaron d'une voix tendue. Des Oliver et des Griffith se sont glissés parmi les gardes.

Ruth pesta dans sa barbe.

— La famille Griffith est capable de t'arracher la vérité à ton insu, souffla-t-elle d'une voix fatiguée à l'oreille de sa cousine. Tout monstre qui se présente au barrage sera arrêté et interrogé.

— Très bientôt, on aura perdu le couvert de la nuit, s'impatienta Tom.

— On pourrait tenter le tunnel qui mène à Rotherhithe, proposa Ruth. Ce n'est pas loin.

— Ça fait plus d'un siècle qu'il a été fermé aux piétons, répliqua Aaron. Seuls les trains l'utilisent encore.

— Ce qui ne nous empêche pas de l'emprunter, insista la jeune fille. En nous dépêchant, on pourrait y arriver avant le passage du premier train.

Joan échangea un regard avec l'héritier déchu. L'aînée des Hunt n'était absolument pas en état de « se dépêcher ».

Ruth s'éloigna du pont de la Tour pour les mener vers une structure circulaire en brique encroûtée de boue. Des touffes d'herbe jaillissaient du béton fissuré qui entourait le bâtiment.

— Des toilettes ? demanda Aaron, dubitatif.

— Un conduit d'aération, rectifia leur guide.

Avec son index et son majeur pour signifier une paire de jambes, elle fit mine de se promener sur le toit de la structure, avant d'entamer une descente dans les profondeurs, toujours plus bas.

Joan la sentit trembler de fatigue quand elle lui fit la courte échelle avec l'aide de Tom. Le colosse se hissa à sa suite d'une seule main, muscles tendus sous l'effort. Nichée au creux de son autre bras, Frankie pointait une truffe perplexe.

— Ça va, marmonna Ruth. Tout va bien.

Ses paroles s'adressaient avant tout à elle-même. Peut-être espérait-elle les voir se concrétiser dans une espèce de prophétie autoréalisatrice…

La petite troupe entreprit ensuite la descente – l'équivalent de deux étages, au bas mot. La respiration saccadée de Ruth se faisait de plus en plus audible. Lorsqu'ils atteignirent le fond, les bras de la jeune fille tremblaient si fort que Tom dut l'aider à descendre les derniers barreaux de l'échelle.

— Tout va bien ? murmura Joan.

L'intéressée acquiesça.

— Guettez les trains, parvint-elle à articuler.

Ils se trouvaient dans un souterrain doté d'un plafond voûté très élevé. Au-dessus de leurs têtes, des bandes de métal dessinaient des arcs à intervalles réguliers, ce qui, par un effet de perspective, offrait une succession de demi-cercles concentriques. D'antiques lampes à col de cygne éclairaient la paroi. Au sol courait une voie de chemin de fer.

— Ne touchez pas les rails, les avertit Ruth. Ils sont électrifiés.

— Et si un train arrive ? s'enquit Joan.

Sa cousine désigna le tunnel devant eux. Entre chaque paire de lampes se trouvait un renfoncement. En fait, il y avait deux tunnels reliés par ces passages, comprit la cadette des Hunt.

Quelque chose brilla près du pied de la jeune fille, qui gratta le sol de la pointe de sa chaussure. Sous la terre, entre les rails, elle dégagea deux carreaux blanc et bleu ornés d'un motif floral.

— Il y avait un marché ici au XIXe siècle, expliqua Aaron. On vendait des souvenirs dans ces galeries. On trouvait des diseuses de bonne aventure, des singes…

— Ne me dis pas que tu es venu t'encanailler ici, maugréa Ruth.

— Il n'y a pas mieux que les touristes et les habitants des bas-fonds pour servir de réserve temporelle, se justifia le jeune homme.

Joan le regarda d'un drôle d'air.

— Quoi ? fit-il en haussant les épaules.

« Tu sais que c'est mal », avait dit Nick. L'adolescente repensa aux présents destinés au roi. Toutes ces merveilles, ces horreurs. Puis un besoin aussi soudain qu'impérieux la saisit sans prévenir. Il était si puissant qu'elle craignit un instant de se mettre à voyager dans le temps malgré elle. Ce n'était toutefois pas d'une autre époque qu'elle se languissait, mais de Nick – le Nick jeune bénévole passionné d'histoire qu'elle avait connu avant que tout ne dégénère.

Elle le revit en train de secourir la guêpe prise au piège dans le Cabinet doré, qui bourdonnait derrière le rideau. *« Tuez-la ! »* avait imploré un touriste. Nick s'était contenté de capturer l'insecte dans un gobelet avant de le relâcher à l'extérieur. *« Elle s'est égarée, c'est tout »*, avait-il dit.

Joan se fiait au jugement de son collègue, à sa boussole morale. Par sa seule présence, il lui procurait ce qui lui manquait pour devenir celle qu'elle avait toujours voulu être. Sauf que désormais… Elle serra les bras autour de son buste.

La déchéance morale la guettait. Cette idée lui trottait dans la tête depuis l'épisode de la Fosse. Elle se souvint du moment où, bien des années auparavant, elle avait annoncé à sa grand-mère vouloir devenir Superman. « *Tu es un monstre* », lui avait répondu son aïeule.

Ils progressaient au cœur du tunnel. Un ronronnement se faisait de plus en plus fort à mesure qu'ils avançaient.

— C'est quoi, ce bruit ? demanda Joan.

Le son n'évoquait pas un train roulant à vive allure.

— Les pompes, l'informa Ruth.

— On doit être sous le fleuve, ajouta Aaron.

Joan observa le plafond. Une odeur de béton humide flottait dans l'air. La Tamise rugissait au-dessus de leurs têtes… Quelle idée effrayante ! Elle repensa à cette vague d'énergie qui les avait engloutis alors qu'ils fuyaient le palais de Whitehall.

— Que nous est-il arrivé devant le portail, au juste ? demanda-t-elle. Que nous a fait cet homme ?

— Il a usé du pouvoir de la famille Patel, expliqua Aaron. Il nous a bloqués dans le temps. Nous ne pourrons pas voyager tant que l'effet de l'onde de choc ne se sera pas dissipé.

— Il se dissipe vraiment ?

Il y eut un silence avant que le jeune homme ne lui réponde. Peut-être avait-il perçu un accent étrange dans la voix de sa camarade.

— Au bout d'un moment, oui.

— Difficile de dire combien de temps nous allons rester coincés à cette époque, ajouta Tom. Ça peut durer un jour… ou des mois.

— Une de nos ancêtres de l'époque victorienne a volé le cachet d'un Patel, un jour, raconta Ruth à sa cousine.

Elle s'est retrouvée bloquée des années durant. Forcée de revivre une période qu'elle avait déjà connue.

— Que lui est-il arrivé ? s'inquiéta Joan.

Aaron lui avait expliqué la règle : deux versions d'un individu ne pouvaient coexister à la même époque. La chronologie l'empêchait.

— Qu'arrive-t-il quand on se trouve dans un tunnel et qu'on ne peut échapper au passage d'un train ? répliqua le jeune homme d'un ton sec.

— Personne ne connaît son sort, précisa Ruth. Si quelqu'un se rencontre lui-même dans le temps, il disparaît. Certains pensent que la chronologie le rejette dans ses ultimes confins ou qu'il disparaît dans le néant.

— C'est rare, précisa Aaron. La chronologie ne te laissera pas sauter à une époque où tu évolues déjà. Si les hasards de la vie veulent que tu t'en approches d'un peu trop près, tu éprouveras une envie pressante de la quitter. Cela dit, il reste possible de survivre à l'expérience – à condition d'être soit bloqué dans le temps, soit particulièrement obstiné. Chez les Oliver, on dit que dans ce cas, on se retrouve poussé hors du temps.

« *Hors du temps.* » Secouée d'un frisson, Joan songea à ce néant abyssal qui entourait les murs de la Cour des monstres.

— À quoi bon spéculer ? grommela Tom. Dans un cas comme dans l'autre, tu disparais.

La sentence tomba comme un couperet, les réduisant au silence. Ils continuèrent leur marche dans le tunnel, l'oreille tendue pour guetter l'arrivée d'un train. Joan se demanda à quoi pouvait bien ressembler un tel lieu au XIXe siècle, éclairé par les lampes à gaz, encombré d'échoppes et peuplé de touristes en costumes et robes longues…

— Bon, est-ce qu'on va parler un jour de ce qui s'est passé à la Cour des monstres ? demanda finalement Ruth, exténuée.

Sa voix se faisait de plus en plus rauque et éteinte.

— Eh bien quoi ? rétorqua Aaron.

— On n'a pas réussi à mettre la main sur l'artefact, insista la jeune fille. Sans lui, impossible de modifier la chronologie.

Lorsque Joan jeta un regard à Tom, elle le surprit en train de la dévisager. « *Le* transformatio *n'existe pas* », lui avait-il avoué au bord de la Tamise. Autrement dit, ils n'avaient aucun moyen de sauver leurs familles. L'idée lui était insupportable.

— Que veux-tu que je te dise ? s'impatienta Aaron. Que c'est un échec ? Qu'on a fait chou blanc ? C'est à peine si on a pu en sortir vivants. Sans compter que maintenant, Conrad est à nos trousses. On va passer le reste de notre existence à fuir d'époque en époque. Puis un jour, on tournera au coin d'une rue et il sera là, à nous attendre.

— Écoute, si c'est pour… s'énerva Ruth.

D'un geste, Joan les fit taire. Elle venait d'apercevoir au loin un éclat lumineux. Un train ?

— On y est presque, annonça Tom.

Au même moment, la jeune Sino-Britannique reconnut la lumière du soleil. D'une rive à l'autre, il ne fallait pas beaucoup de temps pour traverser le fleuve à pied. À l'extérieur, le jour était enfin levé.

Le tunnel débouchait entre deux quais, au cœur même de la gare de Rotherhithe. Un vigile arpentait une des plates-formes, dos tourné aux fuyards. À en juger par sa posture, il luttait autant contre le froid que contre l'ennui. Selon toute vraisemblance, il s'attendait plus au passage d'un train qu'à la venue d'un petit groupe de retour de promenade dans les souterrains.

— *Monstre ?* articula silencieusement Joan.

— *Peux pas dire*, répondit Aaron sur le même mode.

Il avait besoin de voir les yeux de son interlocuteur, se rappela la jeune fille. Discrètement, Ruth désigna une caméra de surveillance, puis une autre.

Tom les hissa l'un après l'autre sur le quai opposé. Sans laisser le temps au garde de nuit de se retourner, ils descendirent l'escalier sur la pointe des pieds avant de sortir de la gare, sur la rive sud de la Tamise.

De ce côté-là du fleuve, la berge offrait un aspect plus industriel qu'à l'époque de Joan. La brise qui soufflait sur l'eau diffusait une odeur de goudron. Quand ils prirent la direction de l'ouest, l'adolescente sentit une nouvelle fois ce mélange d'altérité et de familiarité qu'elle en était venue à associer à cette période. Si les ponts de Londres et de la Tour se dressaient bien à leur place, le Shard, lui, manquait à l'appel, tout comme le pont du Millénium.

Devant Joan, Aaron soutenait Ruth par le coude, avec une sollicitude digne d'un parfait gentleman. La cadette des Hunt se surprit à se demander – une nouvelle fois – à quelle époque il avait pu grandir. Parfois, il semblait suivre une étiquette d'un autre âge.

À moins qu'il n'ait pas véritablement d'époque d'origine. Peut-être les monstres se contentaient-ils de voyager sans cesse dans le temps, oscillant entre passé et futur sans jamais faire escale très longtemps.

— Tu ne leur as rien dit, souffla Tom à Joan.

S'agissait-il d'une question ou d'une observation ? Baissant encore d'un ton, il ajouta, presque dans un murmure :

— Ils ne sont pas non plus au courant pour ton petit pouvoir secret, avoue…

Avec un frisson, la jeune fille se rappela une nouvelle fois l'instant où elle avait abattu sa main sur la serrure… et l'énergie qui avait jailli d'elle. Lorsqu'elle avait écarté son bras, le métal avait pris l'aspect de la roche.

Alors qu'ils étaient déjà à la traîne, Tom la contraignait à ralentir davantage. Joan eut soudain une conscience aiguë de la carrure massive de l'ancien garde royal.

— Marche plus vite, lui intima-t-elle.

Il lui adressa un sourire grimaçant, allongeant juste assez le pas pour suivre le rythme. Il se mit à contempler le fleuve.

— D'ici, on croirait presque voir les territoires des grandes familles, fit-il observer, songeur. Oliver et Ali à l'ouest. Nowak et Argent au nord. Griffith et Mtawali au sud. Patel et Portelli à l'est. Aux Liu, le centre. Aux Hathaway, le fleuve. Quant aux Nightingale… (Il marqua une courte pause.) Ils vont où bon leur semble.

Il avait omis une famille.

— Et les Hunt ? fit Joan.

— Ah, les Hunt… répéta-t-il. Toujours à rôder à la lisière des autres territoires. Enfant, je pensais qu'ils fuyaient quelque chose.

Plus loin devant eux, Aaron et Ruth s'engagèrent dans une allée étroite.

— Reste devant moi, ordonna Joan à Tom.

Les bâtiments, serrés, coupaient la lumière. Autour d'eux, ce n'étaient qu'entrepôts et usines reconverties.

— Tu vas devoir me donner ce que tu as trouvé, répondit le colosse à mi-voix.

— Qu'est-ce que c'est ?

— Je te l'ai déjà dit : un message.

L'adolescente secoua la tête.

— Il va falloir m'en dire plus.

Un muscle tressaillit dans la mâchoire du jeune homme, unique avertissement avant le déferlement de violence. D'un mouvement rapide, Tom rejoignit Ruth et Aaron, qu'il projeta contre un mur avec une puissance déconcertante.

Sans laisser à Joan le temps de réagir, le malabar la bousculait à son tour. Les épaules de l'adolescente percutèrent la paroi. Après un instant d'hébétude, elle plongea sur son agresseur, qui la repoussa sans hésiter, avec un peu de nonchalance même, de sa grosse main. La jeune fille s'en voulait terriblement. Le marchand d'électronique lui avait montré son vrai visage sur le quai de la Tamise, mais elle…

Une portière de voiture claqua non loin d'eux. Joan se figea.

Un index posé sur les lèvres, Tom lui lança un regard lourd de sens. *Chut.* Puis il la relâcha. Il l'avait poussée dans l'embrasure d'une porte, avant de s'y jeter lui-même. Aaron et Ruth, eux, se trouvaient dans une embrasure similaire, juste en face. Quiconque jetterait un coup d'œil depuis la rue se persuaderait que l'allée était déserte.

Deux nouveaux claquements de portière suivirent, avant que ne retentisse le bruit de pas. Joan se risqua à pointer le nez à l'extérieur du renfoncement. À une centaine de mètres de leur cachette, une femme et deux hommes s'engageaient dans l'allée. L'adolescente se remit à l'abri, le cœur battant. Les trois arrivants portaient l'emblème du lion ailé au revers de leur veste. Tous rivalisaient avec Tom en taille, même si leur musculature était beaucoup moins impressionnante.

— Combien de temps ça va durer encore ? gémit l'un des deux hommes. On a patrouillé toute la nuit.

— Nous avons reçu un signalement de ce côté, répondit la femme.

— Il y a eu des signalements dans toute la ville. Si vous voulez mon avis, cette fois, ils ont pris la fuite.

— Sai Patel lui-même les a frappés. Ils sont toujours là, dit la femme. Conrad a convoqué des gardes de toutes les époques. Moi, il est venu me chercher à l'époque victorienne. Si ça, ce n'est pas le signe qu'il n'abandonnera pas avant d'avoir mis la main sur eux…

Les pas se rapprochaient. La respiration de Joan se bloqua dans sa gorge. Dans le renfoncement opposé, Ruth et Aaron affichaient des mines terrifiées. Les portes ne se situaient pas assez en retrait pour dissimuler complètement les deux jeunes gens. Il suffirait que les gardes jettent un œil – certes attentif – de leur côté pour les repérer aussitôt.

— Est-ce que vous croyez aux rumeurs ? reprit la garde de l'époque victorienne. Sur cet étrange pouvoir qui aurait été utilisé dans les archives ? Un pouvoir interdit… (Elle baissa le ton.) Contre nature, même.

— Je ne suis pas assez payé pour ça, rétorqua son interlocuteur.

— Et que faites-vous du tuyau qu'on nous a filé, alors ? insista-t-elle. Sur une jeune demi-humaine au pouvoir mystérieux ? Difficile d'y voir une simple coïncidence.

Joan n'en croyait pas ses oreilles. Ils parlaient d'elle !

De l'autre côté de l'allée, Ruth fronça les sourcils, perplexe. Elle ne comprenait pas un mot de ce que les gardes royaux disaient – qu'il s'agisse de cet étrange « pouvoir » ou encore du mystérieux « tuyau ».

Joan avait quant à elle sa petite idée sur l'identité de leur informatrice. *« Dorothy Hunt est tout sauf une sainte »*, l'avait prévenue l'aubergiste. Jamais sa grand-mère ne lui aurait fait de mal. Pour ce qui était de la femme rencontrée dans ce bar, en revanche… L'adolescente repensa à la manière dont la version plus jeune de son aïeule l'avait toisée – comme si elle ne représentait rien à ses yeux. À son grand dam et sa profonde irritation, elle eut bientôt des larmes brûlantes au coin des yeux. Elle serra les dents, avant de ravaler ses pleurs.

— Moi, je ne cracherais pas sur la récompense, concéda le garde.

— Une faveur de Conrad en personne, acquiesça sa collègue. Imaginez-vous ça !

La pointe de leurs ombres atteignit les pieds de Joan. Tom lui effleura la main pour attirer son attention.

— Prête ? articula-t-il silencieusement.

Elle était presque trop crispée pour hocher la tête. Il lui adressa un petit sourire afin de la rassurer, avant d'ajouter :

— Moi d'abord.

Les ombres ne bougeaient plus. L'instant parut s'étirer, interminable. N'étaient les mouvements de la poitrine du colosse Hathaway à côté d'elle, Joan aurait pu croire que le temps s'était figé. Le trop-plein d'adrénaline la faisait trembler. Au contraire, les muscles de Tom étaient prêts à passer à l'action. Visiblement, il aurait pu passer la journée entière à attendre dans cette position inconfortable.

Soudain, un bruit assourdissant fit tressaillir la jeune fille. On aurait dit la musique criarde d'un jeu vidéo de la grande époque.

La mélodie arracha un petit grognement à la garde victorienne.

— D'accord, on est dans les années 1990, mais tu n'es pas pour autant obligé d'utiliser une sonnerie aussi insupportable, maugréa-t-elle.

— On a reçu un signalement du côté de la gare de Rotherhithe, annonça le troisième agent, qui n'avait pas encore ouvert la bouche.

Enfin, ils se remirent en mouvement. Les ombres commencèrent à se retirer.

— Ils ont été repérés grâce aux caméras ? demanda le premier homme.

— Si c'était le cas, on les aurait déjà capturés, fit valoir la femme avec une pointe d'impatience.

— En voiture ! leur intima leur collègue taciturne. Conrad veut…

Les portières se refermèrent avec fracas, étouffant le reste de sa phrase. Joan attendit que le véhicule s'éloigne et que le ronronnement du moteur se soit tu. À côté d'elle, Tom se détendait petit à petit, relâchant ses muscles. Il leur avait sauvé la vie, songea-t-elle. Il les avait protégés de leurs poursuivants.

Réflexion qui n'avait aucun sens. Le jeune Hathaway avait fait mine de les aider afin de s'introduire dans les archives. Il avait ensuite semblé à deux doigts de les trahir. Et voilà qu'il les secourait encore une fois. Il aurait pu livrer la demi-humaine aux gardes royaux – empocher la récompense, même. Pourtant, il n'en avait rien fait. Pourquoi ?

Joan se retourna pour se retrouver directement dans la ligne de mire d'Aaron. Toujours caché dans son embrasure, il fixait sa camarade avec la même expression qu'elle avait décelée chez lui dans l'escalier qui menait à la Tamise.

Sans lui laisser le temps de dire quoi que ce soit, l'héritier déchu s'écarta brutalement de la porte à laquelle il était adossé.

— Allons-y, dit-il. La planque est par là.

Chapitre 20

La planque se révéla plus confortable qu'ils n'auraient pu l'espérer. Les murs des couloirs étaient couverts de photos de famille – du genre à n'intéresser que la maman des différents modèles : une fillette déguisée en pirate, son père agenouillé derrière elle pour nouer son cache-œil, puis la même enfant, plus âgée, somnolant près d'un chat roulé en boule. Il y avait également un cliché de la famille entière : la mère, le père, la fille et un nouveau-né.

Joan s'arrêta tout à coup. S'étaient-ils introduits par effraction dans le domicile de quelqu'un ? Aaron n'avait pas la clef du logement. C'était Ruth qui avait dû crocheter la serrure.

Le jeune Oliver la percuta. Elle se retourna juste assez pour placer son index devant les lèvres de son compagnon, sans le toucher tout à fait. Il lui jeta un regard surpris. Derrière lui, Tom leva la tête, en alerte.

Ils tendirent l'oreille. Le silence. Ni craquement de parquet, ni appel passé en toute discrétion pour avertir la police. Pas même le goutte-à-goutte d'un robinet qui fuit ou le ronronnement d'un réfrigérateur. Une minute passa, puis une autre. Sur les traits d'Aaron, l'étonnement céda bientôt la place à l'irritation.

— Oh, pour l'amour du Ciel ! finit-il par souffler avec ce ton supérieur dont il avait l'habitude. Il n'y a personne, ici. Je vous l'avais bien dit. C'est une planque.

— Pardon de ne pas vouloir y aller à l'aveuglette, répliqua Joan.

Mais le cœur n'y était tout simplement pas. La maison était vide, la température trop basse, l'odeur de renfermé bien trop présente. Si la famille qui figurait sur les photographies avait un jour occupé cette demeure, ses membres n'y vivaient plus depuis un moment.

— Comment est-ce que tu connais cet endroit, au juste ? demanda Ruth à l'héritier déchu.

— Peu importe.

Il ne se montrait pas plus communicatif que lorsqu'il leur avait révélé l'existence de ce lieu. Il avait même retrouvé ce ton neutre qui coupait court à toute conversation.

Leur entrée groupée fit grincer le parquet. Le couloir s'ouvrait sur un salon douillet. Aaron se laissa tomber sur un petit sofa replet, rempli de coussins. En soufflant bruyamment, Frankie vint se poser lourdement à ses pieds – de toute évidence, la fatigue ne l'avait pas épargnée, elle non plus. Ruth s'arrêta sur le seuil d'une chambre à coucher, jetant un regard plein d'envie sur le lit qu'elle contenait.

— Va t'allonger, lui dit Joan. Je me charge d'effectuer un repérage.

L'endroit était agencé simplement : un salon, une chambre, une cuisine, une salle de bain, des toilettes séparées. La jeune fille ouvrit chaque placard assez grand pour dissimuler un intrus – d'abord d'un geste brusque, à la manière des forces d'intervention, puis avec un embarras croissant à mesure qu'elle avançait. Personne dans le séchoir…

Dans la cuisine, le réfrigérateur était couvert d'aimants en forme d'animaux et de cartes postales – en provenance d'Espagne, de Cornouailles, du pays de Galles. Joan en cueillit une, envoyée de Douvres. Quelques mots flottaient au-dessus des falaises : « BONS BAISERS DE DOUVRES ». Elle retourna la missive. L'envers, vierge, portait encore l'étiquette du prix dans un des coins : cinquante pence. Elle ouvrit le réfrigérateur, et n'y trouva que le vide et l'obscurité.

Dans un des angles de la pièce se nichait une petite table de bois. Au premier abord, elle paraissait usée, à l'instar de toutes les tables de cuisine. À mieux y regarder, cependant, le plateau poussiéreux ne portait pas la moindre petite entaille. Avait-on jamais mangé ici ? Elle remit la carte postale à sa place, puis se frictionna les bras. Toute la maison lui sembla soudain inquiétante, tel un décor de cinéma désert ou un appartement témoin.

— Eh, fit une voix derrière elle.

La surprise – ou la peur ? – lui arracha un petit cri. Elle se retourna pour découvrir Tom, qui lui jetait un regard contrit depuis le garde-manger ouvert.

— Un thé ?

Il brandit une boîte de Tetley's. La taille de l'emballage contrastait de manière assez comique avec son énorme main. Ce géant avait décidément l'air bien inoffensif.

Joan le regarda, méfiante. Elle ne savait toujours pas avec certitude ce qui l'avait poussée à le laisser les accompagner après leur conversation au bord de la Tamise. Il s'était montré sous un jour dangereux et malgré tout…

Elle se souvint de l'insistance dont avait fait preuve le jeune Hathaway quand il lui avait demandé de lui donner le message laissé par le prisonnier. Il ne lui avait cependant fait aucun mal, alors même qu'il aurait pu lui arracher de force ce qu'il convoitait. Il les avait ensuite protégés de ceux qui les traquaient. Plus que tout, elle ne cessait de repenser à la manière dont il avait prononcé ces mots : *« Le message m'était destiné. »*

— Pourquoi ne pas m'avoir livrée aux gardes ? lui demanda-t-elle. J'ai cru comprendre qu'ils offraient une récompense.

Tom posa le thé sur la table.

— Plutôt mourir que d'aider la Cour, répondit-il d'une voix morne.

Joan scruta les traits du marchand d'électronique. Il s'était révélé un menteur redoutable mais, en cet instant, il paraissait sincère. Ses lèvres avaient esquissé une légère grimace lorsqu'il avait évoqué la Cour. Le mot lui répugnait-il ?

L'adolescente se passa une main sur le visage. Elle avait besoin de réfléchir, mais la fatigue était trop forte. L'épuisement la gagnait à son tour. Elle aurait pu s'allonger là, sur le sol de la cuisine, et y dormir des journées entières.

— Je vais faire du thé, annonça Tom. On ferait bien de manger, aussi.

Une discussion s'imposait.

— D'accord, se contenta néanmoins d'approuver Joan.

— Pâtés en croûte et pâte d'amandes. Qu'est-ce que tu en dis ?

— J'en dis que ce sera divin, fit avec le plus grand sérieux son interlocutrice.

Tom opina du chef, visiblement trop fatigué – ou trop tendu – pour sourire. Il sortit les pâtés en croûte du sac volé, puis fouilla quelques placards et tiroirs en quête de vaisselle. Son corps massif remplissait la cuisine, ce qui ne l'empêchait pas de se mouvoir avec une agilité surprenante pour rincer la bouilloire et y verser de l'eau.

Joan déposa les lions en pâte d'amandes, réduits à l'état de miettes, sur une assiette, avant de chercher des mugs où verser le thé. Elle eut vite fait de les trouver, après quoi elle s'adossa au réfrigérateur. Elle n'était guère d'humeur à aborder les questions les plus épineuses. N'empêche qu'il le fallait.

— C'était qui ? demanda-t-elle.

Le dos tourné, Tom s'immobilisa. Le silence qui s'abattit entre eux faisait d'autant plus ressortir le bruit des assiettes et des tasses.

— Le prisonnier, dans la cellule, c'était qui ?

— Je te l'ai dit, répondit Tom. L'archiviste royal.

— Mais que représentait-il pour toi ?

Le colosse finit par se retourner, tout en conservant son mutisme. Avec son corps de boxeur, ses gros bras et ses larges épaules, il avait de quoi intimider, même au repos.

— S'il avait été au palais, l'aurais-tu emmené avec toi au point de rendez-vous ? insista Joan.

— Non, répondit Tom.

La conversation aurait dû s'arrêter là, mais la jeune fille commençait enfin à comprendre.

— La cellule qu'il occupait, poursuivit-elle. Ce seau, ce matelas…

L'ancien garde serra les dents.

— Eh bien quoi ?

— Il était prisonnier, conclut Joan. Il t'a pourtant laissé un message. Il savait que tu allais venir.

Elle regarda son interlocuteur avec suffisamment d'attention pour percevoir l'éclair d'angoisse qui passa sur son visage. Il n'y avait plus aucun doute. Il éprouvait ce même sentiment qui n'avait pas quitté l'adolescente depuis le massacre, ces regrets de n'avoir pu sauver un être cher.

— C'est pour lui que tu es venu, pas vrai ? Pour le secourir…

— Oui.

Les épaules du colosse se haussèrent, en tremblant un peu, signe qu'il cherchait à rester maître de ses émotions. Autre sensation que Joan ne connaissait que trop bien, pour avoir eu le plus grand mal à garder son sang-froid depuis la mort de ses proches.

Elle prit une profonde inspiration, les doigts sur son butin, le petit carré de plastique dissimulé dans sa poche. Après un instant d'hésitation, elle le tira de sa cachette pour le tendre au jeune marchand.

— Tu avais vu juste, dit-elle. Il l'avait dissimulé sous le secrétaire.

Tom s'empara aussitôt de l'offrande, serrant le poing comme s'il craignait qu'elle ne change soudain d'avis.

— Tu as une idée de ce que dit ce message ? lui demanda-t-elle. Crois-tu qu'il parle du *transformatio* ?

— Non, répondit-il d'une voix presque douce. Je te l'ai déjà dit, le *transformatio* n'est qu'un mythe.

Il lui avait tenu le même discours lors de leur conversation au bord de la Tamise. Il disait la vérité, Joan en était à présent convaincue. Elle sentit son ventre se tordre d'angoisse.

— Allons dans le salon, proposa-t-il.
— Pourquoi ?
— On va avoir besoin de place pour l'examiner.

Aaron somnolait sur le sofa. Une attitude qui lui donnait un air faussement angélique, avec ses cils interminables de star de cinéma. Joan l'appela doucement, même si elle s'en voulait de le réveiller. Aucun d'entre eux n'avait beaucoup dormi au cours des jours précédents. Elle effleura l'épaule de son camarade. Clignant des paupières pour en chasser le sommeil, il lui adressa un sourire… d'une tendresse désarmante.

— Salut… dit-il.

Puis il prit conscience de l'endroit où il se trouvait, ce qui lui arracha une grimace. Il se redressa ensuite, et se passa une main dans les cheveux.

— Oh… Quelle heure est-il ?

— C'est encore le matin, répondit Joan. Il faut qu'on parle. Tom…

Elle se tourna vers l'intéressé, qui la regardait d'un œil méfiant.

— Notre ami ici présent nous a fait quelques petites cachotteries, finit-elle par dire.

— À quel sujet ? s'enquit Ruth, postée à l'entrée du salon.

Elle n'avait pas l'air plus reposée, avec sa mine encore grise. Tom hésita avant de desserrer les doigts pour révéler le petit carré de plastique.

— Qu'est-ce que c'est ? demanda Aaron.

Son esprit était encore embrumé par le sommeil. Il observa leur butin, avant de froncer les sourcils.

— Où l'as-tu trouvé ? (Manifestement, l'objet ne lui était pas inconnu.) C'est… c'est illégal ! Il se trouve à des années-lumière de son époque.

— C'est moi qui l'ai trouvé dans la cellule, dit Joan. Tom affirme qu'il s'agit d'un message… laissé par le prisonnier.

Aaron plissa les yeux, suspicieux. La jeune fille aurait presque pu visualiser les rouages en train de tourner dans son esprit, les connexions en train de s'établir. Le changement de plan de dernière minute au point de rendez-vous, cette façon qu'avait Tom de dominer Joan dans l'escalier…

— Il s'appelle Jamie Liu, annonça l'ancien garde. Il est prisonnier de la Cour des monstres depuis… Eh bien, je ne sais pas combien de temps ça fait de son point de vue mais, pour moi, ça fait trois ans.

— Que se passe-t-il, au juste ? demanda Ruth.

Tout épuisée qu'elle était, sa voix se fit tranchante et soupçonneuse. Elle se tourna vers le jeune Hathaway.

— Qu'est-ce que tu nous caches ?

— Je crois que tu ferais mieux de nous lire ce fameux message, dit Joan.

Tom repoussa la petite table, puis roula le tapis. Dans la pièce, la tension était à son comble, en partie à cause de la taille du colosse. Sa carrure athlétique semblait remplir l'espace à elle toute seule.

Il jeta un coup d'œil aux quatre coins du salon, avant de vérifier la position du sofa.

— Reculez, ordonna-t-il.

Il attendit que ses trois compagnons se soient mis en retrait avant de déposer le carré de plastique à ses pieds. L'objet se mit à scintiller.

Un petit plateau d'échecs se matérialisa, flottant dans les airs. Il présentait de fortes similitudes avec celui qui avait tant intrigué Joan à l'auberge *Serpentine*, avec ses pièces en forme d'éléphant et de voilier pour remplacer fous et tours. Pour une raison mystérieuse, les traits de Tom s'adoucirent à la vue du plateau.

— Tout ça parce que tu m'as battu la première fois, murmura-t-il.

— Un jeu ? s'étonna Ruth.

— Un mot de passe, rectifia le marchand d'électronique. Connu de deux initiés uniquement.

Il déplaça un pion blanc, puis un noir, avant de continuer à bouger les pièces, alternant les couleurs d'un geste rapide et confiant. Les pions atterrissaient sur leurs cases en reproduisant le même claquement que sur un plateau réel. Tom ne les touchait pas vraiment, pourtant. Quand il retira le premier pion, celui-ci disparut à la manière d'une bulle de savon qui éclate.

Il rejouait une partie, dont il se rappelait chaque mouvement sans le moindre effort. Celui qui avait imaginé ce mot de passe savait qu'il pouvait compter sur la mémoire de son destinataire. Joan songea au crétin aviné dont elle avait cru faire la connaissance quelques jours plus tôt au marché. Le véritable Tom Hathaway se révélait être taillé dans une tout autre étoffe.

Le roi blanc se trouva finalement isolé, encerclé par les noirs. Tom plaça un cavalier en position d'échec. Le plateau disparut. Un nombre surgit dans l'air, puis y flotta quelques instants : 10, avant de s'effacer à son tour et de laisser la place à Nick.

— Fuyez ! hurla Joan.

Tom la rattrapa d'un bras puissant au moment où elle tentait de déguerpir.

— C'est bon, ce n'est rien, dit-il en la tenant fermement.

— C'est lui ! s'époumona la jeune fille. C'est le héros !

— Il n'est pas vraiment là, expliqua l'ancien garde. Ce n'est qu'un enregistrement.

Le tueur de monstres ne ressemblait pourtant pas à un simple enregistrement. Non, il avait l'air aussi vrai que nature. Le cœur de l'adolescente battait à tout rompre. Quant à Aaron, lui aussi avait été à deux doigts de prendre ses jambes à son cou. Tapie derrière le sofa, Ruth, elle, écarquillait les yeux, le souffle court.

Assis sur une chaise de bois, Nick se montrait sous un jour étrangement inoffensif. La panique ayant désormais reflué, Joan comprenait ce qu'avait voulu dire Tom. Le garçon qu'elle avait devant les yeux était très jeune – il devait avoir quatorze ans tout au plus. De surcroît, il ne se trouvait pas dans le salon de leur planque, mais ailleurs, dans une cuisine. Elle aperçut un micro-ondes et un réfrigérateur.

Il y eut un mouvement dans le fond de l'hologramme. Bientôt apparut un homme qui marchait vers le héros – un monstre, à l'évidence. Nick portait un T-shirt et un jean noir. Le nouveau venu, lui, était vêtu à la mode d'un autre siècle, en habit et haut-de-forme. Il ôta son chapeau, révélant des cheveux noirs et lisses.

Posant avec soin son couvre-chef sur le comptoir de la cuisine, il se dressa devant le tueur de monstres. Joan en eut la gorge serrée.

— Allez-vous-en, chuchota-t-elle à l'homme.

Son avertissement n'avait aucun sens, bien entendu, puisqu'il ne s'agissait que d'un enregistrement. Sans crier gare, l'homme décocha un puissant crochet du droit à Nick.

Choquée, la jeune Sino-Britannique vit son ancien collègue relever lentement la tête, la bouche en sang. Elle ferma les yeux, craignant de voir la suite. Malgré tout, garder les paupières closes, n'était-ce pas encore pire ? Elle revit le tueur de monstres enfoncer son épée dans le corps de Lucien avant de l'en ressortir pour jeter la lame dans la poitrine d'Edmund. L'expression incrédule de l'oncle d'Aaron flotta devant ses yeux.

Elle se rappela sa propre grand-mère, étendue, morte, sur le canapé. Le bruit d'un nouveau coup de poing retentit. La jeune fille ouvrit aussitôt les yeux, s'attendant à voir un cadavre… mais le monstre continuait de toiser Nick de toute sa hauteur. Un filet de sang était apparu, maculant le nez et la bouche du garçon.

— Qu'est-ce que c'est que ça ? souffla-t-elle, horrifiée.

Ce « message » n'avait aucun sens. Nick n'avait eu besoin que de quelques secondes pour tuer Lucien.

Inflexible, l'adversaire du jeune humain lui assena un direct à la mâchoire. La tête du captif bascula en arrière, encaissant le coup. Ses bras étaient liés aux accoudoirs de son siège. Son tortionnaire le frappa de nouveau. Cette fois, enfin, le garçon réagit.

— *S'il vous plaît*, murmura-t-il.

Le sang dégoulinait sur son menton et le long de son cou. Son nez semblait cassé.

— *Arrêtez, s'il vous plaît. Je vous en supplie…*

— *Stop*, ordonna une voix de femme.

La scène se figea – enfin, surtout Nick, bouche entrouverte, en pleine imploration. Son bourreau, lui, restait mobile. Il jeta un regard par-dessus son épaule, vers une présence hors champ.

— *Il va y arriver*, affirma-t-il.

— *Non*, répliqua la femme. *Reprends depuis le début.*

La scène se dissipa, laissant soudain un vide dans le salon. Joan, prise de nausée, contempla l'espace où l'ancien bénévole de Holland House se trouvait encore un instant plus tôt. Après le massacre, elle avait rêvé de le faire souffrir, en représailles de ce qu'il avait infligé aux Hunt. Mais à le voir ainsi se faire torturer sous ses yeux, à entendre le craquement de ses os brisés… Oui, elle avait envie de vomir.

Un nombre s'afficha dans les airs : 15. Nick était de retour sur sa chaise, le visage intact. Le monstre se tenait devant lui. Joan respirait à peine.

— *Qui dois-je tuer en premier ?* demanda le bourreau. *Tes frères et sœurs sont si nombreux… Tu préfères que j'y aille du plus jeune au plus âgé, et que je garde tes parents pour la fin ? Ou l'inverse ?*

— *Laissez-les tranquilles !* rugit le prisonnier. *Ils sont…*

Le monstre le frappa au visage. À nouveau, le nez de Nick se brisa. Joan tressaillit. Une terrible angoisse la prit à la gorge.

— *Stop*, intervint la voix de femme. *Depuis le début.*

Le nombre 93 flottait devant eux, à présent.

— Mais qu'est-ce que c'est que ça, enfin ? s'impatienta Aaron. C'est le héros. Pourquoi ne se défend-il pas ?

Joan commençait à comprendre. La réalité était bien pire que tout ce qu'elle aurait pu imaginer. Lorsque Nick reparut, elle se rapprocha à pas lents de l'hologramme.

Cette fois, il se tenait à genoux, tremblant comme une feuille. La chaise gisait, renversée sur le côté, la corde toujours enroulée autour des accoudoirs. Nick s'en était libéré, mais sans aller très loin – il se tenait prostré près d'un couple, un homme et une femme aux cheveux noirs, étendus par terre. Ses parents, sans doute. Morts. Leurs corps étaient aussi inertes que ceux de Lucien et de la grand-mère de Joan.

Si au début elle avait désiré fuir, la jeune fille ne souhaitait rien tant qu'intervenir. L'expression de son ancien ami se partageait entre incrédulité et désespoir. Elle savait exactement ce qu'il devait éprouver en cet instant.

Puis Nick entendit des pas. Il se releva précipitamment pour se saisir d'un couteau sur le comptoir.

— *J'aime mieux ça*, constata le monstre. *Enfin un peu d'initiative !*

Le prisonnier recula, la main tremblante. *Jette le couteau*, lui souffla mentalement Joan, avant de se demander dans quel camp elle était.

— *Regarde-toi*, dit son bourreau d'un ton amusé. *Armé d'un couteau. Et me voilà, moi, les mains vides.*

Il tendit les mains, railleur, comme un prévenu en état d'arrestation. Il n'en continuait pas moins d'avancer.

— *Après tout, ils m'ont suffi pour les tuer, pas vrai ?*

— *Vous… vous n'avez fait que les toucher*, dit Nick d'une voix incertaine. *À la nuque. Et ils se sont effondrés.*

— *Exact*, confirma l'homme. *C'est parce que je suis un monstre.*

— *Un monstre ?*

Le garçon paraissait toujours aussi désorienté.

— *J'ai volé du temps à tes parents*, expliqua son tortionnaire. *Toutes les années qu'il leur restait, en fait. Oh, mais des centaines d'autres victimes ont péri sous mes mains avant eux. Et maintenant, je m'apprête à te dérober ce qu'il te reste de vie.*

— *Vous êtes malade*, répondit Nick.

Son bourreau se tenait à présent près de lui, juste à portée de poignard.

— *Vous n'êtes pas un monstre*, décréta le garçon de ce ton sérieux que Joan connaissait si bien. *Vous êtes un être humain qui n'a plus toute sa tête. Vous avez besoin d'aide, c'est tout.*

— *Stop*, lança la voix féminine.

Une fois de plus, Nick se figea. Le doute n'était plus permis. Joan expira doucement. Le monstre se tourna vers sa supérieure, qui restait hors champ.

— *Sauf votre respect, sommes-nous obligés de nous servir de lui ? Combien de fois avons-nous tué ses parents ? Et pourtant, il se montre toujours aussi… vertueux.* (Il avait plus craché que prononcé ce dernier mot, comme s'il s'agissait d'un juron.) *Peut-être qu'un autre humain…*

— *C'est bien lui*, objecta sa partenaire. *Non en dépit de sa vertu, mais précisément à cause d'elle. Lorsque nous l'aurons brisé, cette qualité se muera en furie justicière.*

Joan aurait pu hurler en entendant la jubilation cruelle qui transparaissait dans la voix de l'inconnue.

— *Recommence.*

210

Assis sur sa chaise, Nick parlait d'une voix rauque.

— *Vous n'êtes pas obligé de faire ça. Vous…*

— *Stop. Encore.*

***

1100

D'autres corps jonchaient le sol de la cuisine. Joan n'eut pas le cœur de les regarder. « *Tes frères et sœurs sont si nombreux* », avait fait remarquer l'homme.

Nick avait parlé de sa famille à sa collègue. Il lui avait raconté leur vie, comment ils étaient entassés dans un minuscule appartement. Parler de lui, ce n'était pas sa tasse de thé, et pourtant il s'était confié à elle. Et voilà qu'il pressait à présent son couteau contre la gorge du bourreau des siens.

— *Pourquoi ?* demanda-t-il d'une voix enrouée, secoué par les sanglots.

— *Parce que je suis un monstre*, répondit l'homme. *Ils n'étaient pas les premiers et ils ne seront pas les derniers.*

Dans une vision d'horreur, Nick trancha le cou du monstre sous les yeux de Joan. Lorsque la victime s'effondra, les genoux du garçon flanchèrent, eux aussi. Jamais l'adolescente n'oublierait le râle épouvantable qui s'échappa à ce moment de la gorge de son ancien ami.

— *Non*, dit une nouvelle fois la voix féminine. *Encore.*

1922

La cuisine avait disparu. Nick se tenait au coin d'une rue, bien plus jeune que dans les tableaux précédents. La chaussée luisait, trempée d'une pluie fraîchement tombée, à la lueur du crépuscule. Des voitures passaient en trombe, trahies par l'éclat aveuglant de leurs phares.

Joan faillit ne pas reconnaître le monstre lorsqu'il arriva, vêtu d'habits contemporains : un pull de Noël moche et un anorak bleu.

Nick bondit, vif comme un serpent. À peine sa cible l'eut-elle dépassé qu'elle se trouva à genoux, les bras tordus derrière le dos.

— *Vous me remettez ?* demanda le garçon.

Sa voix ne tremblait plus. Il paraissait pourtant si jeune ! Joan en eut le cœur brisé. Le monstre ne rit pas longtemps. Nick lui brisa la nuque. Lorsque le tueur de monstres se retourna, un éclair de triomphe brillait dans ses yeux.

Une silhouette pénétra dans le cadre. Une femme blonde, au cou de cygne et dotée d'un visage comme Joan n'en avait vu qu'aux statues antiques. Sa posture impérieuse détonnait violemment dans cette rue minable de Londres. *Sa place est sur un trône*, songea l'adolescente.

Lorsque l'inconnue ouvrit la bouche, sa voix aux accents approbateurs contrasta avec son visage cruel et froid.

— *Tu es prêt*, annonça-t-elle à Nick. *Tu es parfait.*

Les paumes de Joan lui cuisaient à force d'y planter ses ongles. Elle s'était griffée jusqu'au sang, remarqua-t-elle distraitement. Toutes les histoires mettant en scène le héros débutaient par cette sempiternelle phrase : *« Il était une fois un jeune homme dont le destin était de tuer les monstres. »* Sauf que la destinée de Nick était en fait bien différente. Il n'était pas né ainsi. On l'avait poussé à le devenir. On l'avait manipulé pour faire de lui le héros.

— C'est la femme que tu as croisée à l'hôpital, non ? demanda-t-elle à Ruth.

Sa cousine acquiesça dans un murmure.

— Qui est-ce ?

— Je n'en sais rien.

Joan se tourna vers ses deux autres compagnons. Tom fit non de la tête. Aaron, lui, n'en croyait pas ses yeux.

— Ce que nous venons de voir… bredouilla-t-il. Ça n'aurait pas dû se produire. Deux versions d'une même personne ne peuvent coexister à la même époque. Il s'agit là d'une des lois fondamentales du voyage temporel. Personne ne devrait être capable de modifier la chronologie de cette façon. Et pourtant… ils ont tué sa famille, encore et encore…

— Un nombre incalculable de fois, chuchota Ruth.

— C'est impossible, s'entêta Aaron. Et puis, comment le massacre a-t-il pu être enregistré ? Quel pouvoir familial serait capable d'un tel prodige ?

Nick avait été torturé, puis réinitialisé afin de subir encore et encore le même sort, en boucle… On l'avait remodelé. Combien de fois avaient-ils tué sa famille ? À combien de reprises l'avaient-ils brisé ? Le dernier numéro annonçait 1922. Tremblant comme une feuille, Joan se tourna vers Tom.

— Étais-tu au courant ? lui demanda-t-elle, furieuse. S'il savait…

— Non ! s'empressa de lui répondre le colosse. Jamais je n'aurais soupçonné que le héros avait été… façonné de A à Z.

— Tu disais pourtant que ce message t'était destiné ! Qu'il t'avait été laissé par…

Un élément remonta subitement à la surface – un détail qui tracassait Joan depuis un moment.

— Jamie Liu…

Elle marqua une pause. Aaron apparut à ses côtés, le bruit de ses pas étouffé par le tapis. De nouveau, la jeune fille aurait presque pu voir les rouages s'activer dans l'esprit de son camarade, en écho aux siens.

— Ying Liu a un fils prénommé Jamie, déclara-t-elle enfin. Nous avons vu ses tableaux dans leur galerie. Ils représentaient tous le héros.

Tom grinça des dents. Il ne tenait pas en place : se balançant d'un pied sur l'autre, il serrait puis desserrait les poings.

— C'était une autorité dans le domaine de la mythologie.

— C'était ?

— Il a découvert un secret qui aurait dû rester caché, expliqua Tom. Quelque chose au sujet du héros. Quelque chose qu'il n'était pas censé savoir. Et la Cour l'a simplement… (Il avala sa salive, mal à l'aise.) Ils l'ont enlevé, kidnappé ! Il m'a fallu une éternité pour découvrir qu'il était toujours en vie, retenu captif par les autorités du royaume des monstres. Ils se servaient de lui pour tenir leurs foutues archives.

Les Liu possédaient une mémoire infaillible, se rappela Joan. Elle aurait dû se douter que l'archiviste royal serait un Liu.

— On a toujours su qu'il disparaîtrait un jour, poursuivit le colosse. C'était inscrit dans la chronique des Liu. Seulement, je lui ai promis de le protéger, d'assurer sa sécurité. Je lui ai juré que je trouverais un moyen, n'importe lequel, de changer le cours des événements.

— Ce n'est pas la première fois que tu tentes de le secourir, comprit Joan. Si tu es devenu garde, c'était pour entrer à la Cour.

— Oui… Hélas, je ne l'y ai jamais vu. Ce n'est pas faute d'avoir essayé, mais jamais je n'ai été aussi près du but que cette nuit.

Joan se rappela les propos que lui avait tenus Aaron : « *Il y a toujours un moment où un monstre tente de s'opposer à la chronologie. Tout le monde tente au moins une fois de la modifier.* »

Tom poursuivit :

— Jamie me connaît par cœur. Il sait que je n'abandonnerai pas tant que je ne l'aurai pas ramené chez lui. (Sa voix se brisa.) Ce satané matelas était encore chaud, bon sang !

Tandis qu'il parlait, l'air du salon sembla se mettre soudain à frémir – de concert avec Joan.

— Tom…

Toute nouvelle vision d'horreur projetée par cet appareil serait insupportable à la jeune fille. *Pitié*, songea-t-elle. Cependant, lorsque l'image se précisa, ce ne fut pas Nick qui se matérialisa devant eux.

L'imposant Hathaway s'approcha d'un pas incertain. Un jeune homme – dans la vingtaine – se tenait au milieu du salon. Il avait un air doux et des traits chinois. Typiquement le genre de garçon qui aide les vieilles dames à traverser la rue, songea Joan. Avec son visage émacié et les énormes cernes qui lui tiraient les yeux vers le bas, il avait mauvaise mine.

— Jamie… murmura son compagnon.

Il leva la main pour effleurer le visage du fantôme. Mais il n'y avait que du vide et ses doigts passèrent à travers l'hologramme.

— *Bonjour, Tom*, fit Jamie.

Il se trouvait dans sa prison. Joan aperçut la couverture fine, le sol de pierre froide. Ce spectacle suscita en elle la même réaction de dégoût qu'elle avait éprouvée sur place. La sensation qui caractérisait ses vieux cauchemars…

Elle aurait presque pu sentir l'odeur qui régnait dans le cachot. Un mélange de peur, de maladie et de mort.

— *À en croire les gardes, personne ne pourrait jamais atteindre cette cellule*, dit Jamie. *Mais moi, je savais que tu y arriverais.* (Il sourit avec ses yeux, tendrement.) *Je t'aime.*

— Je t'aime aussi, articula Tom, même si Jamie ne pouvait pas le voir.

Le doux géant était à vif, telle une plaie béante. Joan s'en voulait de l'observer dans un moment aussi intime.

— *Qui aurait cru qu'on s'exposait à de tels risques en menant des recherches sur les contes de fées ?*

Le petit rire de Jamie se mua en sifflement douloureux. Il se frotta la poitrine d'un air absent, comme si ses côtes le faisaient souffrir. Ses doigts dessinaient un angle peu naturel – sans doute avaient-ils été brisés et n'avaient-ils pas cicatrisé correctement. Quoi qu'il en soit, la tension montait chez le destinataire du message.

— *Tom,* reprit Jamie d'un ton sérieux, *j'ai découvert quelque chose qui aurait dû rester caché. Le héros existe bel et bien. Et il va faire plus de victimes que tu ne peux l'imaginer. Lorsqu'il en aura terminé, il aura commis des massacres par dizaines. Mais il n'a pas conscience de ce que tu viens de voir, de ce qu'il n'est pas né héros. Du fait qu'on l'a modelé, manipulé, pour faire de lui ce qu'il est désormais.*

Des bruits de pas se firent soudain entendre. Ils étaient assez réalistes pour que Joan et Ruth se tournent vers la cuisine. Les sons venaient toutefois de l'enregistrement. Quelqu'un s'approchait de la cellule de Jamie.

— *La femme qui l'a façonné… c'est elle qui m'a conduit ici. Elle se croit invincible*, s'empressa de préciser Jamie. *Elle a tort. Elle pense avoir utilisé une méthode infaillible pour forger le héros. Là encore, elle se trompe. Elle a commis une erreur. Il existe un moyen de l'arrêter.*

— *Debout*, ordonna une voix de l'autre côté de la porte de la cellule. *Elle veut te voir sur la chaise.*

L'effroi glissa sur le visage du prisonnier. Il s'efforçait de sourire quand il se tourna à nouveau vers la caméra.

— *Tom, tu vas devoir arrêter de me chercher*, ajouta Jamie. *Tu dois te concentrer sur le plus important. Il est impératif de stopper le héros.*

L'intéressé secoua la tête.

— Non, chuchota-t-il.

Son ami répondit du tac au tac, comme s'il s'était attendu à la réaction de l'élu de son cœur :

— *Si. Je sais que tu en es capable… pour moi.* (Le sourire de Jamie exprimait une infinie tendresse.) *Je sais que tu détestes les adieux, aussi vais-je t'épargner ce fardeau.* (Tom continuait de secouer la tête.) *Quant à moi… Un Liu n'a que faire des au revoir. Je te vois parfaitement, encore aujourd'hui. Je me rappelle chaque moment que nous avons passé ensemble, chaque caresse, chaque discussion… Pour moi, tu es toujours présent à mes côtés.*

L'enregistrement prit fin sur ces mots.

Ils restèrent tous assis en silence un long moment – Aaron et Tom sur le sofa, Ruth affalée sur une chaise.

— Qu'allons-nous faire ? finit par demander Joan.

— Que pouvons-nous faire ? dit en écho le jeune Oliver d'une voix éteinte. Il va déjà falloir attendre que le pouvoir des Patel se dissipe, puis… disparaître, tout simplement. Faire profil bas, vivre sans laisser de traces. Prétendre n'avoir jamais vu ce à quoi nous venons d'assister.

— Autrement dit, laisser tomber ? s'insurgea l'aînée des deux Hunt.

— Avons-nous le choix ?

Le problème était que leurs familles n'étaient pas les seules concernées. Tant d'autres monstres risquaient une fin tragique – il y aurait des victimes par dizaines, comme l'avait présagé le prisonnier. Sans compter toute cette vie humaine qu'Aaron et Joan avaient volée pour voyager à cette époque. Ni le fils de Ying Liu, séquestré dans cette affreuse cellule. Enfin, il y avait Nick et sa famille.

— Dans son message, Jamie dit que la méthode utilisée pour forger Nick n'est pas infaillible, lança Joan. Qu'une erreur a été commise.

— S'il s'agit d'un élément susceptible de nous aider, il aurait mieux fait de nous dire clairement de quoi il s'agit, maugréa Aaron.

— C'est un Liu, lui rappela la jeune fille. L'incarnation des archives royales. Il y a quantité de choses qu'il aurait pu nous révéler.

— Et alors ? répliqua son camarade.

— Alors, le plus important, la seule information qu'il a choisi de nous divulguer, c'est qu'une erreur a été commise.

— Oui, eh bien, il n'en a pas dit assez, bougonna le jeune Oliver. Or il va être un peu difficile d'aller le voir pour lui réclamer un complément d'information, pas vrai ?

Joan jeta un coup d'œil à Tom. La révélation frappa le colosse au même moment qu'elle survint dans l'esprit de l'adolescente. Elle le vit à l'ombre résignée qui était passée sur son visage.

— Si, c'est possible, dit-elle.

Chapitre 21

Joan aurait préféré partir sur-le-champ, mais Tom l'arrêta.

— On ne va pas réveiller Jamie à l'aube, objecta-t-il.

Repousser le départ leur donna au moins l'occasion de se débarbouiller. La benjamine des Hunt prit une douche. L'armoire de la chambre à coucher contenait des vêtements de tailles variées – certains, neufs, arboraient encore leurs étiquettes, les autres, déjà portés, avaient été lavés. Pour qui avait-on préparé cette planque ? Aaron prétendait avoir eu connaissance de son existence par le biais de sa mère. Soit, mais comment en avait-elle été informée ?

Que de questions ! Joan poussa un soupir avant de dénicher un jean à sa taille, ainsi qu'un T-shirt floqué au nom du Crystal Palace FC.

Quand elle reparut devant Aaron, son camarade afficha une expression contrariée.

— Le T-shirt d'un club de foot ? s'étonna-t-il.

En réponse, Joan se surprit à lui sourire. À peine quelques jours auparavant, elle aurait jugé ses récriminations insupportables.

— Il me va bien, se justifia-t-elle.

— Dois-je y voir une indication de tes goûts personnels ou de la sélection proposée ? Non, ne dis rien. Je préfère ne pas savoir.

Il se dirigea vers la chambre, un peu abattu. Ruth rejoignit sa cousine.

— Tu paries combien qu'il en ressort habillé exactement pareil ? lui demanda-t-elle.

Elle avait bien meilleure mine, songea sa cadette. La sieste avait été quelque peu réparatrice, à en juger par ses couleurs retrouvées.

— Comment te sens-tu ? lui demanda Joan.

L'intéressée soupira, la chevelure aplatie du côté où elle avait dormi.

— Le pouvoir des Hunt a toujours l'air aussi à plat. (Elle baissa d'un ton.) Est-ce que tu crois qu'il reviendra un jour ?

La jeune Sino-Britannique tenta d'arranger les boucles de sa cousine. Elle n'en avait pas la moindre idée. Ce qu'elle savait, en revanche, c'était que Ruth avait brûlé toute son énergie pour sauver ses camarades, se montrant même prête à se sacrifier en demeurant à la Cour des monstres, du moment que sa cadette parvenait à s'en échapper. À cette pensée, la gorge de Joan se serra.

— Tu devrais rester ici pour te reposer.

— Je préfère m'occuper. (Du bout de sa chaussure, Ruth tapota le pied de sa cousine, avant de sourire devant ses protestations.) Quoi qu'il en soit, on ferait bien de le tenir à l'œil.

D'un regard, elle désigna la cuisine. Par la porte ouverte, la plus jeune des Hunt aperçut Tom assis à la table, Frankie sur les genoux. Le bouledogue femelle piquait du nez, tout à la digestion de ses deux pâtés en croûte. Son maître lui caressait la tête d'un air absent, les yeux dans le vide.

— Tu ne lui fais pas confiance ? s'enquit Joan. Moi, si. Il a joué cartes sur table avec nous aujourd'hui.

— Ce n'est pas ce que je voulais dire… Il faut veiller sur lui… pour son bien, précisa Ruth. Parler à quelqu'un que tu aimes avant que cette personne ait pu faire ta connaissance… disons que ce n'est pas facile.

Joan la dévisagea. Son aînée savait-elle qu'elle était allée voir leur grand-mère ? Non : l'expression de Ruth se faisait introspective, à présent. *« Tout le monde tente au moins une fois de modifier la chronologie »*, lui avait dit Aaron. Tout le monde faisait-il également des pieds et des mains pour aller voir la version antérieure d'un être cher ?

Ils quittèrent leur cachette peu de temps après. Conrad était, à ce qu'il semblait, arrivé à la conclusion qu'ils se terraient quelque part, car les barrages de police avaient disparu des ponts. Même les effectifs des gardes en faction avaient été réduits.

Joan se retrouva en compagnie de Tom. Le colosse avait calé Frankie à l'intérieur de sa parka. La petite chienne ronflait, le museau écrasé contre sa chemise.

— Tu vas devoir te porter garant pour ma cousine, chuchota l'adolescente. Apparemment, elle est interdite d'entrée chez les Liu.

Le jeune Hathaway haussa les sourcils.

— Pour quel motif ? Un vol ?

Joan acquiesça, ce qui déclencha chez son interlocuteur une réaction plus amusée qu'inquiète.

— Moi aussi, j'ai été interdit de séjour chez eux quelque temps, confia-t-il.

Une pointe de nostalgie affleurait dans sa voix. L'évocation de cet épisode s'apparentait plus à un bon souvenir qu'autre chose.

— Ne t'en fais pas pour ça, ajouta-t-il. Vous êtes avec moi.

Du fait des précautions qu'ils devaient prendre, il leur fallut quelques heures pour rejoindre la propriété des Liu. Tom les fit passer par l'entrée de service, dans une ruelle étroite encadrée de hauts murs de brique – le genre d'endroit que Joan associait de plus en plus naturellement aux monstres. Une porte laquée noire se découpait dans un mur. Sur son battant de bois était gravé un phénix chinois dont la longue queue se déployait jusqu'au sol.

La bonne humeur de leur guide était désormais évanouie, une tension visible crispait sa carrure massive. Toujours nichée dans sa parka, Frankie commença à s'agiter, intenable jusqu'à ce que son maître la libère. Une fois au sol, la chienne se mit à gratter la porte avec frénésie, tout en adressant des aboiements aussi secs qu'impatients à son maître, qui ne se décidait pas à entrer.

— Je sais, murmura Tom après avoir caressé le dos brun et blanc de son familier.

Quand il reprit la parole, il ne s'adressait à personne en particulier.

— Pour votre information, Jamie risque de ne pas nous être d'une grande aide. Ici, en 1993, il est plus jeune. Il vient à peine d'entamer ses recherches.

— Il a déjà commencé à peindre le héros, dit Joan. Il s'intéresse à lui. Peut-être qu'il sait déjà des choses et qu'il pourra nous offrir quelques indices.

Tom grinça des dents. La benjamine des Hunt craignit, l'espace d'un instant, qu'il refuse d'ouvrir la porte.

Frankie, quant à elle, semblait avoir perçu la réticence de son maître : les pattes avant posées sur le battant, elle aboyait de plus belle, son front plissé trahissant l'urgence qu'elle percevait.

Le colosse poussa un soupir, puis tira une clef de sa poche, avec l'attitude de celui qui est autorisé à aller et venir comme bon lui semble. Sa main tremblait pourtant au moment où il glissa le précieux sésame dans la serrure pour l'actionner. Quand y avait-il eu recours pour la dernière fois ? D'une simple pression, il ouvrit la porte.

— Oh, souffla Joan.

Si elle avait déjà vu une grande partie de la demeure des Liu, notamment la galerie et la cour centrale, elle avait sous-estimé les dimensions de la propriété.

Sous leurs yeux se déployait un jardin sauvage transformé en une véritable jungle. Malgré la présence sans doute très proche de la maison, le jeu des perspectives donnait à la verdure une ampleur infinie. On se serait facilement cru à la campagne. Crocus et chèvrefeuille pointaient entre les herbes hautes. Les paupières closes, Joan prit une grande goulée d'air. Des abeilles bourdonnaient. Quelque part, un filet d'eau se faisait entendre. Un parfum de miel et de soleil flottait dans l'atmosphère.

Dans un contraste saisissant avec la sérénité des lieux, Tom piaffait avec l'énergie contenue d'un boxeur.

— N'oubliez pas, à cette époque, il n'a pas encore été enlevé, rappela-t-il à ses compagnons. On ne l'a pas contraint à remplir la fonction de préposé aux Archives royales. Il ne sait pas que le héros a été créé par des monstres, ni même que le héros existe véritablement. Pour lui, il ne s'agit encore que de légendes, de contes de fées.

— Tu n'es pas obligé de nous accompagner, fit remarquer Aaron.

Tom se crispa un peu plus.

— Ben voyons. (Du menton, il désigna le jardin.) Vous le trouverez au bord du ruisseau. Il adore l'eau.

À la suite du jeune Hathaway, la petite bande emprunta un sentier herbeux avant que quelques marches de pierre ne les mènent à un ruisseau. L'endroit idéal pour un pique-nique, avec les chênes qui projetaient leur ombre tachetée sous le soleil radieux.

Sur la rive, ils trouvèrent un garçon d'une quinzaine d'années assis sur un rocher, jean retroussé pour laisser ses pieds patauger dans l'eau. Il peignait un poisson. Sous son pinceau, les traits orange vif s'animaient pour donner forme à une carpe plus vraie que nature. À l'instar de ses autres toiles exposées dans la galerie, la peinture paraissait vibrer davantage que le monde qui les entourait, elle et son auteur.

Tom leva la main avant que ses camarades n'aient pu ouvrir la bouche. Les yeux rivés sur dos de Jamie, il déglutit péniblement. Frankie, elle, n'eut pas la patience d'attendre. Elle se mit à dévaler la pente pour sauter sur les genoux du jeune artiste, qui en lâcha son pinceau.

— Salut, toi ! s'esclaffa-t-il.

Le bouledogue femelle aboyait, ravi. Après avoir léché le visage de son hôte, il bondit par terre en jappant de plus belle – Joan ne l'avait jamais vu aussi bavard. Jamie rattrapa la petite chienne avant qu'elle ne tombe à l'eau.

— Qui es-tu ? l'interrogea-t-il pendant que Frankie gigotait entre ses mains, en renouvelant ses tentatives pour l'embrasser à sa façon. Mais oui, bonjour à toi aussi. On se connaît ?

Un peu à l'écart, Tom les observait. Que pouvait-il bien éprouver ? Si elle n'en avait pas été informée au préalable, jamais Joan n'aurait pu imaginer que cet artiste en herbe était l'homme du message. Dans les images qu'elle avait vues, chaque mouvement du jeune adulte émacié semblait ralenti par la douleur. Le peintre qu'elle avait sous les yeux, en revanche, se montrait énergique et débordant de vitalité.

— Ça va ? demanda-t-elle au colosse.

— Non, répondit-il.

Il se mit malgré tout à descendre la pente à son tour. Frankie aboya de plus belle, incitant leur hôte à se retourner. À sa place, Joan aurait sans doute bondi d'un mètre en arrière, mais il se contenta d'afficher une mine polie.

— Oh, bonjour. (Lorsqu'il remarqua les trois autres membres du quatuor, la surprise passa sur son visage, puis il ôta ses écouteurs.) Pardon, je ne vous avais pas entendus arriver.

Les écouteurs étaient reliés à une espèce de fin coffret argenté, de la taille d'un portefeuille. De petites boîtes gisaient tout autour. Y étaient glissées des illustrations colorées – des cassettes, se rendit compte Joan, pour aller avec le baladeur.

— Jamie, je présume ? demanda Tom à l'artiste en herbe.

Il prit soin d'effectuer les présentations avec bonne humeur. La benjamine des Hunt songea à ce qu'elle avait éprouvé quand sa grand-mère l'avait regardée comme une étrangère. Le jeune Hathaway, lui, ne laissait filtrer aucun signe de son trouble intérieur.

— Ton père nous a dit que tu serais peut-être ici.

— A-t-il besoin d'aide à la galerie ?

Jamie s'apprêta à se lever, mais son interlocuteur secoua la tête pour l'en dissuader.

— Non, à vrai dire, c'est nous qui avons besoin de tes lumières. Nous avons entendu dire que tu menais des recherches sur les histoires qui parlent du héros.

— Euh… Le jeune Liu était visiblement déconcerté.

Frankie daigna enfin se calmer. Le garçon lui caressa la tête.

— Vous venez beaucoup trop tôt. Je viens tout juste d'entamer mes recherches. Alors… retentez votre chance dans cinq ans, peut-être, suggéra-t-il à ses visiteurs. À ce moment-là, je saurai tout.

La pomme d'Adam de Tom s'agita.

— Je vois, dit-il. Le truc, c'est qu'on aimerait quand même beaucoup s'entretenir avec toi dès maintenant. Parce que, eh bien, nous… euh… nous… (Son remarquable sang-froid lui faisait-il soudain défaut ?) C'est-à-dire que…

Joan dut intervenir avant que les hésitations du colosse n'éveillent les soupçons.

— Nous sommes des collectionneurs, mentit-elle. Et on aimerait acheter une toile de la série consacrée au héros. Ton père nous a assuré que tu pourrais nous en dire plus, pas vrai, Tom ?

L'intéressé lui jeta un regard où la gratitude le disputait à la réprobation.

— Oui.

Le camelot mentait donc à tout le monde, sauf à Jamie. Joan nota l'information dans un coin de sa tête.

— Vraiment ? Ce serait ma première vente !

En constatant combien la nouvelle mettait le jeune peintre en joie, l'adolescente s'en voulut de lui mentir. Son sentiment de culpabilité fut toutefois de courte durée : à en juger par l'expression de Tom, il allait leur falloir acquérir toutes les œuvres de Jamie Liu exposées dans la galerie.

— J'aime beaucoup votre alliance, glissa l'artiste au jeune Hathaway.

La suite n'échappa guère à Joan : le colosse se détourna un instant de Jamie, juste le temps de tomber le masque. Il se replongea vite dans son personnage, cependant, histoire d'offrir à son futur conjoint son plus beau sourire.

— Merci, dit Tom. Le dessin est l'œuvre de mon mari.

Il ôta ensuite ses chaussures, puis s'assit dans une posture identique à celle de leur hôte. D'ordinaire intimidant avec ses muscles saillant sous sa chemise, le malabar prenait une allure tout à fait inoffensive à côté de Jamie Liu. Il s'était installé un peu en contrebas, ce qui donnait l'impression qu'ils faisaient presque la même taille.

Joan l'imita, non sans jeter un coup d'œil furtif à l'alliance en question. Le bijou, qui n'avait pas attiré son attention jusque-là, avait été façonné dans un métal brossé noir. Elle remarqua alors ce qui avait séduit le peintre : des figures étaient ciselées tout autour de l'anneau. Elles représentaient des chiens et des phénix et possédaient la même vitalité – la même expression vivante – que les œuvres de l'artiste… et que le tatouage au bras de l'ancien garde.

Joan posa les mains à plat par terre. Sous ses doigts, l'herbe était à la fois fraîche et sèche.

— Nous nous intéressons beaucoup aux anecdotes associées à ces tableaux, indiqua-t-elle à Jamie. En fait, aucun de nous ne se rappelle très bien les histoires qui parlent du héros.

— Oh, il y en a tellement ! répondit le jeune peintre, dont les traits s'illuminèrent sous l'effet de l'enthousiasme.

— Tu peux nous en parler ? l'encouragea Ruth.

— Oh…

Il hésita, ne sachant guère par où commencer, avant de se lancer :

— Eh bien… Les histoires varient selon les familles. Chez les Patel et les Hunt, il s'agit surtout de grands récits d'aventure. Le héros y combat des animaux mythiques, comme des krakens ou des serpents géants. Vous voyez le genre. Dans ces fresques épiques, ce n'est que plus tard dans sa vie qu'il se met à affronter les monstres de notre espèce.

— Ça alors… fit Joan.

Elle se souvenait des histoires que lui avait rapportées sa grand-mère. *« Ce ne sont pas les aventures d'Hercule ? »* avait-elle demandé vers l'âge de sept ans, quand elle n'était encore qu'une petite morveuse intellectuellement précoce. Dorothy Hunt avait balayé la remarque d'un revers de main. *« Oh, ces anciens*, avait-elle dit. *Toujours à nous chiper nos mythes. »*

À sa propre surprise, Joan sentit les larmes lui monter aux yeux. Depuis la nuit du massacre, elle n'avait pas pu repenser à son aïeule sans revoir ses terribles derniers moments. Pour la première fois, elle se rappelait sa grand-mère telle qu'elle l'avait toujours connue.

— Les Mtawali, eux, préfèrent les fables, le genre d'histoire dont on peut tirer des leçons, vous voyez ? poursuivit Jamie. Quant aux récits des Oliver, ils versent en général dans l'horreur. J'imagine qu'ils aiment effrayer leurs enfants au moment de les border.

D'ordinaire, Aaron détestait que l'on évoque sa famille. Cette fois, pourtant, une approbation discrète se dessina sur son visage. *Bon sang, ça ne tourne vraiment pas rond chez les Oliver !* songea Joan.

— Il y en a une, en particulier, qu'on essaie de se rappeler, dit-elle. On y parle d'un défaut que posséderait le héros.

— Un défaut ? s'étonna leur interlocuteur.

— Un point faible, si tu préfères.

— Une espèce de talon d'Achille, c'est ça ? Je suis désolé, mais il ne meurt dans aucune des histoires que j'ai pu lire.

— Quelle perte de temps, articula Aaron en silence.

— Cela dit… (L'artiste en herbe hésita.) Quelque chose pourrait correspondre à ce que vous cherchez. Il ne s'agit pas d'une faiblesse à proprement parler, plutôt d'une forme de vulnérabilité.

Le jeune Oliver releva la tête.

— De quoi s'agit-il ? s'enquit la benjamine des Hunt.

— Les Liu, eux, se racontent des histoires d'amour, expliqua Jamie, où le héros tombe amoureux d'une jeune fille.

Aaron esquissa une grimace, puis baissa le nez. Joan, elle, sentit son estomac se nouer.

— Une histoire d'amour ? dit-elle. Mais les histoires qui parlent du héros n'en sont pas.

— Celles que se racontent les Liu, si, insista l'artiste peintre. Nous adorons les romances tragiques.

Ce dernier mot ne fit qu'aggraver le pressentiment de la jeune fille.

— Avez-vous déjà entendu parler de la *zhēnshí de lìshǐ* ? demanda ensuite Jamie.

— L'histoire véridique, traduisit-elle.

— C'est le nom que lui donnent certaines familles, oui, confirma son interlocuteur. Selon les récits des Liu, dans la *zhēnshí de lìshǐ*, le héros était un humain ordinaire amoureux d'un monstre.

— Un monstre ? répéta Joan, de plus en plus mal à l'aise.

— Connaissez-vous la théorie du temps ? Elle stipule que même si on modifie légèrement les choses, l'histoire finit toujours par reprendre son cours et la chronologie par garder son cap.

— Oui, souffla la jeune fille.

Son petit doigt lui suggérait que la suite n'allait pas lui plaire.

— Les Liu nourrissent la conviction que le temps cherche constamment à se réinitialiser, à reprendre la trame de l'histoire véridique. Nous pensons que si deux individus sont destinés à être ensemble dans la *zhēnshí de lìshǐ*, eh bien, notre chronologie tentera par tous les moyens de les réunir, encore et encore, inlassablement… jusqu'à ce que la faille soit comblée.

— Comme des âmes sœurs ? murmura Tom.

Jamie lui adressa un sourire.

— Précisément. Enfin, si vous croyez aux contes de fées.

Sur le chemin de la planque, le colosse se mura dans le silence. Refusant de quitter le jardin, Frankie s'était attardée auprès de Jamie, avant de pousser des gémissements à fendre l'âme lorsqu'elle comprit qu'il était temps pour eux de quitter leur ami.

Joan n'était pas plus bavarde. Sa première visite à Holland House avait été motivée par une forme de compulsion. En lisant le nom sur un panneau indicateur, elle avait éprouvé un besoin irrésistible de s'y rendre, à la limite de l'obsession. Et quand elle avait rencontré Nick, elle avait eu l'impression de le connaître déjà – mieux qu'elle ne se connaissait elle-même.

— Ce n'est pas ça qui va nous aider à le tuer, fit remarquer Ruth pendant qu'ils marchaient. Ni même à l'arrêter.

— Je vous avais dit qu'on allait perdre notre temps, lâcha Aaron.

« Notre chronologie tentera par tous les moyens de les réunir, avait dit Jamie, *encore et encore, inlassablement… jusqu'à ce que la faille soit comblée. »* Joan s'était sentie attirée par Holland House au moment où Nick y travaillait. De son côté, il l'avait retrouvée en 1993. Puis ils étaient tombés l'un sur l'autre à la Cour des monstres.

Elle se souvint de la caresse du jeune homme sur sa joue, du regard qu'il avait posé sur elle, de ce qu'elle avait ressenti lorsqu'il l'avait embrassée.

Malgré tout, les tentatives du temps pour reprendre son cap étaient vouées à l'échec. Cette faille en particulier ne pouvait être comblée. Nick avait massacré la famille de Joan. Il avait été conditionné pour haïr les monstres.

— Alors, qu'est-ce qu'on fait, maintenant ? demanda Ruth.

— Maintenant ? Rien, répondit Aaron. On attend que le pouvoir des Patel se dissipe, puis on quitte cette époque afin de poursuivre nos vies dans la clandestinité.

Joan serra les poings, plantant ses ongles dans les marques déjà tracées. Elle se concentra sur la douleur. Sa grand-mère lui avait dit la vérité, cette nuit-là : *« Toi seule peux arrêter le héros. »*

D'une certaine manière, sa petite-fille à demi humaine avait toujours su ce qu'il lui faudrait accomplir.

De retour dans la planque, Tom se dirigea droit vers la chambre à coucher. Ruth insista pour qu'il laisse la porte ouverte.

— Ça va, protesta-t-il d'une voix lasse. Enfin, non, ça ne va pas, mais je vais juste me coucher. C'est tout.

Il ne fallut pas longtemps à ses camarades pour trouver eux aussi le sommeil. Ruth s'endormit sur le sofa, Aaron sur le tapis du salon. Ils étaient tous si fatigués...

Bien qu'elle partage l'épuisement général, Joan se surprit à contempler les photographies qui ornaient le mur du salon : la mère, le père, la petite fille et le bébé.

Joan aimait tellement sa famille... Ce n'est qu'en les voyant mourir qu'elle en avait pris conscience. Elle ferma les yeux. Bertie, qui était sensiblement du même âge qu'elle, était le plus doux d'entre eux. Il détestait les disputes. Petit, il insistait pour se livrer à des jeux auxquels ils pouvaient tous participer – il n'aimait pas que son prochain se sente isolé.

Oncle Gus était le papa poule de la famille. *« Fais attention à toi dehors »*, disait-il chaque fois qu'un Hunt quittait la maison. Il mettait des légumes dans tous les plats – desserts compris. *« Il faut prendre soin de sa santé. »*

Tante Ada était la plus futée du clan – à l'exception peut-être de sa mère. Mais jamais elle ne rabaissait les autres. Elle était trop gentille pour ça. Et puis, elle avait le sens de la pédagogie.

Quant à la doyenne des Hunt... Les paupières serrées avec force, Joan se remémora le souffle laborieux de son aïeule cette nuit-là.

« Mieux vaut me tuer avant que je ne décime ta famille », lui avait conseillé Nick. Mais la jeune fille n'avait aucune envie de mettre ses propres menaces à exécution, inutile de se mentir plus longtemps. Elle l'avait aimé dès l'instant où elle avait posé les yeux sur lui. Elle s'était éprise de lui bien avant cette rencontre – dans une autre chronologie.

« Il va faire plus de victimes que tu ne peux l'imaginer », avait dit Jamie.

Joan s'attarda encore un moment dans le salon, couvant Ruth et Aaron du regard. Par la porte de la chambre, elle apercevait Tom. Ainsi assoupis, tous avaient l'air aussi vulnérables que des enfants.

L'adolescente se glissa dans le couloir. Au moment où elle atteignait l'entrée, un bruit la fit se retourner : Aaron fermait doucement la porte du salon. Même privés de sommeil, ses traits conservaient leur perfection angélique, presque trop beaux pour être vrais.

— Je t'accompagne, chuchota-t-il.

— Comment as-tu su que je partais ? s'étonna la jeune fille.

— Disons que je l'ai senti.

L'espace d'une seconde, Joan, par faiblesse, s'imagina lui répondre : *Oui, s'il te plaît, viens avec moi.* Après tout, ils étaient ensemble depuis le début. Mais l'étape suivante ne serait pas sans danger et elle avait suffisamment fait courir de risques à ses compagnons. Le jeune Oliver, en particulier, l'avait déjà beaucoup aidée.

— Je dois y aller seule, murmura-t-elle.

Il baissa imperceptiblement la tête.

— Sais-tu où le trouver ?

Elle opina du chef.

— Où, mais aussi quand.

À l'extérieur, le soleil se couchait. La lumière rasante filtrait par la vitre en verre ondulé de la porte d'entrée. Elle ceignait les cheveux d'Aaron d'un nimbe doré.

— Joan, dit-il, si tu annules le massacre…

— On doit l'arrêter, l'interrompit la jeune fille. Que nos familles soient sauvées ou non, on ne va pas le laisser exterminer tous les monstres qu'il veut.

— Je sais.

Aaron s'avança d'un pas, envahissant l'espace personnel de sa camarade, avant d'emplir entièrement son champ de vision.

— Je sais.

— Aaron…

— Écoute-moi, je t'en supplie. Si tu parviens à aller au bout, si tu réussis à l'arrêter avant qu'il ne commence…

— Non, je…

— Laisse-moi parler, insista-t-il. Si tu modifies la chronologie, je ne te connaîtrai plus. Ce sera comme si nous étions des étrangers l'un pour l'autre.

— On finira par se rencontrer, lui promit-elle. Je ferai en sorte que ça arrive.

— Non.

Dépouillée de son habituelle ironie sous-jacente, sa voix se fit sérieuse et même impérieuse.

— Si d'aventure tu te rappelles notre conversation, n'oublie pas ce que je m'apprête à te dire. Il faudra que tu gardes tes distances avec moi, ainsi qu'avec ma famille. Ne me laisse jamais t'approcher suffisamment pour que je puisse voir la couleur de tes yeux.

— Qu'est-ce que tu racontes ?

— Ma famille est capable de différencier les monstres des humains, lui rappela-t-il, mais notre pouvoir est bien plus puissant qu'on ne le soupçonne. Certains d'entre nous parviennent à différencier les clans.

Il venait de lui révéler un secret des Oliver. L'héritier déchu, qui ne manquait pourtant jamais de protéger et de défendre les siens, lui avait révélé un détail que personne, en dehors de sa famille, n'était censé connaître.

— Et alors, tu sauras que je suis une Hunt ? chuchota Joan. Tu me détesteras à cause de ça ?

Même s'il se garda de répondre, elle connaissait déjà la vérité. Les monstres n'avaient que faire des liens du sang. À leurs yeux, la famille était pouvoir et le pouvoir, famille. Or elle ne maîtrisait pas le pouvoir des Hunt.

— Au sens humain, ils sont ta famille, dit Aaron. Tu les aimes et ils te le rendent bien.

— Mais je ne suis pas une Hunt, c'est ça ?

— Enfants, les monstres possèdent parfois plus d'un pouvoir familial. Il arrive que nous héritions de ceux de nos deux parents ou que certaines capacités sautent une génération. Mais à mesure que nous grandissons, le pouvoir que nous conservons est celui de notre véritable clan. Lorsqu'il se stabilise, nous sommes soumis à une épreuve afin de confirmer notre appartenance.

— Je ne l'ai jamais passée, observa Joan.

— En général, l'événement est organisé autour de l'âge de douze ans. J'en avais neuf.

— Neuf ? répéta Joan, scandalisée.

Quelle horreur ! S'entendre dire que la moitié de la famille ne vous considérait plus comme l'un des siens…

Et si frères et sœurs manifestaient des pouvoirs différents ? Finissaient-ils aussi séparés ?

— J'étais tellement fier de moi, poursuivit Aaron, non sans une pointe de mépris envers lui-même. J'avais manifesté ce que nous appelons le « véritable pouvoir » des Oliver, la capacité de distinguer les familles les unes des autres. Une capacité rare parmi les nôtres. Mais après ça…

Les phares d'une voiture illuminèrent un instant le verre ondulé. Le rayon fit danser les ombres sur le visage du jeune homme. Il poursuivit :

— Après ça, on m'a conduit dans une pièce. Un homme s'y trouvait, les mains liées, enfermé dans une cage aux épais barreaux de fer. (Le souffle d'Aaron se coinça dans sa gorge.) Ils… ils l'ont électrocuté avec un aiguillon jusqu'à ce qu'il daigne me regarder dans les yeux. Ils m'ont dit que si jamais je voyais quelqu'un de son espèce, il me faudrait le tuer ou, si je n'en étais pas capable, que je devrais en informer la Cour.

Joan revit Edmund plonger ses yeux dans les siens, avant d'ordonner à Lucien de la tuer. Elle se souvint aussi de la manière dont Aaron s'était interposé entre son père et elle au palais de Whitehall, afin de la soustraire au regard du patriarche. Il avait ensuite encaissé les brimades paternelles sans broncher, uniquement pour préserver la sécurité de la jeune fille.

— Je n'ai plus jamais revu qui que ce soit qui lui ressemble, poursuivit Aaron. Jusqu'à ce que je te croise dans ce labyrinthe et que je me trouve assez près pour te regarder dans les yeux.

— Que suis-je ? murmura Joan.

— Je l'ignore, répondit-il. Tout ce que je sais, c'est que si tu empêches le massacre, nous ne pourrons plus jamais nous revoir. Entre nous, il n'y aura plus de confiance possible. Je ne saurai rien. Je ne me souviendrai pas…

Il s'interrompit, avant de se mettre à marmonner, surtout pour lui-même :

— Je ne me souviendrai pas de ce que tu représentes pour moi.

Joan sentit les larmes lui monter aux yeux. L'héritier déchu, pour sa part, évitait soigneusement son regard.

— Aaron…

— Non. Je t'en prie.

— Aaron ! insista-t-elle.

Elle lui effleura la main. Sa peau dégageait toujours tellement de chaleur. Puis il plongea enfin ses yeux dans les siens. De ses traits émanait une telle intensité que la jeune fille crut, un long moment, qu'il allait l'embrasser.

Il tira quelque chose de sa poche. La vue brouillée par les larmes, elle dut battre plusieurs fois des cils avant de pouvoir distinguer les détails de ce qu'il lui montrait : une broche en forme de cage, dont la base était richement décorée de fleurs. À l'intérieur, un oiseau brun sur un perchoir, la tête levée, comme en pleine parade.

Aaron passa un doigt sur le bijou – avec délicatesse, voire avec révérence – avant de le tendre à Joan.

— Je l'ai trouvée dans l'armoire de la chambre, dit-il. Elle appartenait à ma mère.

— Ta mère est venue ici ? chuchota Joan.

Il secoua la tête, non en signe de dénégation, mais plutôt pour indiquer son incapacité à en dire plus.

— Regarde au dos.

Joan obéit. L'arrière de la broche en laiton était équipé d'une épingle à nourrice de facture très commune. Deux nombres étaient gravés à la main sur le métal. Le premier était barré : « ~~100~~ ». Quant au second, il avait été inscrit par une main différente : « 50 ».

— La famille Mtawali a le pouvoir de transférer du temps à des objets, expliqua-t-il. On les appelle des jetons de voyage. Tu peux utiliser celui-ci pour te déplacer de cinquante ans dans le passé ou dans le futur sans qu'il te soit nécessaire de prélever la moindre minute à qui que ce soit.

Joan voulut protester, mais Aaron ne lui en laissa pas l'occasion.

— Je sais, je sais. Moralement, ça revient au même que d'écourter toi-même la vie d'humains mais, de cette façon, l'idée de voyager dans le temps te semblera moins affreuse. Je t'assure.

La jeune fille en doutait. Voler la vie d'innocents était une horrible pratique, point. De toute manière, une seule idée la préoccupait en cet instant : elle voyait peut-être Aaron pour la dernière fois, et qu'elle réussisse ou non dans son entreprise n'y changerait rien.

— Lorsque tu seras prête, lui dit le jeune homme, pense simplement à l'époque à laquelle tu veux te rendre. Tu te rappelles ce que tu as ressenti quand tu as sauté dans le temps ?

Les yeux clos, Joan tenta de se remémorer cette langueur éprouvée dans la Fosse – une sensation qu'elle ne s'était plus autorisée depuis lors.

— J'ai ma petite idée sur l'endroit où tu te rends, tu sais, murmura-t-il.

Un souffle d'air. Joan sentit la main de l'héritier déchu lui effleurer tendrement la joue dans un geste furtif.

— Tu rentres chez toi, affirma Aaron.

Chez moi. Il y avait bien longtemps qu'elle avait perdu tout espoir d'y retourner. Pourtant, en entendant son camarade envisager cette possibilité, elle prit tout à coup conscience qu'elle ne désirait rien d'autre. Voilà ce qu'elle avait éprouvé au moment de sauter dans le temps, elle s'en souvenait à présent : le désir ardent de trouver un endroit où elle se sentirait à sa place.

Bien entendu, il ne se passa rien. Le pouvoir des Patel ne s'était pas encore dissipé.

— J'aimerais tellement ne pas avoir à y aller, souffla-t-elle.

Aucune réponse ne lui parvint.

Quand la jeune fille rouvrit les yeux, elle se trouvait toujours dans la planque. De subtiles différences étaient visibles, néanmoins. Les photos accrochées au mur n'étaient plus les mêmes. Le verre de la vitre sur la porte d'entrée était désormais lisse et transparent.

Quant à Aaron, il avait disparu.

Chapitre 22

En apparence, Holland House n'avait pas changé d'un iota. Les touristes parcouraient le domaine en dégustant crèmes glacées et petits pains à la saucisse, pendant que les guides costumés régalaient leurs groupes d'anecdotes sur les jardins et le manoir.

Un détail toutefois : Joan ne reconnaissait aucun des employés. Tous, sans exception, faisaient montre d'une espèce de vigilance curieuse, qu'ils soient vendeurs de glaces ou conférenciers. Une vigilance doublée d'un maintien tout militaire.

La jeune fille ne s'était pas trompée. Elle connaissait Nick aussi bien qu'elle-même. Selon Aaron, les sites touristiques servaient avant tout de pièges à êtres humains. Après la tuerie de Holland House, Nick avait fait du lieu un piège à monstres : tout individu venu dans l'intention de voler du temps à des innocents s'y retrouverait coincé comme un rat.

Dans le jardin principal, Thomas, le paon, vint picorer avec enthousiasme les chaussures de Joan.

— Toi, au moins, tu n'as pas été remplacé, fit remarquer l'adolescente.

Il lui répondit de ses criaillements rauques de dinosaure. Bien nourri, l'oiseau affichait une bonne humeur assez rare, les plumes de sa queue au repos. Visiblement, Nick prenait soin de la propriété et de ses résidents.

Une voix féminine retentit sur la terrasse, étonnamment joyeuse.

— Joan !

L'intéressée leva la tête.

— Astrid ? s'écria-t-elle, aussi surprise que soulagée d'apercevoir un visage familier.

Bénévole au manoir comme sa camarade, la jeune femme à la peau noire – elle était à moitié chinoise, comme Joan, et à moitié kényane – avait la taille élancée et la posture impeccable d'une danseuse de ballet.

Elle accourait à présent vers la nouvelle arrivante.

— Que fais-tu ici ? Je croyais que tu ne bossais là que pendant les vacances scolaires !

Elle se jeta au cou de Joan. Depuis combien de temps la lycéenne était-elle absente aux yeux de sa collègue ? À quelle date avait-elle atterri exactement ? Elle serra Astrid dans ses bras.

— Je ne fais que passer, dit-elle. Et toi, alors ? Je pensais que tu…

Elle s'interrompit en sentant son amie l'empoigner plus fermement. L'éclat d'une aiguille brilla.

Joan tenta de se dégager, mais trop tard : la seringue plongeait déjà dans son flanc, tel le dard d'une abeille. Puis, très vite, ce fut le noir total.

Elle se réveilla percluse de douleurs, la tête écrasée par la migraine, la vision un peu floue.

Elle gisait sur un sol de pierre, étendue sur le côté. Son cœur se mit à battre plus vite. La cloison qui lui faisait face n'était constituée que de barreaux d'acier. Elle se trouvait dans une cellule de prison identique à celle de ses cauchemars…

Enfin, non, pas tout à fait. La geôle qui hantait ses nuits empestait la maladie et la mort. Le cachot où elle était enfermée ne sentait rien de d'autre que la pierre.

Joan secoua la tête, dans l'espoir de dissiper les brumes qui voilaient encore son esprit, puis tenta de se repérer. Par-delà les barreaux, les architraves du corridor étaient ornées d'un motif familier : des fleurs de lys.

Le sous-sol de Holland House. Lorsqu'elle y travaillait, ce niveau abritait les cuisines, ainsi que d'autres salles réservées au personnel. Quelqu'un avait transformé l'une des pièces de repos en cellule de prison.

La jeune fille voulut porter une main à sa tête endolorie, en vain : ses poignets étaient menottés devant elle. Le cœur battant la chamade, elle chercha à se dégager.

— Bonjour, Joan.

Elle se retourna brusquement : Nick. Bien sûr. Le tueur de monstres se tenait dans un des coins de la geôle. Il était avachi, ce qui lui donnait presque l'air décontracté. Seules ses épaules légèrement crispées trahissaient son état d'esprit.

— Comment va ta tête ? lui demanda-t-il.

Elle refusait d'admettre la moindre faiblesse physique.

— On se la joue donjon ? Tu n'as pas l'impression d'en faire un peu trop ? répliqua-t-elle d'une voix à la fois calme et sèche, à son grand soulagement.

Elle palpa subrepticement sa poche. Hélas, le jeton de voyage des Mtawali avait disparu. Sans la broche, fuir n'aurait rien d'aisé. Elle parcourut la cellule du regard. Pas de fenêtre, ni de conduit d'aération… Il lui faudrait quelques secondes pour se relever, un peu plus pour charger son geôlier. Or il réagissait avec une grande vivacité aux attaques, elle était bien placée pour le savoir.

Elle tenta de se mettre debout. Quelque chose retenait sa jambe. Elle essaya de se dégager, mais sa cheville gauche était emprisonnée et une chaîne la reliait au mur.

— Qu'est-ce que c'est que ça, encore ?

L'engin semblait tout droit sorti d'une panoplie d'instruments de torture médiévaux. Une vague de panique la submergea soudain – une manifestation de la claustrophobie que provoquait en elle ce décor. Non seulement elle avait les mains liées, mais elle était enchaînée au mur ! Finalement, elle se trouvait peut-être bien dans la prison de ses cauchemars… Elle tira sauvagement sur ses entraves.

— Enlève-moi ces chaînes !

Le métal des maillons lui mordait la cheville, telles les mâchoires d'une bête féroce. Pour couronner le tout, le sédatif continuait de lui engourdir l'esprit.

— Je suis désolé, Joan. Je ne peux plus te laisser faire du mal.

Nick n'avait pas bougé d'un pouce. Une ombre planait dans ses yeux. Inquiétude ? Perplexité ? Sans doute ne s'attendait-il pas à la voir réagir de manière aussi violente aux fers qui la retenaient prisonnière.

— Je ne peux pas t'enlever tes chaînes, ni te laisser toucher qui que ce soit. Il va falloir que tu te calmes.

Se calmer ? Elle aurait bien aimé l'y voir, lui, pris au piège d'un endroit aussi infernal ! Alors, sans même le vouloir, elle le revit sur la chaise, la bouche ensanglantée, implorant que l'on épargne sa famille. Elle ferma les yeux, puis tenta de retrouver une respiration plus calme.

Elle repensa à l'enthousiasme d'Astrid quand elle l'avait vue, à sa manière d'accourir à sa rencontre – toute l'équipe l'attendait donc, en embuscade ?

— Tu savais que j'allais venir ? demanda-t-elle à son geôlier.

— Ne me l'avais-tu pas dit ? Je t'ai crue. (Il changea de position.) Alors, que comptes-tu faire ? J'imagine que tu es venue pour me tuer.

— Non, répondit-elle. Au contraire ! Je suis venue te parler.

— Me parler, répéta-t-il d'un ton neutre où perçait l'incrédulité. De quoi ?

— De toi.

Il pinça les lèvres. Le tueur de monstres n'aimait guère se confier. Découvrir ces affreux enregistrements avait aidé Joan à en comprendre la raison.

— Mon équipe est prête à parer à toute attaque, l'avertit Nick.

La remarque était plutôt vexante. Pensait-il vraiment qu'elle allait lancer l'assaut contre un musée grouillant de touristes ? Le jardin était peuplé de badauds. La croyait-il capable de commettre pareille infamie ?

Une autre voix se fit entendre à l'extérieur de la cellule.

— Inutile d'espérer la faire parler sans un coup de pouce de la chimie.

Astrid apparut, le dos raide et la mine lugubre. À l'époque où ils étaient tous les trois bénévoles, elle s'occupait des activités pour les enfants. Ancienne escrimeuse de compétition, elle avait montré aux bambins les rudiments d'un assaut à l'épée en mousse. Sans doute était-elle présente sur les lieux la nuit du massacre…

D'autres membres du personnel étaient-ils de mèche avec Nick ? Ses alliés ? Joan déglutit péniblement. À part Nick, la jeune Sino-Kényane avait été sa meilleure amie à Holland House.

— Je ne tiens pas à la droguer davantage, répondit le héros à sa complice.

— Il faut qu'on sache ce qu'elle manigance, insista Astrid. Tu l'as dit toi-même : elle est dangereuse, elle veut ta mort. Et il y a des touristes, ici. Notre responsabilité ne se limite pas à nos propres vies.

Nick et Astrid laissèrent Joan seule un moment. La prisonnière en profita pour examiner ses menottes. Au prix d'un certain effort, elle parvint à tirer une épingle de sa coiffure pour s'essayer au crochetage de serrure, en prenant soin de replier les genoux pour dissimuler ses mouvements. Elle n'avait guère progressé lorsque ses deux geôliers reparurent.

Le jeune homme lui lança une bouteille.

— Qu'est-ce que c'est ? demanda-t-elle.

— De l'eau, répondit Astrid. Agrémentée d'autre chose. De quoi rivaliser avec le pouvoir des Griffith. Enfin, presque.

Le clan en question était connu pour sa capacité à soutirer des informations à n'importe qui.

— Un sérum de vérité ? Ça n'existe pas, répliqua Joan.

— Pas à cette époque, confirma l'ancienne escrimeuse. Bois. Un quart de la bouteille, au moins.

La captive dévissa le bouchon, avant d'ingurgiter la moitié du contenu sous le regard méfiant d'Astrid. Elle avait soif, et elle tenait à leur montrer qu'elle n'avait rien à cacher.

— Il faut combien de temps pour que le produit agisse ?

À sa grande surprise, les effets se faisaient déjà sentir : elle fut parcourue d'un courant chaud, puis ses muscles se détendirent, de sa poitrine à la pointe de ses doigts. Loin de se relaxer, cependant, la jeune fille éprouvait la même panique diffuse que lors de sa tentative accidentelle de voyager dans le temps.

— Ne résiste pas, lui conseilla sa geôlière.

Sauf que c'était plus fort qu'elle. La jeune Hunt lutta contre la sensation vaseuse tout comme elle s'était rebellée contre ses entraves physiques. Depuis toujours, elle détestait perdre le contrôle.

— Comment t'appelles-tu ? lui demanda Astrid.

— Joan Chang-Hunt.

La réponse avait fusé sans qu'elle puisse la retenir. La drogue avait un réel pouvoir pour la contraindre à parler, se dit-elle avec effroi. Elle ne s'attendait pas à un effet pareil. Ses lèvres semblaient indépendantes de son cerveau.

— Ton père est-il humain ?

La question surprit la prisonnière, qui secoua sa tête cotonneuse afin de s'éclaircir les idées.

— Je…

Elle serra les dents. Son envie de répondre avec sincérité était aussi puissante que son besoin de respirer.

— Cesse de lutter, insista l'ancienne escrimeuse. Où est ton père ?

— Je ne sais pas ! laissa échapper Joan.

C'était la vérité, songea-t-elle, soulagée. Elle n'avait pas la moindre idée de l'endroit où il se trouvait en cet instant précis.

— Est-il humain ?

Joan s'efforça de rester muette, mais résister était de plus en plus difficile.

— Oui… Laissez-le en dehors de tout ça !

— Très bien, fit Astrid avec un signe du menton à l'intention de Nick. Tu peux lui parler.

Sa collègue partie, le tueur de monstres s'assit par terre, le dos contre les barreaux, hors de portée de Joan.

Ils se regardèrent en chiens de faïence un moment. Le plus étrange, se dit la captive, était le sentiment réconfortant que lui inspirait la présence du jeune homme. Quelque chose, chez lui, la faisait se sentir en sécurité, lui procurait une impression de tranquillité – un sentiment qui ne reposait sur rien de concret. Peut-être en allait-il autrement dans une chronologie différente, mais pas dans celle où ils évoluaient à présent.

— Quelle était ton intention en venant ici ?

— Parler, répondit Joan. Avec toi.

Il esquissa une moue.

— Pour faire diversion pendant que d'autres nous attaqueraient ?

— Non.

— Quelqu'un est-il venu avec toi ? Avez-vous prévu des renforts ? Transportez-vous des armes ? Des explosifs ?

— Non…

Avait-il bien dit « explosifs » ? Joan n'en revenait pas.

— Bien sûr que non !

L'opinion qu'il se faisait d'elle était-elle si médiocre ? Il est vrai qu'il avait été on ne peut plus clair : à ses yeux, voler la moindre parcelle de vie à un être humain équivalait à un meurtre. C'était d'ailleurs la raison pour laquelle il tuait les monstres.

Joan se repassa les images du message de Jamie, celles où le héros en devenir découvrait les cadavres des membres de sa famille décimée dans son foyer. Elle songea à sa propre grand-mère, étendue, inerte. À cette rivière de sang qui serpentait à travers leur vie à l'un comme à l'autre…

— Nick, reprit-elle en laissant le sérum exprimer la vérité à sa place. Je suis venue pour te parler. Je suis sincère. Je ne suis pas en mesure de mentir et tu le sais.

Il posa sur elle un regard aussi froid que lorsqu'il s'était adressé à Edmund Oliver.

— Dans ce cas, je t'écoute. Que veux-tu ?

Ce qu'elle voulait ? Elle ignorait par où commencer… D'abord, elle tenait plus que tout à retrouver sa famille. Elle faisait aussi le vœu que toute cette tragédie n'ait jamais eu lieu. Et puis, elle rêvait d'être avec Nick… Inutile de se voiler la face plus longtemps, surtout avec cette drogue qui coulait dans ses veines… et en sa présence. Elle le désirait, lui, malgré tout ce qui était advenu entre eux. Même après les actes qu'il avait commis, elle ne souhaitait rien tant que de se trouver dans la même pièce que lui. Aussi détestable que soit ce sentiment, le nier ne servirait à rien.

Fort heureusement, le sérum n'était pas capable de choisir quelle réponse elle devait donner, ce qui laissa le choix de sa confession à la jeune fille.

— La paix, dit-elle. Entre monstres et humains.

— La paix ?

Toujours adossé aux barreaux dans une attitude sereine, Nick pinça les lèvres.

— J'ai exterminé ta famille, Joan. Essaies-tu de me dire que tu pourrais me pardonner ?

— Non, répondit-elle sous la contrainte.

Son geôlier resta un instant silencieux.

— Non… répéta-t-il ensuite d'une voix douce.

— De la même manière que tu ne pourras jamais passer outre ma nature de monstre, ajouta l'adolescente.

Nick mit plus de temps à réagir, cette fois.

— En effet, répondit-il.

Cette pause éveilla chez Joan l'espoir qu'il avait éprouvé la même compulsion à parler avec sincérité, même si, à vrai dire, il n'avait pas besoin d'ingérer un sérum de vérité pour ce faire. Nick ne mentait jamais – du moins, pas s'il pouvait l'éviter. Joan eut un hoquet. La vérité crue était donc dévoilée au grand jour.

Si le récit que lui avait conté Jamie était vrai, Joan et Nick avaient formé un couple dans une chronologie alternative. Si c'était vrai, le temps cherchait désespérément à se réinitialiser en les réunissant, encore et encore, inlassablement. Entreprise vouée à l'échec. La faille qui les séparait était trop abyssale pour être comblée.

— Je ne te parle pas de trêve entre nous deux, précisa-t-elle, même s'il lui en coûtait.

— Il n'y aura jamais de paix entre monstres et humains, objecta-t-il. Pas tant que tes congénères s'amuseront à écourter la vie des miens. Or, c'est plus fort que vous. C'est même un besoin pathologique de votre espèce.

Faux. Du moins, dans le cas de Joan, qui secouait la tête.

— Bien sûr que si, insista-t-il. La preuve, c'est que toi aussi, tu as soif de voyage temporel.

Le sérum répondit à la place de la jeune fille.

— Oui… bredouilla-t-elle, avant de refermer la bouche pour s'empêcher d'aller plus loin.

Elle venait à peine de l'admettre elle-même. Leur manière de voyager dans le temps s'apparentait à une ardente obsession, dont la pression se faisait sentir en permanence à l'arrière-plan de leur esprit. Elle avait toujours nourri ce désir, d'aussi loin qu'elle s'en souvienne, à travers sa passion pour l'histoire.

— Mais je suis capable de me contrôler.

Se l'entendre dire la soulagea : qu'elle parvienne à le formuler sous l'emprise de la drogue montrait qu'elle disait vrai.

— Tu en es sûre ?

— Absolument !

Elle se redressa, puis tenta de se rapprocher de Nick. Son cœur se serra quand elle le vit reculer aussitôt.

— Arrête ça. Cesse de me poser toutes ces questions, l'implora-t-elle. Je ne peux pas faire autrement que d'y répondre. Et il faut que je te dise quelque chose… (Elle prit une profonde inspiration.) Tu m'as parlé de ta famille. L'homme qui les a assassinés…

— Est mort.

— Je sais. C'est toi qui l'as tué.

— Tous les monstres le savent, rétorqua-t-il. Vos contes ne cessent de le marteler.

Joan n'avait jamais réfléchi au regard que Nick pouvait poser sur ces récits – des contes de fées nés de sa propre souffrance.

— Tu lui as brisé la nuque.

Le héros se figea. Ce détail ne figurait pas dans les légendes.

— Tu étais ligoté à une chaise avant qu'ils ne mettent à mort tes parents, tes frères et tes sœurs, poursuivit-elle. Tu as été torturé.

Nick se redressa lentement. Fini la décontraction de façade.

— Ça, tu n'es pas censée le savoir, murmura-t-il d'une voix menaçante.

— C'est... Il existe un enregistrement, expliqua-t-elle.

De toute évidence, la révélation le prenait de court.

— Pardon ?

— Je regrette, mais j'ai vu ce qu'on t'a fait subir. Ta famille entière a été décimée. J'ai vu leurs corps. Nick, je suis désolée qu'il...

— Arrête, grommela le jeune homme. Tais-toi.

Hélas, elle en était incapable.

— Il faut que tu saches pourquoi. (Elle humecta ses lèvres desséchées.) Ils ont enregistré tout le processus par lequel ils ont fait de toi le héros.

Le regard de Nick se durcit. Dans la pièce, on n'entendait plus que leur respiration. Les murs du sous-sol faisaient presque deux mètres d'épaisseur, se rappela Joan. Ils servaient jadis de cave à vin. On aurait beau hurler, s'égosiller, personne n'entendrait rien.

— Selon certaines histoires... reprit la jeune fille après s'être de nouveau humecté les lèvres. On dit que tu as été façonné par des monstres pour tuer leurs semblables, alors que ce n'était pas ta vocation. Tu as été créé de toutes pièces. Tu as endossé ce rôle sous la contrainte.

— Tais-toi !

L'expression de Nick souleva une vague d'effroi chez sa prisonnière. Soudain, elle prit conscience qu'elle était prise au piège dans un espace exigu en compagnie du tueur qui hantait les contes de son enfance.

La drogue faisait toujours son œuvre, cependant, la poussant à continuer de parler.

— Ils ne l'ont pas fait qu'une seule fois, ajouta-t-elle. Oh non… Ils n'ont eu de cesse de tuer ta famille, encore et encore, en relançant la chronologie afin de pouvoir te torturer toujours plus.

— Ça suffit, s'obstinait Nick. Arrête de mentir !

— Je ne mens pas. Tu sais bien que j'en suis incapable.

— Bois le reste de la bouteille.

L'estomac de la captive gargouillait. Il y avait des chances qu'elle ne parvienne pas à retenir le contenu de toute gorgée supplémentaire qu'elle ingurgiterait. Elle dévissa néanmoins le bouchon, respira un grand coup, puis vida le flacon d'un trait. Elle entendit ses entrailles gargouiller.

L'effet du sérum se fit sentir encore plus vite que la première fois – et le sentiment de perte de contrôle n'en fut que plus insupportable. Joan avait une envie irrésistible de dire tout et n'importe quoi à Nick, y compris des vérités qu'il ne lui demandait pas.

— Tu… tu as été créé par des monstres.

Elle bégayait à présent, dépassée par ces propos qui lui venaient plus vite qu'elle n'arrivait à les articuler.

— Ils ont assassiné ta famille afin de… de te fabriquer une genèse en tant que héros. Il fallait un moteur à ta haine. Puis… (Elle se risqua à l'improvisation.) Tu as été formé pour nous identifier, pour nous tuer. (À en juger par la réaction de l'intéressé, elle avait visé juste.) Mais tu as résisté. Tu n'avais pas envie de devenir ce que tu es à présent. Ils ont dû s'y reprendre encore et encore avant de réussir à te briser.

— On ne peut pas modifier la chronologie. Et encore moins à plusieurs reprises. C'est impossible.

— Je ne peux pas mentir, répéta Joan en désespoir de cause. Tu le sais !

Il fallait absolument qu'il la croie ! D'un geste vif de tueur entraîné, le héros bondit sur ses pieds. La prisonnière se surprit à reculer précipitamment.

— Nick, dit-elle d'un ton implorant. Pitié. Il faut me croire !

— Pitié ? éructa-t-il en toisant la jeune fille de toute sa hauteur. Et tes victimes, lors de la relève de la garde, ont-elles eu droit à ta pitié ?

Elle fit non de la tête.

— C'est bien ce qu'il me semblait, dit Nick. Elles n'avaient même pas conscience de ce que tu leur dérobais.

Joan en eut le souffle coupé. Il allait vraiment la tuer.

Au lieu de s'approcher, pourtant, il recula d'un pas, puis d'un autre pour ouvrir la porte de la cellule. Il sortit sans un mot avant de verrouiller derrière lui – en actionnant dans un premier temps la serrure, puis un lourd verrou. Un éclair de panique foudroya Joan, soudain saisie de claustrophobie.

— Nick ! s'écria-t-elle.

Il avait déjà disparu. Pouvait-il encore l'entendre ? Que ce soit le cas ou non, le sérum continuait de pousser la jeune fille sur le chemin de la confession. Elle plissa les yeux, histoire de réfléchir en dépassant ce désir de débiter des vérités. Nick ne l'avait pas crue. Difficile de lui en vouloir. Qui aurait voulu entendre ce qu'elle venait de lui rapporter ? Par quel miracle aurait-il pu accepter l'idée que tout ce qu'il pensait incarner n'était en vérité que mensonge ?

À bien y réfléchir, elle s'était doutée qu'il ne la croirait pas. Malgré tout, elle n'avait eu d'autre choix que d'essayer… afin de voir si une fin meilleure était possible.

Elle tâta le sol, en quête de son épingle à cheveux. Elle la trouva juste à temps, car la drogue redoublait d'effet. Le sérum allait l'inciter à commenter son évasion à voix haute, se rendit-elle compte au moment où un rire hystérique jaillit dans sa gorge. Elle lutta contre la compulsion mais, une fois de plus, le besoin de parler anéantit sa volonté.

Il allait lui falloir trouver un autre sujet pour le soulager.

— Le jour où je t'ai rencontré…

Sa voix trahissait le caractère brut de son émotion. Elle ferma les yeux. La drogue ne la poussait pas uniquement à se confier, elle l'entraînait aussi à éprouver les sentiments associés à ces révélations.

— Le jour où je t'ai rencontré, j'ai eu l'impression que je te connaissais déjà, dit-elle. Comme si tu avais toujours fait partie de mon existence.

Aucune réponse. Pourvu qu'il soit vraiment parti !

— Où que tu te trouves, je voulais y être aussi. Tu étais le soleil et moi, le tournesol.

Un petit cliquetis se fit entendre : le ressort d'une serrure venait de céder. Elle cligna des paupières pour se tirer de sa rêverie. *Concentre-toi*, s'intima-t-elle.

— Tu m'as embrassée cette nuit-là, dit-elle à voix haute. Je n'avais jamais rien désiré autant que ce baiser. Plus tard, j'ai cru que tu t'étais peut-être moqué de moi, depuis le début. C'est lors de notre confrontation dans ce café des années 1990 que j'ai commencé à me poser des questions… Tu ne m'as pas tuée. Pourtant tu savais que j'avais volé du temps.

Des bruits de pas s'élevèrent. Derrière les barreaux, Nick la contemplait. Joan eut un pincement au cœur en le voyant. Il avait tout entendu.

— Il y a une histoire que racontent les Liu… poursuivit-elle. Selon eux, jadis, il y a eu une autre chronologie. Une réalité qui a existé avant la nôtre.

— Je sais à quoi tu joues, dit le jeune homme. Tu cherches à crocheter tes menottes. C'est peine perdue : tu ne quitteras pas cette cellule.

— Ne le sens-tu pas, toi aussi ? plaida Joan. N'as-tu pas l'impression de ne pas suivre la bonne trame de l'histoire ?

Si c'était le cas, il le dissimulait bien. Mais peu importait, le sérum continuait de la faire parler.

— D'après le récit des Liu, dans la chronologie originelle, le héros n'était qu'un humain ordinaire épris d'un monstre.

— Arrête ça, lui ordonna Nick.

— À les croire, si deux individus étaient faits l'un pour l'autre dans cette ligne temporelle première, alors notre réalité n'aura de cesse de vouloir les réunir. Si cette histoire est vraie…

— Joan, tais-toi !

Comme si elle le pouvait…

— J'en suis incapable. Ton fichu sérum de vérité n'en finit plus de me faire parler. Si tu tiens tant à me faire taire, il va falloir me tuer.

Des deux mains, Nick empoigna les barreaux, crispant les poings.

— Quoi, l'idée ne te plaît pas ? ironisa Joan. Et en quel honneur ? Tu as bien assassiné tous les autres.

— Tu as volé du temps à des innocents.

Sur ce ton formel, le constat évoquait la sentence qu'il avait énoncée aux autres monstres, juste avant de les occire.

— Je ne peux pas te laisser faire du mal à qui que ce soit d'autre.

La jeune Hunt tourna l'épingle comme le lui avait appris sa grand-mère. Elle y était presque.

— Donc, tu vas vraiment me tuer ? défia-t-elle son geôlier. À moins que tu ne demandes à quelqu'un d'autre de s'en charger à ta place ?

Une ombre noire, menaçante, plana un instant sur les traits du jeune homme. Non, il ne laisserait personne lever la main sur elle.

— Quel choix as-tu ? poursuivit-elle. Me séquestrer ici ? Me livrer à la police ? Pour leur dire quoi ? « Elle leur a touché la nuque » ?

— Je regrette, Joan, répliqua-t-il. Je doute que nous soyons… ce que tu as l'air de croire. La vérité, c'est que j'aurais dû accomplir mon devoir il y a bien longtemps. La vérité, c'est que tu es un monstre et que tant que tu seras en vie, tu feras du mal à ton prochain.

Un nouveau cliquetis retentit quand le bracelet gauche s'ouvrit. Joan dégagea son poignet. Après un autre cliquettement, le droit céda à son tour. Elle exhiba ses mains libres.

— Peu importe que tu sois menottée ou non, dit Nick. Ta réserve de temps est épuisée. Or, si tu voyages dans le passé ou dans le futur sans te ravitailler, tu mourras.

— Tu ne peux pas continuer de nous tuer, décréta Joan, la gorge serrée. Je ne te laisserai pas faire.

— Tu es enfermée dans cette cellule. Tu as besoin de temps de vie humaine pour sauter d'une période à une autre. Et jamais je ne laisserai quiconque entrer ici.

L'adolescente rassembla ses esprits. Elle n'aurait su dire ce qui l'effrayait le plus, entre la réussite ou l'échec de son projet.

— Tu as raison, dit-elle. J'ai besoin de recharger mes batteries pour me déplacer. Mais depuis que je me suis réveillée ici, j'ai comme une intuition… (Elle entendit la peur affleurer dans sa voix.) Je ne suis pas simplement à demi monstre. Je suis aussi à demi humaine.

Nick écarquilla les yeux en comprenant ce qu'elle voulait dire. La jeune fille leva la main vers sa propre nuque.

— Ne fais pas ça, Joan !

Le cri qui lui échappa lui arracha presque les cordes vocales. Avait-il seulement conscience de s'être exprimé tout haut ?

Joan puisa du temps dans sa réserve personnelle. Au loin, elle entendait son geôlier qui se battait avec sa clef. Mais un son recouvrait tous les autres : celui de ses propres hurlements, horribles. Lorsqu'elle avait écourté la vie d'inconnus, ses victimes avaient paru ne rien sentir. Elle eut de son côté l'impression qu'on lacérait sa chair. Elle tomba à genoux, terrassée par la douleur. Combien de temps s'était-elle ôté ? Elle n'en avait aucune idée.

La porte s'ouvrit brutalement. L'adolescente s'autorisa un dernier regard vers Nick, un peu plus long qu'elle n'aurait dû. Elle s'était toujours languie de lui, elle le savait. De la même manière que le besoin de voyager dans le temps la titillait en permanence, oublier ses sentiments pour l'adolescent lui était impossible.

Malgré tout, elle céda à son désir premier.

Chapitre 23

Il faisait noir et froid dans la cellule. Joan s'accroupit à l'endroit même où elle était retombée. Le chagrin l'emportait sur le soulagement de s'être échappée. Elle n'avait pas perdu Nick, tentait-elle de se convaincre. Il n'avait jamais été sien, du moins, pas dans cette chronologie, pas après ce qu'il avait subi… ni après ce qu'il lui avait fait.

Elle tâtonna dans le noir. Les chaînes n'étaient plus là pour la retenir, fort heureusement. La fugitive avait craint que ses entraves ne fassent le voyage avec elle. Lorsqu'elle tenta d'avancer, son épaule heurta le mur, ce qui lui arracha un grognement. Elle se sentait couverte de bleus et courbaturée.

Un souvenir jaillit soudain dans son esprit : Nick lui criant *« Ne fais pas ça ! »* Que voulait-il dire ? Ne pas faire quoi ? Ne pas se prélever du temps à elle-même ? Plus probablement, il pensait : *« Ne t'évade pas. »* Elle se rappela une autre de ses déclarations : *« J'aurais dû accomplir mon devoir il y a bien longtemps. »*

Elle ravala ses pleurs pendant que ses yeux s'habituaient à l'obscurité. Des barreaux de fer et une porte composaient toujours le mur opposé. Joan effleura ses cheveux. Il n'y avait plus d'épingles, et celle qu'elle avait utilisée était restée dans une autre époque. Il allait lui falloir arracher l'armature de son soutien-gorge.

Lorsqu'elle alla inspecter la serrure, pourtant, une simple poussée suffit à faire tourner le battant sur ses gonds. La porte n'était pas verrouillée – ni même fermée correctement.

Quelque part, dans un coin de son esprit, une alarme se déclencha. Quelque chose clochait. Nick n'aurait jamais laissé la cave sans surveillance.

En quelle année avait-elle atterri ?

En franchissant la porte de la cellule, Joan s'attendait presque à entendre se déclencher les sirènes. Mais non : aucune alarme ne retentit. Elle longea le corridor, traversa l'ancienne salle de repos puis grimpa le court escalier.

Lorsqu'elle rejoignit le rez-de-chaussée du manoir, une odeur de poussière la frappa de plein fouet, accompagnée de notes plus familières de bois et de laine. Un silence surnaturel régnait sur les lieux.

À chaque pas, l'appréhension de la jeune fille montait d'un cran. La première pièce qu'elle visita lui était complètement étrangère… Il lui fallut un moment pour reconnaître la salle du Petit-Déjeuner. Elle aurait dû être meublée d'une table entourée d'un cordon. Sur son plateau aurait dû être disposée la réplique d'un buffet matinal typique de l'époque georgienne : gâteaux à la prune, toasts beurrés et confiture. Mais tout le mobilier avait disparu et les murs avaient été dépouillés de leurs grandes tapisseries de Bacchus et de Vénus.

Même dénudée, la demeure conservait son allure majestueuse, bien sûr. Les cloisons gardaient leur parure de velours floqué, le plafond son ornementation géométrique or et blanc. En l'absence de toute forme de vie, toutefois, cette grandeur portait en elle la menace d'une déréliction imminente. Une propriété de cette envergure supposait l'existence de toute une équipe pour la maintenir en état. Sans employés, elle ne manquerait pas de s'effondrer.

De l'autre côté des fenêtres en saillie, le soleil se couchait. Saisie d'un sentiment glaçant de déjà-vu, Joan se rappela la dernière fois où elle s'était tenue à cet endroit, le regard tourné vers la nuit en train de tomber.

Dans quelle époque s'était-elle projetée ? Parcourir le domaine pourrait lui valoir quelques surprises. Avait-elle voyagé d'un, de cinq, de dix ans ? Peut-être s'était-elle dépossédée de toute la vie qu'il lui restait. Allait-elle s'effondrer, morte ?

Le moment était mal choisi pour se laisser aller à ce type de pensées.

Que le manoir soit vide ne signifiait pas pour autant que la propriété n'était pas surveillée. La bibliothèque lui offrirait une vue correcte sur les environs et, à en juger par la couleur du firmament, il lui restait au mieux une vingtaine de minutes de jour pour y parvenir et faire le point sur sa situation.

La jeune fille se dirigea vers le cabinet des Porcelaines. Là encore, tout avait disparu. Dire que le conservateur, Murray, s'enorgueillissait de la collection exposée à Holland House, avec toutes ces tasses fines comme du papier aux motifs de rose assortis…

La grand-mère de Joan était morte deux pièces plus loin. Étouffant un sanglot, l'adolescente s'obligea à gravir l'escalier. À l'étage du dessus, la porte du Salon jaune était ouverte, ce qui lui permettait d'apercevoir le Cabinet doré. Pas d'Oliver en vue, cette fois. Ni de Nick, d'ailleurs. Rien que deux salles vides.

Enfin, Joan poussa la porte de la bibliothèque. L'espace d'une seconde, elle s'attendit à la retrouver telle qu'elle l'avait laissée, avec ses rayons remplis de livres à reliure de cuir et ses fauteuils de lecture. Bien entendu, quiconque avait vidé le rez-de-chaussée était également passé par là. Il ne restait qu'un écrin vide : un long couloir encadré d'étagères vacantes. Le plafond conservait sa teinte bleu nuit parsemée d'astres dorés. La jeune passionnée d'histoire avait toujours chéri ce décor.

Par la fenêtre, elle vit que le jardin hollandais croulait sous les mauvaises herbes, et que le seul mouvement était celui du vent qui frissonnait dans les feuilles. Le manoir avait tout l'ait d'être à l'abandon. Joan passa l'index sur le rebord de la fenêtre… pour le relever plein de poussière.

La dernière fois qu'elle avait mis les pieds dans cette pièce, Nick s'y trouvait aussi. Ils s'étaient assis à même le sol dans la lumière crépusculaire. Il lui avait effleuré la joue, puis ils avaient échangé un baiser.

Ensuite… Un soupir se coinça dans sa gorge. Ensuite, les monstres étaient arrivés.

Mais, cette nuit-là, peut-être s'étaient-ils aussi embrassés dans l'histoire véridique… avant de s'écarter, sourire aux lèvres, puis d'échanger un nouveau baiser. Après ça, s'étaient-ils promenés dans les jardins, avant de poursuivre vers Kensington pour y déguster un kebab et une glace ? Si ça se trouve, ils avaient même fini par se promettre de se revoir le lendemain, ainsi que le jour suivant…

Seul un monstre…

***

Joan entendit le glissement de pas feutrés sur le parquet. En cet instant précis, elle comprit pourquoi elle s'était rendue dans la bibliothèque, ce qui l'avait poussée à rester sur les lieux : une force invisible l'attirait en permanence vers Nick. Sans doute en allait-il de même pour lui. Tant qu'ils seraient en vie tous les deux, la chronologie ne cesserait jamais de tenter de reprendre son cours véridique.

Elle s'écarta de la fenêtre. Son cœur ne manqua pas de s'emballer lorsqu'elle posa les yeux sur lui. Plongé dans les ténèbres, le tueur de monstres approchait. Ses cheveux étaient plus longs, constata-t-elle. Hormis ce détail, pourtant, il n'avait pas changé. Il gardait sa beauté de star de cinéma, avec sa tignasse sombre et sa mâchoire carrée. Il irradiait toujours cette bonté surnaturelle. Le héros se dressait face au monstre qu'elle était.

Quelle injustice ! Jamais cette chronologie ne leur avait donné leur chance. Ils auraient dû passer leur vie entière ensemble, mais non, il ne leur restait que ce moment.

— Stop, laissa-t-elle échapper.

Croyait-elle vraiment pouvoir empêcher ce qui devait advenir ? À sa grande surprise, pourtant, il s'arrêta à quelques pas d'elle.

Il avait mis en place ce décor, comprit Joan. Le manoir désert. Rien qu'elle et lui, seuls au monde. Sans personne pour les observer, sans victime collatérale potentielle. Sans plus aucune excuse pour ne pas accomplir ce qui devait être accompli.

— Tu te tenais devant cette fenêtre la première fois que je t'ai vue, dit-il.

Sa voix aussi restait la même – profonde et stable comme une eau dormante.

— Je m'en souviens, répondit-elle.

La situation lui devint insupportable. L'heure n'était pas encore venue de l'affronter. Elle n'était pas prête. Sans doute lui restait-il encore assez de temps en réserve pour un nouveau saut – qui l'emmènerait plus loin, cette fois.

Nick s'approcha d'un pas hésitant, comme mû par une puissance invisible.

— S'il te plaît, dit-il. Ne te prélève plus de temps à toi-même, je t'en supplie.

Bien sûr, il savait à quoi elle pensait. Ils avaient toujours été connectés.

En pénétrant dans le dernier rayon de lumière, il révéla à Joan ce que les ombres dissimulaient jusqu'alors. Il était un peu plus âgé, mais à peine. Son expression, en revanche, n'était plus la même. Lui qui, lors de leur dernière rencontre, n'exprimait que de la détermination semblait à présent à fleur de peau, en proie à l'indécision – tel qu'il lui était apparu le soir où ils s'étaient embrassés.

— J'ai beaucoup réfléchi à combien de temps tu t'étais volé, déclara-t-il.

Joan rassembla ses esprits, redoutant une attaque éclair – dans le style de l'assaut qui avait coûté la vie à Edmund Oliver. Le jeune homme se contentait cependant de rester là, les mains ouvertes et les bras ballants, inoffensif. Il allait passer à l'action d'une seconde à l'autre, songea-t-elle. Au lieu de quoi il resta immobile. La tension était insupportable. Il prit une inspiration.

— Joan… La première fois que je t'ai vue, je connaissais déjà le son de ta voix, avant même de l'avoir entendue.

Elle le dévisagea. Le souvenir lui revint avec une clarté limpide. Nick était entré dans la bibliothèque, le nez plongé dans un livre. Joan avait trouvé charmante sa manière délicate de tenir l'ouvrage sans l'abîmer, sa volonté de protéger ses coins fragiles. Elle se rappela le regard qu'il avait posé sur elle après avoir levé la tête, cette manière qu'il avait eue d'écarquiller les yeux juste avant qu'elle n'ouvre la bouche.

— Je connaissais l'éclat de ton rire, poursuivit-il. Je savais que tu avais le sommeil agité, que tu chassais les draps à coups de pied, même en hiver. Je savais que tu aimais glisser du gingembre frais dans ton thé et que, confrontée à un choix, tu choisissais toujours l'option la plus juste, et non la plus facile.

— Nick…

— On ne suit pas la bonne trame de l'histoire, n'est-ce pas ?

— Je…

Joan parvint à rester muette un long moment, malgré les vestiges du sérum de vérité. Elle s'était préparée à tout, sauf à l'espoir.

— Je… La première fois que je t'ai vu, il m'a semblé t'avoir connu toute ma vie.

Sa propre voix lui parut affreusement vulnérable. Sans pitié, elle étouffa toute trace d'espoir en elle. *« Confrontée à un choix, tu choisissais toujours l'option la plus juste. »* N'avait-elle pas, justement, fait l'exact contraire ? Elle avait commis des actes épouvantables.

Nick s'approcha encore d'un pas. D'instinct, Joan recula. Une ombre glissa sur le visage du jeune homme – de la douleur, peut-être. Il brandit ses mains toujours vides pour lui montrer qu'il n'était pas armé. N'empêche, il n'avait jamais vraiment eu besoin d'équipement… Dans le Cabinet doré, déjà, il avait entamé le combat à mains nues.

— La dernière fois que je t'ai vue, dit-il, tu m'as dit que nous avions été ensemble, jadis.

Joan ne pouvait détacher son regard de Nick.

— J'ai répondu que je ne te croyais pas, poursuivit-il. Alors tu t'es volé du temps à toi-même. Tu as hurlé. Je… je te croyais à l'article de la mort. Ton cri hante encore mes nuits.

Il souhaitait s'approcher davantage, elle s'en rendait compte, mais il se retenait, enraciné au sol, les mains à demi levées. Joan étouffa l'espoir qui persistait à monter en elle. Ils ne connaîtraient pas de fin heureuse, se rappela-t-elle. Elle était un monstre et lui, un héros. Tout le monde connaissait la fin de cette histoire-là.

Le souffle de l'adolescente se fit plus difficile – détail qui n'échappa pas à Nick, lui qui voyait toujours tout. Il aurait voulu lui tendre la main, elle le sentait. Elle lisait en lui aussi facilement qu'il lisait en elle.

En réalité, ce n'était pas à la jeune fille qui se tenait devant lui qu'il voulait tendre la main. Enfin, pas vraiment… C'était de l'autre Joan qu'il se languissait, de l'adolescente qui faisait les bons choix. Or elle avait trouvé la mort durant le massacre, avec le reste de sa famille.

La Joan survivante n'était plus qu'un monstre – dans tous les sens du terme. Elle avait écourté la vie d'innocents. Même en cet instant, elle n'arrivait pas à étouffer le terrible désir qui l'habitait de voyager dans le temps, inlassablement, en écumant les époques tel un pirate sillonnant les mers.

— Que fais-tu, Nick ? lui demanda-t-elle.

Ne savait-il donc pas qu'en repoussant l'échéance, il ne faisait que prolonger leur torture à tous les deux ?

D'un mouvement lent, il baissa les mains.

— Je ne sais pas, concéda-t-il, aussi à vif et perdu qu'elle. J'ai toujours fait passer ma mission avant le reste. Jamais je ne me suis autorisé davantage.

Quelle vie solitaire il avait dû connaître… Joan se rappela la cuisine où la famille du jeune homme avait été massacrée, les corps qu'il avait retrouvés. Le réfrigérateur derrière lui était recouvert de photos – Nick, ses frères et ses sœurs soufflant des bougies d'anniversaire, riant aux éclats face à l'objectif… Elle songea à son casier spartiate dans la salle du personnel de Holland House.

Dans le silence de la bibliothèque, la respiration du tueur de monstres résonnait, irrégulière.

— Jamais je ne me suis autorisé le moindre sentiment, dit-il. Jusqu'à ce moment où je suis entré dans cette bibliothèque… Où je t'ai vue.

Joan le revit franchir le seuil ce jour-là. Un regard lui avait suffi pour le reconnaître.

— Quelqu'un a modifié la chronologie, poursuivit-il. Pourtant ça n'a pas suffi pour t'effacer de ma mémoire. Pas complètement, en tout cas.

Ses yeux bruns la contemplaient avec intensité. Ils semblaient à l'adolescente aussi familiers que les battements de son propre cœur.

— Je t'aime, Joan.

Elle poussa un gémissement étouffé. Comment ces quelques mots qu'elle avait toujours rêvé d'entendre pouvaient-ils lui faire autant de peine ? Si ardent que soit son désir de voyager dans le temps, il avait du mal à rivaliser avec les sentiments qu'elle éprouvait pour Nick. Dès l'instant de leur rencontre, elle n'avait rien tant souhaité que de rester à ses côtés.

— Arrête, murmura-t-elle.

C'en était trop.

— Je sais. (La douleur était palpable dans sa voix.) Je sais combien tu me hais.

Joan secoua la tête. Il avait pourtant raison : elle le haïssait. Elle l'aimait. Une faille s'était ouverte en elle, une déchirure qui la traversait de part en part. Elle prit une inspiration tremblante.

— Ce n'est pas de moi que tu te souviens, parvint-elle à articuler. Je ne suis pas elle… Je ne suis pas cette autre Joan.

Celle de l'histoire véridique, la jeune fille qui faisait les bons choix, qui n'avait probablement jamais dérobé une seule seconde à un être humain de toute sa vie.

— Je sais qui tu es, déclara-t-il.

— Oh, non, tu l'ignores.

Subitement, le regard du jeune homme lui devint insupportable.

— J'ai volé tellement de temps, ajouta-t-elle d'une voix rauque.

Faire le compte du nombre d'innocents qu'elle avait lésés lui était impossible. Ils étaient sans doute des centaines, voire un millier. Aaron et elle avaient passé une éternité dans la Fosse. Quant à son jeton de voyage, elle avait bien dû en tirer une trentaine d'années. Elle manqua de s'étouffer sous l'effet du dégoût que lui inspiraient ses propres actes.

Nick s'approcha alors, comme incapable de se contenir plus longtemps. Sa chaleur corporelle était presque palpable dans l'air frais de la bibliothèque abandonnée. Il lui suffirait de tendre la main pour le toucher. Elle serra les poings pour se retenir.

— Qui que nous ayons été, nous ne sommes plus ces personnes, décréta-t-elle. Si tu ressens quelque chose pour moi... et moi pour toi...

Les yeux du jeune homme s'assombrissaient à mesure que le sens de ses paroles lui parvenait. Elle poursuivit :

— Ce ne sont que les vestiges d'une autre chronologie. Nous avons changé.

— À cause de ce qu'ils ont fait de moi ?

— Oui.

— Et de ce que j'ai fait de toi ?

Le souffle de la jeune fille se coinça dans sa gorge. Comment faire pour détacher son regard de Nick ?

— Je regrette, murmura-t-il. Si tu savais à quel point, Joan...

— Je ne suis pas innocente non plus, chuchota-t-elle en retour.

Certes, il avait décimé sa famille, mais il ne l'avait pas obligée à poser ses doigts sur la nuque de tous ces innocents. Personne ne l'avait contrainte à le faire. C'était son choix, à elle seule.

— J'ignore combien d'hommes et de femmes j'ai tués, dit Nick d'une voix douce.

Une confession. À ce moment-là, elle l'entendit dans sa voix : ils n'avaient rien à s'envier en matière de dégoût de soi.

— Si seulement... (Elle s'interrompit, mal à l'aise, avant de se reprendre.) Si seulement nous avions pu être différents.

— Pourquoi ne pourrait-on pas l'être ? l'interrogea Nick.

— Que veux-tu dire ?

— D'accord, il nous est impossible d'effacer ce que nous avons fait, mais… rien ne nous oblige à être ceux qu'ils ont voulu que nous devenions. (Sa voix tremblait.) Tu m'as dit un jour vouloir la paix entre monstres et humains.

Joan le dévisagea, interdite. La femme de l'enregistrement prétendait avoir choisi Nick pour sa droiture, qu'elle pensait pouvoir transformer en fureur justicière. Elle croyait l'avoir modelé à la perfection. Elle s'était trompée, Joan le comprenait à présent. Le jeune homme gardait en son sein un noyau incorruptible – une forme de bonté que deux mille tentatives de torture et d'anéantissement de sa volonté n'avaient pu effacer.

— Y crois-tu réellement ? lui demanda-t-elle.

Plus que tout, elle rêvait d'une trêve. Mi-humaine, mi-monstre, elle ne désirait pas seulement la réconciliation : en l'absence de paix, elle se sentait brisée.

— Je ne peux pas ramener ta famille à la vie, dit-il. Mais si rendre cette réalité meilleure est encore possible, j'aimerais essayer.

Pour l'adolescente, ce fut une révélation. Ce n'était pas de l'autre Nick – celui qui n'avait jamais été le héros – qu'elle était éprise. Elle-même n'était pas cette autre Joan. Non, c'était du jeune homme qui se tenait devant elle qu'elle était amoureuse – le malheureux qui avait souffert des tourments inconcevables et qui, dans cette douleur, avait puisé le désir de protéger son prochain. Malgré tout ce qui s'était passé, ce garçon-là arrivait encore à imaginer un avenir différent.

Elle franchit l'espace qui les séparait, puis leva la main pour lui effleurer le visage. Il se laissa faire, sans ciller.

— Je peux t'embrasser ? s'enquit-elle dans un souffle.

Il lui répondit tout bas que oui, avant de la serrer dans ses bras avec un soulagement mêlé de désespoir qui arracha un frisson à la jeune fille. Son cou était dénudé, remarqua-t-elle au moment où il l'attirait à lui. Pour le tuer, glisser la main jusqu'à sa nuque suffirait. La confiance dont il faisait preuve manqua de faire fléchir Joan.

— Je t'ai aimé dès l'instant où je t'ai vu, dit-elle.

Dès cet instant et même avant. À présent et à jamais.

— Je t'aime aussi, lui murmura-t-il en retour. Depuis toujours.

Les paupières closes, Joan sentit les larmes lui monter aux yeux quand il posa ses lèvres sur les siennes. La chronologie ne resta pas indifférente. Le monstre en elle le perçut alors que sa bouche s'entrouvrait au contact des lèvres de Nick. Un frémissement de l'univers, de vastes rouages qui enfin s'emboîtaient. La réalité retrouvait son cours originel.

L'espace d'une seconde, elle s'autorisa à vivre pleinement l'instant. Elle alla jusqu'à s'imaginer qu'ils pourraient partager ce lien… qu'ils pourraient être heureux.

Puis elle ouvrit les yeux… et déchaîna son étrange pouvoir sur Nick. Contre ses lèvres, il poussa un petit cri de stupéfaction.

— Joan ?

Il tenta de s'écarter, mais elle resserra ses bras autour de lui. Elle savait ce qu'il lui restait à faire.

Elle puisa dans les profondeurs de son être. Son pouvoir lui répondit, heureux qu'elle fasse enfin appel à lui. « *Un pouvoir interdit* », c'était ainsi que l'avait décrit l'une des gardes royales lancés à leurs trousses.

D'une certaine manière, Joan avait toujours su ce dont elle était capable. Elle n'avait pas transmué le métal en pierre, elle l'avait rendu à son état de minerai. Elle l'avait « défabriqué ». À présent, elle allait défaçonner Nick.

Ce fut brutal. La puissance déferla en elle. Le corps du jeune homme tremblait et tressautait sous son effet, son visage était marqué par la souffrance.

— Joan, articula-t-il. S'il te plaît…

Elle s'obligea à continuer, même quand il se mit à hurler. Elle pleurait pour de bon, désormais. Autour d'eux, le manoir se mit à vibrer.

Joan défaisait le héros. La puissance de cette transformation ébranlait les murs. Le plâtre se fissurait, la poussière pleuvait autour d'eux. Elle détricotait tout ce que Nick avait accompli – ainsi que tout ce qui lui avait été infligé.

Elle défaisait les vies que le tueur de monstres avait ôtées. Elle ramenait sa famille à l'existence.

Elle défit le héros jusqu'à ce qu'il ne le soit plus. Jusqu'à la disparition complète du jeune homme qu'elle avait aimé.

Quand elle eut fini, tout avait changé.

Épilogue

Les dernières semaines de l'été s'étiraient, à la fois longues et chaudes, au milieu des feuillages qui commençaient à roussir. Tous s'accordaient à dire que, de mémoire d'homme, il s'agissait de la plus belle arrière-saison que Londres ait connue.

Dans les parcs de la capitale, les fleurs sauvages – pois de senteur, pâquerettes, violettes et chèvrefeuille – s'autorisaient une éclosion tardive et prolongée comme personne n'en avait jamais vu.

Joan en manqua la fin. Elle avait attrapé la grippe, craignait sa grand-mère. Oncle Gus, lui, pensait à une insolation.

L'intéressée savait qu'il ne s'agissait pas d'un mal humain. Déconstruire Nick avait poussé son pouvoir au-delà de ses limites – elle l'avait consumé jusqu'à l'ultime étincelle afin de modifier la chronologie. À présent, sa capacité à rendre les choses à leur état premier avait intégralement disparu. Elle en avait éprouvé l'absence dès que son corps avait commencé à se remettre.

Le vide qui l'habitait n'était cependant pas seulement lié à la disparition de son pouvoir. Elle rêvait de Nick. Parfois, il se trouvait dans la bibliothèque de Holland House. D'autres fois, il était ligoté sur une chaise dans l'appartement familial. Invariablement, il poussait des hurlements pour implorer la jeune fille d'arrêter. Joan se réveillait en sursaut, les mains tendues, les mots encore coincés dans sa gorge : *Je suis désolée. Excuse-moi. Je regrette tellement. Je t'aime.*

Aussi épouvantables que fussent les rêves, l'état d'éveil lui était plus pénible encore. Les derniers instants passés à Holland House ne cessaient de lui revenir en mémoire : les yeux écarquillés de Nick, le frémissement de sa poitrine quand il s'était mis à crier. L'expression sur son visage lorsqu'il avait compris qu'elle était responsable de sa souffrance, et qu'elle ne comptait pas mettre fin à son supplice. Elle lui avait dit l'aimer. Elle l'avait embrassé… avant de le mettre en pièces.

Trop faible pour quitter le lit, Joan avait dû se résigner à rester allongée et à ressasser les souvenirs, encore et encore. Souvenirs qu'elle était bien la seule à avoir.

— Holland House ? (Le dos de la main posé sur le front de sa petite fille, Dorothy Hunt évaluait sa température.) Les vieilles ruines de Holland Park, tu veux dire ? Que diable irais-tu faire là-bas ?

— Non, je te parle de Holland House ! Du manoir dans le parc !

La malade voulut se redresser, mais sa grand-mère la recoucha de force.

— Il n'y a rien là-bas, ma chérie, répondit-elle d'une voix inquiète. Tu as encore de la fièvre. Je vais rappeler le Dr De Witt.

Joan n'avait jamais été une patiente docile. À peine eut-elle la force de se lever qu'elle se déclara guérie et prit la direction de Kensington High Street. Elle parcourut la moitié de la rue avant de regagner la maison familiale en titubant, à l'agonie.

— Ça t'apprendra ! lui dit la doyenne des Hunt, non sans tendresse, avant de la reconduire au lit.

Peut-être la volonté de la jeune fille était-elle assez puissante pour se concrétiser, car Joan retrouva sa vigueur de jour en jour après cet incident. Dès que ses jambes purent la porter, elle se rendit à Holland Park, avant d'y retourner le lendemain, ainsi que le jour suivant.

À la date où son père devait rentrer de vacances, Joan se sentit presque complètement guérie. Lorsqu'elle pénétra dans la cuisine ce matin-là, elle trouva toute sa famille maternelle déjà debout.

La jeune fille s'arrêta sur le seuil. Le même soulagement mêlé d'incrédulité la submergeait chaque fois qu'elle les voyait.

Aux fourneaux, oncle Gus faisait mijoter des poires. Elle le regarda cueillir les fruits dans un panier vide et en jeter les pelures par-dessus son épaule, où elles disparaissaient aussitôt. Il avait la main lourde en matière d'assaisonnement – la famille Hunt affectionnait les saveurs épicées. Peu importait où la matriarche jetait l'ancre, son domicile dégageait toujours la même odeur : un mélange de cannelle, de safran, de cardamome et de clou de girofle.

— Je vous parie que je pourrais voler *La Joconde* !

Assise sur le radiateur cassé, le visage encadré d'un casque de boucles noires, Ruth fanfaronnait.

— Ne me dis pas que tu vas manger ça, enfin ! grogna-t-elle à l'intention de leur grand-mère en la voyant mordre dans un toast brûlé. Oh, Seigneur, ça m'écœure…

— Jette-moi ça ! intima tante Ada à sa mère. S'il te plaît.

— C'est comme ça que je les aime, protesta la doyenne.

— Mais il est carbonisé ! s'exclama Bertie.

— Justement, je les aime carbonisés.

Après leur mort, Joan avait maintes fois rêvé d'eux, mais jamais elle n'avait été capable de recréer les détails les plus subtils. La chevelure de sa grand-mère composait un nuage gris aux extrémités particulièrement frisées. L'ourlet de sa robe de chambre était élimé. Et qu'elle aime son pain brûlé ou non, une moue amusée et espiègle se dessinait sur ses lèvres quand elle en mangeait. Elle avait toujours éprouvé un malin plaisir à scandaliser son entourage.

À ses côtés, Ada étalait de la pâte à tartiner Marmite sur un toast pâlot, vêtue d'un tailleur blanc immaculé, sans la moindre tache sur son ensemble ou dans son assiette. Joan lui avait demandé un jour comment elle s'y prenait pour rester toujours aussi impeccable. Avec un sourire, sa tante lui avait déposé un baiser sur le haut du crâne. *« Il suffit d'avoir confiance en soi, ma chérie. »*

— N'importe qui pourrait voler *Mona Lisa*, objectait à présent Gus.

— Je ne te parle pas d'aller l'arracher des mains du vieux Leo en personne, rétorqua Ruth.

— Jamais je ne ferais ça, voyons ! protesta l'amateur de costumes élégants. Pour qui me prends-tu ? Je me livrerais à un cambriolage en bonne et due forme.

— Ce n'est qu'une copie, de toute façon, fit valoir Bertie.

La remarque ne passa pas inaperçue.

— Une des familles vénitiennes a acheté l'original, expliqua-t-il, visiblement surpris de l'ignorance de la petite assemblée. La peinture sentait encore l'huile.

— Tu es sûr ? lui demanda Ada. J'ai entendu dire que c'étaient les Nightingale qui l'avaient achetée. Là encore, la toile n'avait même pas séché.

— Combien d'exemplaires Leo a-t-il vendus, au juste ? s'interrogea Bertie.

— Bon, d'accord, mais ce que je veux dire, reprit Ruth, c'est que je pourrais voler un tableau au Louvre.

Elle s'interrompit pour regarder Joan, toujours sur le seuil.

— Mais je ne le ferais jamais, bien entendu, ajouta-t-elle en chantonnant à tue-tête, parce que voler, c'est mal.

« Voilà la directrice ! » lançait parfois l'experte en crochetage lorsque sa cousine entrait dans la pièce – toujours avec tendresse et même avec fierté, comme elle aurait dit : « Joan est astronaute, vous savez ! »

Bondissant du radiateur, elle passa un bras autour des épaules de la convalescente.

— Bien, dit-elle. Aujourd'hui, c'est ta dernière journée à Londres. Qu'as-tu envie de faire ?

Un mélange de tendresse et de tristesse déferla sur Joan. Combien de fois avait-elle pénétré dans la pièce et senti que la conversation s'interrompait ou qu'on changeait de sujet ? *« Joan n'aime pas qu'on parle boutique. » « Pas devant Joan. »*

— Je… tenta-t-elle.

— Je sais, je sais. Tu dois d'abord aller quelque part, avant de me retrouver plus tard. (Ruth donna un petit coup d'épaule à sa cadette.) Je me demande bien où tu disparais comme ça…

— Nulle part de très intéressant, lui assura Joan avant de se saisir d'un toast dans l'assiette de sa cousine. Tu as fini ?

— Non, grommela l'intéressée, feignant la mauvaise humeur.

La maladie de Joan l'avait plus inquiétée qu'elle ne le laissait paraître.

— Prends donc un fruit, si tu as prévu de marcher.

Joignant le geste à la parole, Gus saisit une orange sanguine dans la corbeille de leur grand-mère pour la tendre à sa nièce.

— La vitamine C, c'est important ! ajouta-t-il.

Encore un détail que l'adolescente avait oublié : son oncle semblait persuadé que la vitamine C guérissait tout, du banal rhume jusqu'à une fracture de la jambe. Émue, elle sentit son sourire vaciller. Qu'ils lui avaient manqué, tous !

L'agrume au parfum sucré était aussi rouge que le soleil de l'aube. Parfaitement mûr… malgré la saison, se rendit-elle compte. L'orange était un fruit hivernal, après tout. Peut-être étaient-elles importées ? À moins que l'un d'entre eux n'ait fait un petit aller-retour aux mois les plus froids. Elle rendit son regard à Gus.

— J'en fais trop, c'est ça ? dit-il.

Joan secoua la tête.

— Mais non, lui assura-t-elle, un sourire franc aux lèvres, même si elle reposa l'orange dans le saladier. Je ferais mieux d'aller m'habiller.

Dorothy Hunt était assise sur le perron lorsque Joan sortit de la maison. L'ancienne se décala sur le côté pour laisser passer sa petite-fille.

— Geraldine, qui habite deux portes plus loin, vient de passer avec un chat en laisse, observa-t-elle. Un gros matou roux aux pattes blanches. La pauvre femme doit traverser la crise de la quarantaine. (Elle but une gorgée de son thé.) Seras-tu rentrée pour le dîner ? Je nous prépare un pudding à la mélasse.

Prise d'une impulsion, Joan se pencha pour la serrer dans ses bras. On n'était guère démonstratif dans la famille, mais une fois revenue de sa surprise, sa grand-mère posa son mug pour rendre son étreinte à l'adolescente. « *La formidable Dorothy Hunt* », l'avait appelée Aaron une fois. Dans les bras de sa petite-fille, cependant, elle semblait frêle et menue.

— Je ne manquerais ça pour rien au monde, déclara la jeune fille.

Joan se rappela son premier retour à Holland House – une semaine plus tôt, lorsqu'elle était encore si souffrante que c'était à peine si ses jambes parvenaient à la soutenir. Le spectacle de la bâtisse historique l'avait autant bouleversée que le fait de revoir sa famille en vie. « *Les vieilles ruines de Holland Park* », avait dit son aïeule. Mais rien n'aurait pu préparer la jeune fille à la réalité qui l'attendait sur place.

L'aile ouest avait disparu. La bibliothèque où elle avait rencontré Nick et la chambre de Sabine, où sa grand-mère avait péri, aussi. Les murs avaient résisté au temps, mais n'entouraient plus qu'un trou béant. Ne restait que la façade, qui cachait désormais une auberge de jeunesse. Joan s'était aventurée à l'intérieur, hébétée, pour y trouver une résidence moderne, méconnaissable.

À la place de l'ancien Cabinet doré se trouvait un dortoir aux murs peints de couleurs pimpantes dignes d'une garderie.

À l'accueil, une brochure expliquait que le manoir avait été pilonné pendant la Seconde Guerre mondiale – recevant pas moins de vingt-deux bombes incendiaires dans la même nuit. Joan avait emporté le document avec elle au siège de Roger, une alcôve cachée qui surplombait le jardin aux Dahlias. Aussi changé que soit le domaine, elle connaissait encore certains de ses secrets.

Là, pelotonnée à l'abri d'un rideau de feuillage, elle lut la nouvelle histoire du monument. Dans la chronologie qu'elle connaissait, une société privée avait racheté Holland House dans les années 1950 pour y établir un musée. Dans le flux temporel dans lequel elle évoluait à présent, la propriété avait été détruite avant que le rachat soit conclu. La ruine calcinée avait été vendue au quartier royal de Kensington et Chelsea. Tout était inscrit là, noir sur blanc, et agrémenté de citations.

Joan resta assise un long moment. Quoi que dise la brochure, elle se savait responsable. L'histoire du manoir avait dû être altérée quand la jeune fille avait modifié celle de Nick. Le monument avait eu la mauvaise fortune de se trouver à proximité de son pouvoir.

La question flottait, insistante, dans l'esprit de l'adolescente : si Holland House avait fini en fumée, quels autres changements avait-elle opérés par inadvertance ?

En cette dernière matinée londonienne, elle emprunta le chemin familier de Kensington High Street jusqu'à ce qu'il restait du manoir.

« Je me demande bien où tu disparais comme ça… » avait fait remarquer Ruth.

Joan n'aurait su expliquer pourquoi elle y retournait sans cesse. Pour faire pénitence, peut-être. Le poids qui lui écrasait la poitrine prenait tout son sens quand elle regardait ce qu'elle avait fait subir à cet endroit qu'elle aimait tant. Mais ce n'était pas tout. Le lieu renfermait des souvenirs qu'elle n'aurait pu retrouver ailleurs. Elle pouvait déambuler dans les jardins en l'imaginant à ses côtés.

Joggers et badauds poussant des landaus ou promenant des chiens apparaissaient autour d'elle au cours de sa balade. Un terrain de football s'étalait là où se dressait auparavant le labyrinthe. Elle entendait le claquement lointain du ballon qu'on frappe, les cris des supporters, les coups de sifflet de l'arbitre.

Après cet été indien, l'automne avait fini par se montrer. Il bruinait lorsqu'elle passa devant la façade du manoir, le petit café, sans oublier l'ancienne glacière. Dans la chronologie qu'elle avait quittée, des historiens de l'alimentation avaient confectionné de la crème glacée entre ses murs épais, à partir des fruits du verger. Dans cette nouvelle réalité, l'édifice abritait une galerie.

Joan s'attarda sous le passage couvert reliant la glacière à l'ancienne orangerie. Cette section était moderne – érigée après que le reste du bâtiment avait été bombardé. Des fresques représentant une garden-party de l'époque victorienne couvraient toute la longueur du mur.

La préférée de Joan représentait des convives dans un jardin à la française sophistiqué, où de minuscules haies dessinaient des courbes complexes à hauteur de cheville. Des femmes aux jupes volumineuses se reposaient contre une fontaine centrale. Si l'artiste n'avait pu connaître le manoir, il avait tout de même su saisir l'atmosphère mystérieuse des anciens jardins.

La jeune fille fit un pas en avant. Elle aurait presque pu continuer d'avancer pour pénétrer dans le tableau, songea-t-elle, rêveuse. Elle secoua la tête pour se ressaisir, juste avant que l'envie familière ne se fasse sentir.

Par une espèce d'automatisme, elle s'accrocha aux détails de l'instant présent, comme le lui avait appris Aaron. L'odeur de la pierre humide. Le crépitement de la pluie à l'extérieur de la colonnade.

Des bruits de pas.

Un sentiment de déjà-vu la submergea. Elle se retourna vers l'endroit d'où provenait le son, sachant pertinemment qu'il ne pouvait s'agir de Nick. Elle aurait reconnu le rythme de sa démarche entre tous. Cela n'empêcha pas son cœur de se serrer sous l'effet de la déception quand elle en eut la confirmation.

Le nouvel arrivant était un jeune homme à la tenue sobre, âgé d'une vingtaine d'années peut-être. Il secoua son parapluie dans le jardin avec soin avant d'emprunter le passage couvert, puis de s'arrêter devant la fresque, près de Joan.

Son visage pâle aux traits chinois lui sembla familier. Ce n'est qu'au moment où il se rapprocha de l'œuvre, visiblement captivé, qu'elle le reconnut. Lui-même avait été peintre, se rappela-t-elle.

Jamie Liu le prisonnier avait le visage émacié. Dans ce nouveau flux temporel, en revanche, le jeune homme possédait une carrure solide qui respirait la santé. Ses cheveux étaient coupés avec soin et il arborait une tenue un peu chaude pour la saison – des gants et un imperméable bleu marine.

On s'est déjà vus, faillit bredouiller Joan. Mais elle ne l'avait jamais rencontré. Pas plus qu'elle n'avait connu Nick ou Aaron. Parfois, le poids du souvenir, qu'elle était seule à porter, lui donnait l'impression de perdre la raison. De ses yeux, elle avait vu des hommes et des femmes agoniser dans ces jardins – sauf que non. Sa famille y avait trouvé la mort… sauf que non.

— J'adore ces peintures, dit-elle gauchement.

Elle avait besoin de l'entendre parler. Elle connaissait le timbre de sa voix et ressentait le besoin désespéré d'obtenir la preuve que ses souvenirs étaient réels.

— On croirait presque pouvoir entrer dedans pour se joindre à la fête, ajouta-t-elle.

— Que ce serait agréable !

Elle fut soulagée de reconnaître le timbre aigu et plaisant auquel elle s'attendait. Jamie se tourna vers elle, intrigué, mais pas mal à l'aise pour deux sous.

— En tout cas, ils bénéficiaient d'un temps bien plus radieux que nous.

Elle esquissa un sourire timide.

— Je m'appelle Joan.

— Je m'en souviens, lui répondit-il.

Les Liu se souviennent. Elle n'aurait pas dû être ébranlée par sa réponse. Elle le dévisagea.

Jamie désigna le jardin au bout de la colonnade.

— Et si nous marchions un peu ?

Il lui offrit son parapluie.

— Il ne fait pas si mauvais, répondit la jeune fille, qui avait enfin retrouvé sa voix.

— Je sais, mais… hésita Jamie en jetant un regard vers le ciel gris. Je n'aime pas tellement l'humidité.

Joan se remémora l'adolescent dont les pieds nus pataugeaient dans le ruisseau. « *Il adore l'eau* », avait même dit Tom. Que lui était-il arrivé en captivité ? En tout cas, il semblait changé dans cette nouvelle chronologie. Le garçon à l'esprit vif qui peignait des poissons sur la rive avait laissé place à un jeune homme poli mais méfiant.

Avec sollicitude, il tint son parapluie entre eux pendant qu'ils marchaient, même si Joan lui avait assuré ne pas craindre la pluie.

Ils prirent le sentier qui contournait l'ancienne orangerie. Par les fenêtres cintrées, la jeune fille aperçut un petit groupe en pleins préparatifs. Ils dressaient des tables avec de l'argenterie et des compositions florales. Dans les souvenirs de l'adolescente, cette partie-là du jardin accueillait des orangers en pot – sortis l'été, ils passaient l'hiver à l'intérieur.

— Je ne me rappelle pas grand-chose, déclara Jamie. Le pouvoir des Liu ne m'offre que des fragments de l'autre chronologie.

Joan contempla les mains gantées et le manteau de son interlocuteur.

— De quoi te souviens-tu ? demanda-t-elle.

— Je me souviens que le héros existait bel et bien.

L'adolescente poussa un soupir, entre soulagement et douleur. Le seul fait d'entendre quelqu'un parler de Nick lui paraissait briser un tabou.

— Je suis désolé, ajouta Jamie. Je sais ce qu'il représentait pour toi.

— Je n'ai pas eu le choix, murmura-t-elle. Ma famille… (La gorge serrée, elle avait du mal à trouver ses mots.) Je devais le faire.

Ils passèrent devant la salle de bal d'été. Elle garda les yeux sur le sentier, craignant d'apercevoir de la sympathie sur les traits du jeune homme. On avait planté des rosiers à cet endroit, qui étaient à présent quelque peu négligés.

— Je sais, répondit doucement Jamie.

Joan l'entendit inspirer, puis expirer.

— Je me souviens aussi de ma captivité, poursuivit-il.

Le cœur de la jeune fille se serra au souvenir du garçon qu'il avait été. Elle se tourna vers lui.

— Tom est-il au courant ?

Il fit non de la tête.

— Lorsque je suis sorti ce matin, il peignait son bateau. Il était barbouillé de vert de la tête aux pieds !

Son regard s'éclaircit au moment d'évoquer son conjoint. On aurait presque dit le jeune artiste rencontré au bord de l'eau.

— Tom est heureux dans ce flux temporel, et c'est à toi que je le dois.

Comment fais-tu pour endurer un tel fardeau ? aurait aimé l'interroger Joan. *Comment supportes-tu de te souvenir quand tout le monde a oublié ?* Nul besoin pourtant de lui poser la question. Elle connaissait déjà la réponse. Il y parvenait comme il allait falloir qu'elle le fasse : en prenant sur lui.

— Tu y es aussi pour beaucoup, lui rappela-t-elle. Le message que tu nous as transmis… Tu nous as montré comment le héros avait été fabriqué.

— Vraiment ?

Il sembla perplexe. Il ne s'en souvenait pas, se rendit compte Joan. Un sentiment de profonde solitude s'empara de la jeune fille. Elle songea à ce jour où ils lui avaient rendu visite, tous les quatre. Elle s'était assise au bord du ruisseau en compagnie d'Aaron, de Ruth et de Tom. Elle se souvenait de la chaleur du soleil sur sa peau, du bonheur d'être aussi bien entourée. Quels qu'aient pu être leurs différends à l'origine, ils avaient fini par former une bande soudée.

Aaron, lui, ne se remémorerait jamais ce jour, pas plus que Ruth ou Tom. Jamie lui-même n'en gardait qu'un souvenir parcellaire.

— Je ne me rappelle pas avoir laissé de message, mais…

Il marqua un temps d'hésitation, sa main gantée serrée sur le manche du parapluie.

— Je sais qu'elle se trouve toujours quelque part… la femme qui m'a capturé.

Celle qui avait créé le héros. Se rappelait-elle seulement les actes affreux qu'elle avait commis ? se demanda l'adolescente. Était-elle au courant de ce que Joan avait fait ?

Que l'inconnue au cou de cygne en ait conscience ou non, la jeune Sino-Britannique, elle, savait.

— Cette fois, c'est différent, promit-elle à Jamie. Si elle revient, nous saurons l'accueillir comme il se doit.

La remarque ne sembla guère rassurer son compagnon. Il soutint malgré tout son regard avant d'opiner du chef. Il tendit une main devant lui en guise de test, avant de refermer son parapluie : la pluie avait cessé.

Ensemble, ils regardèrent le ciel se dégager. Quelques ruines parsemaient le sentier : des arches de brique croulantes recouvertes de lierre. Dans l'autre chronologie aussi, elles étaient là, vestiges de quelque structure depuis longtemps oubliée.

Joan contempla le manoir par-delà ces fragments. Sous cet angle, elle apercevait les cicatrices dans les murs de brique de l'ancienne aile ouest. Elle voyait la portion du bâtiment qui avait survécu : malgré les vingt-deux bombes incendiaires qui avaient frappé la demeure en une nuit, elle était toujours debout.

Entre les nuages, un peu de bleu apparut. Le soleil faisait son retour. Joan leva la tête pour s'imprégner de ses rayons.

Remerciements

Tant de cœur et de travail sont allés dans ce livre, et je suis tellement reconnaissante à toutes les personnes qui ont contribué à ce qu'il voie le jour !

Mille mercis à ma famille pour ses encouragements, son amour et son soutien indéfectible. Papa et Jun, merci de m'avoir aidée pour les traductions et les noms. Ben, merci d'avoir cogité avec moi et de m'avoir fourni des idées de pouvoirs. Lee Chin, Moses, Jennie et Nina, merci à vous pour vos encouragements au fil des ans.

Merci également aux amis présents depuis le début. Ce roman est né lors d'un dîner où nous avons découvert que nous songions tous à écrire un livre. Qu'il est extraordinaire de voir tant d'ouvrages merveilleux parus depuis cette soirée ! Et je ne doute pas que beaucoup d'autres sont à venir. Merci à Bea Thyer d'avoir été la meilleure des hôtesses ce soir-là, comme toujours. À C. S. Pacat pour toutes ces années de formidables sessions de brainstorming, de résolution de problème et d'échange de manuscrits (ce livre n'aurait pu être écrit sans toi !). Shelley Parker-Chan, je suis si heureuse d'avoir entrepris ce périple avec toi – qui eût cru que nous pourrions faire de nos rêves des réalités ! Merci à Anna Cowan, aussi, pour les innombrables sessions d'écriture et de discussion, ainsi que ses commentaires avisés au fil des ans.

À ma chère et brillante promo Clarion de 2015, je n'aurais pu écrire le premier jet sans le coup de pouce de votre pacte des trois cents mots par jour. Vous m'inspirez tous : Jesse Barber, adrienne maree brown, Zack Brown, Pip Coen, Bernie Cox, Rose Hartley (merci d'avoir accueilli ces merveilleuses retraites d'écriture et de m'avoir fourni ces précieux commentaires sur mon manuscrit !), Nathan Hillstrom, Becca Jordan, Travis Lyons, Evan Mallon, Eugene Ramos, Mike Reid, Lilliam Rivera, Sara Saab, Dayna Smith, Melanie West et Tiffany Wilson. Vous me manquez tous et j'aimerais tellement être en train de lire vos histoires !

Merci, du fond du cœur, à ma merveilleuse agente, Tracey Adams, ainsi qu'à toute l'équipe d'Adams Literary – Josh Adams et Anna Munger. Tracey, tu as changé ma vie d'un simple coup de fil et tu as fait pour ce livre plus que je n'aurais pu l'imaginer dans mes rêves les plus fous.

Christabel McKinley, merci d'avoir partagé le livre au Royaume-Uni et en Australie – j'apprécie tellement tous tes efforts et ton soutien enthousiaste. Merci également à Stephen Moore et à tous les autres associés.

Côté États-Unis, chez HarperCollins, je remercie infiniment ma fantastique éditrice, Kristen Pettit, ainsi que Clare Vaughn et tout le reste de cette brillante équipe. Je vous sais gré de vos annotations judicieuses, de votre vision et de votre soutien. Remerciements particuliers aux éditrices de production, Caitlin Lonning et Alexandra Rakaczki, aux designers Jessie Gang et Alison Klapthor, à l'illustratrice de couverture Eevien Tan, aux directrices de production Meghan Pettit et Allison Brown, à la directrice marketing

Sabrina Abballe et à la publiciste Lauren Levite. Je suis si fière de ce livre que nous avons créé ensemble. Vous l'avez enrichi comme jamais je n'aurais pu l'imaginer.

Chez Hodder & Stoughton au Royaume-Uni, mille mercis à ma merveilleuse éditrice Molly Powell, ainsi qu'à Callie Robertson, Kate Keehan, Lydia Blagden, à l'illustratrice de couverture Kelly Chong et au reste de cette fantastique équipe pour tous vos efforts et votre vision. Chaleureux remerciements, aussi, à la merveilleuse Anissa et à tout le monde chez FairyLoot. Travailler avec vous – main dans la main avec Hodder & Stoughton – afin de mettre au point cette sublime édition spéciale est un rêve devenu réalité.

En Australie, merci à la formidable équipe de chez Allen & Unwin – Kate Whitfield, Jodie Webster, Eva Mills, Sandra Nobes, Liz Kemp – et à tous ceux qui ont travaillé sur ce livre. Je vous suis tellement reconnaissante pour tout ce que vous avez accompli. Qu'il est fabuleux d'avoir un éditeur local si incroyable et de bénéficier d'un tel soutien à domicile !

Immenses mercis à toutes les équipes d'Eksmo en Russie, de Penguin Random House en Espagne, de Piper en Allemagne et de Vulkan en Serbie.

Je suis profondément reconnaissante à tous mes amis d'Education Services Australia – je n'aurais pu écrire ce livre sans votre soutien et vos encouragements. Merci tout particulièrement à mes collègues Alison Laming, Susan Trompenaars et Jessica Boland pour avoir été là tous les jours depuis le premier, à chaque étape de mon cheminement – du plus banal au plus stressant, en passant par les moments les plus exaltants. Je vous sais tellement gré de votre soutien. Merci également à Kelly Nissen et Noni Morrissey pour avoir cru bien avant moi à la réalisation de ce projet ! À Emma Durbridge, Madeleine Daniel, Stacey Hattensen et Tilka Brown, merci pour toutes les discussions entre écrivains. À Jill Taylor, merci de m'avoir tant appris. À Libby Tuckerman, merci de m'avoir accordé une telle flexibilité dans les horaires de travail – je n'aurais pu terminer ce livre sans ton soutien.

Merci à Naomi Novik de m'avoir montré qu'il était possible de publier un livre et qu'un jour, peut-être, j'y parviendrais moi aussi. Naomi, je n'oublierai jamais la première fois où j'ai vu *Téméraire* dans une librairie et où je me suis dit : « J'en connais l'autrice ! Je connais quelqu'un qui a écrit un livre ! » Merci également à Francesca Coppa et à Gina Paterson de m'avoir tant appris sur l'écriture. Vos leçons me servent encore dans tout ce que j'écris. Merci à Zen Cho de m'avoir prêté son oreille pour les vérifications de dernière minute destinées à me tranquilliser l'esprit. Et merci à Diana Fox d'avoir arrangé le début du roman. Tu avais raison à cent pour cent.

À Warren Leonard, merci d'avoir si parfaitement compris ce livre et de l'avoir connu dans ses moindres recoins – aussi bien que moi-même. Tes questions fantastiques n'ont jamais manqué de pointer des failles dans le récit, m'aidant à les résoudre et à renforcer l'univers et la genèse de l'histoire.

À Liana Skrzypczak et Bec Miller, merci pour nos nombreuses et merveilleuses sessions d'écriture et nos discussions du week-end.

À l'adorable et talentueux groupe d'écriture des Pandas – Elaine Cuyegkeng, Kat Clay, Aidan Doyle, Likhain,

Emma Osborne, Sophie Yorkston et Suzanne Willis –, merci pour les dîners et les séances de critique.

À Alex Hong (que ton écriture me manque !) et Melissa Siah, merci de m'avoir accompagnée lors de ma visite du palais perdu par une soirée londonienne bruineuse.

Aux Amis de Holland Park, merci d'avoir pris le temps de me faire visiter Holland House et Holland Park.

À Sarah Rees Brennan, merci pour tes encouragements. Eliza Tiernan, merci pour ton soutien alors que je soumettais mon texte (et pour la géniale stratégie du donut). Amie Kaufman, Jay Kristoff et Astrid Scholte, merci d'avoir si généreusement partagé votre savoir et votre expérience avec la débutante que je suis. Vous avez toute ma reconnaissance. Tashie Bhuiyan, merci de t'être montrée si encourageante et accueillante après l'annonce de mon contrat.

Aux instructeurs et administrateurs de Clarion 2015 : Chris Barzak, Saladin Ahmed, Jim Kelly, Karen Joy Fowler, Margo Lanagan, Maureen McHugh et Shelley Streeby. J'ai tant appris de vous lors de ces six semaines incroyables. J'aimerais tellement pouvoir remettre le couvert !

À l'atelier d'écriture Life at Springfield (Kinchem Hegedus, les instructeurs Karen Joy Fowler et Nike Sulway, et tous les participants) : merci d'avoir lu une version précoce du prologue et du chapitre premier et de m'avoir fourni d'excellents commentaires.

Pour finir, je tiens à saluer les Gardiens traditionnels des terres sur lesquelles j'ai écrit une grande partie de ce livre, ainsi qu'à exprimer mon respect envers leurs Anciens, passés, présents et émergents : les peuples Bunurong et Wurundjeri Woi Wurrung de la nation Kulin.

Achevé d'imprimer en France en juillet 2022
par CPI Firmin Didot

Le papier de cet ouvrage est composé de fibres naturelles, renouvelables, recyclables et fabriquées à partir de bois issu de forêts plantées expressément pour la fabrication de pâte à papier.

ISBN : 978-2-37102-351-2
Dépôt légal : août 2022

Loi n° 49-956 du 16 juillet 1949 sur les publications destinées à la jeunesse, modifiée par la loi n° 2011-525 du 17 mai 2011

Numéro d'édition : 0119-059-01-01
Numéro d'impression : 170632

LUMEN